Stephan Ludwig

ZORN

Wo kein Licht

THRILLER

FISCHER Taschenbuch

MIX
Papier aus verantwortungsvollen Quellen
FSC® C083411
www.fsc.org

Originalausgabe
Erschienen bei FISCHER Taschenbuch
Frankfurt am Main, September 2013

Satz: Fotosatz Amann, Aichstetten
Druck und Bindung: CPI books GmbH, Leck
Printed in Germany
ISBN 978-3-596-19636-4

Für Michel

(Du hast dir ganz schön Zeit gelassen.
Gut, dass du trotzdem noch gekommen bist.)

I am the passenger
I stay under glass
I look through my window so bright
I see the stars come out tonight

Iggy Pop

TEIL EINS

Eins

Er rannte.

Es war fünf Uhr morgens, und er war allein. Noch zwei Stunden bis Sonnenaufgang. Die Stille über der Stadt war unwirklich, fast gespenstisch. Nichts war zu hören bis auf seinen hektischen Atem und das leise, irgendwie fettige Klatschen seiner nackten Füße auf dem kalten Asphalt. Obwohl es erst Anfang Oktober war, roch es nach Winter, nach Schnee und kaltem Rauch.

Der Mann war klein, korpulent, nicht älter als sechzig. Die Jacke des gestreiften Pyjamas spannte über seinem Bauch, die Hosenbeine schlackerten um die nackten Waden.

Die Straße vollführte einen sanften Rechtsbogen, senkte sich ein wenig. Er erreichte die Mauer der alten Burg. Dann sah er die Brücke, im schwefligen Licht der Laternen leuchtete sie wie in einem surrealen Film. Er beschleunigte.

Auf der anderen Straßenseite erschien eine Frau. Sie schob einen Kinderwagen, ihr Atem dampfte in der kalten Morgenluft. Sie sah den rennenden Mann im Schlafanzug und blieb stehen. Zögerte, öffnete den Mund. Dann ging sie weiter, kopfschüttelnd, ohne etwas gesagt zu haben.

Das, was er in der Hand hielt, hatte sie nicht erkannt.

Er achtete nicht auf sie, konzentrierte sich auf das Laufen. Früher hatte er viel Sport getrieben, das allerdings war über dreißig Jahre her. In der letzten Zeit hatte seine Kraft nachgelassen, jetzt war es die Angst, die ihn vorwärtstrieb.

Nein, *Flügel* verlieh sie ihm nicht, die Angst. Doch er war schnell, auch wenn er mit kleinen, tippelnden Schritten dahinhastete. Kein Wunder, wenn man bedachte, dass er auf dem besten Wege war, ein alter, gebrechlicher Mann zu werden.

Als er die Mitte der Brücke erreichte, blieb er stehen, stützte die Hände auf die Oberschenkel und versuchte, wieder zu Atem zu kommen. Das graue Haar hing ihm in klebrigen Strähnen über das Gesicht, er schob es mit einer hastigen Bewegung hinters Ohr, richtete sich auf und sah sich um.

Da war niemand.

Er hatte keine Ahnung, wie sein Verfolger aussah, er kannte nur die Stimme auf seinem Anrufbeantworter. Aber er wusste, dass er da war. Dass er näher kam.

Du hast eine Grenze überschritten, hatte der Mann gesagt.

Und: *Ich werde dich besuchen. Dann wirst du mir geben, was ich von dir will.*

Der, der ihn jetzt verfolgte, hatte auch noch von anderen Dingen gesprochen, mit leiser, monotoner Stimme. Von Dingen, an die der alte Mann nicht denken wollte. Jetzt nicht.

Das Brückengeländer war nicht hoch, es reichte ihm gerade bis zur Hüfte. Er beugte sich vor. Tief unter ihm schoss der Fluss in schlammigen Wirbeln dahin, sein Schatten tanzte auf dem Wasser, ein unruhig zappelndes Schemen. Er griff nach der Brüstung, seine Hand zuckte zurück, als die Haut das kalte Metall berührte.

Der Boden vibrierte, von rechts näherte sich eine Straßenbahn. Die Scheinwerfer blendeten ihn, er schloss die Augen. Die Bahn fuhr langsam, dann, als sie die Brücke erreichte, beschleunigte sie und fuhr in vollem Tempo vorbei. Die Menschen darin waren kaum zu erkennen, dunkle Gestalten, die müde auf ihren Sitzen hockten. Niemand achtete auf den alten Mann im Schlafanzug, der jetzt über die Brüstung kletterte und sich auf das Geländer setzte.

Die Straßenbahn verschwand hinter einer Kurve.

Unten am Bootsanleger bellte ein Hund.

Der Mann hielt sich eine Pistole an die Schläfe.

Das war's dann wohl, murmelte er und schloss die Augen.

Dann fiel er, mit den Füßen voran. Einem Instinkt folgend, hielt er sich mit der linken Hand die Nase zu, was überflüssig war, denn kurz, bevor er auf dem Wasser aufschlug, drückte er mit der anderen Hand ab. Die Kugel durchschlug seinen Schädel und bohrte sich dann in den Stamm einer Trauerweide am Ufer.

Das Wasser war kalt.
Doch das spürte er nicht mehr.

*

Knapp zwei Stunden später, als sich die Berufspendler bereits zum allmorgendlichen Stau auf der Brücke versammelt hatten, herrschte ein paar hundert Meter flussabwärts Hochbetrieb.

Kurz vor dem Wehr vollzog der Fluss eine scharfe Linkskurve, hohe Porphyrwände schoben sich steil aus dem Wasser. Auf halber Höhe war ein schmaler Wanderweg in den Fels gehauen, von dort führte eine steinerne Treppe zu einem Plateau direkt am Wasser. Über dem Eingang einer kleinen Höhle wies ein verwittertes Bronzeschild darauf hin, dass sich hier vor über zweihundert Jahren der Sage nach ein berühmter Freiheitskämpfer versteckt gehalten hatte.

Den Beamten, die sich an dieser Stelle versammelt hatten, war diese Geschichte egal, ihre Aufmerksamkeit galt dem, was sie im Wasser gefunden hatten. Fast ein Dutzend Polizisten drängten sich auf dem engen Plateau, einige in Zivil, ein paar trugen Uniform.

Die Leiche des alten Mannes hatte sich in den Ästen einer Eberesche verfangen. Sie schwamm auf dem Bauch, Arme und Beine weit ausgestreckt, wie ein Taucher, der entspannt auf der Oberfläche treibt und die Fische beobachtet. Das graue Haar umwehte den Kopf wie eine exotische Wasserpflanze.

Zwei Männer in den weißen Schutzanzügen der Spurensicherung beugten sich über das rostige Geländer und betrachteten die Leiche, die sich sacht unter ihnen in der Strömung bewegte.

»Wenn ich das richtig sehe«, sagte der eine, »haben wir da unten einen toten Mann in einem gestreiften Pyjama. Ich frage mich, wie er da hingekommen ist.«

»Eins ist sicher.« Der andere unterdrückte ein Gähnen, dabei wanderte sein Blick nachdenklich über die Villen am gegenüberliegenden Flussufer. »Aus dem Bett gefallen ist er jedenfalls nicht.«

Oben auf der Treppe erschien eine kleine, gedrungene Gestalt in einem weiten Regenmantel. Mit schnellen Schritten kam der Mann näher. Ein paar Stufen oberhalb des Plateaus blieb er stehen und vergrub die Hände in den Taschen seiner Cordhose, deren Farbe irgendwo zwischen einem schmutzigen Braun und einem giftigen Grün angesiedelt war.

Ein Mann in Lederjacke und Jeans ging ihm entgegen, begrüßte ihn und sprach leise auf ihn ein. Der Kleine hörte schweigend zu, dann nickte er, blinzelte in die aufgehende Sonne und kramte sein Handy hervor.

»Wir haben einen Fall, Chef«, sagte er nach einer Weile.

»Das kommt mir bekannt vor«, erwiderte die Stimme am anderen Ende gereizt. »Langsam könntest du dir einen neuen Spruch einfallen lassen, Schröder.«

Zwei

Zorn brummte eine Verwünschung und legte das Handy zurück auf den Nachttisch. Dann richtete er sich vorsichtig auf und lauschte. Malina lag auf der Seite, sie hatte die Decke zwischen die Beine geklemmt und schien fest zu schlafen.

Scheiße, dachte Zorn und gab ihr einen Kuss auf die Wange, ich würde wirklich lieber hierbleiben, aber es lässt sich nicht ändern.

Sie lächelte, ohne die Augen zu öffnen.

»Wie spät ist es?«

»Zu früh.«

Sie lebten jetzt seit ein paar Monaten zusammen, doch noch immer hatte er das Gefühl, sie kaum zu kennen. Nun, eines hatte er mittlerweile mitbekommen: dass sie einen leichten Schlaf hatte. Schon das kleinste Geräusch konnte sie wecken, egal, zu welcher Uhrzeit, innerhalb von Sekunden war sie wach, als ob ein Schalter umgelegt würde.

Ansonsten wusste er noch immer nicht viel über die Frau, die er liebte.

Abgesehen davon, dass sie Rotwein mochte, John Irving vergötterte und absolut unausstehlich wurde, wenn sie Hunger hatte und nichts zu essen in der Nähe war.

Das war nicht viel, aber besser als nichts.

Seine Sachen lagen verstreut neben dem Bett. Mit dem Fuß angelte er nach einer Socke und zog sie an.

»Was ist passiert?«

Sie hatte den Kopf auf den Ellbogen gestützt und sah ihn an. Ihr Haar hatte sie wachsen lassen, es hing ihr wie ein schwarzer Vorhang bis über die Nase. Sie pustete es aus der Stirn. Noch etwas, das er an ihr liebte.

»Ein Toter im Fluss«, erklärte er und streifte sein T-Shirt über.

»Das klingt nicht gut.«

Er nickte und ließ sich zurück aufs Bett sinken. Malina legte den Kopf auf seine Brust, er atmete den Duft ihres warmen, vom Schlaf trägen Körpers. Während er ihr sacht mit den Fingern durchs Haar fuhr, fragte er sich, woher dieser Geruch kam. Soweit er es beurteilen konnte, benutzte sie weder Parfum noch irgendein Deo, und doch roch sie frisch, als habe sie die Nacht nicht in einem verschwitzten Bett, sondern auf einer frisch gemähten Wiese verbracht.

»Wenn Schröder sich um diese Zeit meldet, hat er selten gute Nachrichten.« Vorsichtig schob er ihren Kopf zurück auf das Kissen. »Diese Anrufe gehören zu meinem Job.«

»Dann ist es kein guter Job, Claudius.«

»Ich habe nie das Gegenteil behauptet.«

»Vergiss deine Brille nicht. Auf der Waschmaschine.«

Sie war mit ihm beim Optiker gewesen, und obwohl er sich anfangs mit Händen und Füßen sträubte, hatte er den Laden zwei Stunden später mit einer nagelneuen Brille auf der Nase wieder verlassen. Sie fand ihn süß, hatte sie behauptet, das schmale, dunkle Gestell passe wunderbar zu seinen langen Wimpern und dem schwarzen Wuschelkopf. Das hatte Claudius Zorn wiederum gefallen. Sehr sogar.

Er stand auf.

»Ich versuche nicht zu spät wieder hier zu sein.«

Doch das hörte Malina schon nicht mehr. Denn ebenso wie sie von einem Moment auf den anderen hellwach wurde, konnte sie urplötzlich wieder in tiefsten Schlummer fallen.

*

Claudius Zorn hatte sich mittlerweile damit abgefunden, in der Öffentlichkeit als erfolgreicher Ermittler zu gelten. Logisch, schließlich hatte er in den letzten beiden Jahren gleich mehrere schwere Verbrechen aufgeklärt. Jedenfalls offiziell, denn immer war es Schröder gewesen, der im Hintergrund die Fäden gezogen und den größten Teil der Arbeit geleistet hatte. Doch Zorn war der Vorgesetzte, er war es, dessen Name in der Presse genannt wurde. Schröder war diese zweifelhafte Art der Anerkennung egal – das glaubte Zorn zumindest. Sicher war er nicht, doch wann konnte man bei Schröder schon sicher sein?

Als er kurz vor halb acht den Volvo vor dem Präsidium parkte, beschäftigte ihn etwas anderes. Seufzend verstaute er den Autoschlüssel und machte sich auf den Weg zu seinem Büro, wo Schröder bereits auf ihn wartete.

*

»Ich hab Quarkbällchen mitgebracht, Chef. Und im Fenster steht frischer Kaffee.«

Zorn brummte etwas Unverständliches, nickte Schröder zu, hängte seine Jacke an den Garderobenständer und goss Kaffee ein.

Seit vier Monaten hatte er jetzt ein neues Büro. Er hätte zufrieden sein sollen, das Zimmer war geräumiger als das alte, mindestens dreimal so groß. Und es war viel heller, der Raum lag im vierten Stockwerk des Präsidiums, die Westseite war komplett verglast. Die Verwaltung hatte sich nicht lumpen lassen, ein senffarbener, flauschiger Teppich, hohe Regale und eine verchromte Stehlampe gehörten zur Einrichtung.

Und der dicke Schröder.

Schröder, der in einem gelb-grün karierten Pullunder hinter dem großen Schreibtisch saß, der jetzt ihr gemeinsamer Arbeitsplatz war.

»Gut geschlafen, Chef?«

Zorn antwortete nicht. Er hatte damals gar nicht erst versucht zu protestieren. Man hatte ihre Büros zusammengelegt, um, wie es hieß, *die Dienstwege zu verkürzen.* Schröder hatte sich ehrlich gefreut, so schien es Zorn jedenfalls. Und er selbst? Nun ja, sicher war er nicht. Klar, er mochte Schröder, und nachdem sie jetzt seit Jahren zusammen arbeiteten, hatte er akzeptiert, dass Schröder ihm geistig ebenbürtig war. Mindestens.

Seit sie sich das Büro teilten, wurde der Fußboden regelmäßig gesaugt, Schröder hatte Bilder aufgehängt und Grünpflanzen aufgestellt, große exotische Pflanzen, deren Namen Zorn sofort wieder vergessen hatte.

Aber seine Ruhe war dahin. Er hatte keine Tür mehr, die er hinter sich schließen konnte.

Tröstlich war, dass Schröder immer etwas zu tun hatte, ständig im Präsidium unterwegs war. Diese Zeit nutzte Zorn, um das zu tun, was er am liebsten machte: Dann legte er die Füße hoch und starrte die frisch geweißten Wände an.

Er stellte die Kaffeetasse ab und nahm Schröder gegenüber Platz.

»Also, was liegt an?«

Schröder klappte eine rosafarbene Akte zu.

»Eine ganze Menge. Die Kondensmilch ist alle. Außerdem müssen die Begonien umgetopft werden.«

»Schröder, bitte«, unterbrach Zorn ihn sanft. »Ich habe wenig geschlafen.«

Schröder senkte schuldbewusst den Blick.

»Weil ich dich aus dem Bett geholt habe.«

»Ja. Und jetzt erzähl.«

»Wir haben eine Leiche, männlich, circa sechzig Jahre alt«, begann Schröder, nachdem er sich umständlich geräuspert hatte. »Ungefähr eins fünfundsechzig groß und fünfundsiebzig Kilo schwer.«

»Also ungefähr deine Statur.«

»Ja«, nickte Schröder. »Aber das würde ich dem armen Mann nicht zum Vorwurf machen.«

Zorn trank einen Schluck Kaffee.

»Das hatte ich auch nicht vor. Er ist tot, damit ist er genug gestraft.«

»Er wurde oberhalb des Wehrs gefunden«, fuhr Schröder fort. »Ein paar hundert Meter von der Brücke entfernt. Der Gerichtsmediziner kann noch nicht viel sagen, außer, dass er nicht länger als zwei Stunden im Wasser lag.«

»Todesursache?«

»Aufgesetzter Kopfschuss.«

»Mord?«

»Oder Selbstmord. Der Schusskanal deutet darauf hin.«

»Dann müssten Schmauchspuren an der Hand sein.«

»Da will sich der Gerichtsmediziner noch nicht endgültig festlegen, aber es sieht danach aus, sagt er. Ich habe nachgedacht.« Schröder schob sich eine dünne rötliche Strähne aus der Stirn. Sein Haar war merklich lichter geworden, trotzdem achtete er noch immer peinlich genau darauf, die verbliebenen Reste sorgfältig quer über die Glatze zu kämmen. »Wenn man von Selbstmord ausgeht, könnte er sich von der Brücke gestürzt haben, die Strömung hätte ihn in dieser Zeit ziemlich genau zu der Stelle treiben müssen, an der er gefunden wurde.«

Zorn nahm die Brille ab und überlegte einen Moment. Dabei kaute er nachdenklich auf dem Bügel, etwas, das er sich angewöhnt hatte, wenn er nachdenken musste und dabei nicht rauchen konnte. Die Bissspuren waren mittlerweile deutlich zu erkennen.

»Er ist also gesprungen und hat sich dabei in den Schädel geschossen? Warum?«

»Um sicherzugehen.«

»Möglich«, nickte Zorn. »Er könnte aber genauso gut vorher erschossen worden sein. Dann hat man ihn zur Brücke gebracht und die Leiche über's Geländer geworfen.«

»Das sollten wir bald herausfinden, Chef. Ich habe die Brücke absperren lassen, die Spurensicherung arbeitet schon dran. Die Anwohner werden ebenfalls befragt, irgendjemand muss ja den Schuss gehört haben. Vielleicht gibt's auch einen Augenzeugen.«

»Gut, dann ist ja erst mal alles geklärt.« Zorn erhob sich schwerfällig und streckte den Rücken. »Ich geh dann eine rauchen.«

»Das«, erklärte Schröder heiter, »wollte ich dir gerade vorschlagen, Chef.«

*

Zorn hastete über den Parkplatz, im Laufen knöpfte er seine Jeansjacke zu. Früher hatte er sich zum Rauchen gleich auf die Bank vor dem Haupteingang gesetzt, doch irgendwann war ihm klargeworden, was für ein Bild er abgeben musste: Ein müder Staatsdiener, der einen großen Teil des Tages mit hängenden Schultern direkt vor dem Eingang des Polizeipräsidiums rauchend unter einer Kastanie saß, die personifizierte Unlust, in sich gekehrt und doch für jedermann sichtbar wie auf dem sprichwörtlichen Präsentierteller.

Eine Alternative musste her, dringend. Da traf es sich natürlich gut, dass dort, wo die Mannschaftswagen geparkt wurden, eine niedrige Hecke wuchs. Ein schmaler Pfad führte zu einer kleinen, ungepflegten Wiese mit zwei versteckten Bänken.

Hier saß Zorn also und starrte abwechselnd auf seine Turnschuhe und die Rückseite eines Einkaufszentrums. Kein schöner Anblick, doch das war Zorn egal.

Solange er nur in Ruhe rauchen konnte.

Er hatte keine Lust, über den Toten vom Fluss nachzudenken. Darüber konnte er sich später den Kopf zerbrechen, dann nämlich, wenn Schröder die ersten Ergebnisse hatte. In ein paar Stunden würden sie wissen, ob es sich um Selbstmord handelte, bis dahin würde er abwarten.

Und an etwas anderes denken, etwas Schönes.

An Malina, die wahrscheinlich gerade aufgestanden war und jetzt verschlafen im Bad stand, wo sie leise schimpfend nach der Zahnpasta suchte oder verzweifelt bemüht war, ihr wirres Haar zu ordnen.

Zorn seufzte. Eigentlich musste er zufrieden sein, er hatte doch jetzt, was er wollte. Sie lebten zusammen, und sie waren glücklich. Doch es gab ein Problem, etwas, das er schon lange mit sich herumtrug.

Aber auch das war kein guter Gedanke.

Weg damit.

Der Himmel war grau, es sah nach Regen aus. Die Art von Regen, die Zorn nicht mochte. Winzige Tröpfchen, die kein Gewicht zu haben schienen, scheinbar schwerelos in der kalten Luft standen und dafür sorgten, dass die Kleidung innerhalb kürzester Zeit feucht und schwer wurde.

Er zog fröstelnd die Schultern hoch, zerdrückte die Zigarette auf dem Rand eines bröselnden Betonpapierkorbs und machte sich widerstrebend bereit, zurück ins Präsidium zu gehen, als hinter ihm Schritte erklangen. Zweige wurden beiseite geschoben, jemand kämpfte sich schwer atmend durch das Gebüsch. Ein Mann erschien. Als er Zorn erblickte, blieb er verwundert stehen.

»Ich grüße dich«, sagte er feierlich, zögerte einen Moment und lief dann weiter.

Auf den ersten Blick sah er aus wie einer von denen, die tagsüber vor den Supermärkten standen, mehr oder weniger laut herumkrakeelten und Bier aus Einwegflaschen tranken. Er trug eine gefleckte Tarnhose und schwere schwarze Stiefel, ein Leinenrucksack hing über seiner ausgeblichenen Regenjacke.

»Guten Tag«, grüßte Zorn zurück.

Der Mann blieb stehen.

»Redest du mit mir?«

Er war etwas kleiner als Zorn, aber breit und massig gebaut wie ein Kampfsportler. Sein Alter war schwer zu schätzen, das halbe Gesicht wurde von einem schwarzen Bart bedeckt. Das Haar fiel ihm bis über die Schultern, er hatte es in der Mitte streng gescheitelt. Zunächst dachte Zorn, es werde von einem Gummiband zusammengehalten, doch dann stellte er verwundert fest, dass es sich um eine Stirnlampe handelte.

Zorn blickte sich um.

»Ich denke schon. Jedenfalls sehe ich niemanden hier, außer uns beiden.«

Der Mann mit der Lampe kam näher.

»Danke.«

»Wofür?«

»Es gibt sonst niemanden, der mit mir redet.«

Er sprach langsam, schleppend, als sei er ein wenig zurückgeblieben. Bunte Plüschtiere waren an seinem Rucksack befestigt. Dutzende Teddys, Hasen, kleine Puppen, lustige Plastiktrolle mit blauen Haaren bewegten sich gemächlich im Takt seiner Schritte. An seinem Gürtel baumelten Ketten, dünne Riemen und Stricke, an denen er allerlei Werkzeug, Schlüssel und anderen Kram festgemacht hatte.

»Was machst du hier?«, fragte er.

»Ich arbeite.«

»Wo, hier?«

»Nein.« Zorn, dem das Ganze langsam unangenehm wurde, wies mit dem Daumen über die Schulter. »Dort.«

»In dem großen Haus? Was machst du da?«

»Ich fange Verbrecher.«

»Oh!« Die Augen des Mannes weiteten sich. Sie waren dunkel, fast schwarz. »Gott jagt auch Verbrecher. Das hat er mir selbst gesagt. Er redet nämlich manchmal mit mir.«

Zorn musste lächeln.

»Dann bin ich also doch nicht der Einzige, der mit dir spricht.«

»Nein«, nickte der Mann. »Das bist du nicht. Hast du Geld? Kannst du mir Geld geben?«

Zorn tat, als müsse er überlegen.

»Wofür? Brauchst du was zu essen?«

»Essen?« Der Mann mit dem Bart lachte, als habe Zorn nicht alle Tassen im Schrank. »Ich brauch doch kein Essen! Gott gibt mir Essen!« Dann wurde er ernst. »Nein, für meine Lampe.« Er tippte sich an die Stirn. »Die Batterie ist alle, ich will eine neue.«

Zorn sah zum Himmel. Die Wolken waren dichter geworden.

»Ist es denn nicht hell genug?«

»Nein«, der andere schüttelte so heftig den Kopf, dass das Metall an seinem Gürtel klapperte. »Ist es nicht. Es ist dunkel. Jetzt sehe ich nur ein bisschen, aber wenn die Lampe an ist, sehe ich *alles.* Ich bin nämlich der Lampenmann, verstehst du?«

Das tat Zorn natürlich nicht, aber er nickte trotzdem.

»Was ist mit denen?« Er wies auf den Gürtel des Lampenmanns, dort hingen zwei Stabtaschenlampen.

»Das sind meine Ersatzlampen. Aber die am Kopf muss immer brennen«, erklärte der Lampenmann wichtig. »Sie muss funktionieren.«

Das letzte Wort schien ihm Schwierigkeiten zu bereiten, er sprach es langsam aus, jede einzelne Silbe betonend.

Funk-ti-o-nieren.

Zorn, der jetzt wirklich wieder loswollte, kramte in seiner Hosentasche und reichte ihm einen Fünfeuroschein. Der Lampenmann faltete ihn sorgfältig zusammen und verstaute ihn dann in seiner Jacke.

»Du darfst jetzt gehen«, sagte er dann. »Danke, dass du mit mir geredet hast.«

Zorn nickte und zwängte sich durch die Hecke. Als er dann über den Parkplatz lief, hörte er den Lampenmann rufen: »Danke, dass du mit mir geredet hast! Du bist ein guter Mensch!«

Wenn du das sagst, wird's wohl stimmen, dachte Zorn und betrat das Präsidium.

Der Lampenmann sah ihm einen Moment nach.

»Du bist ein guter Mensch!«, rief er noch einmal, so laut er konnte.

Dann ging er langsam davon.

Drei

Ich werde versuchen, dich zu schützen.

Ein Windstoß fuhr durch die geborstenen Fensterscheiben, feiner Nieselregen wurde hereingeweht. Es war kalt, doch das störte ihn nicht. Der Schmutz war schlimm, aber das nahm er in Kauf. Er musste Kompromisse eingehen. Dies war sein Ort. Sein geheimer Raum, mitten in der Stadt und doch verborgen vor fremden Blicken, als befände er sich auf einem anderen Planeten.

Einer ist schon tot. Wie es aussieht, wird er nicht der Letzte sein.

Er schrieb langsam, Wort für Wort, Buchstaben für Buchstaben.

Jede Linie sorgfältig nachzeichnend, als würde er keinen Brief, sondern eine technische Zeichnung anfertigen.

Dir wird nichts geschehen. Das werde ich verhindern.

Der Tisch, an dem er saß, bestand aus einer verzogenen Hartfaserplatte, die er quer über zwei schiefe Klappböcke aus Kiefernholz gelegt hatte. Leise kratzte der Bleistift auf dem Papier.

Aber du wirst mir helfen müssen.

Er wusste nicht, ob er den Brief abschicken würde, doch das war im Moment egal. Vielleicht würde er es irgendwann tun. Dann, wenn alles vorbei war. Wichtig war, dass er seine Gedanken aufschrieb, dass er das, was er bereits getan hatte, und das, was noch vor ihm lag, schwarz auf weiß vor sich sah. So bekamen seine Pläne etwas Konkretes.

Niemand wird mir etwas …

Ein Knacken, die Spitze des Bleistifts brach ab. Ohne den Blick vom Papier zu wenden, griff er nach einem neuen auf der Platte neben sich.

… nachweisen können. Nicht, wenn ich es nicht will. Aber das ist nebensächlich.

Er strich mit dem Ärmel das Papier glatt, dann klappte er das Notizbuch zu. Schloss die Augen und überlegte, was er als Nächstes tun würde.

Der Mann im Nebenraum stieß einen leisen Schrei aus.

Er achtete nicht darauf.

*

Später an diesem Oktobertag sollte Claudius Zorn trotz des trüben Wetters mehrere kleine Lichtblicke erleben, jedenfalls in Bezug auf seine Arbeit. Es war halb vier, also bald Feierabend (der erste Lichtblick), der Tote war vor weniger als neun Stunden aufgefunden worden, und doch waren sie bereits ein großes Stück weiter (Lichtblick Nummer zwei).

»Es war eindeutig Selbstmord«, erklärte Schröder gerade. »Er hat Schmauchspuren an der Hand, also definitiv selbst geschossen. Die

Waffe lag direkt unter der Brücke im Fluss, seine Fingerabdrücke sind drauf. Er muss selbst gesprungen sein, wir haben keinerlei Hinweise auf einen Kampf gefunden.«

Zorn rührte schweigend in seinem Kaffee.

»Das sind natürlich vorläufige Ergebnisse«, fuhr Schröder fort, »aber ich glaube nicht, dass sich daran etwas ändern wird. Wir haben drei Leute, die angeben, heute Morgen gegen fünf so etwas wie einen Schuss gehört zu haben, aber leider keinen Augenzeugen.«

»Ich habe vorhin jemanden kennengelernt«, sagte Zorn, ohne mit dem Rühren aufzuhören. »Du wirst es nicht glauben, aber der Typ sieht alles. Sagt er jedenfalls.«

Schröder verschränkte die Arme hinter dem Kopf.

»Interessant, Chef. Vielleicht sollten wir ihn vorladen.«

»Das bringt nix. Er braucht seine Lampe.«

Schröder hob eine Augenbraue.

»Aha.«

Zorn starrte nachdenklich in seinen Kaffee.

»Er trägt so eine Stirnlampe am Kopf. Die muss an sein, sonst funktioniert es nicht, sagt er. Außerdem spricht er mit Gott.«

Sie schwiegen einen Moment. Die Klimaanlage sprang leise surrend an.

»Ich hab ihm Geld gegeben«, sagte Zorn.

»Warum?«

»Für Batterien.«

»Ach so.«

Der Kaffeelöffel klirrte in der Tasse.

»Damit die Lampe wieder geht.«

»Klingt einleuchtend.«

»Einleuchtend, genau.«

Der Nieselregen war stärker geworden, feine Schlieren liefen am Fenster hinab.

Zorn trank von seinem Kaffee.

»Was reden wir hier eigentlich für eine Scheiße?«

»Keine Ahnung, Chef. Du hast damit angefangen.«

Zorn rührte weiter. Schröder sah ihm eine Weile zu.

»Der Tote hat bei der Sparkasse gearbeitet. In der Kreditabteilung.«

Der Kaffeelöffel verharrte, es wurde still.

»Ach, das wissen wir also auch schon?«, fragte Zorn.

»Ja. Das wissen wir auch schon.«

»Dann haben wir heute hervorragende Arbeit geleistet, finde ich.«

»Of course«, nickte Schröder ernst. »Er hieß Meinolf Grünbein, geboren am 15. März 1952, keine Kinder, alleinstehend«, zitierte er aus dem Gedächtnis.

Zorn leckte den Kaffeelöffel ab und legte ihn neben der Tasse auf den Schreibtisch. Den missbilligenden Blick Schröders ignorierte er.

»Dann wäre das also auch erledigt.«

»Ich frage mich nur«, sagte Schröder und kratzte sich am Kinn, »warum er einen Pyjama trug.«

»Selbstmörder achten für gewöhnlich nicht sonderlich auf ihre Garderobe, Schröder.«

»Trotzdem. Er hat in der Nähe des Zoos gewohnt, das sind fast zwei Kilometer bis zur Brücke, die er im Schlafanzug zurückgelegt hat. Er muss einen Grund gehabt haben.«

Zorn sah aus dem Fenster und dachte an den Lampenmann.

»Vielleicht war er einfach nur durchgeknallt.«

»Oder er war in Panik, Chef.«

»Wovor?«

»Es könnte doch sein, dass er verfolgt wurde. Dass ihm jemand Angst eingejagt hat. So sehr, dass er von der Brücke gesprungen ist.«

»Und sich sicherheitshalber noch eine Kugel in den Schädel gejagt hat?«

Schröder zuckte die Achseln.

»Wir werden sein Umfeld unter die Lupe nehmen, nachsehen, was er bei der Sparkasse so gemacht hat. Vielleicht hat er einen Abschiedsbrief hinterlassen. Nachher fahre ich erst mal in seine Wohnung.«

»Okay.« Zorn sah auf die Uhr. »Was mache ich in der Zeit?«

»Du könntest die Begonien umtopfen, Chef.« Schröder lächelte. »Natürlich nur, wenn du Lust hast.«

Zorn schwieg, warf ihm aber einen Blick zu, den er für vernichtend hielt.

Dann nahm er den Löffel und rührte weiter in seinem Kaffee.

*

Das Problem des Claudius Zorn war einfach: Er hatte keinen Ort mehr, an dem er allein sein konnte. Nirgendwo fand er Ruhe. Weder bei der Arbeit noch zu Hause. Dort wartete Schröder, hier Malina. Überall war jemand.

Sicherlich, Zorn mochte Schröder und liebte Malina. So sehr, wie es ihm, dem Einzelgänger, möglich war, etwas unbeholfen zwar, aber von Herzen. Da war niemand, mit dem er lieber zusammen gewesen wäre.

Außer Schröder vielleicht. Manchmal, jedenfalls.

Diese Dinge gingen Zorn durch den Kopf, als er sich durch den abendlichen Stau in Richtung Bahnhof quälte. Am Kreisverkehr stand sein Hochhaus. Ganz oben, im vierzehnten Stock, saß Malina und wartete auf ihn.

Er hätte längst bei ihr sein können. Aber er war einen Umweg gefahren.

Warum, fragte er sich und bremste an einer Ampel, warum um alles in der Welt mache ich das? Weil ich ein paar Minuten Ruhe will? Bin ich bekloppt? Sie sitzt zu Hause, und ich habe nichts anderes zu tun, als ziellos durch die Gegend zu kurven?

Wenn ich mit ihr zusammen bin, will ich allein sein. Wenn sie weg ist, vermisse ich sie.

Scheiße.

Er war jetzt fast vierundvierzig, alt genug, um zu wissen, was er wollte. Trotzdem überlegte er immer wieder, warum er jedes Mal erleichtert aufatmete, wenn er morgens die Wohnungstür hinter sich zuzog und kurz darauf im dämmrigen Hausflur auf den Aufzug wartete.

Er wusste es nicht.

Als er den Volvo in der Tiefgarage abschloss, war er so ratlos wie zuvor.

Sie hatte ihm nicht gesagt, weshalb sie damals so plötzlich verschwunden war. Er hatte nicht gefragt, weil er Angst vor ihrer Antwort hatte.

Irgendwann würde er es tun. Vielleicht.

Heute jedenfalls nicht, dachte er und stieg in den Aufzug.

*

Die Wohnung des toten Bankangestellten lag im Erdgeschoss eines dreistöckigen Mietshauses im Norden der Stadt, direkt an einer von Kastanien gesäumten Hauptstraße. Schräg gegenüber war der Hintereingang des Zoos, hinter dem Wohnblock erhob sich eine Reihe bewaldeter Hügel, deren Flanke steil zum Fluss hinabführte.

Das Viertel gehörte nicht unbedingt zu den feinsten Gegenden, die lagen am anderen Flussufer, andererseits war es auch nicht zu vergleichen mit den verwahrlosten Betonburgen im Süden und Westen der Stadt.

Schröder stand im Flur, er hatte die Hände auf dem Rücken verschränkt und wippte auf den Zehenspitzen vor und zurück. Das tat er immer, wenn er nachdachte. Auch jetzt, denn etwas gefiel ihm nicht. Er musste nur noch herausfinden, was das war.

Die Wohnung war klein. Außer einer winzigen Küche gab es nur zwei Räume, einen zum Schlafen, der andere bot gerade Platz für ein Sofa, den Fernseher, einen Schreibtisch und eine dunkle Schrankwand, die mindestens dreißig Jahre alt sein musste.

Es roch nach altem Essen und schwerem, süßlichem Herrenparfum. Schröder ging ins Schlafzimmer und riss das Fenster auf. Das schmale Bett war nicht gemacht, er hob die Decke an und strich über das Laken. Obwohl er Schutzhandschuhe trug, berührte er den Stoff nur mit den Fingerspitzen.

Er schnüffelte an der Matratze. Verzog das Gesicht und richtete sich wieder auf.

Du warst nicht sehr reinlich, murmelte Schröder. Das passt nicht zu deinem Job, oder?

Am Bett stand ein voller Aschenbecher. Daneben lag ein umgekippter Stuhl. Auf dem Boden ein Chaos aus Unterhemden, Socken, benutzten Handtüchern, dazwischen eine weiße Unterhose und eine zusammengeknüllte Anzugjacke. Auf dem Nachttisch eine altmodische Brille, vorsichtig hob Schröder sie an, hielt die dicken Gläser gegen das Licht und legte sie wieder zurück. Er bückte sich und sah unter das Bett, schnaufend schob er eine leere Pizzapackung beiseite und zog eine Zeitung hervor. Kontrollierte das Datum und nickte.

Du hast letzte Nacht hier geschlafen, darauf wette ich. Im Morgengrauen bist du einfach aufgesprungen und losgerannt. Du hast schlecht gesehen, wahrscheinlich warst du halb blind, aber deine Brille war dir in diesem Moment egal. Es hat dich nicht gekümmert, du hast alles stehen lassen, ja, nicht einmal angezogen hast du dich. Bist schnurstracks zur Brücke gelaufen und hast dich erschossen. Warum? Warst du krank? Schizophren? Oder hat dich jemand in Panik versetzt? War jemand in der Wohnung? Hat er draußen gewartet? Oder hat er dich angerufen?

Schröder lief ins Wohnzimmer, dann wieder zurück.

Aber wie soll er dich anrufen, wenn ich hier kein Telefon sehe?

Er nahm sein Handy.

»Überprüfen Sie, ob auf den Namen Meinolf Grünbein ein Telefonanschluss gemeldet ist.« Er buchstabierte den Namen. »Außerdem will ich wissen, ob ein Auto auf ihn zugelassen ist. Seien Sie so gut und geben mir in der nächsten halben Stunde Bescheid, Sie haben ja meine Nummer.«

Eine aufgeregte Stimme antwortete.

»Ja, mir ist durchaus bewusst, wie spät es ist«, unterbrach Schröder und legte auf.

Er öffnete den Kleiderschrank. Links hingen zwei dunkle Anzüge, sie sahen neu aus, frisch gereinigt, der eine steckte in Plastikfolie. Daneben ein paar Kleiderbügel mit weißen Hemden. Schlipse, ein Paar Hosenträger.

Das, brummte Schröder, waren die Sachen, die du in der Bank getragen hast.

Rechts, in den Schubfächern, herrschte Chaos. Ein wilder Haufen

Wäsche, wahllos hineingestopft, eine Jogginghose, einzelne Strümpfe, Wollpullover, egal, ob sauber oder schmutzig.

Nein, Meinolf Grünbein war kein ordentlicher Mensch gewesen.

Schröder ging in die Küche, registrierte die schmutzigen Bodenfliesen, die eingetrockneten Weinflecken auf der Tischplatte. In der Spüle eine benutzte Kaffeetasse, sie war noch feucht.

Zurück ins Wohnzimmer. Ein verblichener Teppich, neben dem Sofa eine achtlos hingeworfene Tagesdecke, auf einem niedrigen Beistelltisch mindestens ein Dutzend Tageszeitungen, einige lagen auf dem Boden. An der Wand hing ein gerahmtes Schwarzweiß-Foto, ein pummeliger junger Mann im Anzug und mit altmodisch zurückgekämmtem Haar stand vor einem silberfarbenen Motorroller und lächelte durch eine Hornbrille stolz in die Kamera.

Schröder nahm das Bild ab, sah auf die Rückseite:

Oktober 1970 – endlich, mein erstes Moped!!!

So hast du also mit achtzehn ausgesehen, überlegte Schröder.

Da, wo das Bild gehangen hatte, befand sich ein heller Fleck an der Wand. Die Wohnung war seit Jahren nicht renoviert worden.

Am Fenster stand ein Schreibtisch aus hellem Buchenholz. Auf den ersten Blick war nichts Auffälliges zu entdecken: eine olivgrüne Schreibunterlage, Briefumschläge, ein Notizblock, Bleistifte, ein Füllfederhalter. Schröder trat näher und verschränkte die kurzen Arme vor der Brust. Nach zwei Minuten stieß er einen leisen Pfiff aus.

Das war es. Hier stimmte etwas nicht.

Die Schreibunterlage war parallel zur Tischkante ausgerichtet, die Stifte lagen da wie Soldaten in Reih und Glied, die Briefumschläge waren fein säuberlich übereinander gestapelt.

Schröder drehte sich um, sein Blick wanderte über das Chaos im Zimmer und wieder zurück zum Schreibtisch.

Der einzige Platz in der Wohnung, der ordentlich, geradezu penibel aufgeräumt war.

Zu ordentlich.

Er strich über die Tischplatte und sah die Spur, die sein Finger im Staub hinterließ. Vorsichtig nahm er den Füller, die Spitze war ausgetrocknet. Die oberste Seite des Notizblocks war vergilbt, diese Dinge hatten lange hier gelegen, ohne benutzt zu werden. Es konnte Wochen, sogar Monate her sein, dass Grünbein hier gesessen hatte.

Schöder ging in die Hocke, starrte aus nächster Nähe mit zusammengekniffenen Augen über den Tisch. Jetzt erkannte er sie deutlich, die Umrisse im Staub. Sah, wie die Sachen vor kurzem noch gelegen haben mussten. Schief, ungeordnet, wie in der gesamten Wohnung. Aber dann waren sie zurechtgerückt worden, jemand hatte hier, auf dem Schreibtisch, aufgeräumt.

Vor kurzem erst. Heute morgen?

Grünbein war das bestimmt nicht gewesen. Wer dann?

Eine Straßenbahn rumpelte vorbei, Schröder bemerkte es nicht. Stattdessen griff er zum Handy.

»Ich brauche die Spurensicherung, sofort.«

Er nannte die Adresse.

Dann legte er auf, ohne eine Antwort abzuwarten.

*

Sie saßen in Zorns Küche. Malina hatte gekocht, es gab Steak, Pellkartoffeln, frisches Brot und Salat. Er mochte ihr Essen, die Art, wie sie es zubereitete: schnell, effektiv (ohne großes *Brimborium,* wie sie sagte), stark gewürzt. Und sie kochte riesige Portionen, als müsse sie eine Großfamilie satt bekommen. Auch das gefiel Zorn. Da er tagsüber kaum aß, war er abends am Verhungern.

Das Neonlicht in der Küche war ausgeschaltet, auf dem Tisch und auf dem Fensterbrett hatte Malina dicke Kerzen verteilt. Es roch nach gebratenem Fleisch und verbranntem Wachs. Und nach ihr, nach Flieder.

Malina saß ihm gegenüber, sie hatte eines seiner T-Shirts an, es war ihr viel zu groß. Ein Bein hatte sie angezogen, ihr Kinn ruhte auf dem Knie. Den linken Arm hatte sie um ihren langen weißen Unterschenkel geschlungen, mit der anderen Hand stocherte sie in ihren Kartoffeln.

Zorn war satt. Und er war glücklich. Die Zweifel waren verschwunden, alles war gut. Warum, fragte er sich kurz, muss ich immer wieder solch einen hirnverbrannten Blödsinn denken?

Er legte die Gabel beiseite.

»Das schmeckt wirklich toll, ein bisschen bitter. Ist das Ingwer?«

»Koriander.« Sie lächelte. »Tu nicht so, als ob du Ahnung hättest.«

Als Antwort hielt ihr Zorn seinen Teller entgegen, sie tat ihm Salat auf.

»Ich muss nächste Woche nach Zagreb. Magst du mitkommen?«

Sie arbeitete jetzt für ein kroatisches Reisebüro, organisierte Tauchtouren in der Adria. Angefangen hatte sie als Dolmetscherin, mittlerweile war sie zur Büroleiterin aufgestiegen. Zorn wusste nicht genau, was sie da tat. Aber sie mochte ihre Arbeit, das hatte sie ihm gesagt.

»Ich würde gern«, erklärte er. »Aber ich glaube nicht, dass ich hier weg kann.«

»Wegen des Toten, den ihr im Fluss gefunden habt?«

Er nickte kauend. Sie fragte ihn nie, was er den ganzen Tag über machte. Wenn er etwas erzählen wollte, tat er es. Wenn nicht, ließ sie ihn in Ruhe. Sie schien zu spüren, ob er über seine Arbeit reden wollte. Auch jetzt, denn sie wechselte das Thema.

»Möchtest du noch Fleisch?«

»Nee«, er schob seinen Stuhl zurück und strich mit der Hand über den Bauch. »Noch ein Bissen, und ich platze. Ich hab eh schon zugenommen.«

Malina sah ihn über den Rand ihres Rotweinglases an.

»Stimmt, Claudius.«

Das hatte Zorn tatsächlich. Ein, zwei Kilo vielleicht. Schlimm fand er das nicht, wenn er ein Hemd trug, wirkte er noch immer schlank und drahtig. Trotzdem richtete er sich empört auf.

»Malina, ich habe das nicht gesagt, weil ich mich dick fühle.«

»Warum dann?«

»Das sind Floskeln, man spricht sie aus, weil man das Gegenteil hören will«, erwiderte er gedehnt. »Weil man ein Kompliment erwartet.«

»Frauen tun so etwas.«

»Nun, Männer offensichtlich auch. Jedenfalls ab einem gewissen Alter. Und ich denke, eine kleine Aufmunterung würde mir jetzt gut tun.«

Malina sah schweigend auf ihren Teller. Er konnte ihr Gesicht nicht erkennen, es war hinter ihrem dichten Haar verborgen. Trotzdem wusste er, dass sie in sich hineinlächelte.

Er legte die Hand ans Ohr. »Ich höre?«

Sie warf den Kopf zurück, das Haar flog ihr aus der Stirn.

»Spätestens in zwei Jahren«, sagte sie, »wirst du ein dicker, alter Mann sein. Du wirst ein kleines Bäuchlein haben. Und vielleicht auch ein Doppelkinn. Aber weißt du was?« Die Spitze ihres Zeigefingers fuhr sacht über seinen Unterarm. »Du wirst toll aussehen.«

Er tat, als müsse er nachdenken.

»War das jetzt ein Kompliment?«

»Nein. Eine Liebeserklärung.«

Zorn wusste noch immer nicht, welche Farbe ihre Augen hatten. Jetzt schienen sie grau zu sein, mit einem hellblauen Schimmer an den Rändern. Vielleicht, überlegte er, lag es daran, dass sie ein wenig zu schielen schien. Unmerklich nur, aber das konnte der Grund sein, warum er sich nicht auf eine bestimmte Farbe festlegen konnte.

»Angenommen, ich wäre klein und dick, wie Schröder. Würdest du mich dann auch …«

»Ich mag Schröder«, unterbrach sie ihn.

»Ich auch.« Er unterdrückte ein Rülpsen. »Das muss ich, schließlich erledigt er fast die gesamte Arbeit für mich.«

Zorn hatte gehofft, dass Malina auflachen würde, wenigstens kurz, doch sie wurde ernst.

»Bisher habe ich Schröder nur zwei- oder dreimal getroffen. Ich weiß nicht mehr über ihn als das, was du mir erzählst.«

Und das ist wenig genug, fügte Zorn in Gedanken hinzu.

»Du musst aufpassen, Claudius.«

Er wusste, was jetzt folgen würde, doch er stellte sich dumm.

»Wie meinst du das?«

Sie hielt ihr Glas gegen die Kerze, schwenkte es im Licht, während sie nach den richtigen Worten suchte.

»Er ist was Besonderes. Du kommandierst ihn herum, er lässt sich alles gefallen, rennt für dich durch die Gegend wie dein Dienstbote. Das stimmt doch, oder?«

Zorn nickte. Widerwillig.

»Schröder hält mir den Rücken frei.«

»Warum sollte er das tun?«

»Weil er mich mag?« Er zuckte die Achseln. »Weil er weiß, dass *ich* ihn mag?«

»Du darfst ihn nicht ausnutzen«, sagte sie vorsichtig. »Ich glaube, er ist ein sehr, sehr einsamer Mensch. Er verströmt so eine Aura, ich kann es nicht erklären.«

»Ich weiß, was du meinst.«

Das stimmte wirklich.

»Du musst vorsichtig sein, Claudius.«

»Das sagtest du bereits.« Zorns Stimme hob sich. Er hasste es, wenn er sich verteidigen musste. Sie warf ihm einen kurzen Blick zu, sofort wurde er ruhig. »Ich hab ihm gesagt, dass ich für ihn da bin.«

»Wann?«

Zorn überlegte. Vor einem Jahr?

»Ein paarmal«, log er. »Und ich hab ihn eingeladen, hab ihm gesagt, dass er uns besuchen kann, wann er will. Er hat gesagt, dass er keine Zeit hat.«

Malina nippte an ihrem Wein.

»Manchmal sagt man etwas und hofft, dass der andere das Gegenteil tut.«

»Das waren meine Worte, Malina. Vor weniger als zwei Minuten.«

»Du weißt, wie ich das meine. Du hättest nachhaken sollen. Das hast du nicht getan, weil du es nie ernst gemeint hast. Das spürt er.«

»Woher willst du das wissen?

»Ich kenne dich ein wenig. Du bist ein fauler Mensch, Claudius Zorn.«

Den Bruchteil einer Sekunde spielte Zorn mit dem Gedanken aufzuspringen, die Küche zu verlassen und die Tür mit einem Knall hinter sich zuzuschlagen. Was er aber nicht tat, denn sie hatte recht.

»Okay«, nickte er ergeben. »Ich werde auf ihn aufpassen.«

»Gut.«

Malina war eine praktische Frau. Jetzt, wo alles gesagt schien, beugte sie sich über den Tisch und begann die Teller zusammenzuräumen. Zorn wollte ihr helfen, doch dann fiel sein Blick auf ihr T-Shirt. Genauer gesagt, auf *sein* T-Shirt. Und ihre Brüste, die jetzt deutlich zu sehen waren.

Malina sah auf.

»Was ist? Gefallen sie dir nicht?«

Zorn wurde tatsächlich rot.

»Doch. Sehr. Es ist mir nur peinlich, ständig draufstarren zu müssen.«

Noch immer stand sie vorgebeugt da, einen Teller in der Hand, ihr Gesicht direkt vor seinem. Zorn zwang sich, ihr in die Augen zu sehen. Sein Hals war trocken, er musste sich räuspern, bevor er weiterreden konnte. »Es ist albern, aber ich kann's nicht ändern. Die sind wie Magneten. Ich komme mir vor wie ein hormongesteuerter Vollpfosten.«

»Als ich das erste Mal bei dir war, hast du woanders hingestarrt, weißt du noch?«

Natürlich, auf ihre Beine. Die fand er genauso schön.

Sie küsste ihn kurz, dann stand sie auf. Als er rauchend am Tisch saß und zusah, wie sie die Teller in die Spüle räumte, stellte er wieder fest, wie zufrieden er war. Er musste nicht weg. Es war gut, dass sie bei ihm war. Dass sie zusammen waren. Wie hatte er nur so dumm sein können? Woher kam dieser Gedanke, dass er lieber allein war? Alles war so, wie es …

»Es gibt noch etwas anderes, worüber wir reden müssen«, sagte sie über die Schulter.

Zorn horchte auf. Reden *müssen*? Das klang nicht gut. Das Hochgefühl verschwand, als habe jemand eine Tür zugeschlagen. Fast glaubte er, einen leisen Knall zu hören.

Nein, er wollte nicht wissen, was sie zu sagen hatte.

»Erzähl's mir«, sagte er trotzdem und starrte auf seine Zigarette.

Malina drehte sich um, fuhr sich mit den feuchten Händen durchs Haar und überlegte.

»Nicht jetzt«, meinte sie dann. »Nicht heute.«

Er wusste, dass er jetzt nachhaken müsste. Fragen, worum es ihr ging. Ob sie ein Problem hatte, mit ihm vielleicht. Aber er tat es nicht.

»Okay«, brummte er stattdessen und hoffte, dass sie ihm die Anspannung nicht anhörte.

Sie warf ihm den Lappen zu.

»Ich geh jetzt schlafen.«

»Und ich?«

»Du machst den Abwasch.«

Später, als er im Bett lag und ihrem Atem lauschte, fragte er sich, wo diese Leichtigkeit geblieben war. Dieses Glück, das er vorhin beim Essen empfunden hatte.

Kam es zurück?

An diesem Abend jedenfalls sollte Zorn es nicht mehr herausfinden, denn kurz darauf war er eingeschlafen.

Vier

Aus der Luft betrachtet sah die Stadt gar nicht so schlimm aus wie die meisten behaupteten. Denn von oben waren zahlreiche grüne Flecken zu erkennen: der Stadtwald, die Pferderennbahn, der botanische Garten, die großen Friedhöfe und weiter oben über der Stadt, auf einem bewaldeten Hügel, der Tierpark.

Das Zoogelände wurde auf drei Seiten von Straßen begrenzt, die vierte, südliche, sicherte ein mannshoher, martialischer Zaun aus schwarzen, an den Enden zugespitzten Eisenpfählen.

Hier, in einer Senke, lag das alte Solbad. So ziemlich jeder in der Stadt kannte diesen großen, verwilderten Park (zumindest dem Namen nach), aber kaum einer, der jünger als dreißig war, hatte ihn jemals betreten. Als der Kurpark angelegt wurde, hatte er sich noch außerhalb der Stadt befunden. Jetzt, über hundertfünfzig Jahre später, lag er nördlich vom Zentrum, umgeben von herrschaftlichen Villen und engen, mit Kopfstein gepflasterten Gassen.

Es gab Legenden, die sich um das alte Kurbad rankten. Geschichten von einäugigen Zwergen und wahnsinnigen Gnomen, die nachts zwischen den überwucherten Promenaden ihr Unwesen trieben. Märchen, die besagten, dass die Solquelle vergiftet sei, dass jeder, der früher mit dem Wasser in Berührung gekommen war, verflucht wurde. Dass die Toten nicht verwesten und zurück an diesen morbiden Ort mussten, durchsichtige Gestalten, denen das Salz die Augen weggefressen hatte, Männer in altmodischen Zylindern, Frauen in großen Hüten und weiten weißen Röcken. Sie flanierten zwischen den verfallenen Kolonnaden, manche spielten Kricket, stumm, denn sie hatten keine Zungen, andere tanzten unter den Platanen Walzer, mit schwerelosen, gleitenden Bewegungen. Im Musikpavillon spielte ein Orchester, schief grinsende Kreaturen, die nur darauf warteten, ihre Geigen beiseite zu legen und den Lebenden, die sich hierhin verirrten, die dampfenden Gedärme aus dem Leib zu reißen. Widerliche, schmatzende Töne erfüllten dann die Luft, manchmal wechselte der Mond die Farbe, wurde blutrot, die Fliesen im Badehaus barsten, die Jugendstil-Ornamente flossen auseinander, die Wände öffneten sich, schlammiges Wasser drang hervor, Monster mit schwarzen Zähnen brachen sich Bahn und …

Nein. Das waren natürlich Märchen.

Schauergeschichten, die sich die Halbwüchsigen in der Umgebung hinter vorgehaltener Hand zuflüsterten. Spinnereien, der Phantasie wildgewordener Kinderhirne entsprungen.

Nein, hier spukte es nicht.

Dies war kein billiger Horrorfilm, sondern eine ganz normale Herbstnacht inmitten einer durchschnittlichen mitteldeutschen Stadt (nun ja, abgesehen vielleicht von den gruseligen Fernsehshows, die über die mitteldeutschen Flachbildschirme flimmerten). Der Mond stand wie immer am Himmel, die Platanen wiegten sich leise im Wind, still und verlassen schlief der alte Kurpark in der feuchten Oktobernacht.

Kein Zombie, kein Monster, so weit das Auge reichte. Und auch der Mann, der im alten Badehaus im Schein einer Kerze saß und schrieb, war kein Geist. Obwohl sein Schatten wie ein Gespenst über die hohen, bröckelnden Wände tanzte.

Nein, hier spukte es nicht.

Aber dieser Ort war gefährlich. Und diese Gefahr war real.

Es wusste nur niemand.

Noch nicht.

*

Als Claudius Zorn am nächsten Morgen im Büro erschien, war alles so wie immer. Schröder saß rotwangig und gut gelaunt hinter seinem Schreibtisch und tippte mit flinken Fingern einen Bericht, Zorn schlurfte grußlos an ihm vorbei, fuhr seinen Computer ebenfalls hoch und fragte gähnend, ob es etwas Neues gäbe.

»Wir haben zwei Fahrraddiebstähle, eine Anzeige wegen Körperverletzung und eine Vermisstenmeldung«, erklärte Schröder, ohne mit dem Schreiben aufzuhören.

»Wer wird vermisst?«, fragte Zorn nicht sonderlich interessiert.

»Wie ich schon sagte, Chef: Zwei Fahrräder.«

»Verarsch mich nicht, Schröder. Nicht um diese Zeit, ja?«

»Ach, du meinst die Vermisstenmeldung? Entschuldige, ich hatte nicht erwartet, dass du mir zuhörst, Chef.« Während Schröder sprach, starrte er konzentriert auf den Monitor und schrieb mit atemberaubender Geschwindigkeit weiter. »Es geht um einen pensionierten Richter. Die Meldung kam gestern Nachmittag, von seiner Schwägerin. Sie sagt, er sei seit vier Tagen verschwunden. Und die Anzeige wegen Körperverletzung hat der Türsteher vom Waldkater erstattet. Er behauptet, ein Gast habe ihn angegriffen, heute Morgen um zwei. Mit einem Korkenzieher.«

»Ach.«

Zorn gähnte herzhaft, malte mit dem Bleistift ein paar Kringel auf die Schreibtischunterlage und lauschte dem leisen, irgendwie einschläfernden Klappern von Schröders Computertastatur. So vergingen ein paar Minuten.

»Was schreibst du da eigentlich?«, fragte er dann.

»Der tote Bankangestellte, Meinolf Grünbein. Einen Bericht zum letzten Stand der Dinge.«

Zorn gähnte noch einmal.

»Kann es sein, dass du zwei Sachen gleichzeitig tun kannst, Schröder?«

»Wie meinst du das, Chef?«

»Du unterhältst dich mit mir über einen vermissten Richter und verfasst gleichzeitig einen Bericht über den Toten vom Fluss?«

Schröder tippte weiter.

»Das nennt man Multitasking. Ich kann viele Dinge gleichzeitig.«

»Was denn noch?«

»Zum Beispiel fernsehen und dabei schlafen.«

Während Zorn noch stirnrunzelnd überlegte, was damit gemeint sein könnte, begann der Drucker zu rattern. Schröder lehnte sich zurück.

»Fertig. Willst du's lesen?«

»Nee, erzähl's mir lieber.«

»Ich war gestern in der Wohnung«, begann Schröder. »Jemand war dort, entweder kurz vor oder nach Grünbeins Tod. Wahrscheinlich hat er etwas gesucht.«

»Wie kommst du darauf?«

»Meinolf Grünbein war kein ordentlicher Mensch. Das Einzige, worum er sich halbwegs gekümmert hat, waren seine Anzüge, die Sachen, die er in der Bank getragen hat. Ich habe mit seinem Vorgesetzten telefoniert, Grünbein war seit über zwanzig Jahren bei der Sparkasse und ist nie auffällig geworden. Ein kleiner Angestellter in der Kreditabteilung, pünktlich, korrekt, sauber. Das passt irgendwie nicht zu seinem chaotischen Privatleben.«

»Du meinst, er hat ein Doppelleben geführt?«

Schröder überlegte kurz.

»So weit würde ich nicht gehen. Die Wohnung war schmutzig, aber er ist nicht im Dreck erstickt. Wahrscheinlich leben viele Menschen so.«

Zorn schüttelte den Kopf.

»Ich versteh nicht, was du mir eigentlich sagen willst.«

»Sein Schreibtisch, Chef. Das war der einzige Ort, der aufgeräumt war.«

»Er war Bankangestellter. Die halten ihren Schreibtisch sauber.«

»Der Tisch war völlig verstaubt. Ich wette, Grünbein hat vor Wochen, wenn nicht vor Monaten zuletzt dort gesessen, aber die Sachen darauf – Schreibunterlage, Stifte, Briefumschläge – waren fein säuberlich angeordnet. Man sieht an den Staubspuren, dass das erst kürzlich passiert ist.« Schröder runzelte die Stirn, während er nachdachte. »Ich kann's nicht genau erklären, Chef. Dieser Schreibtisch wirkte wie ein Fremdkörper. Vielleicht irre ich mich, aber ich denke, dass der, der sich dort zu schaffen gemacht hat, die Dinge zurechtrücken *musste.* Vielleicht eine Art Zwang. Ein Tick, ein Ordnungsfimmel.«

Zorn kannte Schröders Beobachtungsgabe. Seine Schlussfolgerungen gingen meist in die richtige Richtung. Er zog nun ebenfalls die Stirn in Falten.

»Wenn du recht hast, müssen wir nach Fingerabdrücken suchen.«

»*Yes.* Ist in Arbeit.«

Der Drucker gab ein erschöpftes Krächzen von sich und spuckte das letzte Blatt aus.

»Du meinst also«, sagte Zorn, »dass Grünbein verfolgt wurde?«

»Möglich.«

»Wer? Warum? Und was sollte er in der Wohnung gesucht haben?«

»Keine Ahnung, Chef. Soweit wir bisher wissen, war Grünbein ein Einzelgänger, er hatte keine Freunde. Sein Vorgesetzter sagt, er sei in den letzten Tagen wie immer gewesen, keinerlei Anzeichen von Angst, aber das muss nichts bedeuten.«

»Es sollte doch so etwas wie eine Kundenkartei in der Bank geben. Anfragen, Kredite, die Grünbein bearbeitet hat. Vielleicht findet sich da ein Hinweis. Jemand, der einen Grund hatte, Grünbein zu bedrohen.«

»Das wird gerade geprüft.«

Zorn trommelte mit den Fingern auf den Tisch.

»Trotzdem, ich verstehe das nicht«, meinte er kopfschüttelnd.

»Ich auch nicht, wenn ich ehrlich bin.« Schröder kramte ein großes Taschentuch hervor und schnäuzte sich umständlich. »Das Bett war benutzt. Grünbein hat sich abends hingelegt, früh um fünf ist er plötzlich aufgesprungen, zur Brücke gelaufen und hat sich umgebracht.«

»Es muss einen Grund geben, Schröder.«

»Jemand war hinter ihm her.«

»Wenn es diesen Jemand denn gibt. Bisher haben wir nur einen staubigen Schreibtisch, das ist ein bisschen wenig, oder?«

»Richtig.« Schröder faltete das Taschentuch zusammen und verstaute es sorgfältig in seiner Cordhose. »Vielleicht war dieser Unbekannte in der Wohnung, oder er hat Grünbein angerufen und bedroht. Grünbeins Handy haben wir allerdings nicht gefunden.«

»Hatte er denn eins?«

»Natürlich.«

»Vielleicht unter der Brücke, im Fluss?«

»Dort wird noch einmal gesucht.«

»Wissen wir, wie er zur Brücke gekommen ist?«

Plötzlich wurde Schröder puterrot im Gesicht. Seine Augen weiteten sich, er hielt die Luft an und während Zorn sich fragte, ob Schröder einen Herzanfall hatte, krachte ein Niesen durch das Büro, ein Donnern, als ob eine mittlere Atombombe gezündet würde. Zorn sah verständnisvoll zur Seite.

»Wohlsein, Schröder.«

»*Gracias,* Chef.«

»Werd mir bloß nicht krank, Freundchen.«

»Das habe ich nicht vor«, schniefte Schröder. »Nicht, bevor wir wissen, was hier passiert ist. Grünbein hatte kein Auto, und ein Taxi hat er auch nicht genommen. Jedenfalls erinnert sich niemand daran, im fraglichen Zeitraum einen älteren Herren im Pyjama zur Brücke kutschiert zu haben.«

»Dann ist er also gelaufen, er kann sich ja schlecht einen Tunnel gegraben haben. Erzähl mir, was du willst, Schröder. Aber jemand *muss* ihn gesehen haben. Auch wenn es früh am Morgen war.« Zorn schüttelte den Kopf. »Was für eine Stadt. Keine Sau kümmert sich um den anderen.«

»Das hat nichts mit dieser Stadt zu tun, Chef.«

»Sondern?«

»Es ist überall so. Die Menschen interessieren sich nicht sonderlich für andere.«

Zorn stand auf und ging zum Fenster. Der Tag war dunstig, dichte Nebelschwaden trieben über den Parkplatz vor dem Präsidium.

Schröder hat recht, dachte er. Wenn auf der Autobahn ein Unfall passiert, fahren die Menschen langsam, um ja nichts zu verpassen. Aussteigen würde kaum einer, weil alle davon ausgehen, dass jemand anderes hilft.

Und ich? Ich bin genauso.

»Wir müssen abwarten«, erklärte Schröder hinter ihm. »Vielleicht findet sich noch ein Zeuge, der ihn gesehen hat, die Befragungen sind noch längst nicht abgeschlossen. Und die Spurensicherung wird demnächst neue Ergebnisse haben, der endgültige Bericht der Pathologie fehlt auch noch. Grünbein könnte unter Drogen gestanden haben.«

»Vielleicht war er einfach nur verrückt.«

»Möglich, Chef. Aber ich glaube nicht daran.«

Ich auch nicht, dachte Zorn. Es muss einen anderen Grund geben.

Schröder griff die Aktentasche und nahm seinen abgewetzten Regenmantel vom Haken.

»Ich fahre jetzt zur Bank und rede mit Grünbeins Kollegen.«

»Lass dir keinen faulen Kredit andrehen.«

»Keine Sorge, ich mache keine Schulden.«

Schröder wandte sich zum Gehen. Da fiel Zorn noch etwas ein.

»Was machst du eigentlich heute Abend?«

»Wie meinen?«

Schröder stand in der Tür, die Klinke in der Hand. Ein kleiner Mann in einem großen Regenmantel. Seine Verblüffung war echt.

»Ich meine«, druckste Zorn auf der Suche nach den richtigen Worten herum, »was du heute so vorhast. Du könntest ...«

»Ja?«

»... zum Essen kommen.«

Schröder legte den Kopf ein wenig schief und sah ihn nachdenklich an. Er schien noch immer nicht verstanden zu haben, was hier gespielt wurde.

»Oder so«, fügte Zorn ein wenig hilflos hinzu.

»Zu dir?«

Zorn nickte.

Ein leises Lächeln huschte über Schröders Gesicht.

»Du meinst das ernst, oder?«

Wieder nickte Zorn.

Schröder öffnete die Tür.

»Das ist wirklich nett, Chef.«

»Aber?«

»Ich hab schon was vor.«

»Na gut.«

Immerhin, ich hab's versucht, dachte Zorn und schämte sich ein wenig über seine Erleichterung. Er konnte beim besten Willen nicht erklären, woher dieses Gefühl kam, schließlich war Schröder neben Malina der wichtigste Mensch in seinem Leben. Aber was hatte Malina gestern gesagt? *Du bist ein fauler Mensch, Claudius Zorn.* Und noch etwas hatte sie verlangt: Er sollte nachhaken.

Das tat Zorn dann auch.

»Bist du sicher?«, fragte er.

Schröder nickte, dabei ordnete er mit den Handflächen den spärlichen Scheitel.

»Ja, Chef. Danke für die Einladung, ein anderes Mal gern.«

»Ich komm drauf zurück.«

Die Atmosphäre im Büro war plötzlich anders, es schien, als sei die Temperatur ein wenig gefallen. Zorn hoffte auf eine flapsige Bemerkung Schröders, etwas, das die Situation entspannen würde. Doch Schröder schwieg.

Stattdessen nickte er kurz und ging.

Später stand Zorn noch ein wenig am Fenster, starrte in den Nebel und dachte an Malina. Einen Vorwurf konnte sie ihm nicht machen.

Er hatte nachgehakt.

Zweimal sogar.

*

Wenig später saß Schröder im Auto und war unterwegs in Richtung westliche Neustadt. Er hatte lange überlegt, ob er sich einen Wagen zulegen sollte, schließlich war er fast zwanzig Jahre lang ausschließlich mit dem Fahrrad oder dem Bus unterwegs gewesen. Doch dann, zu seinem vierzigsten Geburtstag, hatte er beschlossen, sich etwas

Besonderes zu gönnen: einen nagelneuen, quietschgelben VW Beetle. Das war vor drei Wochen gewesen, wie immer hatte ihm außer seinen Eltern niemand gratuliert (ein Geschenk hatte er natürlich auch bekommen, einen Satz Flanellbettwäsche von seiner Mutter).

Schröder, der so gut wie keine Fahrpraxis hatte, fuhr vorsichtig. Hoch aufgerichtet saß er hinter dem Lenkrad, den Sitz hatte er bis ganz nach vorn schieben müssen, um die Pedale mit seinen kurzen Beinen erreichen zu können.

Aber er hatte Spaß. Er mochte den Wagen, den Geruch nach Leder und Plastik, die Stereoanlage war hervorragend, und wenn die Fenster hochgekurbelt waren, klangen seine Klassik-CDs fast so gut wie daheim.

Jetzt allerdings hörte er keine Musik. Es war neblig, die Sicht war schlecht, er musste sich auf den Verkehr konzentrieren. Schröder liebte technische Spielereien, aus einer Laune heraus hatte er das Navigationsgerät eingeschaltet und die Adresse der Sparkasse eingegeben.

Er näherte sich der Hochstraße. Der Verkehr war dicht, die Autos drängten sich auf der dreispurigen Fahrbahn. Es war elf Uhr vormittags, trotzdem fuhren alle mit Licht. Rechts tauchten die protzigen Mauern des Kongresszentrums im Nebel auf, dahinter ging es hinab zum alten Wachturm.

Halten Sie sich links!, flötete das Navigationsgerät mit verführerischer Frauenstimme.

Schröder bremste ab, blinkte und ordnete sich ein. Ein weißer Audi röhrte auf der rechten Spur vorbei. Schröder beachtete ihn nicht, ebenso wenig den Stinkefinger, den ihm der Fahrer, ein achtzehnjähriger Knirps mit umgedrehter Baseballkappe, entgegenstreckte.

Oben auf der Hochstraße wurde die Sicht schlechter, zehn, höchstens zwanzig Meter vielleicht. Schröder kniff die Augen zusammen und umklammerte das Lenkrad fester. Die Scheiben beschlugen, er schaltete das Gebläse eine Stufe höher. Schräg vor ihm hätten jetzt die Türme der Marktkirche erscheinen müssen, doch sie verschwammen im Nebel, der wie eine verdreckte Gardine über der nassen Fahrbahn hing.

Nach achthundert Metern nehmen Sie die Ausfahrt, befahl das Navigationsgerät.

Zu Befehl, murmelte Schröder und ging in Gedanken das geplante Gespräch mit dem Filialleiter der Sparkasse durch. Die Rücklichter eines Lkw tauchten vor ihm auf, er bremste ab, um den vorschriftsmäßigen Sicherheitsabstand einzuhalten. Dunst wurde aufgewirbelt, er schaltete die Scheibenwischer ein.

Leise begann er vor sich hinzupfeifen, eine Sarabande von Erik Satie.

Auf dem Beifahrersitz vibrierte sein Handy, er hörte es nicht.

Das war nicht schlimm, denn nie im Leben wäre Schröder auf den Gedanken gekommen, während des Autofahrens zu telefonieren.

Schlimm war, dass er nicht mitbekam, wie fünfzig Meter vor ihm der Fahrer eines Mitsubishi die Kontrolle über seinen Wagen verlor und mit sechzig Stundenkilometern auf die Leitplanke zuraste. Der Wagen streifte die Begrenzung, drehte sich mehrfach um die eigene Achse, überschlug sich und blieb dann quer zur Fahrbahn liegen. Schröder hörte das Kreischen des Metalls, Aufprall für Aufprall, als sich die nachfolgenden Autos ineinander bohrten, sah den aufsteigenden Rauch und registrierte, wie der Lkw vor ihm nach rechts ausscherte und zuerst die Leitplanke und dann das Geländer durchschlug, als wäre es aus Butter.

Dahinter ging es fünfzehn Meter in die Tiefe.

Der dicke Schröder trat mit aller Kraft auf die Bremse, der Beetle blockierte, doch obwohl er das Lenkrad nach links zog, folgte sein Auto dem Laster wie ein kleiner, störrischer Esel.

Den Bruchteil einer Sekunde später raste der Beetle durch das Loch in der Leitplanke, hob ab und flog in einem eleganten Bogen durch die Luft.

Mein schönes Auto, stöhnte Schröder.

Bitte wenden Sie jetzt!, befahl das Navigationsgerät barsch.

Metall splitterte, Plastik barst.

Doch das hörte Hauptkommissar Schröder nicht mehr.

Fünf

»Was?!«

Zorn war aufgesprungen.

»Eine Massenkarambolage auf der Hochstraße«, wiederholte der uniformierte Beamte. »Insgesamt sind zwölf Fahrzeuge betroffen. Eines davon war der Wagen von Hauptkommissar Schröder. Mehr kann ich Ihnen im Augenblick …«

»Was ist mit Schröder?«

»Das wissen wir noch nicht.«

Zorn wurde blass. Rote Flecken erschienen auf seinen Wangen, seine Augen weiteten sich, als habe er einen Schlag in den Magen erhalten.

»Ich will wissen, wie es ihm geht, verdammt!«

Der Beamte, ein stiernackiger Wachtmeister um die vierzig, wich einen Schritt zurück.

»Es gibt siebzehn Verletzte, einige davon wahrscheinlich schwer. Ein Lkw hat die Leitplanke durchbrochen und ist fünfzehn Meter tief auf die darunterliegende Fahrbahn gekracht, direkt auf die Kreuzung am unteren Knoten. So, wie es aussieht, hat Hauptkommissar Schröder die Kontrolle über seinen Wagen verloren und ist ebenfalls abgestürzt. Alle verfügbaren Kräfte sind vor Ort, beziehungsweise unterwegs.«

»Was ist mit Schröder?«, wiederholte Zorn leise. Langsam, als rede er mit einem Kleinkind.

»Wir haben noch keine Information. Auf der Hochstraße herrscht totales Chaos.«

Zorn hieb mit der Faust auf den Tisch. Ein Becher mit Schreibutensilien fiel um, die Stifte rollten über die Tischplatte und fielen, einer nach dem anderen, zu Boden.

»Was auf der Hochstraße abläuft, ist mir scheißegal!«

»Die Meldung ist um vier Minuten nach elf reingekommen«, der Beamte sah auf seine Armbanduhr, »also vor gerade mal sechs Minuten.«

»Das interessiert mich nicht!«, brüllte Zorn, seine Stimme überschlug sich. Ein dünner Speichelregen ergoss sich über seinen Monitor. Der Wachtmeister wich einen weiteren Schritt zurück, er stand jetzt buchstäblich mit dem Rücken zur Wand.

»Jetzt hören Sie mal«, verteidigte er sich. »Sie können nicht erwarten, dass …«

»Nein«, unterbrach Zorn, »*Sie* hören mir jetzt zu, Kollege …«

Zorn wedelte hilflos mit der Hand durch die Luft. Er kannte den Wachtmeister, aber sein Name wollte ihm ums Verrecken nicht einfallen. In seinem Kopf war nichts als Leere. Und die Angst um Schröder.

»Grützner«, half der Wachtmeister.

»Wie auch immer.«

Plötzlich hielt Zorn eine brennende Zigarette in den Fingern, wann er sie angezündet hatte, wusste er nicht. Weit hinten tauchte der Gedanke an die Bürofenster auf, die sich wegen der Klimaanlage nicht öffnen ließen. Und an die Rauchmelder an der Decke.

Egal. Das war jetzt nicht wichtig.

»Ich will wissen, in welchem Krankenhaus Schröder liegt«, knurrte er und gab sich Mühe, ruhig zu klingen. »Ob er verletzt ist und wenn ja, wie schwer. Etwas anderes interessiert mich im Moment nicht.« Er nahm einen tiefen Zug von der Zigarette, langsam wurde er ruhiger.

»Seit wann fährt der überhaupt Auto?«, sagte er mehr zu sich selbst.

»Das hat er sich erst vor ein paar Wochen gekauft«, erklärte der Wachtmeister. »So ein gelbes, kleines Ding, sieht aus wie ein Elefantenturnschuh. Das ganze Präsidium hat gelacht, als er das erste Mal mit dem Teil angekommen ist. Haben Sie das nicht mitgekriegt?«

Nein, das hatte Zorn nicht. Wie so vieles, was Schröder betraf.

»Sie melden sich in fünf Minuten bei mir, dann erwarte ich Ergebnisse.« Zorn sah sich im Zimmer um, auf der Suche nach einem Aschenbecher. Den gab es nicht, also nahm er eine von Schröders Kaffeetassen. »Und noch etwas. Wenn das erledigt ist, kümmern Sie sich um die Unfälle. Ich will, dass jeder Stein auf der Brücke umgedreht wird, jedes Auto wird auseinandergenommen, bis zur letzten Schraube.«

Wachtmeister Grützner nickte wortlos und verließ das Zimmer.

Ich warne dich, Schröder, dachte Zorn und drückte die Zigarette aus. Wenn dir irgendwas passiert ist, bring ich dich um. Ich brech dir jeden einzelnen Knochen, darauf kannst du dich verlassen, Freundchen.

Dann sackte er in seinen Sessel und vergrub das Gesicht in den Händen.

Draußen auf dem Flur blieb der Wachtmeister stehen und knurrte eine Verwünschung.

»Aufgeblasenes Arschloch.«

Zorn hörte es nicht.

Selbst wenn, es wäre ihm egal gewesen.

*

Knapp anderthalb Stunden später wusste Zorn noch immer nichts. Im Büro fiel ihm die Decke auf den Kopf, irgendetwas musste er tun, doch er hatte keine Ahnung, was. So tigerte er denn ruhelos durchs Präsidium, gab Anweisungen und blaffte jeden an, der das Pech hatte, ihm über den Weg zu laufen. Als auch das nichts half, stürmte er schließlich ins Büro der Staatsanwältin.

»Neunzig Minuten, verdammt!« Zorn war völlig außer Atem, er hatte sich nicht die Mühe gemacht anzuklopfen. »Und niemand weiß, was mit Schröder ist!«

Frieda Borck saß hinter ihrem Schreibtisch und telefonierte. Mit der einen Hand schirmte sie den Hörer ab, mit der anderen gab sie ihm zu verstehen, dass er die Tür schließen solle.

Es knallte, dann baute sich Zorn breitbeinig vor ihrem Schreibtisch auf.

»Wie können Sie seelenruhig dasitzen und rumtelefonieren, während Schröder …«

»Halten Sie den Mund!«

Zorn gehorchte. Allein ihr Blick hätte einen Kampfhund verstummen lassen.

Die Staatsanwältin klemmte den Hörer zwischen Schulter und Ohr, nahm einen silbernen Kugelschreiber und kritzelte etwas auf ein Stück Papier. »Nein«, sprach sie in den Hörer, »Sie waren natürlich nicht gemeint.« Ein weiterer, vernichtender Blick zu Zorn. »Seien Sie so nett und schauen noch einmal nach. Sofort, bitte. Ja, ich warte.«

Sie trug ein schwarzes, eng anliegendes Kleid, das dunkelblonde, gelockte Haar hatte sie im Nacken zu einem Knoten geschlungen. Unter anderen Umständen hätte er sie wahrscheinlich wieder einmal attraktiv gefunden, doch jetzt war keine Zeit dafür. Stattdessen trat er von einem Bein aufs andere und schob das Kinn vor.

»Kein Wort«, formte sie mit den Lippen, »oder ich vergesse mich!«

Er sah auf die Uhr an der Wand hinter ihrem Schreibtisch: Gleich Viertel vor eins. Frieda Borck hielt den Hörer ans Ohr gepresst und lauschte schweigend.

Es dauerte lange. Viel zu lange, fand Zorn. Er nahm die Brille ab und drehte sie in den schweißnassen Händen. Es fehlte nicht viel, und er hätte mit den Füßen aufgestampft.

»Gut«, sagte sie nach einer Ewigkeit. »Ja, Schröder war der Name. Sie melden sich, wenn Sie etwas Neues haben.«

Sie legte auf, sah einen Moment nachdenklich auf das Telefon und wandte sich dann an Zorn. »Das war das Stadtkrankenhaus.«

Der Klumpen in seinem Magen löste sich, seine Wut schmolz wie Margarine im Backofen.

»Und?«

Mehr brachte er nicht heraus. Sein Mund war trocken, pelzig, als habe er ein Insekt im Hals. Etwas, das mit haarigen Beinen von innen an seiner Kehle kratzte.

Was bin ich für ein Blödmann, schoss es ihm durch den Kopf. Sie telefoniert mit dem Krankenhaus, und ich führe mich auf wie ein Vollidiot!

Frieda Borck schüttelte den Kopf.

»Wir wissen nicht, was mit Hauptkommissar Schröder ist. Und das ist auch kein Wunder, im Krankenhaus muss der Teufel los sein. Sie haben sämtliche Unfallopfer dort hingebracht. Es sind viel mehr, als ursprünglich angenommen wurde. Ein Laster ist direkt neben einer Schulklasse auf die Fahrbahn gestürzt, fast zwanzig Kinder, die mit ihrer Lehrerin ins Stadtmuseum wollten.« Sie holte tief Luft. »Es gibt Tote, Zorn. Mindestens einen. Einige schweben noch in Lebensgefahr. Mehr sagen sie nicht, sie haben jetzt anderes zu tun, als die Personalien der Verletzten aufzunehmen.«

Zorn schluckte und schwieg.

»Wir müssen abwarten«, sagte Frieda Borck leise. »Sie sind nicht der Einzige hier, der sich Sorgen macht. Wir alle mögen Hauptkommissar Schröder. Denken Sie daran, wenn Sie das nächste Mal hier reinplatzen wie ein Idiot.«

Vollidiot, dachte Zorn und schluckte abermals.

»Ich fahr ins Krankenhaus.«

»Das können Sie gerne tun. Nutzen wird es nichts.«

Es klopfte.

»Herein«, sagte Frieda Borck.

Ein kalter Luftzug wehte ins Zimmer.

Zorn drehte sich um und prallte zurück.

Setzte die Brille auf, weil er glaubte, sich zu irren.

Doch es blieb dabei: In der Tür stand Hauptkommissar Schröder.

*

»Du siehst blass aus, Chef. Was ist los? Hast du ein Gespenst gesehen?«

Ja, Zorn war blass geworden, mehr noch, er war kalkweiß im Gesicht.

Du Arsch!, wollte er rufen. Du Blödmann! Ich hab mir Sorgen gemacht, weil ich dachte, dass dir was passiert ist! Ich bin durch dieses Scheißpräsidium gerannt, hab Himmel und Hölle in Bewegung gesetzt, weil ich nicht wusste, was los ist! Und jetzt? Jetzt tauchst du auf, als wäre nichts passiert! Geht's noch?

Das war es, was Zorn durch den Kopf ging, aber er brachte kein Wort heraus. Stattdessen stand er mit offenem Mund da und glotzte auf Schröder hinab, der ebenfalls ein wenig blass um die Nase schien, ansonsten aber aussah wie immer – abgesehen von einem schmalen Kopfverband um die Stirn.

Frieda Borck war aufgesprungen, einen Moment sah es so aus, als wolle sie Schröder um den Hals fallen. Kurz, bevor sie ihn erreichte, stoppte sie. »Geht es Ihnen gut?«

»Aber ja!«, erklärte Schröder heiter. »Warum auch nicht?«

Die Staatsanwältin strich ihr Kleid glatt.

»Wir haben uns Sorgen gemacht.« Ein kurzer Blick zu Zorn. »Nicht wahr?«

Sorgen?, dachte Zorn, der noch immer dastand wie vom Donner gerührt. Dass ich nicht lache! Ich dachte, du wärst tot! Was bildest du dir eigentlich ein?

Aber auch das sprach er nicht aus.

»Du siehst aus wie Mark Knopfler«, sagte er stattdessen.

Frieda Borck fuhr herum.

»Wer zur Hölle ist Mark Knopfler?«

»Der Gitarrist der Dire Straits«, half Schröder. »Eine Rockband aus den Achtzigern, den werden Sie nicht mehr kennen, Frau Borck.«

»Ach!«

»Er ist immer mit einem Stirnband aufgetreten.« Schröder stellte seine Aktentasche neben die Tür und begann seinen Mantel auszuziehen. »Kollege Zorn meint, dass ich ihm mit meinem Kopfverband ein wenig ähnlich sehe, obwohl Knopfler mindestens einen Kopf größer ist als ich und wahrscheinlich nur die Hälfte wiegt, fürchte ich.« Er zog den Verband ein wenig tiefer in die Stirn und erinnerte plötzlich an einen kleinen, pummeligen Ninjakämpfer. »Findest du, dass mir das steht, Chef?«

Jetzt platzte Zorn der Kragen.

»Erzähl endlich, was passiert ist, oder ich mach dich einen Kopf kürzer!«

»Noch einen?«

»Vorsicht, ich werd dir gleich …«

»Schluss jetzt!«

Die Staatsanwältin griff Zorn am Oberarm, führte ihn wie einen Schuljungen zum Fenster und drückte ihn in einen der Besucherstühle. »Und jetzt«, wandte sie sich an Schröder, »erzählen Sie uns, was genau los war. Das halbe Präsidium ist auf der Suche nach Ihnen. Sind Sie wirklich okay?«

Schröder wurde ernst.

»Ja. Anscheinend hatte ich einen Schutzengel. Der Wagen ist auf den Rädern gelandet, die Airbags haben ausgelöst. Ich habe keine Ahnung, wie hoch die Brücke ist.«

»Fünfzehn Meter«, knurrte Zorn »Mindestens.«

»Dann hatte ich wirklich Glück.« Schröder seufzte. »Aber mein schönes Auto ist hinüber.«

»Hauptsache, Sie sind gesund«, sagte Frieda Borck.

»Das bin ich. Bis auf den Kratzer am Kopf.« Schröder strich sich über den dicken Bauch und verzog das Gesicht. »Und eine geprellte Rippe.«

»Haben Sie sich untersuchen lassen?«

»Nur kurz. Es gab genug Verletzte, die weniger Glück hatten als ich.«

»Du hättest dich melden können«, murrte Zorn.

»Das hätte ich, Chef. Aber mein Handy liegt irgendwo in den Trümmern, also bin ich hergekommen, so schnell es ging.«

Zorn antwortete nicht. Er war immer noch sauer.

»Jetzt«, Schröder klatschte in die Hände, »würde ich gern weiter arbeiten, wenn's beliebt. Und ich muss mich um ein neues Handy kümmern.«

Frieda Borck öffnete die Tür.

»Aber vorher gehen Sie zum Arzt! Betrachten Sie das als dienstliche Anweisung!«

Schröder senkte ergeben den Kopf.

»Sehr wohl, Frau Staatsanwältin.«

»Wir sind wirklich froh, dass Ihnen nichts passiert ist.« Sie gab Zorn einen unauffälligen Stups in die Seite. »Oder nicht?«

Natürlich, dachte er. Ich bin sogar heilfroh.

Aber er sagte es nicht.

*

Claudius Zorn war ein Mensch, der seine Handlungen selten hinterfragte. Wenn er es denn tat, geschah dies nicht sehr sorgfältig und war weit entfernt von einer ernsthaften Analyse. Derlei Dinge waren ihm zu anstrengend, er beschäftigte sich ungern mit seinem Innenleben. Natürlich war ihm bewusst, dass er Schwierigkeiten hatte, seine Gefühle zu zeigen, dass er immer wieder Probleme bekam, weil er impulsiv, unüberlegt und egoistisch agierte. Aber so war er nun einmal.

Im Großen und Ganzen hielt er sich für einen guten Kerl. Okay, er war vielleicht etwas eigen. Anders als die anderen. Ein Individualist, ein Einzelgänger. Einer, dem egal ist, was man über ihn denkt oder sagt.

Eigentlich fand er das gar nicht so schlecht.

An diesem Abend allerdings, als die Dämmerung bereits eingesetzt hatte und die Sonne allenfalls durch einen schmutzig roten Schimmer am Horizont hinter den Wolken zu erahnen war, saß Zorn daheim auf dem Sofa, rauchte, nippte ab und zu an einer Bierflasche und zweifelte.

Malina war nicht da, er hatte die Gelegenheit genutzt und eine alte Pet-Shop-Boys-Platte aufgelegt, etwas, das er in ihrem Beisein nie gewagt hätte. Sie fand seinen Musikgeschmack altbacken, geradezu proletarisch, wenig originell. Aber das war etwas, worüber sich nicht streiten ließ, und wenn sie ihm Vorträge über *anspruchsvolle* Musik hielt, über Stockhausen, Miles Davis oder kubanischen Jazz, nickte er meist, als würde er verstehen, was sie meinte, lauschte stumm leidend den in seinen Ohren kakophonischen Klängen und hoffte, es würde bald vorbei sein. Aber er ließ sich nichts anmerken, denn er nahm Malina ernst. Irgendwann, so hoffte er, würde er verstehen, was sie meinte.

Neil Tennant trällerte mit dünner Stimme irgendeinen süßlichen Käse über die *East End Boys and West End Girls,* Zorn steckte sich eine Zigarette an, lauschte den billigen Keyboardklängen und stellte fast ein wenig trotzig fest, dass es ihm gefiel, wobei er gleichzeitig überlegte, welcher Teufel ihn am Mittag im Büro der Staatsanwältin geritten hatte.

Er war unendlich erleichtert gewesen, als Schröder so plötzlich wieder aufgetaucht war. Um ein Haar wäre er einem ersten Impuls gefolgt und ihm um den dicken Hals gefallen. Zorn hatte es nicht getan, mehr noch, er war fürchterlich wütend geworden. Warum? Lag es an der Anspannung, der Ungewissheit? Bestimmt, aber warum war er dann so aggressiv geworden?

Vielleicht hatte es mit Frieda Borck zu tun, in ihrer Gegenwart fiel es ihm noch schwerer, seine Gefühle zu zeigen.

Eventuell, überlegte Zorn, bin ich ja auch zurückgeblieben. Nicht geistig oder körperlich, sondern emotional?

Die Musik war zu Ende, Zorn stellte sich vor sein Plattenregal und überlegte, was er als Nächstes hören solle. In einem Akt der Selbstkasteiung griff er zu einer Jaco-Pastorius-Platte, einem Geschenk von Malina. Bisher hatte er sich nicht getraut, sie aufzulegen.

Du wirst es hassen, hatte sie mit schwarzem Kugelschreiber auf die Hülle geschrieben. *Manchmal muss man sich anstrengen, um das Schöne zu verstehen. Gib dir Mühe!*

Das nahm sich Zorn dann auch vor, und als er die Platte vorsichtig auflegte, ging ihm durch den Kopf, dass Malina noch mit ihm reden wollte. Sie hatte ernst geklungen und noch ernster ausgesehen, das verhieß nichts Gutes. Dann drangen die ersten Töne aus der Bang & Olufsen-Anlage, wurden lauter, Zorn dachte daran, dass er weder diese Musik noch das, was Malina ihm zu sagen hatte, hören wollte, und hoffte gleichzeitig, dass die Musiker noch ihre Instrumente stimmten.

Mit gerunzelter Stirn und verschränkten Armen stand er vor den Boxen. Ja, er gab sich Mühe, ab und an glaubte er sogar, eine Art Melodie wahrzunehmen, einen Takt, dem er folgen konnte. Doch Sekunden später war es vorbei, er hörte nur Klänge, wirren, unmelodiösen Brei, dazwischen ein eigenartiges, irgendwie vertrautes, schrilles Geräusch. Nein, das war keine Musik, sondern ein Duell der Instrumentalisten, ein Wettlauf, wer in kürzester Zeit die meisten Noten spielen konnte. So sehr er auch wollte, er verstand es nicht.

Ach, seufzte Zorn resigniert, ich bin wohl zu blöd dazu.

Ein dissonantes Krachen, dann war der Titel zu Ende. Nicht ganz, denn dieser vertraute Ton stand weiter im Raum. Zuerst dachte Zorn an die Türklingel, dann sah er sein leuchtendes Handy auf dem Couchtisch.

Er drehte die Lautstärke herunter.

»Was ist?«

»Grützner hier«, meldete sich der Anrufer.

Es dauerte einen Moment, bis Zorn dieser mürrischen Stimme ein Gesicht zugeordnet hatte, dann erschien vor seinem inneren Auge das Bild des stiernackigen Wachtmeisters.

»Wenn Sie wegen Schröder anrufen«, erklärte Zorn, »ist das ein wenig spät. Er ist vor über acht Stunden wieder aufgetaucht.«

»Darum geht's nicht.«

»Worum dann?«

»Die Massenkarambolage. Sie hatten eine umfassende Untersuchung angeordnet.«

Ach, dachte Zorn, hab ich das? Na ja, wenn er's sagt, wird's wohl stimmen.

»Und?«

»Wir haben uns die Unfallwagen vorgenommen, begonnen haben wir mit dem ersten. Mit dem, der die Karambolage verursacht hat, ein Mitsubishi, Baujahr 2009. Die Kollegen haben ihn auseinandergenommen, Schraube für Schraube, ganz, wie Sie befohlen haben, Herr Hauptkommissar.«

Irrte sich Zorn, oder hörte er hier einen leicht sarkastischen Unterton?

»Kommen Sie zur Sache, Grützner!«

»Der Wagen ist sabotiert worden.«

»Wie jetzt? Wollen Sie mir erklären, dass die Bremsleitung durchgeschnitten wurde?«

»Nein. Die Lenkung war manipuliert. Ich will Sie in Ihrer Freizeit nicht mit technischen Details langweilen, Herr Hauptkommissar. Eigentlich wollte ich Ihnen nur mitteilen, dass Sie den richtigen Riecher hatten, ich gratuliere.«

Wieder dieser schwer zu definierende Tonfall.

»Sparen Sie sich die Glückwünsche. Was sagt der Fahrer?«

»Nichts. Er ist nicht auffindbar. Kein Wunder bei dem Chaos, wahrscheinlich ist uns nur ein Fehler bei der Registrierung unterlaufen.«

Später überlegte Zorn noch lange, was er von all dem halten sollte. Er kam zu keinem konkreten Ergebnis, außer, dass sie jetzt einen weiteren unübersichtlichen Fall hatten.

Und das bedeutete Arbeit, noch mehr Arbeit.

*

»Bist du bekloppt?«

Die beiden Jungen stritten jetzt seit einer Viertelstunde. Sie trugen weinrote Fußballtrikots, die ihnen viel zu groß waren und fast bis zu den Knien reichten. Der schiefe Bauzaun um das alte Solbad reichte mindestens einen halben Meter über ihre blonden, kurzgeschorenen Köpfe. Sie waren Geschwister, der Kleinere war höchstens acht.

Sein Bruder, der zweieinhalb Jahre älter war, wies hinter den Zaun. Dahin, wo der Ball irgendwo zwischen faulenden Brettern im Unkraut liegen musste.

»Du hast ihn rübergeschossen, also holst du ihn auch!«

Hinter den Bäumen erhoben sich die Mauern des Solbades, die dunklen Fensteröffnungen gähnten wie schwarze Löcher. Augen, die drohend zu ihnen herübersahen. Dort, hinter dem Zaun, war Niemandsland. Der Ort, an dem die Geister wohnten.

»Ich geh da nicht rein, niemals.« Der Kleine schüttelte heftig den Kopf. »Da drin spuckt's!«

»Es spuuuukt, du Nuss!«

Ihre hellen Stimmen wurden von den Fassaden der gegenüberliegenden Villen zurückgeworfen. Außer ihnen war niemand zu sehen, kein Auto fuhr über die enge, mit Kopfstein gepflasterte Straße.

Der Große trat dicht an seinen Bruder heran. Die Stollen seiner Fußballschuhe klackten auf dem Pflaster. »Du holst den Ball«, befahl er mit gefährlich gesenkter Stimme, ganz im Bewusstsein der Macht, die er aufgrund seines Alters über den Kleinen hatte. »Das ist ein echter EM-Ball. Papa gibt mir Hausarrest, wenn der weg ist.«

Manchmal, wenn niemand in der Nähe war, schlug er seinen Bruder, zog ihn an den Haaren oder kniff ihn. Aber immer so, dass keine Spuren blieben, dass er es abstreiten und mit großen, unschuldigen Augen behaupten konnte, er habe nichts getan. Er hatte ein zartes, mädchenhaftes Gesicht. Seine Eltern glaubten ihm. Immer.

Der Kleine war den Tränen nahe.

»Du hast gesagt, ich soll eine Bombe machen! Und ich hab eine gemacht! Meine war viel höher wie deine!«

»*Als* deine! Und jetzt ist der Ball drüben!«

Der Große warf einen Blick über den Zaun. Es war fast dunkel, eigentlich hätten sie längst zu Hause sein müssen. Sicher, er hätte problemlos durch eine der Lücken schlüpfen und den Ball suchen können, doch er hatte ebenfalls Angst. Und er kannte die Geschichten. Nein, er würde draußen warten. Er war der Stärkere, er bestimmte, wo es langging.

»Klettere durch und hol ihn!«

»Da kriegen mich keine zehn Gäule rein!«, schniefte der Kleine.

»Pferde, du Blödmann!«

»Das ist doch das Gleiche!«

»Dasselbe!«, rief der Große. In fünfzehn Jahren würde er einer der erfolgreichsten Immobilienmakler der Stadt sein. Vorerst musste er sich damit begnügen, seinen kleinen Bruder zu quälen. »Wenn du jetzt nicht gehst, dann bring ich dich heute Nacht hierher und binde dich da drinnen fest. Da sind Monster, die sind gepökelt.«

Der Kleine hatte keine Ahnung, was *gepökelt* bedeutete, aber es klang fürchterlich. Seine Augen wurden groß.

»Was?«

»Das Salz hat ihnen die Augen weggefressen, die können nichts sehen. Und sie kommen erst raus, wenn es richtig dunkel ist. Die riechen dich, und dann reißen sie dir mit ihren Krallen den Bauch auf und holen alles raus, was drin ist.«

Der Kleine runzelte die Stirn und dachte angestrengt nach. Die Tränen hatten schmale Furchen auf seinem schmutzigen Gesicht hinterlassen. Wieder schüttelte er den Kopf.

»Nein«, sagte er ernst. »Dann müsstest du ja auch da rein. Und das traust du dich nicht.«

Sein Bruder griff ihn am Handgelenk, drehte ihm den Arm auf dem Rücken nach oben.

»Willst du's drauf ankommen lassen, Blödmann?«

Der Kleine krümmte sich. Spürte den Schmerz durch seinen Körper schießen, den Atem seines Bruders dicht an seinem Ohr. Und er spürte, dass es seinem Bruder Spaß machte, ihm weh zu tun.

»Nicht!«

Er biss die Zähne zusammen, wappnete sich gegen das, was jetzt folgen würde. Sein Bruder würde erst aufhören, wenn er aus vollem Halse schrie. Das wollte der Kleine nicht, doch es wurde schlimmer und schlimmer, sein Arm tat weh, so fürchterlich weh, ein Knacken in der Schulter, er holte Luft, wollte um Gnade winseln, so, wie er es zum Schluss immer tat.

Plötzlich wurde er losgelassen.

Er rieb den schmerzenden Arm, richtete sich verwundert auf.

Zuerst sah er die Augen seines Bruders. Die Pupillen waren geweitet, starr, wie eingefroren stand er da und stierte über den Zaun. Sein Mund war halb geöffnet, die Unterlippe zitterte. Er schien etwas sagen zu wollen, doch er brachte kein Wort heraus. Ungläubig registrierte der Kleine den dunklen Fleck, der sich im Schritt seines Bruders bildete und langsam größer wurde.

Er folgte dem Blick des Älteren. Sah die Platanen, die kahlen, skelettartigen Äste. Die gusseisernen Gaslaternen, die seit Jahrzehnten nicht mehr gebrannt hatten. Die löchrigen, vom Efeu überwucherten Mauern des Badehauses. Die großen Fenster, dazwischen die verzierte Eingangstür, halb verdeckt von hohen Brennnesseln.

Der Kleine zwinkerte.

Vorhin war die Tür zu gewesen. Jetzt stand sie offen, ein schwarzer Schlund, das zahnlose Maul eines hungrigen Riesen, bereit, jeden zu verschlingen, der es wagte, in seine Nähe zu kommen. Ja, das war gruselig, aber nicht so schlimm. Schließlich konnte der Wind die schief in den Angeln hängende Tür aufgestoßen haben.

»Grzzlmpf!«, blubberte der Ältere und wies mit zitterndem Finger auf den Eingang. Zwischen seinen Füßen hatte sich eine Pfütze gebildet.

Jetzt sah es der Kleine.

Die Gestalt im Eingang, nicht viel mehr als ein Schemen. Das blasse Gesicht verschwamm in der Dunkelheit, ein heller, undeutlicher Fleck. Aber die Augen, die erkannte der Kleine deutlich. Sie sahen zu ihnen herüber.

Beobachteten sie.

Ein weiterer Fleck. Eine Hand kam zum Vorschein, langsam, ganz langsam schloss sich die Tür.

Nein, das war keine Einbildung. Das Knarren war deutlich zu hören.

»Du hast gesagt, sie kommen erst raus, wenn es richtig dunkel ist«, flüsterte der Kleine.

Sein Bruder schluckte.

»Ich habe mich geirrt.«

Sie rannten, so schnell sie konnten.

Sechs

Frieda Borck erwachte vom Klingeln an der Wohnungstür. Schlaftrunken schlurfte sie über den Flur, im Vorbeigehen warf sie einen Blick auf die Uhr über der kleinen Kommode. Halb sieben. Zu früh, um nachzudenken, wer das jetzt sein konnte. Sie brauchte zwei Versuche, um die Tür zu öffnen, beim ersten Anlauf verfehlte ihre Hand die Klinke.

»Guten Morgen«, sagte Jan Czernyk.

Er hielt ihr einen Blumenstrauß entgegen, ein Dutzend gelb-rot gesprenkelte Tulpen.

»Du?«

Sie hatten sich vor ein paar Monaten kennengelernt, seitdem trafen sie sich in unregelmäßigen Abständen. In dieser Zeit hatten sie wenig gesprochen und viel miteinander geschlafen, sie wussten wenig voneinander, sonst hätte Czernyk geahnt, dass die Staatsanwältin Tulpen verabscheute.

»Was machst du hier?«

Frieda Borck hatte mit niemandem über ihre Beziehung gesprochen, und sie glaubte, dass er es ebenso hielt. Czernyk, der Sonderermittler mit den vietnamesischen Wurzeln, war ein schweigsamer Mann.

»Hab ich dich geweckt?«

Er stand im Hausflur, ein kleines, selbstverständliches Lächeln auf den Lippen, als hätten sie sich am Abend zuvor verabredet. In Wahrheit hatte sie seit zwei Wochen nichts von ihm gehört. Er arbeitete in der Landeshauptstadt, über achtzig Kilometer entfernt.

Sie gähnte.

»Du hast mir noch nie Blumen geschenkt.«

»Dann wird es langsam Zeit, oder?«

»Ziehst du jetzt bei mir ein?«, fragte sie und deutete auf den Reisekoffer auf dem Boden.

»Vorerst würde es mir reichen, wenn ich kurz reinkommen dürfte.«

Schweigend trat sie zur Seite. Czernyk gab ihr einen Kuss, ging in den Flur und hängte seinen Mantel auf.

Es war sein Blick gewesen, der sie damals glauben ließ, er könne vielleicht der Richtige sein. Die ruhigen rabenschwarzen Augen hinter der schmalen Edelstahlbrille. Die olivenfarbene, glatte Haut, die hohen Wangenknochen. Die leise, selbstverständliche Art, mit der er sprach. Ein stiller, zurückhaltender Mann, der nicht aussprechen musste, was er wollte. Man wusste es auch so.

»Du siehst müde aus, Jan.«

Sie lehnte an der Eingangstür, die Blumen baumelten in ihrer linken Hand. Czernyk knöpfte sein Jackett auf und zog den Schlips gerade.

»Das liegt wahrscheinlich daran, dass ich wenig geschlafen habe. Aber du siehst toll aus.«

»Niemand sieht um diese Zeit toll aus.«

Sie trug ein uraltes Take-That-T-Shirt, ihr Haar stand in alle Richtungen vom Kopf ab. Kurz überlegte sie, wann sie zum letzten Mal ihre Beine rasiert hatte.

Er nahm sie in den Arm, sie roch sein Parfum.

»Kann ich kurz unter deine Dusche, Frieda?«

»Später.«

Sie schob ihn ein Stück von sich, sah ihm in die Augen.

»Du siehst wirklich müde aus, Jan.«

Er nahm die Brille ab, rieb sich das Gesicht, zwinkerte.

»Das bin ich auch.«

»Was ist mit deinen Augen?«

»Nichts weiter, ein bisschen entzündet.« Er winkte ab. Die goldene Uhr an seinem Handgelenk blitzte auf. »Wahrscheinlich, weil ich mit offenem Fenster gefahren bin. Ich wollte so schnell wie möglich bei dir sein.«

»Wie lange wirst du bleiben?«

»Ich habe Urlaub. Ich habe Zeit, und ich will bei dir sein.«

Jetzt hätte sie fragen können, warum er sich nicht gemeldet hatte, schließlich hätte er sie anrufen können, sagen, dass er sie besuchen würde. Sie tat es nicht, sondern schob ihn ein Stück weiter von sich. Ihre flache Hand lag auf seiner Brust, sie spürte seinen Herzschlag unter dem Hemd. Ruhig. Gleichmäßig.

»Bist du sicher?«

»Wäre ich sonst hier?«

»Bist du sicher?«, wiederholte sie.

Czernyk setzte die Brille wieder auf.

»Nein. Lass uns einfach abwarten, was passiert, Frieda.«

Sie dachte einen Moment nach. Dann nickte sie.

»Ich muss in anderthalb Stunden bei der Arbeit sein.«

»Heißt das, dass ich bleiben darf?

»Das habe ich nicht gesagt.«

»Ich hätte anrufen sollen.«

»Ja, das hättest du. Und jetzt komm ins Bett.«

*

Im Gegensatz zu Hauptkommissar Zorn erschien der dicke Schröder im Normalfall spätestens um sieben Uhr morgens im Präsidium. Er arbeitete gern, wenn andere noch schliefen. Um diese Zeit verbreitete das wuchtige Gebäude die Aura eines verlassenen Fußballstadions, doch Schröder mochte diese Ruhe, die wenig später, wenn die Schritte hunderter Beamter über die Flure hallten, einer emsigen Betriebsamkeit weichen würde.

Aus der kleinen Stereoanlage plätscherte leise ein Klavierkonzert. Nachher würde er die Musik abstellen müssen, Zorn behauptete, er könne sich *bei dieser verdammten Klimperei* nicht konzentrieren.

Auf dem Schreibtisch lag ein Stapel Akten, daneben stand eine weiße Porzellantasse mit Kamillentee. Schröder sah müde aus, abgekämpft, er hatte den Kopf in die Hand gestützt und studierte eine Zeugenaussage. Noch immer trug er den dünnen Kopfverband, die dunklen Ringe unter seinen Augen waren unverkennbar. Immer wieder sah er auf, zwinkerte kurzsichtig, als habe er Mühe, sich zu konzentrieren.

Eine junge Frau sagte aus, vor zwei Tagen gegen fünf Uhr morgens einen älteren, offensichtlich verwirrten Mann gesehen zu haben, der in ungewöhnlichem Aufzug die Straße unterhalb der Burg in Richtung Brücke lief.

Schröder nahm einen Bleistift.

Glaubwürdig? schrieb er auf ein liniertes DIN-A4-Blatt. *Zu Aussage einbestellen, Foto Grünbeins zeigen, Zeugin muss genaue …*

Er zögerte, kaute an seinem Bleistift, als wisse er nicht weiter. Dann fiel es ihm ein.

… Personenbeschreibung abgeben!

Schröder hatte eine gestochen scharfe Handschrift mit engen, winzigen Buchstaben. Heute allerdings waren seine Aufzeichnungen krakelig, die Zeilen verrutschten wie bei einem Zweitklässler.

Er trank einen Schluck Tee und nahm die nächste Akte vom Stapel, den vorläufigen Bericht der Gerichtsmedizin über Meinolf Grünbein. Jetzt las er schneller, dabei folgte die Spitze des Bleistifts den Zeilen. Seite um Seite blätterte er um, ab und zu machte er sich Notizen. Zum Schluss würde er das Blatt noch einmal kurz überfliegen und danach wegwerfen, dann nämlich, wenn er alles, was wichtig war, im Kopf hatte.

Die Spitze des Bleistifts verharrte.

Es wurden keinerlei Drogen oder Medikamente festgestellt, las Schröder halblaut. *Der anlässlich der Obduktion asservierte Mageninhalt bestand hauptsächlich aus Hefeteig, Tomatensauce, Salami und Käse (Pizza). Der Verdauungszustand zeigt an, dass die letzte Nahrungsaufnahme ca. sechs Stunden vor dem Tod erfolgte.*

Schröder dachte an die leere Pizzapackung unter dem Bett des Toten. Grünbein hatte die Nacht zu Hause verbracht.

Weder Arme noch Hände weisen Abwehrverletzungen auf, unter den Fingernägeln fanden sich keinerlei Hautpartikel o.Ä. Sowohl an Eintrittswunde (Schläfe) und Schusshand wurden Schmauchspuren festgestellt, so dass mit an Sicherheit grenzender Wahrscheinlichkeit …

Schröder malte ein dickes Fragezeichen auf seinen Zettel.

… von Selbstmord ausgegangen werden kann. Dies muss in einer abschließenden Untersuchung noch geklärt werden.

Er griff zum Telefon, um die Durchwahl der Gerichtsmedizin einzutippen. Sein Zeigefinger schwebte über der Tastatur, er hatte die Nummer wohl schon hundertmal eingegeben. Doch jetzt wollte sie ihm partout nicht einfallen.

Seufzend betrachtete er den Hörer, blinzelte verwirrt und legte wieder auf. Dann klappte er die Akte zu und begann mit den Fingerspitzen seine Schläfen zu massieren. So saß er ein paar Minuten da, fast hätte man meinen können, er meditiere, doch dann sprang er mit einem Ruck auf.

Sein Gesicht war bläulich weiß angelaufen. Er schwitzte, das Haar klebte ihm auf der Glatze, der Stirnverband war ihm über die Augen gerutscht. Schröder schien Mühe zu haben, das Gleichgewicht zu halten, schwankend stand er da, hielt sich mit einer Hand am Schreibtisch fest, die andere fuchtelte haltsuchend durch die Luft. Die Porzellantasse kippte um, der Kamillentee ergoss sich über den Tisch, Akten, Notizzettel schwammen in der lauwarmen Brühe. Er bemerkte es nicht, wankte zum Waschbecken neben der Tür. Immer wieder stützte er sich mit der Hand an der Wand ab, er sah fast albern aus, wie ein angetrunkener Blinder.

Er öffnete den Wasserhahn, ließ das kalte Wasser über die Handgelenke laufen. Betrachtete sein Spiegelbild über dem Becken, ein verschwommenes, geisterhaftes Schemen.

»Irgendetwas stimmt nicht mit mir«, sagte er laut.

Sein Spiegelbild schien zu nicken.

»Was ist mit mir los?«

Schröder schüttelte den Kopf wie ein Hund, der eine Fliege abwehrt.

Er würgte. Sein Mageninhalt ergoss sich ins Waschbecken.

Dann sackte er in sich zusammen.

*

Zorn schlenderte durch eine Nebenstraße im Bahnhofsviertel. Die Stadt erstickte im Verkehrschaos, wegen der Massenkarambolage war die Hochstraße komplett gesperrt worden. Einerseits, weil die Arbeit der Spurensicherung noch nicht abgeschlossen war, zum anderen, weil das Landesbauamt eine gründliche Untersuchung der Leitplanken angeordnet hatte. Somit war die wichtigste Verkehrsader in Richtung Westen unterbrochen, und Zorn hatte den Volvo in der Tiefgarage stehen lassen.

Er schlenderte zwischen vierstöckigen, farblosen Mietskasernen dahin. Der Morgen war dunstig und grau, kein Mensch war zu sehen, weder auf der Straße noch hinter den verschmutzten Fenstern. Kaum vorstellbar, dass jemand gern hier lebte, umgeben von verlassenen Getränkeläden, überquellenden Briefkästen und bröselnden Mauern. Doch die Wohnungen standen nicht leer, die Mieten waren billig. Ein paar hundert Meter weiter war zumindest ein Teil der Fassaden saniert, Bäume wuchsen am Straßenrand, doch hier schien alles mit einem Grauschleier überzogen, das einzige Grün stammte vom Unkraut, das zwischen den Ritzen des Kopfsteinpflasters sein kümmerliches Dasein fristete. Zorn war noch nie in seinem Leben in Russland gewesen, doch genau so stellte er sich eine Stadt im Ural oder in der Nähe des Polarkreises vor.

Er passierte eine verlassene Pizzeria, wich einem umgestürzten Kinderwagen aus und ging über die Straße. Früher hatte dort eine Maschinenfabrik gestanden, jetzt befand sich hier der Parkplatz eines Autohauses. Über dem Eingang hing ein Plakat.

Nächsten Samstag: Pfefferkuchenmarkt mit Hüpfburg und Sexy Carwash!

Zorn schlängelte sich zwischen den Autos hindurch, studierte die Schilder mit den Preisen und überlegte zerstreut, ob er sich irgendwann einen neuen Wagen zulegen sollte. Gleichzeitig fragte er sich, was um Himmels willen mit *Sexy Carwash* gemeint sein konnte.

Nach kurzem Nachdenken kam er zu dem Schluss, dass er es gar nicht wissen wollte. Für seine Verhältnisse war es noch früh, und er hatte Zeit. Eigentlich musste er erst in einer halben Stunde im Präsidium erscheinen.

Schritte erklangen, Zorn schrak zusammen, im ersten Moment fürchtete er, der Autohändler habe ihn entdeckt und wolle ihm nun eine Probefahrt mit einem gebrauchten Honda Civic aufschwatzen. Er ging in die Hocke und tat, als würde er das Rücklicht eines schwarzen Audi A8 studieren.

Zu spät, er war längst entdeckt worden.

»Guten Morgen, Freund!«

Diese schleppende, leicht stotternde Stimme hatte Zorn schon einmal gehört. Dann erkannte er im schwarz glänzenden Lack des Audi die leicht verschobene Silhouette des Lampenmanns.

»Ich bin dir nachgelaufen«, erklärte der Mann.

Zorn richtete sich auf.

»Warum?«

»Weil ich dich gesehen habe. Du hast mir Geld gegeben, weißt du nicht mehr?«

Der Lampenmann kam näher. Das Werkzeug an seinem Gürtel klimperte leise. Die Stirnlampe an seinem Kopf brannte, einen Moment leuchtete sie Zorn direkt in die Augen.

»Brauchst du noch mehr Geld?«

»Nein«, der Lampenmann schüttelte heftig den Kopf, die Plüschtiere an seinem Rucksack begannen zu schaukeln. »Schau, ich habe eine neue Batterie gekauft.« Er wies stolz auf seine brennende Stirnlampe. »Jetzt kann ich wieder sehen. Das ist wichtig, verstehst du?«

Zorn wich ein wenig zurück, denn der Lampenmann stand jetzt dicht vor ihm. Unwillkürlich hielt er die Luft an, in Erwartung des typischen Gestanks nach Schweiß, ungewaschener Kleidung und billigem Wein.

Doch da war nichts. Der Mann schien keinen Geruch zu haben. Das Einzige, was Zorn wahrnahm, war ein leichter, angenehmer Duft nach Leder.

Er sieht aus wie der Weihnachtsmann, dachte er. Nur, dass sein Bart schwarz ist und nicht weiß. Nein, verbesserte er sich in Gedanken, eher wie ein Weihnachtsbaum, mit all dem Krimskrams, mit dem er sich behängt hat.

Der Lampenmann legte den Kopf ein wenig schief.

»Hast du Lakritze?«

»Nee.«

»Ich liebe Lakritze. Gott hat immer Lakritze.«

Zorn wusste nicht recht, was er sagen sollte.

»Wo wohnt er denn?«, fragte er.

»Wer, Gott?«

Zorn nickte.

»Das darf ich dir nicht verraten.« Der Lampenmann kniff ein Auge zusammen. »Ich würde gern, weil du mein Freund bist, aber ich darf nicht. Das ist ein Geheimnis.« Er warf einen Blick über den Parkplatz, als wolle er sicher sein, dass sie allein waren. »Er fährt in einem goldenen Auto«, flüsterte er. »Viel schöner als die hier. Und er hat nur einen Arm. Mehr braucht er nicht.«

Die Sonne brach durch die Wolken, und jetzt, im Morgenlicht, wirkte der Lampenmann fast mystisch wie er da mit ausgebreiteten Armen zwischen den im Tau glänzenden Autos stand.

Eine Wolke schob sich vor die Sonne, und alles war grau und eintönig wie zuvor.

Zorn fühlte sich unbehaglich. Heimlich sah er zum Eingang des Autohauses, fast hoffte er jetzt, dass irgendjemand erschien und dieses Gespräch beendete.

»Ich muss jetzt auf Arbeit«, erklärte er und versuchte, bedauernd zu klingen. Dann ging er los, lief zwischen den Autos in Richtung Präsidium.

»Du bist ein Jäger, stimmt's?«, rief ihm der Lampenmann nach.

Zorn blieb stehen.
»Wie meinst du das?«
Die Antwort ging im Klingeln seines Handys unter. Er nahm ab. Nachdem er gehört hatte, was passiert war, rannte er los.
Der Lampenmann war vergessen.

*

»Wie spät ist es?«
»Das ist unwichtig, Schröder.«
Zorns Stimme klang anders als sonst, fand Schröder, als käme sie aus weiter Ferne. Das war komisch, denn Zorn musste direkt vor ihm sitzen. Er spürte seine Hand auf dem Unterarm.
Schröder hatte die Augen geschlossen, trotzdem wusste er, wo er sich befand. Da war dieser typische Geruch nach Desinfektionsmittel und frisch gestärkter Bettwäsche, er hörte das leise Piepsen medizinischer Geräte.
Er öffnete die Augen einen winzigen Spalt und erkannte Zorns verschwommene Umrisse, er saß direkt neben dem Krankenbett auf einem Stuhl.
»Im ersten Moment dachte ich, dass ich tot wäre, Chef.«
»Das kann nicht sein, Schröder. Dann wärst du im Himmel gelandet, und ich glaube nicht, dass wir uns dort treffen würden. Jemanden wie mich würde man da nie reinlassen.«
Etwas Neues schwang in Zorns Stimme mit, ein leiser, unbekannter Unterton. Sanft, fürsorglich, etwas nachdenklich, fast weich.
»Du hast eine Gehirnerschütterung. Vielleicht sogar einen Riss im Schädel, der Arzt sagt, sie wollen dich nachher röntgen. Wieso hast du dich gestern nicht sofort untersuchen lassen?«
Zorn war auf seinem Stuhl nach vorn gerutscht, Schröder erkannte jede einzelne Bartstoppel, die meisten waren grau. Im Gegensatz zu dem immer noch schwarzen, vollen Haar. Die Brille ließ Zorn seriöser aussehen, sie wirkte wie ein Fremdkörper in seinem jungenhaften Gesicht. Das Neonlicht spiegelte sich in den Gläsern.
»Was gibt's da zu grinsen, Schröder?«

»Du machst dir tatsächlich Sorgen um mich.«

»Nee, vergiss es. Ich hab einfach keinen Bock, die ganze Arbeit allein zu machen. Zumal wir jetzt einen zweiten Fall an der Backe haben.«

»Ich fürchte, im Moment bin ich keine große Hilfe, Chef.«

Zorn winkte ab.

»Du brauchst ein, zwei Tage Ruhe, sagt der Arzt. Dann bist du wieder fit. Hast du Schmerzen?«

Schröder lag einen Moment still, als horche er in sich hinein.

»Ich glaube nicht. Aber ich kann mich einfach nicht konzentrieren. Ich weiß noch, dass ich den Obduktionsbericht gelesen habe, dann ist mir schlecht geworden.«

»Du hast ins Waschbecken gekotzt, mein Lieber.«

»Das ist mir peinlich. Aber jetzt weiß ich, woher dieser pelzige Geschmack in meinem Mund stammt.« Schröder spürte, wie er langsam wegdriftete. »Ich sollte mich noch ein bisschen ausruhen.«

Zorn stand auf und knöpfte seine Jeansjacke zu.

»Tu das. Übermorgen erwarte ich dich im Büro. Frisch gestriegelt und gesund, klar?«

Doch da war Schröder schon eingeschlafen.

*

Es dauerte nicht lange, und Zorn verfluchte die Leichtfertigkeit, mit der er Schröder eine Auszeit verordnet hatte. Bereits eine Stunde später wurde ihm schmerzlich bewusst, wie wichtig – nein, unersetzlich Schröder bei den Ermittlungen war.

Die Aktenberge auf Zorns Schreibtisch wurden von Stunde zu Stunde höher. Es gab einen toten Bankangestellten und eine Massenkarambolage mit einem manipulierten Auto, zwei Fälle, die Unmengen an Papierkram produzierten. Zorn erstickte förmlich in Informationen, und obwohl er sich Mühe gab, verlor er immer wieder den Überblick zwischen Zeugenaussagen, pathologischen Berichten und vorläufigen Ergebnissen der Spurensicherung. Seine Aufgabe war es, das Wichtige aus all diesem Wust herauszufiltern, doch damit war er schlichtweg überfordert.

Zorn gab Anweisungen, widerrief sie, allerdings nur, um diesen Widerruf kurz darauf erneut rückgängig zu machen. Die Maschinerie geriet ins Stocken, holperte, als wäre ein wichtiges Relais ausgefallen. Und so war es ja auch, schließlich war es Schröder, der den Apparat am Laufen hielt, wie sich Zorn resigniert eingestand, als er sich am späten Nachmittag aus dem Präsidium stahl. Er fühlte sich wie ein Marathonläufer im Hamsterrad, stundenlang hatte er sich abgestrampelt und war doch keinen Millimeter vorwärts gekommen.

Jetzt sehnte er sich nach nichts anderem als nach etwas Ruhe. Er war mit Malina zum Essen verabredet, er würde ein großes Bier bestellen und ein riesiges Steak essen, dasitzen und still zusehen, wie sich das Kerzenlicht in ihren Augen spiegelte. Mehr wollte er jetzt nicht.

Doch es würde anders kommen.

Natürlich würde es das.

Sieben

Er stand in der Tür und spähte zwischen den Bäumen hindurch über den Zaun, dahin, wo gestern die Kinder mit dem Ball gespielt hatten. Niemand war da, die Straße war leer.

Ich muss vorsichtig sein, dachte er. Sie haben mich gesehen. Bestimmt haben sie mich für einen Geist gehalten, so schnell, wie sie gerannt sind. Egal, vorerst muss ich mir keine Sorgen machen, sie kommen nicht wieder. Aber ich muss aufpassen. Wenn ich entdeckt werde, ist alles vorbei.

Er warf einen letzten, prüfenden Blick nach draußen, dann schloss er die hohe Tür des Badehauses und sicherte sie von innen mit einem Ziegelstein. Mehr war nicht nötig, niemand würde hier, zwischen uralten Mauern und wucherndem Unkraut, einen Menschen vermuten. Jedenfalls keinen lebendigen.

Er öffnete eine weitere, ebenso hohe Tür und betrat die Eingangshalle, einen achteckigen Raum, der mit seinen schmalen, geschwungenen Fenstern und den gemauerten Bögen an eine gotische Kapelle erinnerte.

Die Schritte des Mannes knirschten auf dem schmutzigen, mit Schutt und Vogelkot übersäten Boden. Putz war von der Decke gefallen, die ehemals reich verzierten Wände waren mit Graffitis beschmiert, es roch nach Moder und feuchtem Beton. Der Zerfall schien nicht mehr aufzuhalten, und doch spürte man sofort, wie schön es hier früher einmal gewesen sein musste.

Dieser Ort hatte etwas Besonderes. Etwas, das nicht in Worte zu fassen war und doch von jedem einzelnen Mauerstein, jeder geborstenen Glasscherbe ausgestrahlt wurde.

Mitten im Raum befand sich ein eckiger Brunnen aus türkisfarbenen Fliesen. Früher war hier die Sole ausgetreten, die Kranken waren in weißen Kitteln langsam um den Brunnen gegangen und hatten die salzigen Dämpfe inhaliert.

Doch das war lange, sehr lange her.

Vor dem Brunnen stand der improvisierte Tisch, den er sich aus ein paar Brettern zusammengezimmert hatte. In einer der Umkleidekabinen nebenan hatte er zwischen alten Farbeimern und rostigen Gerüststangen eine Blechwanne gefunden, sie diente ihm jetzt als Stuhl.

Er setzte sich. Auf dem Boden stand eine große Ledertasche, er öffnete sie und legte mehrere Aktenordner, einen Laptop und einen mobilen Drucker auf den Tisch. Seine Kleidung war unter einem durchsichtigen Regencape verborgen, das ihm fast bis zu den Füßen reichte und bei jeder Bewegung ein lautes Rascheln erzeugte.

Ein Knall, Staub wirbelte auf, als er einen der Ordner öffnete. Dann begann er zu lesen.

Die Jugendstilfenster waren bis zu einer Höhe von drei Metern mit Brettern vernagelt, durch die Oberlichter drang ein schwacher, gelblicher Lichtschein. Es war dämmrig, er musste sich anstrengen, um etwas zu erkennen. Später würde er sich in einen der angrenzenden Räume zurückziehen und eine Kerze anzünden, dort gab es keine Fenster, kein Licht drang durch die dicken Mauern nach außen.

Und kein Ton.

Das war wichtig, denn der Mann, den er dort gefangen hielt, schrie bisweilen.

Ein dünnes Wimmern, der Ruf eines zu Tode geängstigten Kindes.

Wie lange er ihn warten lassen musste, würde sich bald herausstellen, ein paar Tage vielleicht. Er wusste, wann ein Mensch kurz davor ist, dem Wahnsinn zu verfallen, wann auf die Ungewissheit die Angst folgt, um der nackten Panik zu weichen. Und dann, wenn diese Panik den Verstand einfach wegwehen würde wie eine Frühlingsböe ein Papiertaschentuch, wenn aus einem vernunftbegabten Wesen ein willenloses Stück Fleisch geworden war, genau dann, in diesem Moment, würde er zu ihm gehen.

Darin hatte er Erfahrung. Er würde spüren, wenn die Zeit reif war.

Bis dahin musste er geduldig sein.

Auch damit kannte er sich aus.

*

»Entschuldige, es ist ein bisschen später geworden.«

Zorn, der wusste, dass Malina ungern wartete, grinste schief und nahm ihr gegenüber in einem Korbsessel Platz.

Das Restaurant hatte erst vor kurzem eröffnet und nannte sich *Casa Luigi.* Die weiß gestrichenen Wände und die ockerfarbenen Bodenfliesen sollten in Verbindung mit den schmiedeeisernen Lampen, den Strohblumengestecken und der gestreiften Markise über dem Tresen so etwas wie südländisches Flair vermitteln, doch trotz aller Bemühungen verströmte der Gastraum eher den Charme einer frisch renovierten Neubauwohnung.

Malina hatte einen Vierertisch ganz hinten, in der Nähe der Toiletten ausgesucht.

»Ist okay«, sagte sie und reichte ihm die Speisekarte. »Ich hab Wein bestellt.«

Sie trug ein schlichtes graues Wollkleid und sah umwerfend aus. Aber das, fand Zorn, war sowieso immer der Fall, egal, was sie anhatte.

Der Kellner, ein dünnes Männchen mit gegeltem Haar, schmalem

Schnauzer und Goldkettchen an den Handgelenken, eilte herbei und stellte mit einer schwungvollen Bewegung den Wein, eine Wasserflasche und drei Gläser auf den Tisch.

»Prego, signora.«

Er eilte zum Tresen, dort zapfte ein weiteres dünnes Männchen Bier. Die beiden waren die Inhaber des Restaurants und behaupteten, ein italienisches Brüderpaar zu sein. In Wahrheit, das wusste Zorn, waren sie weder verwandt noch Italiener. Der Kellner nannte sich Luigi, tatsächlich hieß er Jürgen, kam aus Thüringen und kannte das Mittelmeer allenfalls vom Hörensagen. Carlo, der Mann am Tresen, hatte bis vor kurzem eine Würstchenbude am Hallmarkt betrieben. Immerhin, sein Name war echt.

Und das Essen schmeckte, der Rest war Zorn egal.

»Ich bin einfach nicht eher weggekommen.« Er schlug die Karte auf. »Tut mir leid.«

»Es ist okay«, wiederholte Malina.

»Wirklich?«

Bevor sie etwas erwidern konnte, öffnete sich die Tür zur Herrentoilette, ein paar Sekunden später stand ein junger Mann an ihrem Tisch.

»Hi, ich bin Hermann. Du musst Zorn sein. Nett, dich kennenzulernen.«

Verdattert ergriff Zorn die entgegengestreckte Hand, spürte den laschen Druck der langen, feingliedrigen Finger, sie waren noch etwas feucht und rochen nach frischer Seife.

»Hermann ist zufällig vorbeigekommen«, erklärte Malina. »Wir kennen uns schon ewig.«

Hermann nahm wie selbstverständlich Platz, missmutig registrierte Zorn die schlauchförmigen Stretchjeans, das weiße Seidenhemd, den schmalen Schlips und ein keck in den Nacken geschobenes Hütchen, unter dem eine braune Haarsträhne hervorhing.

Zorn schwieg und spürte, wie seine Laune sich dem Nullpunkt näherte.

Der Junge konnte höchstens dreißig sein, das glatte Gesicht und der kaum vorhandene Bartwuchs ließen ihn wesentlich jünger erscheinen. Er war dünn, mehr als fünfundsechzig Kilo brachte er garantiert nicht auf die Waage. Ein Milchbubi, fand Zorn, kein Hermann, sondern ein Hermännchen. Einer, der sich viel zu viel mit seiner Garderobe beschäftigte, wahrscheinlich Stunden vor dem Spiegel verbrachte. Es hatte keine halbe Minute gedauert, und schon wusste Zorn, dass er diesen Kerl nicht mochte, auch in hundert Jahren nicht. Weder das Lächeln noch die selbstverständliche Art, wie er in seinem Sessel hing, den Arm über die Lehne gelegt, den mageren Hintern nach vorn geschoben, die Beine ausgestreckt, als säße er daheim auf dem Sofa. Nein, das alles gefiel Zorn ganz und gar nicht. Vor allem nicht Hermanns Hand auf Malinas Unterarm.

»Malina sagt, du bist Polizist?«

Zorn nickte stumm und schlug die Speisekarte auf.

»Ich glaube«, sagte er zu Malina, »ich nehme das Pfeffersteak.«

Natürlich wusste Zorn, was sie von ihm erwartete. Ein freundliches Gespräch darüber, woher sie und Hermann sich kannten, danach etwas geheucheltes Interesse an dem, was der andere so machte, gefolgt von nichtssagenden Antworten auf ebensolche Fragen, Worthülsen, die im selben Moment, in dem man sie ausgesprochen hatte, schon wieder vergessen waren.

Socialising hieß das, irgendwo hatte er den Begriff einmal gehört.

Blablabla und Pipapo.

Dazu hatte Claudius Zorn nicht die geringste Lust. Er wollte mit Malina allein sein.

»Darf ich?« Hermann nahm ihm die Karte aus der Hand, Zorn beobachtete konsterniert, wie er das Tagesangebot studierte. »Tomatensuppe klingt gut.« Der Junge klappte die Karte zu. »Die nehm ich. Und ein Käsebaguette.«

Zorn sah ihn an.

Du isst hier überhaupt nichts, sagte, nein, brüllte sein Blick. Hau ab, du störst! Verpiss dich, oder ich zieh dir dein albernes Hütchen über die Ohren!

Malina nestelte an ihrer Halskette. Ein Zeichen, dass sie entweder gelangweilt oder fürchterlich gereizt war. Zorn musste kein Hellseher sein, um zu wissen, dass Letzteres der Fall war.

»Und?« Hermann legte die Karte beiseite. »Was macht man so als Polizist?«

»Man langweilt sich.«

Zorn nahm die Brille ab und putzte sie ausgiebig.

Hermann trommelte mit den Fingern auf den Tisch.

Malina griff nach einer geblümten Serviette und faltete sie auseinander.

Die Stille war unangenehm, die Luft schien elektrisch aufgeladen, vibrierte, als würde eine Hochspannungsleitung unter dem Tisch verlaufen. Zorn wartete geduldig, dass der Junge aufstand und sich verabschiedete. Jeder Vollidiot musste merken, dass er hier störte. Hermann offensichtlich nicht.

»Hermann studiert Journalistik«, erklärte Malina.

»Ach.«

»Und er spielt Gitarre.«

»Gleichzeitig?«

Hermann lachte auf.

»Nee, ich schreibe ab und zu ein bisschen. Und das mit der Musik läuft eher nebenbei.«

Lass mich raten, dachte Zorn. Samstags triffst du dich mit deinen Kumpels in einem versifften Club und spielst Jazz, holst dir auf der Bühne vor ein paar Hanseln einen runter, säufst Rotwein und führst danach pseudointellektuelle Gespräche über verminderte Septimen, Sechsachteltakte und fünfsaitige Bassgitarren.

Nee. Da sitz ich lieber im Büro und starre die Decke an.

Der Kellner kam.

»Die Herrschaften haben gewählt?«, fragte Luigi, der eigentlich Jürgen hieß. Er schien lange an seinem italienischen Akzent gefeilt zu haben, doch der thüringische, leicht singende Unterton war nicht zu überhören.

»Ist die Tomatensuppe mit Fleisch?«, begann Hermann und strich die Haarsträhne aus dem Gesicht.

»*Si, Signore,* mit Parmaschinken.«

»Dann«, Hermann schüttelte den Kopf, »nehme ich nur das Käsebaguette.«

Auch das noch, dachte Zorn, er ist Vegetarier. Ich bin müde, ich bin genervt und ich habe Hunger. Ich will meine Ruhe, mit Malina allein sein. Und ich will rauchen. Stattdessen sitze ich mit einem quarkfressenden Tofubratling am Tisch, einem Typen, der aussieht, als könne er mein Sohn sein. Und der offensichtlich nichts anderes im Sinn hat, als meine Freundin anzubaggern. Und sie lässt sich's gefallen.

Hermann hatte sich zu Malina gebeugt und flüsterte ihr etwas ins Ohr. Sie lachte auf.

Das gab den Ausschlag.

»Lass uns gehen, okay?«

Zorn war aufgesprungen und sah auf Malina hinab. Ihre Blicke trafen sich über dem Tisch. Ein stummes Duell, ein paar Sekunden nur, dann wusste Zorn, dass er verloren hatte.

Wortlos schob er den Kellner zur Seite und stampfte davon.

*

Der schwere Ordner klappte zusammen. Es klang wie ein Pistolenschuss, dessen Echo vielfach von den Wänden des Badehauses zurückgeworfen wurde.

Der Mann im durchsichtigen Regencape stand auf. Langsam musste er los, bald würde er vermisst werden, draußen, in der anderen Welt. Er sah auf seine Armbanduhr, ein paar Minuten hatte er noch.

Gemächlich lief er um den Brunnen, die Hände auf dem Rücken verschränkt. Drei Türen gingen von der Badehalle ab, eine, die größte, führte zum Ausgang, die anderen beiden lagen einander gegenüber. Von dort gingen die Gänge mit den Baderäumen ab, auf jeder Seite drei Dutzend kleine, geflieste Kammern, die gerade Platz für eine Badewanne boten. Von oben ergab das Solbad das Bild eines Hufeisens, im Zentrum die achteckige Halle, nach Osten und Westen schlossen sich die halbkreisförmigen, schmalen Flügel mit den Kabinen an.

Vor einer der Türen blieb er stehen. Früher war sie verglast gewesen, die prächtigen Verzierungen waren längst gesplittert, das Blatt hing schief in den Angeln. Dahinter gähnte der schwarze Flur des Westflügels. Über der Tür war eine verblasste Inschrift zu erkennen:

Knaben

Nachdenklich betrachtete er die alten Buchstaben. Das Regencape blähte sich unter der feuchtkalten Luft, die aus dem Gang in die Halle strömte. Einen Moment sah es aus, als wolle er hineingehen, doch er zögerte.

Draußen, nicht viel mehr als ein Dutzend Meter entfernt, röhrte ein Motor auf, ein Moped ratterte im ersten Gang die steile Kopfsteinpflasterstraße hinauf.

Er beachtete es nicht. Niemand interessierte sich für das, was hinter dem schiefen Zaun geschah, was sich wirklich hinter den alten Mauern verbarg. Außer Narren und spielenden Kindern, die sich gegenseitig Schauermärchen erzählten.

Sie hatten Angst, weil sie die Wahrheit nicht kannten. Weil sie das Ungewisse fürchteten, genau wie der Mann, der hinten in einer der Zellen hockte und nicht wusste, warum er hier war.

Er würde es bald erfahren.

Der Mann im Regencape sah nach oben. Über der Inschrift befand sich eine Nische, dort hatte früher die Statue eines nackten Jungen gestanden, sie war längst gestohlen worden.

Das, was er vorhatte, war gut geplant. Er hatte sich vorbereitet, jetzt fehlten nur noch ein paar Kleinigkeiten.

Sechsunddreißig Baderäume waren hinter der Tür. Eng, schmal, wie Gefängniszellen.

Eine davon war belegt.

Bald würden es ein paar mehr sein.

*

Zorn lief unruhig in seinem Wohnzimmer auf und ab. Eine halbe Stunde, nachdem er wutschnaubend das Lokal verlassen hatte, waren ihm die ersten Zweifel gekommen. Jetzt, vier Stunden später, war es fast zehn, und nun fragte er sich ernsthaft, ob er womöglich Mist gebaut und sich wie ein Volltrottel verhalten hatte.

Er sah zum hundertsten Mal aufs Handy. Keine Nachricht, nichts. Kurz überlegte er, ob er sie anrufen sollte, doch ihm fiel absolut nicht ein, was er ihr sagen würde.

Seufzend riss er das Fenster auf. Die Nacht war hell, Mondlicht glitzerte auf den Dächern. Selbst hier oben roch er den Herbst, die faulenden Blätter, die feuchten Straßen, den Nebel, der irgendwo am Fluss zwischen den Bäumen hing.

So stand er denn da, rauchte, schwankte zwischen Ungewissheit und Trotz, und als er ihren Schlüssel in der Wohnungstür hörte, wusste er nicht, ob er erleichtert oder wütend sein sollte. Er beschloss abzuwarten.

Der Lichtschalter klickte, es wurde dunkel im Zimmer. Zorn drehte sich um und sah ihre schmale Gestalt im Türrahmen lehnen.

»Hi«, sagte Zorn.

Malina kam mit unsicheren Schritten näher und ließ sich aufs Sofa fallen. Zorn stand noch immer am Fenster. Ein Feuerzeug flackerte, ihr Gesicht leuchtete auf, dann versank das Zimmer wieder im Dunkel.

»Ich hab mich wie ein Idiot benommen, Malina.«

Die Zigarette glühte auf, Zorn sah, dass ihre Finger zitterten. Malina rauchte so gut wie nie. Nur, wenn sie betrunken oder wütend war. Jetzt, so schien es, war sie beides.

»Ich hatte einen beschissenen Tag. Das ist keine Entschuldigung, ich weiß, aber nun sind es zwei Fälle, die ich bearbeiten muss. Mir wächst gerade alles über den Kopf, Schröder liegt im Krankenhaus und …«

Er machte eine Pause, damit sie fragen konnte, was mit Schröder passiert sei, doch sie schwieg. Rauchte und sagte nichts.

»Wo warst du?«, fragte Zorn. »Ich hab mir ein bisschen Sorgen gemacht.«

»Ich habe getrunken.«

»Mit Hermann?«

Zorn glaubte, eine Kopfbewegung wahrzunehmen, die er als Nicken deutete.

»Ich mag ihn nicht.« Zorn versuchte, ruhig zu klingen, sachlich, sie sollte verstehen, was er meinte. »Du kennst mich, ich beurteile Menschen ziemlich schnell, und wahrscheinlich bin ich unfair. Aber ich kann nicht anders. Entschuldige, aber Typen wie Hermann gehen mir auf die Nerven. Er hält sich für einen Intellektuellen, das ist okay, aber ...«

»Künstler«, unterbrach ihn Malina ruhig. »Er sagt, er sei Künstler.«

»Noch schlimmer. Menschen, die sich selbst als Künstler bezeichnen, sind keine.«

Malina lachte leise auf. Es klang nicht sehr fröhlich.

»Du musst es ja wissen.«

Zorn wurde wütend.

»Mein Gott, hast du ihn dir überhaupt angeguckt? Diese albernen Klamotten, dieses Hütchen! Er denkt, das sieht lässig aus, aber Typen, die einen Hut brauchen, um cool auszusehen, sind definitiv *nicht* cool! Coole Menschen tragen keine Hüte!« Zorn merkte, wie er sich verhaspelte, seine Stimme schwoll an. »Es geht um das, was man kann. Und nicht um das, was man anzieht!«

»Lies, was er geschrieben hat. Hör dir seine Musik an.«

»Trotzdem!«

Die Antwort eines Schulkindes. Je lauter Zorn wurde, desto ruhiger schien Malina zu werden. Das machte ihn noch wütender.

»Du kannst mir nicht erzählen, dass er vorhin zufällig da war, Malina.«

»Er hat mich angerufen.« Ihre Stimme klang gelangweilt, etwas schleppend vom Alkohol. »Die letzten zwei Monate war er in London, sie haben an der Musik für den nächsten Tarantinofilm gearbeitet.«

Zorn mochte Tarantino. Vor allem die Musik in seinen Filmen.

Das würde sich ab heute ändern.

Malina drückte die Zigarette aus.

»Ich wollte, dass du ihn kennenlernst.«

Zorn verstand nicht.

»Warum?«

Sie schwieg, dachte nach. Dann griff sie nach ihrem Schlüssel und stand auf.

»Egal. Ich will heute nicht hierbleiben.«

Er wollte sie zurückhalten, sich noch einmal entschuldigen, doch er fand die Worte nicht. Dann, als die Haustür ins Schloss fiel, wurde ihm schlagartig bewusst, worüber sie neulich mit ihm hatte reden wollen, warum sie in den letzten Tagen nicht mit ihm geschlafen hatte, und auch, mit wem Malina den letzten Sommer verbracht haben musste, nachdem sie so plötzlich verschwunden war.

Sie war bei ihm gewesen.

Bei Hermann, dem Gitarre spielenden Tofubratling. Dem Kürbiskernkocher.

Jetzt war er wieder da.

Und es sah ganz danach aus, als würde Zorn um Malina kämpfen müssen. Etwas, das ihm überhaupt nicht lag. Ganz und gar nicht. Wo, verdammt nochmal, sollte er anfangen?

Chaos auf Arbeit, Durcheinander im Kopf und Verwirrung im Herzen.

Zorn stand noch eine Weile am Fenster.

Dann ging er zu Bett.

*

An den folgenden beiden Tagen tauchte Malina nicht auf, sie blieb verschwunden, wie vom Erdboden verschluckt. Zorn haderte mit seinem Schicksal, um sich abzulenken, stürzte er sich in die Arbeit. Die Ermittlungen stockten noch immer, Zorn vergrub sich in den Akten, verhedderte sich, kam nicht weiter, er hätte genauso gut die Straße vor dem Präsidium fegen oder – was Schröder sicher gefreut hätte – die Begonien umtopfen können.

Doch das war ihm egal. Wichtig war, dass er etwas tat, ob es nun einen Sinn ergab oder nicht.

Hauptsache, Malina verschwand aus seinem Kopf.

Acht

»Ich hab keinen Bock mehr. Es wird wirklich Zeit, dass du zurückkommst, Schröder.«

Blass und übernächtigt hockte Zorn am Krankenbett. Schröder saß aufrecht, er hatte die Lehne hochgeklappt und das Kissen in den Rücken geschoben. Auf einem Metalltisch neben dem Bett standen eine Wasserflasche, eine Obstschale und eine Vase mit einem Blumenstrauß. Zorn hatte keinen Schimmer, um was für Blumen es sich handelte, doch vor allem fragte er sich, wer wohl hier gewesen war und Schröder die Blumen geschenkt hatte.

»In zwei Stunden ist Visite«, erklärte Schröder und nahm einen Apfel, »ich habe gestern mit dem Arzt gesprochen, heute Mittag werde ich entlassen.«

Zorn versuchte gar nicht erst, seine Erleichterung zu verbergen.

»Bist du denn wieder gesund?«

»Ich bin fit, fit wie eine Jogginghose.«

»Turnschuh«, korrigierte Zorn.

»Wie auch immer.«

Schröder drehte den Apfel in der Hand, betrachtete ihn, dann biss er herzhaft hinein.

»Bist du vorangekommen, Chef?«

»Wie man's nimmt.« Zorn seufzte. »Bei dem toten Banker treten wir auf der Stelle. Wir haben seine Anrufliste überprüft, es gab ein paar Telefonate, die wir nicht mehr nachverfolgen können. In der Woche vor seinem Selbstmord ist Grünbein viermal angerufen worden, spätabends, von einer Telefonzelle aus. Ich hätte nicht gedacht, dass die Dinger überhaupt noch funktionieren.«

»Jedenfalls sind sie sehr nützlich, wenn man anonym bleiben will«, sagte Schröder kauend.

»Allerdings.«

»Was gibt's noch?«

»Wir haben mit Grünbeins Chef gesprochen. Grünbein war unauffällig, aber zuverlässig, der typische kleine Angestellte. Und der Kerl, der die Massenkarambolage verursacht hat, ist immer noch nicht aufgetaucht. Dass sein Wagen manipuliert war, hattest du noch mitgekriegt, oder?«

»*Yes.* Was war denn die genaue Ursache?«

»Irgendwas mit der Bremsleitung.« Sicher war Zorn nicht, doch er glaubte, sich an etwas Ähnliches zu erinnern. »Der Bericht liegt in der Ablage. Ich bin noch nicht dazu gekommen. Der Stress, weißt du.«

Schröder biss in seinen Apfel.

»Haben wir die Adresse?«

Natürlich hatten sie die. Irgendwo in der Ablage. Das vermutete Zorn zumindest.

Das Problem war, dass ihn die schiere Masse an Namen, Zahlen und Fakten in den letzten beiden Tagen schlicht überfordert hatte. Ja, gelesen hatte er eine Menge. Gemerkt allerdings hatte er sich so gut wie nichts. Was Daten betraf, hatte er einfach ein mieses Gedächtnis. Bisher war er damit ganz gut zurechtgekommen (das glaubte er zumindest), und seine einzige Sorge war, dass jemand mitbekam, wie wenig er sich merken konnte. Vor allem der penible Schröder mit seinem verflixten Elefantengedächtnis.

»Klar haben wir die Adresse.« Zorn hatte das Gefühl, sich auf sehr, sehr dünnem Eis zu bewegen. »Der Wagen ist auf einen gewissen Jonas Pfahl zugelassen.«

Das stimmte nicht ganz. Der richtige Name war Jeremias Staal.

»Vielleicht«, Schröder schob das Kissen im Rücken zurecht, »sollten wir's an seinem Arbeitsplatz versuchen. Er hat doch einen Job, oder?«

»Hat er.«

Das Eis wurde dünner.

»Er verkauft Landmaschinen.«

Gebrauchtwagen. Knapp daneben, trotzdem vorbei.

Schröder runzelte die Stirn.

»Wir müssen den Mann zur Fahndung ausschreiben, Chef. Immerhin sind schon drei Tage vergangen. Ist er verheiratet?«

Zorn kramte in seinem Gedächtnis.

»Nein«, riet er aufs Geratewohl. Die Chancen, dass er recht hatte, waren nicht schlecht. Die Trefferquote lag bei fünfzig Prozent.

»Hat er Kinder? Freunde? Was ist mit den Arbeitskollegen?«

Jetzt wurde Zorn wütend. Was sollten all diese Fragen? So hatte er sich zuletzt beim Eignungstest für den gehobenen Dienst gefühlt. Er sprang auf.

»Das macht dir Spaß, oder?«

»Wie meinen?«

Schröders Überraschung war echt.

»Na ja!« Zorn ruderte mit den Armen durch die Luft. »Was fragst du mich denn hier für Sachen? Ich hab versucht, den Überblick zu behalten, aber irgendwann ist auch mal Schluss! Du willst mir doch nur beweisen, wie ach so unentbehrlich du bist!«

Schröder strich mit der Hand über die Bettdecke.

»Niemand macht dir einen Vorwurf, Chef. Du bist ein hervorragender Polizist.«

»Ich weiß selbst, dass ich keine Ahnung habe!«

Sie sahen sich an. Zuerst grinste Schröder. Zorn wehrte sich einen Moment, dann hoben sich die Mundwinkel in seinem verknitterten Gesicht.

Schröder wies auf die Obstschale.

»Möchtest du einen Apfel?«

»Nee.«

»Ist gut für's Gedächtnis.«

»Blödmann«, knurrte Zorn und ging zur Tür. »Ich mach mich jetzt los.«

Schröder drückte einen Knopf am Bett, surrend fuhr das Kopfende in die Waagrechte. Er klopfte das Kissen zurecht, zog die Decke bis zum Hals und faltete die Hände über der Decke.

»Ich würde dich ja hinausbegleiten. Aber ich habe noch zwei Stunden Bettruhe.«

»Aber dann beweg deinen Hintern gefälligst ins Präsidium. So schnell wie möglich, wenn ich bitten darf.«

*

Er hatte sich einen Platz neben den Garderoben gesucht. Hier, im hintersten Winkel des Gastraums, hatte er die Wand im Rücken und den Eingang im Blick, niemand konnte sich unbemerkt nähern. Was unwichtig war, denn kein Mensch beachtete den Mann mit dem spitzen Rattengesicht und den unruhigen Augen, der seit Stunden hier saß und bereits den vierten Kaffee trank. Es war dämmrig, die schmierigen Fenster filterten das Licht wie eine schmutzige Folie.

Jeremias Staal winkte den Kellner heran, seine Finger zitterten, doch das kam nicht vom Koffein. Er hatte Schmerzen. Die letzte Nacht hatte er kaum geschlafen, er hatte im Bahnhofsviertel ein Auto aufgebrochen und auf der Rückbank versucht, ein wenig Ruhe zu finden. Es war kalt gewesen, die Wunde am Knie hatte sich entzündet, seine Rippen taten weh, er musste sich etwas gebrochen haben. Fieber hatte er auch, seine Stirn brannte, als würde sie in Flammen stehen.

Der Kellner brachte den nächsten Kaffee. Gleichgültig blieb er stehen und sah zu, wie Staal die Zeitung zusammenfaltete, in den Hosentaschen nach Kleingeld kramte und wortlos ein paar Münzen auf den Tisch warf.

Er trank einen Schluck Kaffee und tat, als würde er sich wieder der Zeitung widmen. In Wahrheit beobachtete er den Eingang und überlegte angestrengt, was er als Nächstes tun sollte.

Sein Geld war fast alle. Er dachte an das Bündel, das er im Auto hatte liegen lassen müssen, über tausend Euro, auch die Brieftasche mit den Kreditkarten lag noch im Handschuhfach. Nach dem Unfall musste er unter Schock gestanden haben, er war einfach gerannt, die Hochstraße entlang, vorbei an rauchenden Autowracks und schreienden Menschen, erst in einer Nebenstraße hatte er einen klaren Gedanken fassen können.

Er wusste noch, dass die Lenkung plötzlich nicht mehr funktioniert hatte. In dem Moment, als er auf die Leitplanke zuraste, war ihm klargeworden, dass der andere seine Drohung wahrgemacht hatte.

Dass er, Jeremias Staal, entdeckt worden war.

Der Kellner stand hinter dem Tresen und spülte Gläser. Hinter ihm hing ein großer Spiegel in einem goldenen, stuckverzierten Rahmen.

Staal sah sein eigenes Spiegelbild, den fleckigen Anzug, das teigige Gesicht mit der spitzen Nase, die entzündeten Augen, die blutverkrusteten Hände, mit denen er die Tasse umklammerte. Er wusste, dass er nach Schweiß roch und nach Fieber, dass er nicht mehr lange bleiben durfte. Obwohl er sich sicher fühlte. Hier, in der Öffentlichkeit, würde ihm nichts geschehen. Vorerst nicht.

Seit zwei Tagen hielt er sich nun versteckt. In seine Wohnung konnte er nicht, das wäre der erste Ort, an dem man ihn suchen würde. Er brauchte seine Medizin, etwas gegen die Schmerzen, gegen das Fieber, doch er traute den Ärzten nicht. Ein lachhafter Gedanke, dann hätte er gleich zur Polizei gehen können.

Es war jetzt fast Mittag, die Straße vor dem Café belebte sich. Eine Frau in einem Jeansanzug lief vorüber, in der Hand hielt sie eine rote Plastiktüte. Sie sprang zur Seite, ein Radfahrer bremste scharf, schimpfte laut und fuhr weiter. Die Tüte fiel zu Boden, ein halbes Dutzend Äpfel rollte über den Bürgersteig.

Jeremias Staal fasste einen Entschluss.

Er hob die Tasse an die rissigen Lippen und trank. Der Kaffee war kalt. Er stand auf und hinkte zum Ausgang. Die Tür war schwer, seine Rippen schmerzten, als er sie aufzog. Draußen war es vergleichsweise hell, er schwankte ein wenig und schloss geblendet die Augen.

Im Hauseingang gegenüber löste sich eine Gestalt aus dem Schatten.

Staal hinkte los in Richtung Marktplatz. Im Moment fühlte er sich sicher, er sah aus wie ein unrasierter Penner mit fettigem Haar, einer von vielen, die nicht wussten, was sie mit ihrer Zeit anfangen sollten und tagsüber ziellos durch die Stadt streiften. Es würde noch ein paar Stunden hell sein, danach musste er sich etwas Neues einfallen lassen. Er konnte nur hoffen, dass die Schmerzen nicht schlimmer wurden. Und dass der andere seine Spur verloren hatte.

In beiden Punkten hatte er sich geirrt.

*

Als sie am späten Nachmittag gemeinsam im Büro saßen, war die Welt des Claudius Zorn wieder in Ordnung. Die dienstliche jedenfalls. Sein Privatleben und das, was nach Feierabend auf ihn wartete, die Unsicherheit, die Zweifel, die Angst um Malina, die Wut auf Hermann, den Sojakeimfresser mit dem bekloppten Hütchen, das alles hatte er tief in der hintersten Schublade seines Kopfes vergraben, abgeriegelt, zugeschlossen und schwarz angepinselt.

Er wollte nicht daran denken, die Arbeit sollte ihn ablenken. In den letzten beiden Tagen hatte das nicht funktioniert, doch jetzt war Schröder wieder da, saß wie gewohnt an seinem Platz gegenüber und allein seine Anwesenheit war tröstlich. Irgendwie.

Zorn hockte an seinem Schreibtisch und tat, als wäre er mit seinem Computer beschäftigt. Sein Rechner war aus, der Bildschirm schwarz, stattdessen blinzelte er ab und zu über den Rand seines Monitors und beobachtete, wie Schröder sich konzentriert durch den chaotischen Aktenberg wühlte, den Zorn ihm mit der beiläufigen Bemerkung, Schröder solle sich *das mal eben kurz angucken,* auf den Schreibtisch geknallt hatte.

Das war vor drei Stunden gewesen. Zwischendurch war Zorn immer wieder zum Rauchen gegangen, jedes Mal, wenn er zurück ins Büro kam, hatte er fasziniert beobachtet, wie aus dem Haufen mit den Ergebnissen seiner vergeblichen Bemühungen der letzten Tage allmählich zwei säuberlich geordnete Papierstapel entstanden.

Schröder lehnte sich zurück, spitzte die Lippen und stieß einen leisen Seufzer aus. Ein Zeichen, dass er einen Entschluss gefasst hatte.

Zorn schob ein paar Papiere hin und her.

»Ist was?«

»Ich habe nachgedacht.«

Ich auch, dachte Zorn. Zwei volle Tage lang, aber gebracht hat's nix.

»Ach«, sagte er und hackte wahllos auf seine Tastatur ein. Das, hoffte er, würde wenigstens so klingen, als sei er beschäftigt. »Und?«

»Da ist ganz schön was zusammengekommen, ich hab's mal ein bisschen geordnet.«

Zorn tippte weiter. Das Geräusch beruhigte ihn irgendwie.

»Hier«, Schröder deutete auf den linken Aktenstapel, »haben wir alles, was Grünbein, den toten Banker betrifft. Das Wichtigste jedenfalls. Und hier«, seine Hand wanderte nach rechts, »ist das, was wir über den Unfall auf der Hochstraße haben. Ich hab's nur kurz überflogen, aber es gibt da ein paar Sachen, die mir aufgefallen sind.«

Zorn wurde hellhörig.

»Dann schieß mal los.«

»Fangen wir mit Grünbein an. Wir wissen jetzt definitiv, dass jemand in der Wohnung war. Ich habe noch mal mit der Kriminaltechnik telefoniert, es gibt Einbruchspuren, entweder von einem Nachschlüssel oder einem Spezialwerkzeug. Der Einbrecher hat Handschuhe benutzt, die Abdrücke sind überall in den Zimmern verteilt, vor allem am Schreibtisch. Dort saß er wohl und hat die Dinge auf dem Tisch penibel angeordnet. Leider gibt es keine DNA-Spuren, nach den bisherigen Ergebnissen jedenfalls. Der Mann wusste, was er tat. Er hat etwas gesucht, und wahrscheinlich fühlte Grünbein sich verfolgt.«

»Da waren wir schon, Schröder. Und wir haben noch immer keinen Beweis, dass Grünbein tatsächlich bedroht wurde.«

»Außer sein Verhalten, Chef.«

»Das haben wir ebenfalls schon durchgekaut.«

»*Yes.* Apropos durchgekaut: Da wäre noch Grünbeins Mageninhalt. Er hat Pizza gegessen, kurz vor seinem Selbstmord. Unter dem Bett lag eine leere Schachtel, er war also zu Hause. Aber da ist noch mehr.« Schröder lehnte sich in seinem Sessel zurück, verschränkte die Arme hinter dem Kopf und starrte verträumt an die Decke. Unwillkürlich folgte Zorn seinem Beispiel.

»Es gibt eine Liste mit Grünbeins Kunden«, erklärte Schröder. »Die, für die er in der Kreditabteilung zuständig war. Einer davon heißt Jeremias Staal.«

Zorn runzelte die Stirn.

»Der Typ mit dem manipulierten Auto?«

»Genau der. Das kann natürlich Zufall sein, Grünbein hatte eine Menge Kunden. Aber irgendwie«, Schröder kniff die Augen zusammen, »kommt mir das spanisch vor. Zumal es da eine weitere Verbindung gibt.«

»Die wäre?«

»Haifischknorpel.«

»Was?«

Zorn richtete sich auf.

»Haifischknorpel«, wiederholte Schröder geduldig.

»Sei so gütig und erklär mir das, ja?«

»Das Zeug wird als Wundermittel gegen Krebs angepriesen, allerdings soll es wirkungslos sein. Spuren davon fanden sich auf Grünbeins Schreibtisch. Aber nicht nur dort.«

Schröder machte eine bedeutungsvolle Pause. Zorn wusste, dass er erst weiterreden würde, wenn er gefragt wurde. Er tat ihm den Gefallen.

»Wo noch?«

»Im Handschuhfach des Unfallwagens wurde laut Spurensicherung eine Plastikdose mit einem eiweißreichen Pulver gefunden.«

»Haifischknorpel?«

»Exactamente, señor.«

Zorn kratzte sich am Kinn.

»Das kommt mir jetzt auch ein bisschen spanisch vor. Ist das sicher?«

Schröder klopfte mit der Hand auf den linken Aktenberg.

»Steht alles hier drin. Man muss es nur finden, Chef.«

Wenn das ein Vorwurf war, überhörte ihn Zorn.

»Ich kann mir nicht vorstellen, dass dieses Zeugs weit verbreitet ist. Ein komischer Zufall.«

»Die genaue Zusammensetzung muss noch im Labor überprüft werden, wir können nicht sicher sein, ob die Substanzen identisch sind«, sagte Schröder. »Außerdem waren tausend Euro in bar im Handschuhfach.«

»Das muss nichts bedeuten, schließlich ist der Mann Gebrauchtwagenhändler, wenn ich mich recht entsinne.«

»Trotzdem, eine Menge Bargeld. Staal ist einfach abgehauen, ohne etwas davon mitzunehmen. Er muss verletzt sein, im Auto sind Blutspuren.«

»Niemand hat ihn gesehen?«

»O doch, Chef. Aber keiner hat auf ihn geachtet. Kein Wunder, nach dem Unfall war auf der Hochstraße der Teufel los.«

Sie dachten eine Weile nach.

»Alles hängt zusammen«, sagte Schröder dann. »Ich glaube nicht an einen Zufall. Beide, sowohl Staal als auch Grünbein, scheinen vor etwas auf der Flucht zu sein. Und sie müssen sich gekannt haben, zumindest aus der Sparkasse.«

Zorn wunderte sich selbst über seinen Eifer, aber es machte ihm Spaß, hier mit Schröder zu sitzen und nachzudenken. Er genoss das Gefühl voranzukommen, etwas Ordnung in diesen Wust aus Vermutungen und Spekulationen zu bringen.

»Nehmen wir an«, überlegte er laut, »Staal verfolgt Grünbein, aus welchen Gründen auch immer. Er hat Krebs, deshalb hat er sich dieses Pulver besorgt. Dann dringt er in Grünbeins Wohnung ein und hinterlässt diese Spuren. Vielleicht hat er einen Ordnungsfimmel, das würde erklären, warum er den Schreibtisch aufgeräumt hat.«

»Jetzt brauchen wir nur noch das Motiv, Chef.«

»Genau. Was hat er gesucht? Was verbindet die beiden?«

»Vielleicht sind sie Schmuggler«, erklärte Schröder ernst.

Zorn überlegte.

»Haifischknorpelschmuggler?«

Es klopfte, der Kopf der Staatsanwältin erschien in der Tür.

»Sie sind schon wieder da, Kollege Schröder? Wie geht's Ihnen?«

»Sehr gut, Frau Borck.« Schröder erhob sich halb von seinem Stuhl. »Danke der Nachfrage. Ich dachte, ich komme sofort ins Präsidium. Wir gehen gerade die Ermittlungsergebnisse durch.«

»Und? Kommen Sie voran?«

»Wir stehen kurz vor dem Durchbruch«, mischte sich Zorn ein. »Im Moment deutet alles auf die Mafia.«

Die Staatsanwältin legte den Kopf schief.

»Bitte?«

»Die Haifischknorpelmafia«, ergänzte Schröder.

Frieda Borck nickte nachdenklich.

»Natürlich. Wer sonst?«

»Die sollen besonders brutal sein«, erklärte Zorn. »Revierkämpfe und so, man hört da so einiges in letzter Zeit.«

»Ich bin gespannt auf Ihren Bericht, meine Herren.«

Zorn zuckte die Achseln.

»Wir auch.«

Die Staatsanwältin sah auf ihre Uhr.

»Dann will ich Sie nicht weiter stören. Wir sehen uns nachher«, sagte sie zu Schröder. »Ich freu mich.«

Lautlos schloss sich die Tür.

»Wie meint sie das?«, fragte Zorn. »Seid ihr verabredet?«

»Ja.« Schröder schaltete seinen Rechner aus. »Ich muss dann auch langsam los, ich will noch kurz unter die Dusche und muss mich umziehen.«

»Warum?«

»Heute ist Herbstball der Polizeigewerkschaft.«

Das hatte Zorn vergessen.

»Ich weiß«, behauptete er trotzdem. »Aber wir sind doch noch gar nicht fertig. Wir müssen Jeremias Staal zur Fahndung ausschreiben!«

»Schon passiert.«

»Und die Vermisstenmeldungen müssen wir durchgehen, vielleicht wird er ja schon gesucht!«

Das klang fast flehentlich. Zorn wollte einfach nicht nach Hause. Schröder schien es nicht zu bemerken.

»Machen wir morgen, Chef.«

»Seit wann machst du denn pünktlich Feierabend? Das ist unfair!«

»Wir sehen uns heute Abend.« Schröder nahm seinen Mantel vom Haken. »Und zieh dir was Ordentliches an.«

Zorn ließ ein entrüstetes Prusten hören.

»Du glaubst doch nicht im Ernst, dass ich da auftauche?«

»Ich weiß, dass du diese Veranstaltungen nicht magst.«

Das war untertrieben. Zorn wäre lieber zu seiner eigenen Hinrichtung gegangen.

»Wir könnten auf meine Genesung anstoßen.« Schröder stand bereits in der Tür und knöpfte den Mantel zu. »Den kleinen Gefallen könntest du mir doch tun, oder?«

Zorn dachte an seine leere Wohnung. Es war eine Wahl zwischen Pest und Cholera. Oder zwischen Sushi und Tofu. Beides war schlimm.

»Das ist Erpressung der übelsten Sorte«, knirschte er.

»Aber für einen guten Zweck. Ich würde mich jedenfalls freuen. Ich denke, ich bin da nicht der Einzige.«

Das, murmelte Zorn, als er dann allein war und schwermütig auf seine Hände starrte, wird sich noch herausstellen.

Womit er ausnahmsweise recht hatte.

Neun

Menschenansammlungen waren Claudius Zorn ein Gräuel. Am Schlimmsten war es in geschlossenen Räumen, dann hatte er immer das Gefühl, beobachtet zu werden. Das machte ihn unsicher, und es kam ihm so vor, als würde er vor tausenden von Fernsehkameras über einen roten Teppich stolpern.

In den meisten Fällen war das Einbildung, doch als er am Abend den Saal des städtischen Kongresszentrums betrat, richteten sich tatsächlich einige verwunderte Augenpaare auf ihn.

Zorn kam spät, sämtliche Tische waren besetzt. Gläser klirrten, Kellner wuselten umher, Männer in dunklen Anzügen unterhielten sich mit Frauen in Abendkleidern und Hochsteckfrisuren. Der Saal war hell erleuchtet, es war kühl, und trotz der Papiergirlanden, Kerzen, vollen Weinflaschen und den weißen Tischdecken hatte Zorn das Gefühl, sich in einer überfüllten Bahnhofshalle zu befinden.

Fehlt nur noch der Schaffner, der mich nach der Fahrkarte fragt, murmelte er, ging an der Bar direkt neben dem Eingang in Deckung und bestellte ein Bier.

Während er wartete, verfluchte er zunächst den Entschluss, hergekommen zu sein, danach Schröder und dessen Einladung und schließlich den Tag, an dem er sich bei der Polizei beworben hatte.

Die große Bühne am anderen Ende des Saals lag im Halbdunkel.

Zorn erkannte ein Schlagzeug, Verstärker, Musikinstrumente und ein Rednerpult. Darüber hing ein riesiges, grün-weißes Plakat.

DIE POLIZEI. INFORMIEREN. AGIEREN. VORBEUGEN.

Der Barmann brachte das Bier. Nach dem ersten Schluck fühlte Zorn sich besser, jetzt, da er glaubte, aus der Schusslinie zu sein und nicht mehr angestarrt zu werden wie ein Außerirdischer. Er würde schnell austrinken und gehen, später konnte er immer noch behaupten, Schröder in der Menge nicht gefunden zu haben. Kein schlechter Plan, fand Zorn und drehte sich mit dem Rücken zum Saal, denn er ahnte, dass Schröder ihn bereits suchte.

»Da bist du ja, Chef!«

Schröder hatte sich herausgeputzt. Er trug einen cremefarbenen, etwas zu weiten Anzug, das frisch rasierte Doppelkinn glänzte über einer gepunkteten Krawatte. Er schien Haarwasser benutzt zu haben, die roten Strähnchen klebten säuberlich geordnet parallel über der Glatze. In der Hand hielt er ein Glas Orangensaft.

»Ich hab dir einen Platz freigehalten.«

»Toll.«

Schröder tänzelte mit hoch erhobenem Glas davon, schlängelte sich elegant zwischen den Tischen hindurch, er schien jeden im Saal zu kennen, grüßte, lächelte und verteilte sogar Handküsse unter den Damen. Widerwillig folgte ihm Zorn, entdeckte hier und da ein bekanntes Gesicht und stellte dabei fest, dass er der Einzige zu sein schien, der weder Jackett noch Krawatte trug.

Schröder steuerte auf einen Sechsertisch direkt vor der Bühne zu. Im Näherkommen erkannte Zorn den nackten Rücken von Frieda Borck, sie trug ein dunkelrotes Samtkleid und unterhielt sich angeregt mit einem Mann, der Zorn ebenfalls bekannt vorkam, von hinten aber schwer zu identifizieren war.

»Da wären wir, Chef.«

Frieda Borck drehte sich um, dann stand sie verblüfft auf.

»Sie wären der Letzte, den ich hier erwartet hätte, Kollege Zorn.«

»Da sind Sie nicht die Einzige, Frau …«

Zorn verstummte.

Der Mann neben ihr hatte sich ebenfalls erhoben.

»Nett, Sie hier zu sehen.«

Jan Czernyk streckte ihm die Hand entgegen.

»Ja«, nickte Zorn. Mehr fiel ihm nicht ein.

Sie hatten sich vor ein paar Monaten kennengelernt. Zorn hatte in einem Fall von Kinderpornographie ermittelt, Czernyk war als Spezialist hinzugezogen worden. Er hatte unter anderem Videos ausgewertet, unsägliche Filme, die Zorn nicht eine Minute hatte ansehen können.

»Schön, dass Sie hier sind, Herr Czernyk.«

Das war ausnahmsweise ehrlich gemeint. Zorn mochte den Mann mit den asiatischen Gesichtszügen, obwohl er für seinen Geschmack viel zu penibel gekleidet war. Doch Czernyk war ein knallharter Ermittler, dafür bewunderte ihn Zorn. Nun, das war ein wenig übertrieben, der einzige Mensch, den Claudius Zorn auf dieser Welt von Herzen bewunderte, war Iggy Pop. Manchmal auch Clint Eastwood, je nachdem, in welchem Film er gerade spielte.

Schröder hatte sich indessen hingesetzt. Zorn nahm rechts neben ihm Platz, links war ein Stuhl frei, daneben saß eine unscheinbare blonde Frau in den Fünfzigern. Zorn hatte sie noch nie gesehen.

»Was willst du trinken, Chef?«

»Nichts, ich hab noch ein …«

Mist, hatte er nicht. Das Bier stand an der Bar, er hatte es vergessen.

Zorn kam sich vor wie ein Fremdkörper. Verlegen krempelte er die Hemdsärmel hoch und taxierte unauffällig die Entfernung zum Ausgang. Wenn er verschwinden wollte, musste er quer durch den gesamten Saal. Ein peinlicher Gedanke.

Ebenso peinlich wie das Schweigen, das sich wie Plastikfolie über den Tisch breitete, jetzt, wo alle ihren Platz gefunden hatten. Zorn schien der Einzige zu sein, dem die Situation unangenehm war.

Die Staatsanwältin nippte an ihrem Wein.

»Kollege Schröder hat unheimliches Glück gehabt, nicht wahr?«

Czernyks Hand lag auf ihrem Unterarm. Ein gutaussehendes, sehr elegantes Paar. Zorn spürte ein Stechen in der Magengegend. Eifersucht? Nicht unbedingt, aber er schien nicht nur unpassend gekleidet, sondern auch der Einzige zu sein, der ohne Begleitung erschienen war. Außer Schröder vielleicht, doch der zählte nicht.

»Ja«, nickte Zorn. »Das hat er wohl.«

Wieder spürte er, wie sehr Malina ihm fehlte. Sie hätte sofort ein Gespräch angefangen, wahrscheinlich zuerst mit Frieda Borck, hätte ihr Kleid gelobt und gefragt, wo sie die goldenen Ohrringe mit den Perlen gekauft hatte. Ja, Malina fehlte ihm wirklich, sie konnte wunderbar unverfängliche Gespräche führen, Zorn hätte sich jetzt zurückgelehnt, zugehört und an den richtigen Stellen gelächelt.

Er schluckte den Kloß im Hals hinunter und zwang sich, an etwas anderes zu denken. Sie war weg, wahrscheinlich bei Hermann, dem vegetarischen Arschloch. Je mehr er sich den Kopf zerbrach, desto schlimmer wurde es. Schluss. Aus. Scheiße.

»Was genau ist denn passiert?«, fragte Czernyk.

»Ein kleiner Unfall.« Schröder öffnete den obersten Knopf seines Hemdes. »Mehr nicht.«

»Also ich kenne niemanden«, erklärte Frieda Borck, »der einen Sturz aus solcher Höhe als einen ›kleinen Unfall‹ bezeichnen würde. Sie hatten einen Schutzengel.« Dann wandte sie sich an Zorn. »Wo ist eigentlich Ihre reizende Lebensgefährtin?«

Danke der Nachfrage, dachte Zorn. Jetzt hast du mir den Abend endgültig versaut.

»Sie fühlt sich nicht gut«, log er. »Schnupfen.«

Seine Laune sank. Doch den absoluten Tiefpunkt sollte sie erst einen Augenblick später erreichen.

Von den Toiletten näherte sich ein bulliger Mann, sein Anzug schien fast aus den Nähten zu platzen. Zorn kannte ihn nur in Uniform, jetzt, in Zivil, wirkte er eher wie ein Gangsterboss in einem amerikanischen Mafiafilm.

Wachtmeister Kusch, der Streifenpolizist, dem Zorn eine Anzeige wegen Beamtenbeleidigung verdankte, weil er ihm einmal während einer Verkehrskontrolle den Mittelfinger gezeigt hatte.

Als Kusch erkannte, wer da plötzlich mit am Tisch saß, blieb er überrascht stehen. Einen bangen Moment befürchtete Zorn, Kusch würde ihm die riesigen Hände um den Hals legen und ihn in aller

Öffentlichkeit langsam erwürgen, doch der Streifenpolizist blinzelte nur kurz, ließ sich aber nichts anmerken.

»Ich darf doch?«

Bevor Zorn etwas erwidern konnte, saß der Wachtmeister neben ihm.

Im August war ihm mitgeteilt worden, dass man die Ermittlungen einstellen würde. Warum, hatte Zorn nie erfahren, es hatte ihn auch nicht interessiert, ob Kusch die Anzeige zurückgezogen hatte oder ob es andere Gründe gab.

Klar war, dass Kusch ihn nicht leiden konnte. Umgekehrt war es genauso.

Sie hatten jeden Kontakt vermieden, und wenn sie sich zufällig im Präsidium über den Weg liefen, hatte Zorn den riesigen Wachtmeister tapfer ignoriert.

Etwas, das jetzt schlecht möglich war. Am liebsten wäre Zorn aufgesprungen und davongerannt, doch er traute sich nicht, hockte stattdessen mit hängenden Schultern zwischen Schröder und Kusch und fühlte sich wie ein Robbenbaby, eingeklemmt zwischen einem kleinen und einem großen Walross.

Niemand am Tisch schien etwas zu bemerken. Schröder schlürfte seinen Orangensaft und sah sich im Saal um, Czernyk und Frieda Borck hatten die Köpfe zusammengesteckt und unterhielten sich leise. Auch Kusch hatte sofort ein angeregtes Gespräch mit seiner Tischnachbarin begonnen.

Zorn saß da und sehnte sich nach einer Zigarette.

Die Kronleuchter im Saal wurden gedimmt, gleichzeitig erhellte sich die Bühne. Es wurde still, alle Augen richteten sich nach vorn.

Schröder straffte sich.

»Jetzt spricht der Polizeipräsident.«

Es klang, als würde er die Rolling Stones ansagen.

Die nun folgenden Minuten dehnten sich zu einer kleinen Ewigkeit. Der Polizeipräsident, ein grauer, hochgewachsener Mann, leierte seine Rede herunter wie der Papst eine lateinische Liturgie. Er begann *mit den Erfolgen, die Sie und ich, meine Damen und Herren, in den letzten Jahren bei der Verbrechensprävention vorzuweisen hatten,* flocht ein paar Nichtigkeiten über die *vertrauensvolle Zusammenarbeit mit unseren Bürgern, die Hand in Hand mit den polizeilichen Organen ihren Weg durchs Leben gehen* ein und scheute sich nicht, mit unbewegter Miene den ein oder anderen Witz einzuflechten: *Damit, wie mein Großvater immer sagte, will ich Ihnen keinesfalls Honig ums Brot schmieren, meine Damen und Herren.*

Höfliches Lachen perlte durch den Saal, vereinzelt brandete Beifall auf. Verwundert registrierte Zorn die freundliche Atmosphäre, niemand schien sich zu langweilen oder an der Art, wie der Redner seinen sperrigen Text ins Mikrophon nuschelte, zu stören. Zorns Verwunderung wich einer gewissen Wehmut, als er feststellte, dass er niemals zu dieser Gruppe gehören würde: Menschen, die einen Sinn in ihrer Arbeit sahen und heute zusammengekommen waren, um zu feiern.

Nun ja, dachte Zorn ein wenig trotzig. Ich bin halt ein Außenseiter, was soll ich machen?

Wachtmeister Kusch wandte Zorn den Rücken zu, die Augen auf die Bühne gerichtet. Czernyk lauschte mit unbewegter Miene, die Staatsanwältin spielte an ihrer Halskette und hörte aufmerksam, fast gebannt, zu.

Zorn entspannte sich ein wenig. Im Moment achtete niemand auf ihn, er war Teil der Masse. Und das, wunderte er sich still, hatte auch sein Gutes.

Der Polizeipräsident redete unverdrossen weiter. Zorn unterdrückte ein Gähnen, als Schröder ihm von hinten auf die Schulter tippte.

»Er macht das nicht schlecht, oder?«

»Ja«, flüsterte Zorn zurück. »Aber es zieht sich ganz schön hin.«

*

Zwanzig Minuten später war auch das überstanden. Das Orchester spielte einen schnellen, lateinamerikanischen Tanz, einen Cha-Cha-Cha, so hatte es der Bandleader jedenfalls angekündigt. Zorn saß jetzt mit Czernyk allein am Tisch, Schröder tanzte mit Frieda Borck,

Kusch und seine Begleiterin waren in Richtung Büfett verschwunden. Auf der Bühne flackerten bunte Scheinwerfer, das bonbonfarbene Licht spiegelte sich in Czernyks Brillengläsern.

»Geht's Ihnen besser?«

Zorn hob die Augenbrauen.

»Warum sollte es mir schlecht gehen?«

»Nun«, Czernyk drehte an seinem Manschettenknopf, »Sie sahen vorhin ein wenig angespannt aus.«

Sie mussten laut reden, fast rufen, um die Musik zu übertönen.

»Ich bin kein Öffentlichkeitsmensch«, erklärte Zorn. »Diese Masse engt mich irgendwie ein.«

»Warum sind Sie dann hier?«

»Gute Frage.« Zorn überlegte einen Moment, dann trank er von seinem Bier. »Ich glaube«, sagte er und wischte sich den Mund ab, »ich wollte Schröder eine Freude machen.«

Vor Czernyk stand ein halbvolles Whiskyglas. Er prostete Zorn zu und trank es in einem Zug aus.

»Mir geht es ähnlich. Frieda hat mich regelrecht hergeschleppt. Wenn ich nicht mitgegangen wäre, hätte sie mich eine Woche lang nicht angeguckt.«

Zorn überlegte, ob er fragen solle, wie lange die beiden jetzt zusammen seien, ließ es dann aber bleiben. Sie führten ein nettes Gespräch, das war okay. Allzu persönlich sollte es dann doch nicht werden.

Er sah zur Tanzfläche und erkannte Schröder, der wie ein kubanischer Eintänzer über das Parkett tigerte. Elegant, mit wiegenden Hüften umkreiste er die Staatsanwältin, seine Finger schnippten im Takt, als habe er sein Leben lang nichts anderes getan. Frieda Borck klatschte in die Hände, lachte, ihre Frisur hatte sich gelöst, einzelne Strähnen hingen ihr in die Augen, und obwohl sie einen knappen Kopf größer war als Schröder, sahen beide umwerfend aus, fand Zorn.

Ein Schlagzeugsolo setzte ein. Schröder nahm ihre Hand, wirbelte sie um die eigene Achse und fing sie dann auf, als wäre sie aus Pappe.

Zorn stieß einen bewundernden Pfiff aus.

»Ich muss aufpassen, dass Ihr Kollege mir nicht die Frau ausspannt.«

Czernyk war seinem Blick gefolgt.

»Machen Sie sich keine Sorgen«, erwiderte Zorn. »Dazu wäre er nie fähig, er hat ein ausgeprägtes Gefühl für Anstand und Gerechtigkeit. Aber ich wundere mich immer wieder, was alles in ihm steckt.«

»Er scheint ein guter Polizist zu sein.«

Zorn nickte.

»Manche Dinge merkt man erst, wenn sie fehlen. So ging's mir, als Schröder krank war. Die letzten beiden Tage waren die Hölle.«

Czernyk nickte ebenfalls.

»Frieda hat mir erzählt, dass Sie viel zu tun haben.«

»Allerdings. Wenn Sie wollen, zeige ich Ihnen morgen die Akten, wir können jeden fähigen Mann brauchen.«

Vor allem, wenn er so gut ist wie du, setzte Zorn im Stillen hinzu.

»Danke für das Kompliment.« Ein Grinsen huschte über Czernyks Gesicht. Zorn konnte sich nicht erinnern, ihn jemals lächeln gesehen zu haben. »Aber ich muss das leider ablehnen. Ich habe Urlaub.«

Ein breiter Schatten fiel über den Tisch, zunächst dachte Zorn, Wachtmeister Kusch sei vom Büfett zurück, doch als er sich umdrehte, stand eine riesige Frau über ihm, ragte regelrecht auf wie ein Berg. Ein schwarzes, spitzenbesetztes Kleid spannte über ihrem eindrucksvollen Busen. Das Haar war streng nach hinten gekämmt und zu einem Dutt geschlungen, eine Perlenkette wand sich um den massigen Hals.

Zorn fühlte sich an eine Wagneroper erinnert. So, genau so stellte er sich eine Walküre vor, eine angetrunkene Walküre, verbesserte er sich, denn die Frau schwankte ein wenig und hielt sich mit einer Hand an seiner Stuhllehne fest. Die andere Hand schoss vor, ein fleischiger Zeigefinger tippte Zorn vor die Brust. Ihre Stimme erinnerte an ein Donnergrollen, irgendwo angesiedelt zwischen Bariton und dem grummelnden Bass eines Kettenrauchers.

»Ich will tanzen.«

Zorn sah sich ungläubig um.

»Mit mir?«

Ein Nicken, die Fettpölsterchen am Hals nickten mit. Wahrscheinlich fuhr sie Streife. In Uniform musste sie noch furchterregender aussehen.

»Kennen wir uns?«

»Logisch. Und nun komm, Süßer.«

Die Band spielte jetzt einen langsamen Walzer.

Die Walküre griff seinen Arm, ihr Blick bekam etwas Gieriges. Zorn stemmte sich dagegen.

»Ich kann nicht.«

»Klar kannst du.«

»Ich hab mir den Fuß verknackst.«

Ihr Griff wurde fester. Zorn sah sich hilfesuchend um.

»Frag ihn«, er deutete auf Czernyk, der sich umgedreht hatte und die Tanzfläche musterte, »er ist Hobbytänzer. Und er kann Karate.«

Die Walküre zögerte, taxierte Czernyks Rücken.

»Zu mager«, brummte sie dann. »Komm jetzt.«

»Ich muss aufs Klo.«

Ein letzter, kläglicher Versuch.

»Das kannst du später.«

»Ich muss aber kacken, verdammt!«

Die Gespräche an den Nachbartischen verstummten. Zorn bemerkte die erstaunten Blicke und spürte Panik aufsteigen.

Nein, ich werde nicht tanzen. Schon gar nicht mit diesem Fleischberg. Wo, verdammt nochmal, ist …

»Na Mädel? Kann ich helfen?«

Schröder. Da war er, endlich.

Sein Gesicht war gerötet, das Hemd hing ihm aus der Hose. Er stemmte die Hände in die Hüften, legte den Kopf in den Nacken und musterte die Walküre von oben bis unten.

»Er will nicht tanzen«, knurrte sie.

»Kein Wunder.«

Schröder stellte sich auf die Zehenspitzen und flüsterte ihr etwas ins Ohr. Sie hob erstaunt die Augenbrauen.

»Wirklich? Der arme Kerl. Er sieht gar nicht so aus.«

»Ja, es lässt sich leider nicht ändern. Aber ich würde für ihn einspringen.«

Sie zögerte. Betrachtete Schröder wie ein Metzger das Schnitzel. Ihr Blick wanderte zu Zorn, der auf seinem Stuhl hockte und den schmerzenden Arm rieb, dann wieder zurück zu Schröder. Sie wog mindestens doppelt so viel, wenn nicht das Dreifache.

Ihr Gesicht erhellte sich.

»Du gefällst mir viel besser, Kleiner.«

Ach!, wollte Zorn rufen, biss sich aber auf die Zunge.

»Hervorragend.« Schröder klatschte in die Hände, dann schüttelte er die Beine, als wolle er seine Muskeln lockern. »Jetzt aber husch, Schätzchen!«

Die Walküre gab ihm einen Stups, der Zorn umgehend zu Boden geschickt hätte. Schröder begnügte sich mit einem leichten Ausfallschritt und hakte sie unter. Kurz darauf waren sie im Gedränge verschwunden.

Czernyk sah ihnen einen Moment nach, dann wandte er sich an Zorn.

»Er hat anscheinend viele Talente.«

»Ja«, nickte Zorn. »Hoffentlich hebt er sich keinen Bruch.«

Dann stand er auf. Er musste hier weg, bevor sie zurückkamen.

*

Zorn steuerte direkt auf die Toiletten zu. Sein Plan war, kurz davor abzubiegen und dann unauffällig den Saal zu verlassen. Die erste Tanzrunde würde bald beendet sein, laut Programm sollten die Ansprache eines Gewerkschaftsvertreters und eine *kurzweilige kabarettistische Showeinlage mit Bauchredner* folgen. Zorn hatte genug, er wollte nach Hause, allein sein mit seinen Zigaretten und seiner Wut auf Malina.

Bereits im Treppenhaus wurde er aufgehalten.

»Auf ein Wort, Kollege.«

Wachtmeister Kusch lehnte an einer stuckverzierten Säule, in der Hand hielt er einen Teller mit Bratwürsten.

Zorn seufzte und blieb stehen. Überlegte, ob er einfach weiterlaufen sollte, er hatte einfach keine Lust auf einen weiteren Streit mit dem riesigen Wachtmeister. Aber wie ein Feigling wollte er auch nicht dastehen.

Kusch stellte den Teller beiseite, zückte ein großes Taschentuch und wischte sich umständlich die Hände ab.

»Es dauert nicht lange.«

Nun gut, dachte Zorn, schob das Kinn vor und baute sich vor Kusch auf. Soll er mir eine reinhauen, wenn er will.

»Bringen wir's hinter uns.«

»Damit wir uns nicht falsch verstehen«, erklärte Kusch kauend, »ich halte Sie für ein riesengroßes Arschloch.« Seine Stimme dröhnte über den Treppenflur.

Zorns Kinn schob sich weiter nach vorn.

»Das ist mir bewusst.«

»Menschlich gesehen.« Kusch fuhr sich mit der Hand über das kurzgeschnittene graue Haar. »Aber ich glaube, dass Sie ein guter Polizist sind.«

Jetzt klappte Zorns Kinn nach unten.

»Wie bitte?«

»Ich habe beobachtet, was Sie letzten Sommer geleistet haben, Sie und Hauptkommissar Schröder. Der Fall mit den Kindern, es stand genug davon in den Zeitungen. Sie sollen wissen, dass ich das respektiere.«

Der verarscht mich, dachte Zorn. Anders kann es nicht sein, jeden Moment schlägt er zu.

»Das interessiert Sie wahrscheinlich nicht«, fuhr Kusch fort. »Schließlich bin ich nur Streifenpolizist und verteile Strafzettel. Trotzdem, wir arbeiten zusammen, es ist albern, hier irgendwelchen Kinderkram aufzuführen. Ich bin nicht Ihr Feind, Zorn.«

Jetzt wurde Zorn bewusst, dass es dem Wachtmeister ernst war.

»Ist das eine Entschuldigung?«, fragte er.

»Nein.« Kusch lachte auf. »Und sollten Sie jemals wieder auf die Idee kommen, mir den Stinkefinger zu zeigen, brech ich Ihnen das Genick.«

Zorn sah zu Boden und überlegte.

Kusch streckte ihm eine Hand entgegen, Zorn ergriff sie und beobachtete fasziniert, wie seine Finger in der riesigen Pranke verschwanden.

»Und? Was sagen Sie?«, fragte Kusch.

Zorn machte sich los und wischte die Hand am Hosenbein ab.

»Sie haben Senf an der Backe, Herr Wachtmeister.«

»Wo?«

»Rechts. Unter dem Nasenloch.«

Zorn grinste. Dann sprang er leichtfüßig die Stufen hinab.

Es war das letzte Mal, dass er Wachtmeister Kusch lebend gesehen hatte.

*

Gegen Mitternacht war das Fest in vollem Gange. Der offizielle Teil war beendet, das Büfett glich einem frisch bombardierten Schlachtfeld, die Kellner wurden müde, doch auf der Tanzfläche drängten sich lachende, tanzende Menschen, die Gesichter gerötet vom Alkohol.

Es war exakt 23 Uhr 55, als die Musik abrupt abbrach. Johlend protestierte die Menge, niemand achtete auf den Schlagzeuger, der plötzlich nicht mehr auf seinem Podest saß, als hätte ihn eine unsichtbare Hand von der Bühne gewischt.

Pfiffe wurden laut. Ein Tablett fiel zu Boden, Glas zerschellte, neben dem Eingang entstand Tumult, als ein neunzehnjähriger Aushilfskellner zusammenbrach. Am anderen Ende des Saales ertönte ein spitzer Frauenschrei, ein pensionierter Kriminaltechniker verdrehte die Augen, griff sich an die Kehle und krachte zu Boden wie ein gefällter Baum. Oben, im ersten Rang, sackte der Lichttechniker hinter seiner Glasscheibe über dem Pult zusammen.

Im Saal wurde es dunkel.

Panik breitete sich aus, die ersten Rufe nach einem Arzt wurden laut. Niemand ahnte, was geschehen war, doch die Menschen drängten zum Ausgang, ins Freie, an die Luft, die Schwächeren stürzten, die Stärkeren trampelten über sie hinweg, Arme wurden gebrochen, Finger gequetscht, Tische, Stühle kippten um, teure Abendkleider wurden zerrissen, Frauen riefen nach ihren Männern, Männer suchten ihre Frauen, es roch nach Schweiß, Bier, kaltem Braten und nackter, animalischer Angst. Einige rannten nach unten, vorbei an den

Garderoben, der Herrentoilette, wo der Polizeipräsident in einer Ecke leblos in seinem Erbrochenen lag.

Dann wurden die Notausgänge geöffnet. Luft strömte in den Saal, ein paar Besonnene mahnten zur Ruhe, das Neonlicht wurde eingeschaltet.

Die, die im Saal geblieben waren, standen da, verwirrt, hilflos, manche weinten, fast zweihundert Menschen, eine verlorene, herrenlose Schafherde.

Dann kamen die Notärzte.

Insgesamt waren über vierhundert Personen auf dem Fest gewesen. Fast alle hatten vom Büfett gegessen, drei langen Tafeln mit hunderten Salaten, kalten Platten, Nudelgerichten, Obsttellern und dampfenden Fleischschüsseln.

Acht Menschen hatten sich für einen der Teller mit den vergifteten Würstchen entschieden. Darunter der Polizeipräsident, die Schwester eines Staatssekretärs und der kabarettistische Bauchredner, der eigentlich am nächsten Tag für eine Silberhochzeit gebucht war.

Niemand von ihnen überlebte.

Auch Wachtmeister Kusch nicht. Er starb auf dem Weg ins Krankenhaus.

*

Jeremias Staal fror.

Das Fieber war stärker geworden, das Schlucken tat weh, sein Körper war eine einzige, brennende Wunde. Am schlimmsten waren die Schmerzen im Bein, da, wo er mit dem Knie gegen das Lenkrad geprallt war.

Staal war nicht der Erste, der in der verlassenen Einraumwohnung am Rand der Neustadt kampierte. Der Block stand komplett leer, ein zehngeschossiger Betonklotz mit geborstenen Fensterscheiben und einer Fassade, deren ursprüngliche Farbe nur noch an einigen Stellen zu erahnen war.

Im dritten Stock hatte Staal die fleckige Matratze entdeckt, sie war feucht und roch nach Urin, aber es war besser als nichts. In einer Ecke hatte er zwischen zerbeulten Töpfen und einem Haufen alter Zeitungen eine Kerze gefunden, doch er hatte sie nicht anzünden können, Streichhölzer oder ein Feuerzeug besaß er nicht.

Jetzt lag er im Halbdunkel, das Fieber brauste in seinem Kopf.

Den ganzen Tag war er auf den Beinen gewesen, war den Boulevard zwischen Markt und Bahnhof entlanggelaufen, immer wieder, in der Öffentlichkeit hatte er sich sicher gefühlt. Trotzdem war da ständig eine unbestimmte Ahnung gewesen, ein Kribbeln im Nacken, als ob er beobachtet würde. Doch wenn er sich umgesehen hatte, war ihm nichts aufgefallen. Von seinem letzten Geld hatte er sich zwei Flaschen Rotwein gekauft, billigen Fusel, der ihm helfen würde, die Nacht zu überstehen.

Noch zwei Tage, dann würde sich die Lage etwas beruhigt haben. So lange musste er durchhalten, danach würde er in seine Wohnung gehen. Geld holen, den Ausweis und Medikamente.

Er öffnete eine Flasche, trank in langen, gierigen Zügen. Spürte, wie der Alkohol seinen Körper wärmte und sank zurück auf die Matratze.

Die Wogen würden sich glätten, bald. Er wusste, dass er gesucht wurde, sein Name stand in den Zeitungen, doch die Polizei war sein geringstes Problem.

Es ging um den anderen.

Staal hatte keine Ahnung, wer *der andere* war, sicher war nur, dass er ihn verfolgte, dass er genau zu wissen schien, wo er Staal zu suchen hatte. Vor drei Tagen war der erste Anruf gekommen, er hatte in seinem Büro in dem kleinen Baucontainer gesessen, ein paar Sekunden hatte er dem stummen Atmen des Anrufers gelauscht, dann hatte er aufgelegt. Ein Spinner, hatte er gedacht, oder jemand, der sich verwählt hat. Kurz darauf hatte er den Zettel hinter der Windschutzscheibe des Mitsubishi gefunden.

ICH SEHE DICH, JEREMIAS STAAL.

Der nächste lag in seinem Briefkasten, ebenfalls ein fein säuberlich zusammengefalteter Computerausdruck in schwarzen Großbuchstaben.

DU KANNST DICH NICHT VERSTECKEN.

Darunter war etwas gezeichnet gewesen, hastig hingeworfene Striche, mit Kugelschreiber hinzugefügt: ein Kreis, umgeben von einem Strahlenkranz, darin ein Gesicht mit heruntergezogenem Mund, wie ein trauriger Smiley. Eine weinende Sonne.

Er hatte die Nachricht zerknüllt und weggeworfen, doch ein mulmiges Gefühl war geblieben. Über die Zeichnungen hatte er lange nachgedacht, war aber zu keinem Ergebnis gekommen. Eines war klar: Das war kein Scherz, das wusste er, schließlich war er seit fast zwanzig Jahren im Geschäft. Der Autohandel, den er am Stadtrand auf einer kleinen Freifläche betrieb, war nichts weiter als eine Fassade, hinter der sein wahres Leben verborgen blieb. Freunde hatte er nicht. Es gab niemanden, dem er vertraute, er hatte sich immer nur auf sich selbst verlassen. Das hatte er seit er denken konnte so gehalten, es war besser so.

Jeremias Staal war Kurier. Er transportierte Koffer, deren Inhalt er nicht kannte. Drogen, Bargeld, Dokumente. Es war ihm egal, solange die Bezahlung stimmte. Auch seine Auftraggeber kannte er nicht, er bekam einen Anruf, dann fuhr er nach Amsterdam, Den Haag oder Warschau und nahm die Ware in Empfang. Manchmal zahlte er Geld bei einer libanesischen Bank ein, manchmal kaufte er Autos, die nach Nigeria verschifft wurden, was dann passierte, interessierte ihn nicht.

Es war ein Geschäft. Sonst nichts.

Jeremias Staal fragte nicht nach. Er war verschwiegen und zuverlässig, kassierte seine Prozente und verschwand von der Bildfläche. Das war einfach, denn Staal fiel nicht auf. Er sah aus wie ein durchschnittlicher Beamter, harmlos, mit aschblondem, an den Schläfen zurückgehendem Haar und einem blassen Allerweltsgesicht, das man sofort wieder vergaß, wenn man es einmal gesehen hatte. Nur die kleinen unruhigen Augen verrieten, dass er ständig auf der Hut war.

Bisher hatte er nie einen Fehler gemacht.

Oder doch? Anonymität war Teil des Geschäfts, doch das, so stellte sich jetzt heraus, wurde zum Problem, denn er hatte keine Ahnung, wer hinter ihm her war. Es musste mit einem seiner letzten Aufträge zu tun haben, eine andere Erklärung gab es nicht.

DU WIRST DIE WAHRHEIT SAGEN, JEREMIAS STAAL.

Der letzte Zettel hatte in seiner Manteltasche gesteckt. Dann hatte er den Unfall gehabt. Spätestens da hatte er gewusst, dass es ernst war. Dass ihm jemand dicht auf den Fersen war. Seine Auftraggeber waren kühl kalkulierende Geschäftsmänner, doch wenn es um ihren Profit ging, verstanden sie keinen Spaß. Irgendetwas musste schief gelaufen sein. Nur was?

In der Ferne heulten Sirenen auf, Blaulicht zuckte über die fleckigen Wände der verlassenen Wohnung. Staal stemmte sich hoch und hinkte zum Fenster. Auf der Hauptstraße rasten Krankenwagen in Richtung Kongresszentrum, er zog sich ins Halbdunkel zurück, obwohl er von der Straße unmöglich gesehen werden konnte.

Jeremias Staal war ein vorsichtiger Mensch.

Doch er war dumm gewesen, sehr dumm. Schon oft hatte er sich vorgenommen, ein Versteck anzulegen, wo er Geld und eine Waffe für den Notfall deponieren konnte. Dieser Notfall war jetzt eingetreten, doch es war zu spät. Er hätte es wissen müssen.

»Ich muss schlafen«, murmelte er und sah auf seine Uhr. »Ich brauche Kraft.«

Es war kurz nach Mitternacht. Staal zog den Mantel vor der Brust zusammen, schlug den Kragen hoch. Sein Atem bildete feine Rauchwölkchen, er sah sich um, auf der Suche nach etwas, womit er sich zudecken konnte. Er riss die Gardine herunter, einen zerschlissenen, löchrigen Fetzen, roch daran und ließ den Stoff angewidert zu Boden fallen. Es würde auch so gehen.

Vorsichtig setzte er sich auf die Matratze, lehnte sich mit dem Rücken an die Wand. Ein letzter Schluck Rotwein. Sein Kopf sank auf die Brust.

Zwei Tage noch, dann würde er das Geld holen. Ein Auto aufbrechen und über die Grenze nach Holland fahren. Dann würde er weitersehen.

Jeremias Staal begann zu schnarchen.

Er träumte von weißen Stränden, Palmen, türkisfarbenem, glitzerndem Wasser und Cocktailgläsern, in denen das Eis klimperte. Eine Frau kam auf ihn zugelaufen, sie war nackt, ihre dunkle Haut schimmerte in der Sonne, weiße, exotische Blumen glänzten in ihrem Haar. Er hörte ihre Schritte, sie knirschten auf dem feinen Sand.

Jeremias Staal lächelte im Schlaf.

Die Schritte kamen näher. Es waren nicht die bloßen Sohlen einer Frau, sondern Männerfüße in schwarzen Lederschuhen. Sie liefen auch nicht über den feinen Sand einer karibischen Traumwelt, sondern über das rissige Linoleum eines Abrisshauses, sie waren real, wurden langsamer und stoppten schließlich vor der Tür, hinter der Jeremias Staal an der Wand lehnte und schlief.

Die Tür öffnete sich langsam.

Er bemerkte es nicht.

Zehn

Was die Presse betraf, hatte der Anschlag auf den Polizeiball zu einem denkbar ungünstigen Zeitpunkt stattgefunden. Die Ausgaben für den nächsten Tag gingen eine halbe Stunde vor Mitternacht in Druck, und so ratterten die Maschinen bereits auf Hochtouren, als die ersten Journalisten am Kongresszentrum eintrafen.

Gegen zwei Uhr morgens erschien auf der Webseite des Boulevardmagazins die etwas übermotivierte Schlagzeile vom *MASSAKER IM KONGRESSZENTRUM,* während die Printausgabe zum Verdruss des Chefredakteurs am nächsten Morgen in fetten Lettern fragte: *WAR HITLER EPILEPTIKER?* Dies interessierte zu diesem Zeitpunkt ausnahmsweise niemanden, ebenso wenig wie der Leitartikel des *Mitteldeutschen Tageblattes,* in dem es um die demnächst anstehende Silberhochzeit des Polizeipräsidenten ging, der zu diesem Zeitpunkt bereits seit sechs Stunden mit fortgeschrittener Leichenstarre in der Rechtsmedizin lag.

Ein Sonderkommando wurde gebildet, noch in der Nacht trafen die ersten Spezialkräfte aus der Landeshauptstadt ein. In einer eilig einberufenen Pressekonferenz wurde erklärt, was man im Moment wusste: nichts. Außer, dass sämtliche Todesopfer an ein- und demselben Gift gestorben waren.

Zorn war um vier Uhr morgens aus dem Bett geklingelt worden, drei Stunden später saß er mit Schröder im Büro und rührte verdrossen in seinem Kaffee.

»Im Moment lässt sich das alles schwer einordnen«, erklärte Schröder gerade. »Niemand kann sich erklären, was hinter dem Ganzen steckt. So, wie es aussieht, war etwas am Büfett vergiftet, wahrscheinlich ein Teller mit Würstchen.« Er trug noch immer den cremefarbenen Anzug, die Fliege hatte er abgenommen und die obersten Knöpfe seines Hemdes geöffnet.

Zorn schüttelte verwirrt den Kopf.

»Wenn das stimmt, hätte jeder davon essen können.«

»Ja«, nickte Schröder. Er sah müde aus. »Du, ich oder Frieda Borck.«

Es grummelte in Zorns Magen. Das konnte daher rühren, dass er bereits den vierten Kaffee trank. Wahrscheinlich aber lag es an der Vorstellung, dass er, Claudius Zorn, jetzt ebenfalls in einem Plastiksack im rechtsmedizinischen Institut hätte liegen können. Ein Zufall hatte ihn davor bewahrt, ein kleiner, flüchtiger Moment, in dem er entschieden hatte, nach Hause zu gehen. Claudius Zorn mochte Würstchen.

»Was war das für ein Gift?«, fragte er.

»Natriumfluoracetat, ein Mittel zur Bekämpfung von Nagetieren, schwer, aber nicht unmöglich zu beschaffen. Genaueres wissen wir noch nicht. Wir müssen auf den Laborbefund warten, lange kann das nicht mehr dauern. Es besteht immer noch die Möglichkeit, dass das alles ein Unfall war, oder ein Versehen.«

Zorn stieß ein freudloses Lachen aus.

»Das glaubst du doch selbst nicht.«

»Nein, Chef.«

»Wie viele Menschen waren auf dem Fest?«

»Fast vierhundert.«

»Dem Täter war völlig egal, wen es trifft. Er konnte das nicht planen. Wer macht so was? Und warum?« Zorn rieb sich den schmerzenden Magen. »Ich sehe einfach keinen Sinn.«

»Vielleicht besteht ja gerade darin der Sinn.«

»Wie meinst du das?«

»Dass es sinnlos ist.«

»Jeder Mensch hat Gründe für das, was er tut, Schröder. Jeder.«

»Wenn er gesund ist. Ein Psychopath kümmert sich nicht um Konsequenzen.«

»Ein Verrückter, der wahllos tötet? Das wäre ein bisschen einfach, oder?«

»Wahrscheinlich.« Schröder fuhr sich mit der Hand über das Gesicht. Als er aufblickte, waren seine Augen gerötet. »Vielleicht wollte jemand einfach nur Chaos schaffen. Gott spielen, oder von irgendetwas ablenken, ich weiß es nicht. Aber es ist nicht unsere Aufgabe, das herauszufinden, Chef. Darum kümmert sich die Sonderkommission.«

Und das ist gut so, dachte Zorn.

Draußen war es hell geworden. Schröder stand auf und knipste das Licht aus, dann ging er zum Fenster. Sein Gesicht wirkte bläulich im Morgendunst, ein kantiger Zug um den Mund ließ ihn hart erscheinen.

»Er konnte Helmut Kohl nachmachen«, sagte er leise.

Zorn verstand nicht.

»Wer?«

»Der Bauchredner. Ohne den Mund zu bewegen, der ganze Saal hat gelacht.« Schröder schüttelte den Kopf. »Niemand konnte ahnen, dass er in ein paar Stunden tot sein würde. Und einen neuen Polizeipräsidenten brauchen wir jetzt auch.«

»Ich hatte mich gerade mit Wachtmeister Kusch vertragen.« Zorn dachte an den bulligen Polizisten und das Gefühl, als sei er in einen Schraubstock geraten, als sie sich die Hand gegeben hatten. »Er war ein anständiger Kerl, glaube ich.«

»Das war er, Chef.«

Sie schwiegen eine Weile.

»Wer war eigentlich diese dicke Frau, vor der du mich gerettet hast?«, fragte Zorn.

»Die unbedingt mit dir tanzen wollte?«

Zorn nickte stumm.

»Das war Kollegin Rothe, sie arbeitet im Archiv. Eine eindrucksvolle Person.«

»Du hast ihr irgendwas ins Ohr geflüstert.«

Schröder sah Zorn ernst an.

»Ich habe ihr gesagt, dass du schwul bist.«

»Ach.«

»Und dass dein Freund dich gerade verlassen hat, weswegen du ein wenig neben der Spur bist.«

»Hervorragende Ausrede«, murmelte Zorn, der selbst nicht wusste, ob er lachen oder wütend werden sollte. Er entschied sich für keines von beidem. Das alles war jetzt nebensächlich.

Schröder sah weiter aus dem Fenster. Die Wolken hingen tief am Himmel, ein Windstoß trieb abgestorbenes Laub über den Parkplatz.

»Sieht aus, als würde ein Sturm aufkommen«, murmelte Schröder.

»Ja«, nickte Zorn müde. »Sieht so aus.«

*

Jeremias Staal erwachte vom Pochen des Blutes, das in fiebrigen Wellen durch seinen Schädel gepumpt wurde. Er hatte gehofft, dass der Schlaf ihm neue Energie geben würde, doch es kam ihm vor, als wäre in der Nacht die letzte Kraft aus seinem Körper gesogen worden wie aus einem ausgetrockneten Schwamm.

Regen prasselte gegen das Fenster. Staal öffnete die Augen einen Spalt, schloss sie aber sofort wieder, er wollte nichts sehen von all dem Dreck, den rostigen Heizungsrohren, dem schuttübersäten Fußboden und den schimmeligen Tapeten, die in Fetzen von den klammen Wänden hingen.

Sein Herz schlug in kurzen, heftigen Stößen, der Schmerz pulsierte im Takt durch seinen Körper.

Staal biss die Zähne zusammen. Er musste die Kontrolle behalten, wenigstens in Gedanken.

Einen Plan. Er brauchte einen Plan.

Hier konnte er nicht mehr lange bleiben, ohne Wasser, ohne Nahrung, ohne Medikamente. Die Schmerzen waren nebensächlich, er hatte gelernt, damit umzugehen. Nächsten Monat wurde er vierzig, in den letzten Jahren hatte er ein paar Kilo zugenommen, doch auf seinen Körper hatte er immer geachtet, er hatte trainiert, nicht, weil er gut aussehen wollte, sondern weil er funktionieren musste. Wie eine Maschine, die ständig einsatzbereit zu sein hat.

Er dachte an das Morphium, das er hinten im Schreibtisch versteckt hatte. Vor einem Dreivierteljahr war er beim Arzt gewesen, hatte sich durchchecken lassen, eigentlich eine Routineuntersuchung. Dann hatte er die Diagnose erhalten: Verdacht auf *chronische myeolische Leukämie,* hatte der Doktor mit unbewegtem Gesicht erklärt, man müsse weitere Tests abwarten, es könne sich alles noch zum Guten wenden. Staal, der nie an *das Gute* geglaubt hatte, war wortlos aufgestanden und gegangen. Hatte sich Medikamente besorgt, Schmerzmittel, Morphium, Antibiotika, alles, was er hatte auftreiben können. Im Krankenhaus würde er nicht sterben, hatte er sich gesagt, und bald, ein paar Wochen später, hatte sich herausgestellt, dass dies auch nicht geschehen würde. Er war kerngesund, eine Fehldiagnose, das Labor hatte sich geirrt. Das Schicksal hatte den Zufallsgenerator angeworfen, Staal hatte gewonnen.

Die Medikamente hatte er behalten. Jetzt brauchte er sie.

Er richtete sich auf, zog das linke Hosenbein hoch und tastete nach dem verletzten Bein. Zischend sog er die Luft ein, als er den schartigen Riss unter dem Knie bemerkte, die Wunde hatte sich entzündet, ein blauschwarzer Fleck zog sich bis hinunter zum Schienbein, geronnenes Blut klebte am Strumpf. Vorsichtig versuchte Staal, das Bein anzuwinkeln, er stieß einen leisen Schrei aus, als der Riss sich öffnete und der Knochen weißlich unter der eitrigen Haut hindurchschimmerte.

Er sank wieder zurück und starrte an die Decke.

Noch zwei, drei Jobs, hatte er gedacht, dann würde er sich zur Ruhe setzen, vielleicht auf Kuba oder den Kanaren, irgendwo ein unauffälliges, ruhiges Leben führen, da, wo ihn niemand suchen würde, Geld hatte er genug, er musste nur …

Staal runzelte die Stirn.

Etwas war anders.

Ein Luftzug, der gestern nicht dagewesen war. Er kam von draußen, vom Flur, ein leichter, nach Beton und nasser Wäsche stinkender Wind, der seinen eigenen Geruch nach saurem Schweiß überdeckte.

Staal drehte den Kopf. Rechts von ihm war die Tür.

Sie war angelehnt.

Hatte er sie nicht geschlossen?

Natürlich hatte er das, er hasste offene Türen.

Er schniefte, zog den Rotz hoch und richtete sich auf den Ellbogen auf. Dann bemerkte er den Zettel, der mit einer Reißzwecke am Türrahmen befestigt war.

DU BIST TOT, JEREMIAS STAAL. DU WEISST ES NUR NOCH NICHT.

Schwarze Großbuchstaben, sie schienen höhnisch zu grinsen. Darunter eine hastig hingekritzelte Zeichnung: die weinende Sonne. Staal stöhnte auf, als er die Fußabdrücke im Staub bemerkte, sie führten direkt zu seiner Matratze. Nein, es waren nicht seine eigenen.

Er war hier gewesen. *Der Andere.*

Direkt neben ihm, als er geschlafen hatte.

Die Schmerzen waren vergessen. Er starrte die Nachricht an, sein Atem ging in kurzen, hektischen Stößen.

Es gab kein Entkommen.

»Was soll ich nur tun?«, flüsterte er. Seine Stimme zitterte. »Was?«

*

Gegen Mittag saß Zorn vor seinem Computer und wartete auf Schröder, der seit Stunden im Präsidium unterwegs war. Draußen stürmte es, Regen prasselte gegen das Fenster, heftige Windstöße ließen das Gebäude erzittern.

Zorn war müde, sein Magen knurrte, doch auf das Kantinenessen verspürte er nicht die geringste Lust. Ebenso wenig hatte er das Bedürfnis, sein Büro zu verlassen und den Menschen, die blass und schockiert von den Ereignissen der letzten Nacht durch das Präsidium liefen, zu begegnen. Er wusste einfach nicht, was er sagen sollte.

Die Tür öffnete sich, Schröder kam herein und sank schnaufend auf seinen Stuhl.

Zorn sah in fragend an.

»Und?«

»Die Sonderkommission arbeitet auf Hochtouren, ich habe gebeten, dass man uns auf dem Laufenden hält.«

»Und?«, wiederholte Zorn.

Schröder zuckte die Achseln.

»Sonderlich mitteilsam sind die nicht.«

»Ich hab sowieso keine Lust, mit diesen Schnöseln zusammenzuarbeiten«, erklärte Zorn.

»Kennst du sie denn, Chef?«

»Wen?«

»Die Kollegen aus der Landeshauptstadt. Du sagtest, sie wären«, Schröder malte mit den Fingern ein paar Anführungszeichen in die Luft, »Schnösel.«

Natürlich kannte Zorn diese Leute nicht, doch das war ihm egal. Sie kamen aus der Landeshauptstadt, es mussten Wichtigtuer sein. Andere Argumente hatte er nicht, deshalb war er froh, als Schröder das Thema wechselte: »Es gibt was Neues in unserem Fall.«

»Welchen meinst du? Wir haben mehrere, wenn ich mich recht erinnere. Einen Banker, der Selbstmord begangen hat, einen verschwundenen Autohändler, dessen Auto sabotiert wurde, und acht Tote auf einem Polizeiball.«

»Die lassen wir außen vor, Chef. Darum kümmern sich die *Schnösel.*«

Das letzte Wort betonte Schröder unmerklich, Zorn überhörte es.

»Dann sei so gut und klär mich auf.«

»Nun«, Schröder kratzte sich an der Wange, auf der in den letzten Stunden rötliche Bartstoppeln erschienen waren, »es gibt einen weiteren Vermissten, einen Anwalt. Die Meldung kam heute Vormittag, sie wäre in dem ganzen Chaos fast untergegangen.«

»Was bitteschön hat ein vermisster Anwalt mit …«

Zorn stutzte.

Überlegte.

Dann fiel ihm etwas ein.

»War da nicht neulich ein vermisster Richter?«

Schröder stieß einen leisen Pfiff aus.

»Was soll das Gepfeife?«, fragte Zorn misstrauisch.

»Nichts, Chef«, erklärte Schröder unschuldig.

»Komm, du hast doch schon wieder diesen Blick!«

»Wie meinen?«

»Ich weiß genau, was du denkst!« Zorns Zeigefinger durchstieß die klimatisierte Büroluft und wies direkt auf Schröders Brustkorb. »Du glaubst, dass ich mir nichts merken kann, hältst mich für unfähig, als hätte ich das Erinnerungsvermögen einer Nesselqualle!«

»Also das hast jetzt aber du gesagt, Chef!«, erwiderte Schröder mit großen Augen. »Mit Nesselquallen kenne ich mich überhaupt nicht aus. Aber ich habe gelesen, dass Tintenfische sehr kluge Tiere sein sollen.«

»Ich bin nicht doof!« Beleidigt schob Zorn ein paar Papiere beiseite. »Manchmal denke ich nämlich auch mit!«

»*Naturalmente,* Chef.« Schröder hob beschwichtigend die kurzen Arme. »Und du hast völlig recht, es ist schon auffällig, wenn in kurzen Abständen erst ein Richter und dann ein Anwalt verschwinden.«

»Und ein Autohändler«, warf Zorn ein.

»Wie dieser Staal ins Bild passt, weiß ich nicht. Aber der Richter und der Anwalt könnten sich kennen, berufsmäßig. Das sollten wir prüfen. Und zwar alles, was wir über diese beiden finden.«

»*Du* wirst das prüfen.« Zorn stand auf. »Ich geh in die Kantine, ich hab Hunger.«

Schröder war bereits mit seinem Computer beschäftigt.

»Guten Appetit«, murmelte er abwesend, seine Finger flitzten über die Tastatur. »Es gibt Grützwurst mit Kartoffelbrei.«

*

In den folgenden Stunden kämpfte sich Schröder durch ein Gestrüpp aus Personallisten, Vermisstenmeldungen und Prozessakten, schrieb Mails, telefonierte mit der Landeshauptstadt, recherchierte im Intranet der Landespolizei, knabberte Kekse und trank Kamillentee. So bemerkte er nicht, dass die Dämmerung langsam einsetzte, und auch nicht, dass Zorn irgendwann nach seiner Jacke griff und nach Hause ging.

Schröder arbeitete.

Beharrlich, konzentriert und leise. Wie ein Bluthund, der eine Fährte aufgenommen hat.

Das war es, was er am besten konnte.

*

»Wir haben einen neuen Namen, Chef.«

Zorn saß auf seinem Sofa, die Jaco-Pastorius-Platte lief in voller Lautstärke, krachend dröhnte die Musik durch das kleine Zimmer wie ein führerloser Hochgeschwindigkeitszug. Das hatte nichts mit Masochismus zu tun, sondern mit purer Verzweiflung. Zorn hatte sie aufgelegt, um nicht weiter grübeln zu müssen. Tagsüber, wenn er bei der Arbeit war, dachte er nicht an Malina. Zu Hause war es anders. Sie war überall, er konnte tun, was er wollte. Der Lärm lenkte ihn ab. Ein bisschen jedenfalls.

»Moment.«

Er drehte die Musik leiser. Das Handy hatte er nicht gehört, aber am rhythmischen Blinken erkannt, dass Schröder anrief.

»Also?«

»Die beiden Vermisstenmeldungen, Chef. Der verschwundene Richter war am Oberlandesgericht beschäftigt. Vor einen halben Jahr gab es einen Prozess gegen einen gewissen Elias de Koop, einen Finanzmakler. Er wohnt in einer Villa an der Flusspromenade. Rat mal, wer ihn verteidigt hat.«

»Ich hab keine Lust zu raten, Schröder.« Zorn griff müde nach einer Zigarette. »Es war …«

»… der vermisste Anwalt.«

»Sag ich doch. Das erkenne sogar ich, auch wenn ich nur den Intellekt einer Kaulquappe hab.«

»Nesselqualle, Chef. Du sagtest Nesselqualle.«

»Wie auch immer.«

Neben dem Aschenbecher lag ein Ohrring, eine winzige Perle an einer silbernen Kette. Zorn nahm ihn in die Hand, ließ ihn nachdenklich durch die Finger gleiten. Malina hatte immer etwas liegen lassen,

Kleinigkeiten, sie waren überall in der Wohnung verstreut, Malinas Unordnung hatte Zorn gestört, jetzt erinnerte er sich, dass sie ihr Haar immer zu einem kurzen Zopf band, wenn sie diesen Ohrring trug, die Perle leuchtete an ihrem Hals, es sah aus, als ob …

»Was ist los, Chef?«

»Was soll sein?«

»Du klingst irgendwie traurig.«

Das bin ich, wollte Zorn sagen. Ich vermisse Malina, ich habe Angst, dass sie nicht wiederkommt, dass ich sie endgültig verloren hab, und ich weiß nicht einmal, warum das alles passiert ist.

»Es ist nichts«, murmelte er. »Ich bin nur müde.«

Und traurig, setzte er in Gedanken hinzu. Du hast recht, Schröder, wie immer. Aber das geht nur mich was an.

Ein Donnerschlag ließ das Fenster erbeben. Hagelkörner krachten wie Kieselsteine gegen die Scheibe, die Gardine bewegte sich, es schien, als schwanke das riesige Gebäude. Der Sturm heulte, zerrte an den Mauern wie ein tollwütiger Drache.

»Schlaf ein bisschen«, sagte Schröder. »Morgen sollten wir diesen Elias de Koop befragen, ich suche noch raus, was wir über ihn haben.«

Zorn sah auf die Uhr: Kurz nach acht. Wie lange war Schröder jetzt auf den Beinen? Zwanzig Stunden? Mindestens.

Er nickte stumm und legte auf. Überlegte einen Moment und wählte Malinas Nummer. Er hatte keine Ahnung, was er sagen sollte, doch er musste sie sehen. Oder wenigstens ihre Stimme hören.

Ihr Handy war aus.

Scheiße, dachte Zorn.

Scheiße, Scheiße, Scheiße.

*

Zehn Uhr abends. Der Orkan wütet über der Stadt.

Blitze zucken, die Platanen im alten Solbad biegen sich, keifend tobt der Sturm durch den verlassenen Park. Blätter, Papierfetzen und abgebrochene Zweige wirbeln durch die Nachtluft, Fensterläden hämmern gegen die lädierten Mauern, ein dicker Ast bricht und streift die

Wand des Badehauses. Die morsche Regenrinne löst sich und fällt krachend zu Boden.

Der alte Mann in der Badezelle zuckt zusammen.

Er weiß nicht, seit wann er hier gefangen gehalten wird. Das schmale Fenster unter der Decke ist mit Brettern vernagelt, kein Tageslicht dringt in die enge Kammer. Die einzige Lichtquelle im Raum ist eine Stabtaschenlampe, eine Maglite aus schwarzem Aluminium, sie liegt neben seinem Kopf, auf dem Rand der Badewanne. Ihr Strahl fällt auf einen Zettel an der Wand gegenüber.

DU WIRST GERICHTET WERDEN.

Darunter eine Zeichnung, ein weinendes Gesicht, umgeben von einem Strahlenkranz.

Das ist die einzige Information, die er hat. Als er zu sich kam, trug er eine Kapuze über dem Kopf, er erinnert sich an den Gestank, das Kribbeln im Gesicht und den Brechreiz, den die dicke Wolle vor seinem Mund verursachte. Wahrscheinlich ist er im Kofferraum eines Autos transportiert worden, dann wurden ihm die Fesseln abgenommen, wortlos, eine schwere Tür fiel ins Schloss.

Die Zelle ist höchstens zwei mal zwei Meter groß, bis knapp unter die Decke mit türkisfarbenen, gesplitterten Kacheln gefliest, die Hälfte des Raums wird von einer gusseisernen, vor Schmutz und Unrat starrenden Badewanne eingenommen.

Niemand hat bisher mit ihm geredet, es gibt keine Erklärung, nur diesen Zettel im gelblichen Kegel der Taschenlampe. Ein paarmal ist er weggedöst, es war kein Schlaf, eher eine Ohnmacht, wahrscheinlich hat man ihm etwas in die zerbeulte Schüssel mit dem Essen getan, Drogen vielleicht, oder ein Schlafmittel. In dieser Zeit sind wohl auch die Batterien gewechselt worden. Anders kann er sich nicht erklären, dass die Lampe noch immer brennt.

DU WIRST GERICHTET WERDEN.

Er hat den Zettel abgerissen und zusammengeknüllt, wie oft, weiß er nicht mehr. Jedes Mal, wenn er erwacht, hängt ein neuer da, immer an derselben Stelle, der Kegel der Taschenlampe direkt auf diese vier Worte gerichtet.

Er liegt in der Wanne, das ist der einzige Platz, an dem er sich ausstrecken kann, der Mantel dient ihm als Decke. Seine alten Knochen sind steif, Kälte und Feuchtigkeit haben die Glieder durchdrungen, zermürbt, regelrecht aufgeweicht wie Sirup ein Stück Würfelzucker. Sein Gesicht ist bläulich angelaufen, er fährt mit der Hand über die unrasierte Wange, fühlt den Schorf auf der rissigen Haut, riecht den Gestank der eigenen Exkremente.

Der alte Richter schließt die Augen. Neben der Stahltür ist ein Waschbecken an der Wand befestigt, rostiges, stinkendes Wasser tropft aus dem Hahn. Ansonsten ist es still.

Sinnlos zu schreien. Die Außenwände sind dick, niemand würde ihn hören, das weiß er jetzt. Er ist zu alt, um sich zu wehren, er kann nur warten. Er ahnt, warum er hier ist, natürlich tut er das. Aber er will es nicht wahrhaben.

Langsam driftet er weg.

Klack klack.

Er horcht auf. Da ist etwas anderes. Ein Pochen, es scheint, als komme es aus der Wand. Oder aus einem der Bleirohre, die neben ihm aus den Fliesen ragen.

Klack klack klack.

Ein Tier? Eine Ratte? Er richtet sich auf, die Badewanne dröhnt leise, als seine Schuhe das Gusseisen streifen. Er hält den Atem an, lauscht.

Der Wasserhahn tropft, sonst nichts.

Klack.

Da ist es wieder. Er greift nach der Taschenlampe, klopft vorsichtig gegen das Rohr. Einmal. Zweimal. Sofort kommt die Antwort.

Klack klack.

Nebenan ist noch jemand. Ebenso gefangen wie er selbst, da ist er sicher.

Er ist nicht allein.

Tröstlich ist dieser Gedanke nicht.

Im Gegenteil.

*

Morgengrauen.

Das Unwetter ist nach Westen abgezogen und mit ihm der Regen. Die letzten Blitze zucken über den Horizont. Die Autobahn ist gesperrt, ein Teil der Fahrbahn steht unter Wasser. Im Dach der Stadtbibliothek klafft ein gähnendes Loch, am Marktplatz ist ein Gerüst eingestürzt, Bauarbeiter räumen Trümmer weg, das Technische Hilfswerk pumpt die Keller in der Altstadt leer. Im schwachen Licht der Straßenlaternen glänzt die Stadt wie ein riesiger, gestrandeter Fisch.

Die Sonne geht auf. Der verlassene Wohnblock am Rande der Neustadt strahlt im Licht, von den Balkonen tropft das Wasser. Auf dem Fußweg vor dem Hauseingang ist eine große Pfütze entstanden, Zigarettenkippen schwimmen darin und ein zerdrückter Kaffeebecher.

Die Tür öffnet sich einen Spalt. Ein abgerissen aussehender Mann in einem zerknitterten Mantel erscheint, das blonde, dünne Haar steht wirr von seinem Kopf ab. Er sieht sich um, vorsichtig, seine Augen glänzen fiebrig.

Knarrend fällt die Tür hinter ihm ins Schloss. Der Mann läuft los. Ein wenig torkelnd, als wäre er betrunken. Er umrundet eine umgekippte Mülltonne, sein Gang wird schneller, sicherer. Noch einmal sieht er sich um, dann verschwindet er um die Ecke in Richtung Innenstadt.

Jeremias Staal hat einen Plan.

Er geht nach Hause.

TEIL ZWEI

Elf

Ungefähr zur selben Zeit, als Jeremias Staal sein Versteck verließ, saß der dicke Schröder zu Hause am Küchentisch. Er hatte das Radio angestellt, im Deutschlandfunk lief ein Feature zum zweihundertsten Geburtstag von Giuseppe Verdi. Schröder kaute versonnen auf einem Buttertoast und lauschte der sonoren Stimme des Sprechers.

Die altmodische Uhr über dem Kühlschrank zeigte auf halb sieben, die Morgennachrichten begannen. Schröder stand auf, stellte das Geschirr in die Spüle, wischte den Tisch sorgfältig ab und schaltete das Radio aus. Er lief vorsichtig, fast auf Zehenspitzen, die Decken des kleinen Reihenhauses waren dünn, eine Etage tiefer schliefen seine Eltern, er wollte sie nicht wecken.

Die nächsten Minuten verbrachte er im Bad. Es dauerte eine Weile, bis er die dünnen Haarsträhnen mit einem schwarzen Kamm über der Glatze drapiert hatte. Ein letzter Blick in den Spiegel, Schröder stieß ein missmutiges Grunzen aus, als er einen kleinen Fettfleck am Kragen seines karierten Hemdes entdeckte. Er ging ins Schlafzimmer. Im Laufen zog er das Hemd über den Kopf, das Unterhemd rutschte nach oben, sein Bauch wölbte sich über der Cordhose. Eine hässliche Narbe wurde sichtbar, ein fünfzehn Zentimeter langer, gezackter Riss zog sich quer über die mit rötlichem Flaum bedeckte Haut.

Im Schrank lag ein Dutzend akkurat gefalteter Hemden in zwei säuberlichen Stapeln, innerhalb von ein paar Sekunden hatte Schröder sich umgezogen. Er griff seine Aktentasche, lief zur Tür, zögerte, drehte sich um und holte sein Handy vom Nachttisch. Auf dem Display stand, dass er eine neue Nachricht hatte.

Die Nummer des Absenders kannte er nicht.

Alles hängt zusammen, las Schröder.

Richter, Anwälte und kaputte Autos.

Vergiftete Polizisten und Selbstmörder.

Schröder runzelte die Stirn und scrollte nach unten:

Gruß an Zorn

Eine halbe Minute starrte Schröder auf sein Telefon. Las die Nachricht noch einmal, prägte sich die Worte ein, Buchstabe für Buchstabe.

»Ich hab's geahnt«, murmelte er. »Irgendwie hab ich's geahnt.«

Dann nahm er seinen Mantel und flitzte die Treppe hinab. Die Dielen knackten unter seinen Schuhen, mit einem Knall fiel die Haustür ins Schloss. Schröders Mutter, eine dreiundsiebzigjährige ehemalige Postangestellte, fuhr in ihrem Bett auf und stieß einen verwunderten Schrei aus.

Doch das hörte Hauptkommissar Schröder nicht mehr.

*

»Du bist schon da?«

Schröder stutzte kurz, dann hängte er seinen Mantel auf, nahm Zorn gegenüber Platz und fuhr seinen Rechner hoch.

»Ich hab Kaffee gemacht, Schröder.«

Zorn nickte in Richtung Fensterbrett, wo die Kaffeemaschine ein letztes Fauchen ausstieß.

Er war seit einer Viertelstunde im Büro, zu Hause hatte er es einfach nicht mehr ausgehalten.

»Danke«, erklärte Schröder, »aber ich mach mir nachher einen Tee. Solltest du auch ab und zu«, fügte er mit einem leisen Lächeln hinzu.

Ja, dachte Zorn, das würde passen. Wie heißt es immer? *Abwarten und Tee trinken.* Ich tue nichts anderes als Warten, mein ganzes Leben lang. Aber ich kann meine Zeit auch vergeuden, indem ich Kaffee trinke.

»Gibt's sonst was Neues?«, fragte er gähnend. Es war kurz nach sieben, Zorn war müde, denn er hatte schlecht geschlafen. Und noch schlechter geträumt. Von Malina. Und von Hermann, diesem pseudointellektuellen Müsliquirl, diesem ... aber daran wollte Zorn jetzt nicht denken.

»Allerdings Chef.«

Schröder beugte sich über den Tisch und reichte ihm sein Handy. Zorn griff verblüfft zu.

»Was ist das?«

»Mein Telefon.«

»Danke, aber ich hab selbst eins, Schröder.«

»Lies, Chef.«

Zorn warf ihm einen misstrauischen Blick zu. Es sah nicht so aus, als wolle Schröder ihn veralbern, also schob er die Brille auf die Stirn und tat, wie ihm geheißen. Einmal, zweimal. Genau, wie Schröder eine halbe Stunde zuvor. Verdattert stierte Zorn auf das Display, den Mund halb geöffnet, seine Lippen bewegten sich beim Lesen mit.

»Das kapier ich nicht.« Er legte das Telefon auf den Tisch. »Was soll das bedeuten?«

»Das ist eine SMS.«

»Ach nee.«

»Sie ist vorhin gekommen. Ich habe zurückgerufen, das Telefon ist ausgeschaltet. Die Nummer kannte ich nicht.«

»Wie jetzt?«

»Null, eins, sieben, acht, fünf, sechs, acht, sechs, sieben, fünf, sechs«, zitierte Schröder aus dem Gedächtnis. Es klang, als würde er die Lottozahlen ansagen.

»Aber was um alles in der Welt bedeutet das?«, wiederholte Zorn ratlos.

»Eine ganze Menge.« Schröder langte über den Tisch und legte das Handy neben seine Tastatur. »Mit den vergifteten Polizisten und den kaputten Autos sind der Anschlag auf den Polizeiball und die Massenkarambolage auf der Hochstraße gemeint. Außerdem werden Richter und Anwälte erwähnt, ein Hinweis auf die beiden Vermissten. Und *last, but not least:* Einen Selbstmörder haben wir auch: Meinolf Grünbein, den toten Banker. Alles, was in den letzten Tagen passiert ist, hängt zusammen.« Schröders kurzer Zeigefinger tippte auf das Handy. »Da steht's.«

Zorn schob die Brille wieder auf die Nase.

»Nur weil dir jemand eine Nachricht schickt, muss das nicht die Wahrheit sein. Du weißt ja nicht mal, wer der Absender ist.«

»Das werden wir prüfen.« Schröder sah auf die Uhr. »In einer Stunde kommt die Kriminaltechnik, ich schick das Telefon dann ins Labor. Mal sehen, was die herausfinden.«

»Das kann auch alles bloß ein dummer Scherz sein.«

»Natürlich. Aber der Absender der Nachricht kennt mich, es gibt nicht viele, die meine Handynummer haben. Und er lässt dir Grüße ausrichten, Chef.«

»Ja«, nickte Zorn widerwillig, »das ist irgendwie schräg.«

Schröder stand auf und ging zum Waschbecken.

»Weißt du«, sagte er über die Schulter und ließ Wasser in eine kleine Porzellankanne laufen, »über den Absender sollten wir uns vorerst keine Gedanken machen. Wichtig ist der Inhalt dieser Nachricht. Es bestätigt genau das, was ich vermutet habe, nämlich dass alles irgendwie in Zusammenhang steht. Drei Vermisste innerhalb kürzester Zeit, wenn man Jeremias Staal mit einrechnet. Und der Selbstmörder. Vier Personen, die sich irgendwie gekannt haben müssen.«

Alles hängt zusammen, dachte Zorn. Aber wie?

Schröder nahm die Kanne und ging zum Fenster, wo die Blumentöpfe fein säuberlich geordnet in einer Reihe standen wie Soldaten, die zum Appell angetreten sind.

»Du brauchst die Dinger nicht zu gießen«, erklärte Zorn. »Das hab ich vorhin gemacht.«

»Ach!«, staunte Schröder.

»Aber das Umtopfen musst du schon selbst übernehmen.«

»Das hat Zeit, Chef.« Schröder stellte die Kanne auf das Fensterbrett. »Aber man muss sich um Pflanzen kümmern. Es sind Lebewesen, man sollte mit ihnen reden, wenigstens ab und zu.«

Zorn verdrehte die Augen.

»Was soll ich denn machen? Gedichte rezitieren? Aus *Hamlet* vorlesen?«

Schröder überlegte einen Moment.

»Warum eigentlich nicht?«

Zorn schwieg. Schröder hob beschwichtigend die Hände, dann nahm er wieder Platz. »Lass uns versuchen, ein wenig Ordnung in dieses Chaos zu bringen.«

Er nahm ein Blatt Papier und begann zu schreiben. Zorn vertrieb sich die Zeit, indem er abwechselnd missmutig auf Schröders Grünpflanzen und den schwarzen Monitor seines Rechners starrte.

»So«, Schröder hielt ein Blatt in die Höhe, »das wäre zunächst der chronologische Ablauf.«

Zorn beugte sich über seinen Tisch und las, was Schröder geschrieben hatte:

1. *Ein Bankangestellter begeht Selbstmord*
2. *Ein Autohändler hat einen Unfall, verschwindet danach*
3. *Ein Richter wird vermisst*
4. *Ein Anwalt wird vermisst*

»Du hast was vergessen, Schröder.« Zorn lehnte sich in seinem Sessel zurück. »Da wären noch ein toter Bauchredner, ein vergifteter Polizeipräsident, Wachtmeister Kusch und fünf weitere Tote auf dem Polizeiball.«

»Den Anschlag sollten wir als Ganzes sehen«, widersprach Schröder. »Ich glaube nicht, dass es um einzelne Personen ging. Der Täter hatte eine Institution im Visier, den gesamten Polizeiapparat. Er *konnte* einfach nicht wissen, wer im Endeffekt von den vergifteten Würsten essen würde.«

Zorn setzte zu einer Erwiderung an, ließ es dann aber bleiben. Schröder hatte recht. Schon wieder.

»Der Bankangestellte und der Autohändler kannten sich definitiv.« Schröder malte zwei Kreise auf den Zettel. »Meinolf Grünbein hat die Konten von Jeremias Staal bearbeitet.«

Daran konnte Zorn sich dunkel erinnern. Möglicherweise war es Staal gewesen, der den Banker in den Selbstmord getrieben hatte. Er nickte.

»Außerdem war da noch dieses Fischzeugs.«

»Haifischknorpel, Chef. Im Unfallauto Staals und auf dem Schreibtisch Grünbeins.«

»Wir sollten die Wohnung von diesem Jeremias Staal untersuchen, Schröder.«

»Ist bereits geschehen. Die Kollegen haben nichts Auffälliges gefunden, aber ich seh mich heute Nachmittag selbst noch mal um.«

»Tu das.« Zorn überlegte. »Was verbindet diese beiden mit dem Anwalt und dem Richter?«

Schröder hob sein Handy hoch.

»Die Nachricht. Da steht's drin.«

»Ein wenig dürftig, oder?«

Schröder zuckte mit den Achseln.

»Kann sein. Trotzdem sollten wir das prüfen, Chef. Vier Personen, von denen drei innerhalb kürzester Zeit verschwinden. Ein auffallend komischer Zufall.«

»Okay. Warten wir ab, bis wir rauskriegen, wer dir die Nachricht geschickt hat.« Zorn erhob sich schwerfällig. »Was war jetzt genau mit dem Prozess gegen diesen …«

»Elias de Koop. Ich habe bisher nur einen Teil der Akten. Der verschwundene Anwalt hat ihn verteidigt. Und der vermisste Richter hat ihn freigesprochen.«

»Aber de Koops Adresse haben wir?«

»*Yes.*«

»Ich besuche den Herrn jetzt.«

»Es ist noch nicht mal halb acht, Chef.«

»Dann werde ich ihn aus dem Bett klingeln müssen.«

»Wie du meinst.« Schröder öffnete eine Schublade und reichte Zorn eine Klarsichtfolie mit einem DIN-A4-Blatt. »Hier steht alles, was ich über de Koop gefunden habe.«

»Eine halbe Seite?« Zorn überflog die eng gedruckten Zeilen. »Wohlhabend, alleinstehend, zahlt pünktlich seine Steuern, keine Vorstrafen. Viel ist das nicht.«

»Deswegen vernehmen wir ihn ja, Chef. Soll ich mitkommen?«

»Nee. Du kümmerst dich um die SMS.«

»Sehr wohl, Chef.«

Zorn ging zur Tür.

»Wenn du fertig bist, kannst du ja noch ein bisschen mit deinen Begonien quatschen.«

*

Jeremias Staal lehnte an einer Ampel direkt neben dem neuen Justizzentrum, einem weinroten, schmucklosen Klotz, der neben einer baufälligen Villa in den trüben Himmel ragte.

Die Hauptstraße in Richtung Süden war überfüllt. Kurz hinter dem Bahnhof wurde die Strecke einspurig, die Autos klebten aneinander, ihre Scheinwerfer stocherten im Nebel wie gichtige, vom Alter gekrümmte Finger.

Die Ampel sprang auf grün.

Staal schlurfte los, verbissen starrte er auf seine Füße, ausschließlich darauf konzentriert, einen Fuß vor den anderen zu setzen. Er war jetzt seit fast zwei Stunden unterwegs, dabei hatte er versucht die Nebenstraßen zu benutzen, die kleinen Gassen, um seinen Verfolger abzuschütteln. Zwischendurch musste er sich verlaufen haben, kein Wunder, das Fieber wütete in seinem Körper, das Bein schmerzte, es fiel ihm schwer, die Orientierung zu behalten.

Eine Straßenbahn ratterte vorbei, hielt ein paar Meter weiter und fuhr dann wieder an. Staal sah, wie die Rücklichter im Nebel verschwanden. Das nächste Mal würde sie am Bahnhof halten. Danach folgten noch drei Stationen, die vierte lag direkt vor seiner Haustür. Oder waren es fünf? Er wusste es nicht, konnte sich einfach nicht konzentrieren, sein Hirn schien im Schädel zu kochen wie ein Suppenhuhn im Topf. Egal, mitfahren konnte er sowieso nicht, das Risiko war zu groß. Er hatte kein Geld für die Fahrkarte, wenn er kontrolliert würde, wäre alles vorbei.

Plötzlich wurde ihm schwarz vor Augen, er taumelte zur Seite, dabei trat er auf einen losen Stein. Das verletzte Bein knickte um, Staal schrie auf und sank in einem Hauseingang zu Boden. Ein paar Minuten saß er so da, Feuchtigkeit und Kälte drangen durch die dünne Anzughose, er spürte es nicht, seine Lider flatterten, der Kopf sank auf die Brust, doch kurz, bevor er die Besinnung verlor, weckte ihn eine laute Stimme.

»Was machst du hier?«

Staal sah auf, schloss aber sofort geblendet die Augen. Der Strahl einer starken Lampe war direkt auf sein Gesicht gerichtet.

»Geh hier weg! Los!«

Ein Gedanke formte sich in seinem Kopf, die Frage, wer jetzt, am Vormittag, mit einer Taschenlampe unterwegs war. Ächzend rappelte er sich auf, sank aber sofort wieder zurück. Er wurde an der Schulter gepackt.

»Mach schon!«

Der Mann war wütend. Das Licht kam von einer Stirnlampe, die er über einer dunklen Wollmütze trug. Das lange Haar fiel bis auf die Schultern eines alten Armeeparkas, jede seiner Bewegungen erzeugte ein geräuschvolles Klirren. Staal erkannte, dass er überall mit Plüschtieren, Puppen und kleinen Werkzeugen behängt war, sie baumelten an seinem Gürtel und den Taschen seines Rucksacks.

Er ahnte, warum der Mann so erregt war. Ein Penner, der dachte, er wolle ihm sein Revier streitig machen. Bevor Staal erklären konnte, dass er kein Bettler sei, dass er sich nur kurz ausruhen müsse, warten, bis die Schmerzen im Bein nachließen, wurde er grob an den Armen gepackt und hochgezogen, dann bekam er einen Stoß in den Rücken.

»Du sollst gehen!«

Er hinkte davon, ohne sich noch einmal umzusehen.

Mühsam kämpfte er sich vorwärts, mit kleinen, vorsichtigen Schritten. Er erreichte die Haltestelle, fünf, sechs Menschen warteten dort. Ein junger Mann in Anzug und Krawatte, ein paar Kids in dicken, gefütterten Jacken, bunte Kopfhörer auf den Ohren, eine ältere Frau mit einem kleinen Mädchen an der Hand. Staal humpelte vorbei, hielt sich ganz rechts, an der Hauswand, den Blick stur auf den Fußweg gerichtet. Trotzdem spürte er, wie sie zurückwichen, die Gesichter veränderten sich, wurden hart, der Mann im Anzug ging auf den Radweg, sah auf die Uhr, das Mädchen flüsterte der Frau etwas ins Ohr, sie zog das Kind zu sich heran.

Egal. Staal wusste, wie er aussah. Wie er roch.

Früher hatte er genauso reagiert. Wenn die Penner ihn ansprachen, vor dem Supermarkt oder am Bahnhof, direkt neben dem Taxistand. Ein bisschen Kleingeld wollten sie, mehr nicht. Er hatte weggesehen, das Elend ignoriert. Weil es ihn nicht interessiert hatte.

Jetzt war es anders. Die Seiten hatten gewechselt, er, Jeremias Staal, war jetzt auf der anderen. Der falschen.

Er konnte das ändern. Dazu musste er nach Hause. Ausruhen, trinken, essen. Vielleicht ein Bad nehmen. Womöglich wurde die Wohnung beobachtet, sicherlich, sein Verfolger (*der Andere*) konnte dort warten, aber Jeremias Staal hatte keine Wahl. Die Kraft verließ ihn, lange würde er nicht mehr durchhalten.

Sein Blut war vergiftet.

Er konnte nicht zum Arzt, aber das war nicht nötig. Er besaß Medizin.

Zu Hause, er musste nur hinkommen.

*

Das Anwesen Elias de Koops lag etwas nach hinten versetzt auf einem Hügel direkt an der Uferpromenade, ein holzverkleideter, dreigeschossiger Designbau, dessen Fassade hinter dicken Eichen aufragte wie ein hypermodernes Schloss.

In der Auffahrt stand ein goldfarbener BMW X5. Zorn parkte hinter dem bulligen Geländewagen, stieg aus und zündete sich eine Zigarette an. Nebel hing über dem Fluss, zog in dünnen Schwaden den Hügel empor und schwebte zwischen den Bäumen wie Trockeneis in einem alten Horrorfilm.

Zorn atmete tief ein.

Es roch nach Herbst. Und nach Geld. Sehr viel Geld.

Er schnippte die Zigarette fort und lief eine schmale Betontreppe hinauf, feuchtes Laub schmatzte unter seinen Sohlen. Der Eingang wirkte erstaunlich klein, Zorn suchte nach einer Klingel, doch bevor er fündig wurde, öffnete sich die Tür.

Der Mann war ungefähr in Zorns Alter, doch er wirkte jünger. Er war schlank, das volle Haar war kurzgeschnitten, seine dunklen, fast schwarzen Augen musterten Zorn freundlich, mit unverhohlener Neugier.

»Kann ich helfen?«

»Elias de Koop?«

Ein Nicken.

Zorn hielt seinen Ausweis in die Höhe, de Koop warf einen kurzen

Blick darauf, trat einen Schritt zur Seite und bedeutete Zorn einzutreten.

»Sie gestatten, dass ich vorangehe.«

Zorn folgte de Koop in ein Wohnzimmer, das Platz für mindestens drei Sozialwohnungen geboten hätte. Die Rückwand war komplett verglast, dahinter lag eine Wiese, ein einsamer Sonnenschirm verlor sich im Nebel. De Koop deutete auf ein weißes Ledersofa direkt am Fenster.

»Nehmen Sie Platz. Kann ich Ihnen etwas anbieten?«

»Nein, danke«, erwiderte Zorn und setzte sich. Das Haus wirkte karg, klinisch rein. Es gab kaum Möbel, keine Bilder an den weiß verputzten Wänden. Der helle Eichenboden glänzte, es roch nach Kaffee und frisch geschälten Orangen. Zorn erinnerte sich an seine Kindheit, genau so hatten die Weihnachtspakete seiner Tante aus Wuppertal gerochen. Trotzdem, er fühlte sich hier nicht wohl. Alles schien genau kalkuliert. Es war zu sauber, zu *durchkomponiert.*

De Koop setzte sich in einen Sessel direkt gegenüber. Er trug Jeans und einen dunkelblauen Norwegerpullover. Keine Sekunde ließ er Zorn aus den Augen, seine Aufmerksamkeit galt ausschließlich seinem Besucher.

»Also, was kann ich für Sie tun?«

Seine Stimme war sanft, ein angenehmer, wohlklingender Bariton.

»Ich hoffe, ich bin nicht zu früh«, begann Zorn etwas unbeholfen.

»Keine Angst.« De Koop lachte, kleine, ebenmäßige Zähne blitzten auf. »Ich bin seit Stunden wach. Das liegt an meinem Beruf.«

»Darf man fragen, was genau Sie machen?«

»Das ist ein wenig kompliziert.«

De Koop deutete auf einen chromglänzenden Schreibtisch an der Wand, über dem zwei große Monitore angebracht waren. Zahlen und ständig wechselnde Grafiken flimmerten darauf.

»Warentermingeschäfte, hauptsächlich. Das Gute ist, dass ich den größten Teil der Arbeit zu Hause erledigen kann. Allerdings muss ich zu den unmöglichsten Zeiten wach sein. Die Zeitverschiebung an den internationalen Börsen.«

Zorn setzte zu einer unverbindlichen Antwort an, doch de Koop unterbrach ihn.

»Wissen Sie was? Ich mach uns einen Kaffee.«

Er sprang auf und verschwand leichtfüßig hinter der halbhohen, unverputzten Backsteinwand, die mitten durch den Raum verlief und die Abtrennung zur Küche bildete. Zorn hörte Geschirr klappern.

»Ich bekomme selten Besuch«, erklärte de Koop, seine Stimme hallte von den Wänden wider, »außer von meiner Putzfrau. Und Sie?«

»Wie meinen Sie das?«

»Leben Sie allein?«

Zorn verspürte nicht die mindeste Lust auf ein solches Gespräch. Seine Antwort, ein unverständliches Gebrumme, ging im Lärm der Espressomaschine unter.

Kurz darauf erschien de Koop mit einem Tablett und verteilte zwei kleine Porzellantassen, ein Kännchen mit Milch und eine Zuckerdose aus Aluminium auf dem Tisch. Verwundert registrierte Zorn, dass er nur die linke Hand benutzte. De Koop schien diesen Blick zu bemerken, er schob den rechten Ärmel seines Pullovers nach oben.

»Contergan«, erklärte er beiläufig.

Sein Arm endete in einem rosafarbenen, halbrunden Klumpen. Da, wo eigentlich die Hand sein musste, zuckten winzige, wurmartige Stummel. Unwillkürlich sah Zorn zu Boden. Warum, wusste er nicht.

»Ich war wohl einer der Letzten, die's erwischt hat.«

Zorn rechnete nach. Die Conterganfälle waren Anfang der sechziger Jahre aufgetreten. De Koop musste älter sein, mindestens fünfzig. Irgendwo auf Schröders Zettel hatte ein Geburtsdatum gestanden, er hatte nicht darauf geachtet.

»Tut mir leid«, murmelte er. Im gleichen Moment hätte er sich ohrfeigen können. Was für eine hirnlose, nichtssagende Phrase!

»Das muss es nicht.« De Koop schob den Ärmel zurück. »Früher habe ich eine Prothese getragen. Mittlerweile kann ich damit umgehen.«

Zorn trank von seinem Kaffee. Er schmeckte hervorragend.

»Ich bin hier, weil ich einige Fragen habe.«

»Ja?«

De Koop sah Zorn erwartungsvoll an.

»Im Frühjahr ist ein Prozess gegen Sie geführt worden. Unsere Akten sind leider nicht sehr ausführlich, es ging um Steuerhinterziehung.«

»Um den *Verdacht* der Steuerhinterziehung.« De Koop lächelte. »Entschuldigen Sie, wenn ich Sie korrigiere, aber diese Spitzfindigkeiten sind in meinem Metier äußerst wichtig.«

Es klirrte leise, als Zorn seine Tasse abstellte.

»Würden Sie mir erklären, worin genau Ihr *Metier* besteht? Mit Warentermingeschäften kann ich, ehrlich gesagt, nicht viel anfangen.«

»Da sind Sie nicht der Einzige, Herr …«

»Zorn. Hauptkommissar Zorn.«

De Koop dachte einen Moment nach.

»Ich besitze fast ein Dutzend Firmen, sitze in verschiedenen Aufsichtsräten und Gremien und manchmal frage ich mich«, das Lächeln wurde ein wenig breiter, »ob ich selbst noch den Überblick über all das habe, was ich in den letzten zwanzig Jahren aufgebaut habe.«

Natürlich hast du das, dachte Zorn. Du siehst zwar aus wie ein kleiner Junge, aber ich wette, du bist ein verdammt harter Hund, wenn es ums Geschäft geht.

»Die Finanzmärkte sind ein heikles Pflaster«, fuhr de Koop fort. »Wie gesagt: Das, was ich tue, erscheint den meisten Außenstehenden etwas unübersichtlich, aber Sie können mir glauben, dass bei mir alles mit rechten Dingen zugeht. Es gehört ein gewisses Talent dazu, und ich denke, was das betrifft«, de Koop hob den rechten Arm, »habe ich ein glückliches Händchen.«

Der deformierte Stumpf kam zum Vorschein.

Zorn rührte in seinem Kaffee. Die Tasse war leer. Zorns Unbeholfenheit schien de Koop zu amüsieren.

»Ich lebe seit zwanzig Jahren in dieser Stadt«, erklärte er. »Die Menschen sind nett zu mir, jedenfalls die meisten. In den letzten Jahren habe ich eine Menge Geld verdient, mehr, als ich jemals ausgeben kann. Einiges davon habe ich gespendet, ich habe versucht, dieser Stadt etwas zurückzugeben. Weil ich gern hier wohne.«

In diesem Kaff?, dachte Zorn. Du Glücklicher!

»Um was ging es genau bei diesem Prozess?«, fragte er.

De Koop seufzte.

»Geld. Es geht immer um Geld. Reichtum schafft Neid, egal, was man tut. Es fing mit der angeblichen Steuerhinterziehung an, ein etwas übermotivierter Staatsdiener wollte dann noch weitere Hinweise gefunden haben. Ich weiß nicht mehr genau, was das alles war. Organisiertes Verbrechen, Waffenhandel, Bestechung. Der Mann hielt mich für einen Schwerstkriminellen.«

»Sind Sie einer?«

»Ich wurde freigesprochen.«

»Das werden viele. Obwohl sie Dreck am Stecken haben.«

»Herr Hauptkommissar.« De Koop nahm einen silbernen Kaffeelöffel und drehte ihn nachdenklich in der gesunden Hand. »Sie sollten vorsichtig sein. Ich bin ein unbescholtener Bürger. Jeder, der etwas anderes behauptet, wird von mir verklagt. So lange, bis er nicht mehr weiß, ob er Männchen oder Weibchen ist.«

Sie schwiegen einen Moment.

Dann lachte de Koop.

Zorn nicht.

»Etwas an diesem Prozess ist sonderbar.«

»Wie meinen Sie das, Herr Kommissar?«

»Sowohl der verhandlungsführende Richter als auch Ihr Verteidiger sind verschwunden.«

»Tatsächlich?« De Koop hob erstaunt den Kopf. »Ein merkwürdiger Zufall«, murmelte er.

»Wir glauben nicht an einen Zufall.«

»Richter führen eine Menge Prozesse«, erwiderte de Koop. »Mein Anwalt ist ebenfalls ein vielbeschäftigter Mann. Ich kann mir nicht vorstellen, dass die Verhandlung gegen mich die einzige war, bei der die beiden sich begegnet sind.«

»Es ist aber so. Wir haben das überprüft.«

Nun ja, *wir* ist ein wenig übertrieben, dachte Zorn. Schröder war's.

De Koop überlegte eine Weile. Dann beugte er sich vor und sah Zorn direkt in die Augen. »Jetzt verstehe ich, warum Sie hier sind. Und ich würde Ihnen wirklich gern helfen, Herr Hauptkommissar.

Aber ich kann mir das Verschwinden dieser beiden absolut nicht erklären. Ich habe sowohl den Richter als auch meinen Verteidiger zuletzt beim Prozess gesehen, und das ist Monate her.«

Zorn sah aus dem Fenster. Eine Krähe saß auf der Spitze des Sonnenschirms, sie hatte den Kopf schief gelegt. Es schien, als beobachte sie Zorn.

»Sagt Ihnen der Name Jeremias Staal etwas?«

»Nein, warum?«

»Beantworten Sie bitte die Frage.«

»Das habe ich bereits. Ich sagte nein, Herr Hauptkommissar.«

De Koop wurde ungeduldig. Mehr noch, seine Selbstsicherheit schien ein wenig zu bröckeln. Das gefiel Zorn irgendwie. Er wusste nicht genau, warum, schließlich war der Mann nicht unsympathisch. War das Neid?

»Was ist mit Meinolf Grünbein?«, fragte er.

De Koop blinzelte verwirrt.

»Wer?«

Zorn wiederholte den Namen.

»Nie gehört.« De Koop schlug die Beine übereinander. »Hören Sie, ich dachte, Sie wären wegen des Anschlags auf den Polizeiball hier.«

»Wie kommen Sie darauf?«

»Ich war dort.«

Guck mal einer an, dachte Zorn. Noch ein Zufall.

»Solche Veranstaltungen sind mir eigentlich zuwider, aber manchmal muss ich mich dort blicken lassen, ob ich will oder nicht. Ich dachte, Sie suchen nach Zeugen, wollten fragen, ob ich etwas gesehen habe.«

»Haben Sie?«

»Was?«

»Etwas gesehen?«

»Dann hätte ich mich längst bei Ihnen gemeldet. In der Presse war ja genug zu lesen. Im Übrigen bin ich nach einer halben Stunde wieder los, kurz nach der Rede des Polizeipräsidenten.«

Ein durchdringendes Piepen erscholl, auf einem der Monitore blinkte ein roter Balken. De Koop stand auf.

»Entschuldigen Sie mich, die Börse in Johannesburg öffnet.«

Zorn erhob sich ebenfalls.

»Ich finde selbst raus. Danke für Ihre Zeit, Herr de Koop.«

*

Zorn stand noch eine Weile vor seinem Auto. Rauchte eine Zigarette und dachte an Elias de Koop, der oben in seinem riesigen Haus vor dem Rechner saß und mit ein paar Mausklicks wahrscheinlich Millionen verdiente.

Als er dann zurück ins Präsidium fuhr, musste er das Licht einschalten.

Der Nebel wurde dichter.

*

Jeremias Staal war ein Kämpfer.

Er torkelte auf dem Fußweg dahin, wehrte sich gegen den Durst, die Schwäche, die Krämpfe, die seinen Körper schüttelten. Sein Kopf schien zu platzen, er erreichte ein Schaufenster, eine lebensgroße Puppe in weißem Satinkleid stand darin, darüber ein Spruch in albern geschwungenen, goldfarbenen Buchstaben.

BRAUTMODE FÜR SIE UND IHN!

Die Sinnlosigkeit dieses Spruchs drang nicht durch sein vernebeltes Hirn, er begann seine Schritte zu zählen, weiter, immer weiter, er musste nach Hause, nichts war jetzt wichtiger, egal, ob er verfolgt wurde oder nicht.

Plötzlich roch es anders, er sah das türkische Bistro, ein Mann in schwarzem Pullover und zerschlissener Hose fegte Laub vor dem Eingang.

Staal blieb stehen. Spürte den Durst, den Hunger. Es war nicht mehr weit, drei Kilometer vielleicht, höchstens vier. Er würde es schaffen, aber er brauchte eine Stärkung.

Langsam trat er näher, seine Schuhe starrten vor Dreck, schlurften über die nassen Steine. Er hob die Hand, legte den Kopf schief, die

Schultern sackten nach vorn, so stand er einen Moment da, ein gebeugter, stinkender Kerl, ein Bettler, hilflos nach den richtigen Worten suchend, während der Mann im Pullover emsig weiterfegte.

Staal überlegte. Wie sagte man?

»Hast du ein Glas Wasser, Kumpel?«

Ungläubig lauschte er dem Klang der eigenen Stimme. Ein unterwürfiges Flüstern, das Gestammel eines Gestrandeten.

Der Mann im Pullover beachtete ihn nicht, Laub wehte auf, der Besen kratzte über den Bürgersteig. Staal wiederholte die Frage, etwas lauter jetzt.

»Verschwinde.«

Ein Wort nur. Der Mann drehte sich um. Er hatte schwarzes, etwas zu langes Haar, dunkel glänzende Augen, ein kurzer Schnauzer wuchs über dem markanten, unrasierten Kinn. Der Kragen des Pullovers war ausgeleiert, die großen Hände hielten den Besenstiel fest umklammert, wie eine Waffe. Staal roch frisch gebratenes Dönerfleisch. Und die Verachtung, die ihm entgegenströmte.

Er sah auf.

Hilf mir, sagte dieser Blick. Ich bin Dreck, Aussatz, aber du kannst es mir leichter machen, wenigstens für ein paar Minuten. Ich habe Durst, will nur etwas trinken, ganz kurz nur, dann bin ich wieder weg.

Die Augen des Mannes wurden hart.

Staal hinkte weiter.

Ein Fieberschauer ließ ihn erzittern, er kämpfte gegen den aufkommenden Schwindel, vergeblich, die Beine knickten weg, mit letzter Kraft erreichte er einen Papierkorb und sank auf dem Rand zusammen. Eine Weile saß er so da, der Verkehr rauschte dahin, Fußgänger hasteten zur Haltestelle. Ein Müllauto raste vorbei, der Lärm war ohrenbetäubend.

»Kann ich Ihnen helfen?«

Staal fuhr zusammen. Ein kleiner rundlicher Mann stand vor ihm, er hatte die Hände auf den Knien abgestützt und sah auf ihn hinab. Er war fast kahl, seine Augen waren hell, wasserblau. Es waren gute Augen, das erkannte Staal sofort.

Er fuhr sich mit der Zunge über die rissigen Lippen.

Ja, wollte er sagen, ich kann nicht mehr, ich brauche Hilfe. Doch seine Kehle war trocken, er brachte kein Wort heraus.

»Ich bin Polizist«, erklärte der Kleine und wies auf die andere Straßenseite. »Ich arbeitete gegenüber. Brauchen Sie einen Arzt?«

Staal schüttelte heftig den Kopf und stand auf. Keine Polizei. Wieder verlor er das Gleichgewicht, der kleine Mann hielt ihn am Arm fest, sonst wäre er gefallen.

»Sind Sie sicher?«

»Ja«, krächzte Staal. »Ich will zur Bahnhofsmission, das schaffe ich. Mir war nur kurz schlecht, es ist schon wieder besser.«

Es hupte, gegenüber bog ein schwarzer Volvo auf den Parkplatz ein. Ein großer dunkelhaariger Mann stieg aus und sah zu ihnen herüber.

»Kommst du?«, rief er über die Straße.

»Gleich, Chef!«

Der kleine Mann winkte hinüber, dabei ließ er Staal nicht aus den Augen.

»Sind Sie sicher?«, wiederholte er.

Es folgte ein Augenblick, in dem Jeremias Staal tatsächlich überlegte, ob er sich diesem kleinen Polizisten mit den hellblauen Augen anvertrauen sollte.

Er entschied sich dagegen, machte sich los und hinkte davon.

Kurz darauf war er im Nebel verschwunden.

*

Zorn lehnte mit verschränkten Armen an der Motorhaube des Volvos und beobachtete, wie Schröder hastig näherkam.

»Was wolltest du von diesem Penner?«

»Das war kein Penner, Chef. Und wenn, wäre es egal. Er sah aus, als ob er Hilfe brauchte.«

»Und?«

»Was, und?«

»Hast du ihm geholfen?«

Schröder schüttelte den Kopf.

»Er hat mich weggeschickt. Eigentlich wollte ich nur kurz Brötchen holen, da hab ich ihn gesehen. Ich bin nicht sicher, aber ich glaube, ich kenne ihn irgendwoher.«

Es begann zu nieseln. Winzige, schwerelose Tröpfchen wehten heran, sofort bildete sich ein schimmernder Wasserfilm, zuerst auf Zorns Volvo, dann auf Schröders Glatze.

»Wie war's bei de Koop?«, fragte Schröder.

»Ich bin nicht sicher. Irgendwie gefällt mir der Typ nicht.« Zorn kratzte sich am Hinterkopf. »Er kennt sowohl den Richter als auch den Anwalt, aber das war ja klar.«

»Was ist mit den anderen beiden?«

»Die hat er nie gesehen, behauptet er. Weder Grünbein, den Banker, noch Jeremias Staal. Er war übrigens auf dem Polizeiball, aber das muss nichts bedeuten. Der Mann hat Geld wie Heu, wahrscheinlich treibt er sich ständig auf solchen Veranstaltungen rum.« Zorn seufzte. »Ich denke, wir müssen uns diese Prozessakten ansehen, damit wir wissen, was da genau abgelaufen ist.«

»Ich ahne, wer von uns beiden das tun wird, Chef.«

Zorn grinste.

»Ich auch.«

Fröstelnd schlug Schröder den Kragen seines Anoraks hoch, der dünne Leinenstoff hatte mindestens zwanzig Jahre auf dem Buckel.

»Lass uns reingehen, es ist kalt.«

»Ich rauch noch eine.«

»Dann geh ich schon mal vor, wenn's beliebt.«

Schröder wollte loslaufen, stoppte aber, als sein Handy klingelte. Das Gespräch dauerte nicht länger als zwanzig Sekunden. Zorn angelte währenddessen die Zigaretten aus der Lederjacke, ein Klicken, das Feuerzeug flammte auf.

»Was Wichtiges?«

»Ich denke schon.« Schröder strich den Scheitel glatt. »Wir haben den Inhaber der Nummer.«

Ein Windstoß fegte über den Parkplatz, die Flamme erlosch.

»Was?«

»Den Absender der SMS.«

Zorn starrte Schröder an, die unangezündete Zigarette im Mundwinkel.

»Ja und?«

»Eine Geheimnummer. Sie gehört einem vermissten Richter.«

Zorn wedelte mit dem Feuerzeug durch die Luft.

»*Dem* vermissten Richter?«

»*Si, señor.*«

Zorns Kinnlade klappte herunter, die Zigarette fiel zu Boden, rollte davon und verschwand in einem Gully.

»Das ist nicht dein Ernst.«

»Doch, Chef. Die Herrschaften von der Kriminaltechnik sind sicher.«

»Ich habe diesen Richter noch nie gesehen. Du?«

Schröder schüttelte stumm den Kopf.

»Woher hat er dann deine Nummer, Schröder? Und warum lässt er mich grüßen?«

Auf der Hauptstraße donnerte ein Lastzug heran und kam mit quietschenden Bremsen zum Stehen. Der Boden bebte unter ihren Füßen.

»Es könnte auch ganz anders sein«, sagte Schröder.

Zorn dachte nach. Dann nickte er.

»Vielleicht war es nicht der Richter, der die Nachricht geschickt hat.«

»Richtig, Chef. Jemand hat sein Handy benutzt.«

Ein Motor heulte auf, der Lastzug fuhr an. *WIR BRINGEN'S!*, stand in riesigen roten Lettern auf der Plane. Daneben räkelte sich eine drei Meter große, knapp bekleidete Blondine.

»Entweder«, sagte Zorn, »der Richter hat das Telefon verloren, oder es wurde ihm weggenommen. Ich würde von letzterem ausgehen. Das wiederum würde erklären, warum er verschwunden ist.«

Schröder kaute an seiner Unterlippe.

»Er wurde entführt.«

»Ja«, nickte Zorn. »Und der Entführer schickt uns eine Nachricht.«

»Weil er uns sagen will, dass alles zusammenhängt.«

»Warum?«

»Das«, erklärte Schröder, »werden wir rausfinden. Bald.«

Er zog die Schultern hoch und stapfte über den Parkplatz in Richtung Haupteingang. Zorn zog eine neue Zigarette hervor und steckte sie in den Mund. Überlegte einen Moment und verstaute sie wieder in der Jacke.

Dann lief er Schröder hinterher.

Zwölf

Jeremias Staal wohnte im Dachgeschoss eines zweistöckigen, ziegelrot gestrichenen Flachbaus, keinen Steinwurf entfernt vom archäologischen Landesmuseum. Das Grundstück war ungepflegt und verwahrlost, und obwohl Staal sich ohne weiteres ein sündhaft teures Loft in der Innenstadt hätte leisten können, hatte er doch genau diese Wohnung ausgesucht, weil er hier nahezu ungestört war. Die Rentnerin im Apartment gegenüber schien ständig zu schlafen, in der ersten Etage lebte ein Student, den er noch nie gesehen hatte – angeblich war er auf Studienreise in Russland. Das Ladengeschäft im Erdgeschoss stand seit Jahren leer, früher hatte sich hier eine Druckerei befunden.

Außerdem verfügte das Grundstück über einen zweiten, etwas versteckten Zugang. Wenn man über den kleinen Innenhof lief, gelangte man zu einer Tür, die direkt in einer engen Nebenstraße mündete. Staal hatte diesen Eingang bisher noch nie benutzt, aber das Gefühl, einen Fluchtweg zu besitzen, war immer beruhigend gewesen.

Er öffnete das Holztor zum Innenhof einen Spalt. Seine Augen wirkten riesig in dem blassen, dunkelrot gefleckten Gesicht. Vorsichtig sah er sich um, trat ein und zog die Tür hinter sich zu. Er lehnte sich mit dem Rücken gegen das Holz und massierte die schmerzende Brust. Schweiß glänzte auf seiner Oberlippe, sein Atem ging flach und pfeifend, rasselte wie ein altersschwacher Schiffsdiesel.

Er machte drei, vier unsichere Schritte, stand schließlich im Innenhof und sah hinauf zu den Fenstern seiner Wohnung. Der Hof war mit Baumaterial übersät, vor ein paar Monaten hatte der Besitzer begonnen die verlassene Druckerei auszubauen, doch dann war das Geld ausgegangen und die Arbeiten eingestellt worden. An der Hauswand stand ein rostiger Papiercontainer, daneben lagen faulende Holzpaletten und gesplitterte Gipskartonplatten, alte Türen lehnten an der Mauer zum Nachbargrundstück.

Staals aufgesprungene Lippen bewegten sich, er murmelte vor sich hin, es klang wie das Gestammel eines Betrunkenen.

»Vorsichtig. Ich muss vorsichtig sein.«

Er wollte seinem ersten Impuls folgen, sofort hinauflaufen zu seiner Wohnung. Doch ein letzter Rest seines vom Fieber geschüttelten Verstands schrie ihm zu, dass er abwarten musste. Prüfen, ob jemand in der Wohnung war.

Er wankte zur Mauer und setzte sich auf einen aufgeplatzten Zementsack. Innerhalb von Sekunden war sein Hintern durchnässt, er bemerkte es nicht. Sein Kopf sank gegen die Steine, die Augen fielen ihm zu, er driftete weg, dachte an die Badewanne, die oben auf ihn wartete, das warme Wasser, es würde seinen schmerzenden Gelenken gut tun. Er würde sich umziehen, ein Bier trinken, nein, vorher würde er das kleine, versteckte Fach hinten an seinem Schreibtisch öffnen und…

Sein Kopf stieß gegen die Zarge einer Stahltür, er zuckte zusammen und kam wieder zu sich.

Wenn jemand oben ist, hat er mich sowieso längst gesehen, wurde ihm mit einem Mal klar.

Ächzend richtete er sich auf, verlor das Gleichgewicht, griff haltsuchend nach einer Leiter, die neben ihm an der Wand lehnte. Es krachte, als die Leiter neben dem Container auf dem Boden landete, feuchtes Laub wirbelte auf, Staal erstarrte und sah nach oben.

Vor den Fenstern der Rentnerin hingen geblümte Gardinen, sie waren zugezogen. Sein Blick wanderte nach rechts, zu seiner eigenen Wohnung. Von der Dachrinne tropfte das Wasser, das trübe Tageslicht spiegelte sich in den schmutzigen Scheiben.

War da etwas?

Eine Bewegung? Ein Schatten?

Nein, entschied Jeremias Staal. Schemen, die ihm sein erschöpfter

Verstand vorgaukelte. Hirngespinste, nichts weiter. Sollte er ewig herumsitzen und warten?

Er sah über den Hof. Da war die Eingangstür zum Haus, nicht mehr als zehn Meter entfernt, dahinter die schmale, gewundene Treppe, zweiundzwanzig Stufen bis hinauf zu seiner Wohnung.

Staal hinkte los, mit seltsamen, seitlich ausgreifenden Schritten, torkelnd wie ein Matrose auf den Planken eines Schiffs auf hoher See. Der Schmerz schoss durch das verletzte Bein bis hinauf zur Hüfte, verteilte sich über den Rücken, verhakte sich im Kopf, als habe er während der kurzen Ruhepause nur darauf gewartet, mit doppelter Kraft zurückzuschlagen. Staal biss die Zähne zusammen, konzentrierte sich auf das letzte Stück Weg.

Vier Schritte noch bis zur Tür.

Drei.

Er sah die splitternde braune Farbe, das Sichtfenster in der Mitte. Ein Riss zog sich quer über das Glas, die Scheibe war beschlagen. Staal erkannte seinen eigenen, schemenhaften Umriss.

Und etwas anderes.

Eine Art Zeichnung, auf dem feuchten Glas.

Ein Kreis. Zwei Punkte, ein Strich. Ein Strahlenkranz.

Die weinende Sonne.

Er war hier. Der *Andere.*

Jeremias Staal erstarrte.

Die Schmerzen waren vergessen.

Im nächsten Moment sollten sie zurückkehren.

Schlimmer, als er es jemals erlebt hatte.

*

»Ich hatte lediglich um Einsicht in die Prozessunterlagen gebeten, Frau Staatsanwältin!«

»Und ich habe Ihnen erklärt, dass ich nicht hexen kann, Herr Hauptkommissar!«

Frieda Borck seufzte. Äußerlich schien sie völlig ruhig, nur ein leichtes Glitzern in den Augen verriet ihren Ärger.

»Das Verfahren gegen Elias de Koop ist momentan unsere einzige Spur«, erklärte Zorn ungeduldig.

»Das bemerkten Sie bereits.«

»Beide, Richter und Anwalt, sind verschwunden. Es müssen weitere Personen an dem Prozess beteiligt gewesen sein, aber um das rauszufinden, brauchen wir die Akten!«

»Die bekommen Sie. Aber ich muss sie erst anfordern.«

»Scheiß Bürokratie«, murmelte Zorn.

Frieda Borck legte eine Hand hinters Ohr.

»Bitte?«

»Nichts.« Zorn nahm die Brille ab, säuberte die Gläser mit dem Hemdsärmel und setzte sie wieder auf. »Wir sollten diesen de Koop genauer unter die Lupe nehmen. Am besten wäre eine Hausdurchsuchung.«

»Vergessen Sie's.«

Zorn schob die Unterlippe vor.

»Warum?«

»Elias de Koop ist ein angesehener Bürger dieser Stadt.«

»Ein *angesehener Bürger*? Dass ich nicht lache!«

Zorn tat es trotzdem. Fröhlich klang es nicht.

»Es liegt nichts, aber auch gar nichts gegen Elias de Koop vor.« Frieda Borck hatte sichtlich Mühe, ruhig zu bleiben. »Der Mann ist wohlhabend, aber deshalb ist er noch lange nicht verdächtig!«

»Pff!«, machte Zorn.

»Es gibt nicht den geringsten Hinweis auf Unregelmäßigkeiten.«

»De Koop wurde angeklagt, es gab einen Prozess, und jetzt werden zwei der Beteiligten vermisst! Himmelherrgott, was wollen Sie mehr?«

Frieda Borck hieb mit der flachen Hand auf den Schreibtisch. Zorn zuckte zusammen.

»De Koop wurde freigesprochen, Herr Hauptkommissar! Muss ich Ihnen erklären, was das bedeutet?«

»Nein, verdammt, denken Sie, ich bin bekloppt?«

»Natürlich nicht!«

Der Blick der Staatsanwältin verriet das Gegenteil.

»Wir haben die Nachricht, die Schröder bekommen hat«, sagte Zorn. Es klang etwas kläglich.

»Die kenne ich mittlerweile. Was hat das mit de Koop zu tun?«

Zorn schwieg. Er wusste einfach nicht, was er sagen sollte.

»Eine krude Botschaft, von der wir noch nicht einmal genau wissen, von wem sie stammt. Anspielungen, Vermutungen, Verdächtigungen. Natürlich müssen wir der Sache nachgehen, aber irgendwelche konkreten Beweise sehe ich da nicht.«

»Wie Sie meinen.«

Zorn ging zur Tür.

»Wo wollen Sie hin?«, fragte Frieda Borck.

»In mein Büro. Ich muss die Blumen gießen. Mehr kann ich offensichtlich im Moment nicht tun.«

»Jetzt hören Sie mir mal genau zu.« Etwas in der Stimme der Staatsanwältin ließ Zorn innehalten. »Spielen Sie hier nicht die beleidigte Leberwurst! Es gibt Vorschriften, an die werden wir uns halten. Sie sind Beamter, vergessen Sie das nicht.«

Danke, dass du mich daran erinnerst, dachte Zorn. Ich könnte Luftsprünge machen vor Freude.

»Ich werde die Prozessakten anfordern«, fuhr Frieda Borck fort. »Bis dahin werden Sie abwarten.«

»Sehr wohl.« Zorn deutete eine Verbeugung an. »War's das jetzt?«

»Hauen Sie schon ab.«

»Gern. Grüßen Sie Czernyk von mir.«

Die Staatsanwältin setzte zu einer Erwiderung an, doch da hatte Zorn die Tür schon hinter sich geschlossen.

*

Der Hieb traf das gesunde Bein seitlich an der Wade. Der Knochen splitterte, ein trockenes Knacken, beide Beine knickten weg wie dürre Äste. Jeremias Staal wurde nach vorn geschleudert, sein Kopf prallte gegen die Eingangstür, langsam, wie in Zeitlupe sank er zusammen, seine Wange schabte über das rissige Holz, Splitter gruben sich in die Haut und hinterließen kleine Risswunden.

Staal hatte keine Ahnung, was mit ihm geschah. Nichts war zu hören, kein Atmen, keine Schritte, es schien, als sei ein körperloser Geist über ihn hergefallen. Ein letzter Instinkt, nicht viel mehr als ein elektrischer Impuls, sagte ihm, dass er aufstehen musste, weg von hier, er hatte doch einen Plan, wollte nach oben, in seine Wohnung, ein wenig schlafen, Kräfte sammeln und dann in Ruhe seine Flucht überlegen, dort oben war alles, was er brauchte.

In einer letzten, fast übermenschlichen Anstrengung schaffte er es, die Arme anzuwinkeln und auf den Ellbogen ein Stück in Richtung Tür zu kriechen.

Er bemerkte nicht, dass die Eisenstange hinter ihm erneut erhoben wurde. Ein Pfeifen, das Metall durchschnitt die Luft und zertrümmerte sein Rückgrat.

Der untere Teil seines Körpers verwandelte sich in einen nutzlosen Haufen zuckenden Fleisches. Jeremias Staal bäumte sich ein letztes Mal auf, rutschte nach vorn, wie ein tödlich getroffenes Tier, das sich zum Sterben in seine Höhle zurückziehen will.

Ein Sausen.

Der dritte Hieb traf seinen Hinterkopf.

Er spürte es nicht mehr.

*

Zwei Stunden später betrat der dicke Schröder die Wohnung von Jeremias Staal. Es dauerte eine weitere Stunde, bis er die versteckte Schublade im Schreibtisch entdeckt hatte, wo er Staals Medikamente, eine kleinkalibrige Beretta, drei gefälschte Ausweise und zweihundertvierzigtausend Euro in bar fand.

Hauptkommissar Schröder war ein sehr gewissenhafter Mensch, und so war es nicht verwunderlich, dass er sich auch auf dem Grundstück genauer umsah. Im Container fand er die Leiche des vorgeblichen Autohändlers, dessen Überreste zwischen Bauschutt, leeren Farbeimern und gesplitterten Schalbrettern abgelegt worden waren wie ein Müllsack. Schröder erkannte den Mann, dem er am Morgen vor dem Präsidium seine Hilfe angeboten hatte, und wusste jetzt auch, warum er ihm bekannt vorgekommen war: Er hatte sein Foto auf einer der Fahndungslisten gesehen.

Dreizehn

Abends.

Der Fluss schob sich träge nach Norden, das Licht der Laternen glänzte auf der glatten, wie geteert wirkenden Oberfläche. Die Promenade war leer, bis auf ein paar Hundebesitzer mit ihren Tieren, die müde über das nasse Pflaster schlurften. Dazu gesellten sich einige Jogger und ein Pärchen, das langsam am Ufer entlangschlenderte.

»Und was hast du den ganzen Tag über gemacht?«, fragte Frieda Borck.

»Nichts Besonderes.« Jan Czernyk wich einer Pfütze aus. »Ich bin ein wenig rumgelaufen, hab mir die Stadt angeschaut. Was man so macht, wenn man eigentlich nichts macht.«

»Ich beneide dich.«

»Zorn hat erzählt, was bei euch los ist, neulich, als ich ihn auf dem Polizeiball getroffen habe. Er sagte, dass ihr unheimlich zu tun habt. Willst du drüber reden?«

»Willst du's denn wissen?«

Czernyk dachte nach.

»Ehrlich gesagt, nein. Ich brauche ein bisschen Abstand. Das hab ich auch Zorn gesagt, als er mich fragte, ob ich bei den Ermittlungen helfen will.«

Die Staatsanwältin nickte stumm.

Eine Weile war es still, bis auf das Klappern ihrer hohen Absätze und den schweren Atem der Jogger, die in kurzen Abständen an ihnen vorbeihechelten.

Vor ihnen tauchten die bunten Lichter der Bootskneipe in der Dunkelheit auf, es roch nach gebratenem Fett und heißen Pommes.

»Hast du eigentlich Hunger?«, fragte Frieda Borck.

»Nicht unbedingt.«

»Ich auch nicht.«

Jan Czernyk war ein schweigsamer Mensch, das wusste sie mittlerweile. Sie mochte die Gelassenheit, die er ausstrahlte, vielleicht, dachte sie manchmal, lag das an seiner asiatischen Abstammung. Sie kannte niemanden, der so in sich selbst zu ruhen schien wie dieser Mann mit den schwarzen Augen und der honigfarbenen Haut.

Eigentlich hatten sie sich zum Essen verabredet, doch nun liefen sie schweigend an der Kneipe vorbei. Die Lichterketten in den Masten schwankten ein wenig, die Tische unter den Sonnensegeln waren leer, doch unter Deck schien es voll zu sein, die Bullaugen waren hell erleuchtet, Lachen drang heraus und mischte sich mit dem pumpenden Beat eines Schlagers.

»Wie lange wirst du noch bleiben, Jan?«

Sie hakte sich bei ihm unter, spürte die Muskeln unter der Wolle seines Mantels.

»Ich weiß nicht. Es liegt an dir.«

»Nein, Jan. Es liegt an uns beiden, an dir und mir. Die Frage ist, ob wir so weitermachen wie bisher. Oder ob wir eine Entscheidung treffen.«

Er blieb stehen.

»Das ist einfach, Frieda. Ich muss in ein paar Tagen zurück. Und das ist ein ganzes Stück weg von hier.«

»Ich könnte mitkommen. Nicht heute, auch nicht morgen. Irgendwann.«

»Meine Wohnung ist klein. Kleiner als deine.«

»Dann suchen wir eine größere.«

Rechts von ihnen knackte es im Gebüsch, eine schwarze Dogge löste sich aus dem Schatten und kam direkt auf sie zu gerannt. Die Staatsanwältin versteifte sich, ihr Griff um Czernyks Oberarm wurde fester. Direkt vor ihnen stoppte das Tier. Ein Knurren, gelbe, gebogene Zähne blitzten auf.

»Ruhig«, sagte Czernyk leise. Es war nicht sicher, ob er die Frau an seiner Seite oder den Hund meinte. Er ging in die Hocke. »Sei still.«

Die Dogge blinzelte.

Ein Pfiff. Der Besitzer, ein glatzköpfiger Kerl im grünen Trainingsanzug, erschien zwischen den Bäumen. Eine Zigarette glühte auf. Der Hund reagierte nicht.

»Geh«, sagte Czernyk und erhob sich.

Das Tier verschwand.

Frieda Borck atmete auf.

»So ein Vieh gehört an die Leine«, murmelte sie und strich sich das Haar aus der Stirn.

»Du sollst endlich kacken, Rocco!«, rief der Mann im Trainingsanzug hinter ihnen.

Die Staatsanwältin trat ans Geländer und sah hinab auf den Fluss. Czernyk stellte sich hinter sie, legte die Arme um ihren Bauch und roch an ihrem Haar.

»Ich fühle mich wohl bei dir, Frieda.«

Sie machte sich los, drehte sich zu ihm um.

»Das weiß ich.«

Der Himmel war verhangen, der Vollmond flimmerte als diffuser, käsiger Fleck hinter den Wolken. Czernyks Gesicht leuchtete fahl. Er nahm die Brille ab, zwinkerte. Ein milchiger, kaum wahrnehmbarer Schleier lag über seinen Pupillen.

»Deine Augen sehen nicht gut aus, Jan.«

Sie legte ihm eine Hand auf die Wange. Ihre Finger waren kühl.

»Warst du beim Arzt?«

»Es ist nichts.«

»Ich fragte, ob du beim Arzt warst.«

Er schüttelte den Kopf.

»Eine leichte Entzündung, mehr nicht. Aber wenn du darauf bestehst, lasse ich mich untersuchen.«

»Das tue ich.«

Er gab ihr einen Kuss auf die Stirn.

»Vielleicht hast du recht. Und jetzt sollten wir weitergehen, Frieda. Es ist kalt.«

Das taten sie dann auch. Ab und zu wechselten sie ein paar Worte, mehr war nicht nötig. Nach einer Viertelstunde verließen sie den Fluss, bogen ab und erreichten die mit Kopfsteinen gepflasterte Gasse, die an der Rückseite des Zoos vorbei hinauf zur Hauptstraße führte.

»Würdest du hier wohnen wollen?« Frieda Borck deutete nach rechts, wo sich die Villen am Hang aneinanderreihten. Aus großen Fenstern fiel Licht in die Gärten mit den gepflegten Rasen, den Carports und den überall versteckten Überwachungskameras. Von der Straße allerdings war davon wenig zu sehen, hohe Mauern und sorgfältig gestutzte Hecken verdeckten die Sicht.

Czernyk blieb stehen, sah hinüber auf die andere Straßenseite. Die Schornsteine des verlassenen Solbades ragten in den Nachthimmel wie Wehrtürme eines mittelalterlichen Schlosses.

»Warum nicht? Ein wenig morbide, aber schön.«

»Der alte Kurpark.« Sie lächelte. »Da drin soll's spuken.«

»Mich erinnert es eher an ein Gefängnis.«

Sie nahm seine Hand.

»Hast du Angst?«, fragte er.

»Nein.«

Czernyk sah ernst auf sie hinab.

»Das brauchst du auch nicht. Ich würde dich beschützen.«

Sie fragte sich, wann sie ihn das letzte Mal hatte lachen hören. Eigentlich noch nie, fiel ihr ein, sie wusste nicht einmal, wie sein Lachen klang.

»Lass uns nach Hause gehen«, sagte sie.

Er schwieg. Es schien, als lausche er ihren Worten nach.

Dann liefen sie weiter.

»Nach Hause«, murmelte Jan Czernyk. »Ja, das ist gut.«

*

Klack, klack.

Der alte Richter klopft gegen das Rohr, wartet.

Nichts. Er weiß nicht, wann er zuletzt eine Antwort erhalten hat, es können Stunden vergangen sein. Oder Tage? Zwischendurch ist er immer wieder eingeschlafen, er hat geträumt, wirres, unverständliches Zeug, wahrscheinlich hat man ihm etwas ins Essen gemischt. Neben der Badewanne steht eine Büchse mit Hühnereintopf, halb geöffnet, wahrscheinlich mit einem Messer. Die Suppe ist kalt, das Fett zu weißen Klumpen geronnen. Es gibt keinen Löffel, er musste direkt aus der Büchse trinken. Seine Lippen bluten, er hat sich an den scharfen Kanten geschnitten.

Er zieht den Mantel eng um den Körper, nimmt die Taschenlampe, der Strahl wandert durch die Zelle, über die schwere Stahltür, die verschmutzten Fliesen, verharrt zitternd auf der Wand gegenüber.

NOCH EIN PAAR STUNDEN, MEHR NICHT.

Eine neue Botschaft.

Nein, er will nicht wissen, was das bedeutet. Doch er ahnt es.

Er muss pinkeln, dringend. Lange wird er nicht mehr durchhalten, dann wird er wieder zum Waschbecken gehen, es bleibt ihm nichts anderes übrig. Der Geruch ekelt ihn an, diese Mischung aus Urin, Schweiß und nasser Erde, der Gestank des eigenen Körpers.

Das ist das Schlimmste, die Demütigung, dass er sich nicht waschen kann, keine Möglichkeit hat, sich zu reinigen. Sein Äußeres war ihm immer wichtig, er ist eine Respektsperson, jemand, der über den anderen steht. So war es sein ganzes Leben lang, er war es, der bestimmte, was Recht und Ordnung ist, ein Wink von ihm, und Existenzen wurden zerstört oder in die Freiheit entlassen. Er hat das nie ausgenutzt, hat sich immer an die Gesetze gehalten, er war bekannt dafür, dass er sich nicht beeinflussen ließ. Das Einzige, was zählte, waren die Paragraphen in den Gesetzbüchern, seine Urteile waren kühl, emotionslos, aber gerecht.

Einmal nur ist er schwach geworden, ein einziges Mal. Es ist die Gier gewesen, die ihn überkommen hat und jeden klaren Gedanken an Gerechtigkeit beiseite drängte. Diese Unmenge Geld, die man ihm geboten hat, kurz vor seiner Pensionierung. Er musste nichts dafür tun, nur wegsehen.

Deswegen ist er hier. Jetzt soll er, der Richter, *gerichtet* werden.

Einen anderen Grund kann es nicht geben.

NOCH EIN PAAR STUNDEN, MEHR NICHT.

Noch einmal klopft er gegen das Rohr, wartet. Vielleicht schläft der andere nebenan, steht ebenso unter Drogen oder Schlafmitteln, reagiert deshalb nicht.

»Hallo?«

Seine Stimme, sonst tief und volltönend, verpufft zwischen den dicken Mauern. Im Stillen hat er es immer genossen, dass jede seiner Anweisungen sofort befolgt wurde. Nie musste er laut werden, der Klang seiner Worte reichte aus. Ruhig, keinen Widerspruch duldend, befehlsgewohnt.

»Ist da jemand?«

Jetzt hört er sich an wie ein Kind, das nachts in der Dunkelheit aufwacht und feststellt, dass es allein ist.

Der alte Richter schließt die Augen. Öffnet sie wieder. Der Strahl der Taschenlampe wird schwächer, die Batterien müssen gewechselt werden. Unwichtig, darüber zumindest muss er sich keine Gedanken machen.

Es wird bald geschehen.

Sehr bald.

*

Als Zorn seine Wohnungstür aufschloss, wunderte er sich kurz, warum das Licht im Flur brannte. Er war müde, den ganzen Nachmittag über hatten sie diskutiert, wie sie weiter vorgehen sollten, jetzt, da es erneut einen Toten gegeben hatte. Selbst Schröder war ratlos und fand keine Erklärung dafür, wie Jeremias Staal, der erschlagene Autohändler, in das Puzzle passen sollte. Sicherlich, sie sahen Zusammenhänge, doch überall schien es einen Haken zu geben, Teile fehlten, das Bild wollte sich einfach nicht zusammenfügen.

Zorn warf die Lederjacke über den Garderobenhaken, zog die Schuhe aus, schlurfte ins Wohnzimmer und schloss geblendet die Augen.

Auch hier brannte Licht.

Das war nicht alles: Am Fenster stand ein Mann in engen schwarzen Jeans und weißem Hemd, in der Hand hielt er eine von Zorns Prince-Platten. Er hatte Kopfhörer aufgesetzt und wandte Zorn den Rücken zu, wippte im Takt, wiegte sich in den Hüften und schnippte mit den Fingern.

Zorn traute seinen Augen nicht.

Hermann, der Tofubratling. Das singende Sojawürstchen.

In seiner Wohnung! Mit seinen Kopfhörern! Und seiner Lieblingsplatte in der Hand!

Doch auch das war noch nicht alles: Hermann begann laut mitzusingen.

»You don't have to be beautiful, to turn me on!«

Sehr hoch. Sehr laut. Und sehr, sehr falsch.

Drei Schritte, dann stand Zorn hinter Hermann und riss ihm die Kopfhörer von den Ohren.

»Autsch!«, entfuhr es Hermann. Der Bügel hatte sich in seinen Haaren verfangen.

Dies alles ging schnell, sehr schnell.

Zorn fragte sich nicht, wie Hermann überhaupt in seine Wohnung gekommen war. Sein einziger Gedanke galt seiner Stereoanlage. Und seiner Plattensammlung.

Vorerst jedenfalls.

»Wenn du genauso beschissen Gitarre spielst, wie du singst«, sagte er, »solltest du den Beruf wechseln, mein Lieber.«

Er musste alle Kraft aufwenden, um ruhig zu bleiben, und es gelang ihm auch. Ein Umstand, der ihn selbst in Erstaunen versetzte.

Hermann hatte sich vom ersten Schreck erholt. Er legte die Platte zur Seite und streckte Zorn eine Hand entgegen, die Zorn geflissentlich ignorierte. »Schön, dich zu sehen, Kumpel. Ich hätte nicht gedacht, dass du hier auftauchst.«

»Nicht? Komisch.« Zorn sah sich um. »Das hier ist meine Wohnung. Ich bin ziemlich oft hier, *Kumpel.*«

Der Kopfhörer lag auf dem Teppich, blechern drang die Falsettstimme von Prince zu ihnen herauf.

You don't have to be rich, to be my girl! You don't have to be cool, to rule my world!

»Coole Platte, der Typ hat's wirklich drauf«, sagte Hermann und blies sich eine Strähne aus dem blassen Gesicht. »Kann ich mir die mal borgen?«

Sein Haar war dunkler, als Zorn es in Erinnerung hatte. Wahrscheinlich frisch gefärbt, dachte er angewidert.

»Was hast du hier zu suchen? Außer meinen Platten, meine ich.«

Hermann setzte zu einer Erwiderung an, doch Zorn wollte es plötzlich nicht mehr wissen. Es war sowieso klar.

»Hallo Claudius«, erklang es hinter ihm.

Malina. Sie war hier, um ihre Sachen zu holen. Sein Magen verkrampfte sich, aber er würde cool bleiben. Mindestens so cool wie Hermann, dieser Bäume umarmende Kleiefresser, der nichts anderes zu tun hatte, als ihm, Claudius Zorn, die Frau auszuspannen. Nein, er würde sich nichts anmerken lassen. *Das Gesicht wahren,* das war ihm jetzt wichtig.

»Hallo Malina«, erwiderte er leise, ohne Hermann aus den Augen zu lassen. »Ich bin gleich bei dir, Schatz.« Er deutete nach unten. »Beim nächsten Mal«, sagte er zu Hermann, »ziehst du deine verdreckten Schuhe aus. Du versaust mir die Auslegware.«

Hermann trug dunkelbraune Cowboystiefel mit messingfarbenen Metallspitzen.

»Entschuldige, Mann.«

Er machte Anstalten, die Schuhe auszuziehen. Das amüsierte Zorn, ein wenig jedenfalls. Die Abdrücke waren überall im Zimmer verteilt. Auch das fand Zorn im Augenblick irgendwie lustig, er wusste nicht, warum.

»Ich war im Bad, Claudius. Ich hab dich nicht kommen hören.«

Malina lehnte im Türrahmen, in der Hand hielt sie ihre gelbe Waschtasche.

»Das macht nichts«, sagte er, den Blick noch immer auf Hermann gerichtet. »Wir haben uns ganz gut unterhalten, oder?«

Hermann stand in Strümpfen am Fenster, er trug weiße, an den Spitzen braun verfärbte Tennissocken. In der linken Hand hielt er seine Stiefel. Zorn klopfte ihm leicht auf die Schulter, dann wandte er sich an Malina.

»Hast du alles?«

Sie nickte. Neben ihr auf dem Boden stand eine schwarze Reisetasche.

»In der Wäsche sind noch ein paar Schlüpfer von dir. Und dort«, Zorn nickte in Richtung Couchtisch, »liegt irgendwo ein Ohrring.«

»Ich dachte, du wärst noch bei der Arbeit.« Malina sah ihn an, ihre Augen glitzerten. »Irgendwie hatte ich gehofft, ich könnte dir das ersparen. Nein«, korrigierte sie sich. »Nicht dir. *Uns.*«

»Vergiss den Quark nicht«, sagte Zorn. »Im Kühlschrank steht eine volle Packung. Und nimm die Möhren mit. Bei mir wird das Zeug nur schlecht.«

»Hör auf, Claudius.«

Aus dem Kopfhörer plärrte der Beat, die Fistelstimme von Prince schien kurz davor, sich zu überschlagen. Malina hob die Tasche an. Ihr schmaler Körper bog sich unter dem Gewicht.

»Wir machen uns mal los«, murmelte Hermann und ging zur Wohnzimmertür.

»Hilf ihr tragen«, herrschte Zorn ihn an. »Deshalb bist du doch hier, oder?«

Hermann griff nach der Reisetasche. Er gab ein Grunzen von sich, sie schien wirklich schwer zu sein. Dann klemmte er die Cowboystiefel unter den Arm und drehte sich noch einmal um. »Ich find's cool, dass du das so locker nimmst, Mann.«

Malina warf ihm einen warnenden Blick zu.

»Ja«, nickte Zorn, ging jetzt ebenfalls zur Tür und hielt sie den beiden auf. »Ich bin der coolste Typ der Welt.«

Hermann hob entschuldigend die Hände und drängelte sich an ihm vorbei. Jetzt standen sie dicht voreinander. Zorn deutete eine Verbeugung an.

»Schönen Abend noch.«

»Ebenso. Nichts für ungut, Kumpel.«

Hermanns Grinsen wirkte ein wenig angestrengt.

Prince schrie sich die Seele aus dem Leib.

I just want your extra time and your …

Zorn schlug zu.

… Kiss!

Nicht, weil ihm die Argumente ausgegangen wären, o nein. Die hatte er von vornherein nicht gehabt. Wie auch? Er hatte noch immer nicht verstanden, worum es hier überhaupt ging. Und so sehr er sich auch mühte, er sah einfach keinen Grund für das, was hier passierte.

Eines allerdings wusste er: dass Malina verloren war, vielleicht für immer. Jetzt brauchte er einen Schuldigen. Zorn hätte nie eine Frau geschlagen, und so traf es Hermann. Er wollte einfach seine Faust in dieses glatte, milchige Gesicht hauen und den Schmerz in den Knöcheln spüren.

Das war alles.

Es tat mehr weh, als Zorn erwartet hatte.

Und er genoss es.

Vierzehn

»Ich komme heute nicht auf Arbeit, Schröder. Es geht mir nicht gut.«

Zorn stand am Wohnzimmerfenster, er hatte Mühe, das Telefon am Ohr zu behalten. Es schien Tonnen zu wiegen.

»Was ist los, Chef?«

Ja, was?, überlegte Zorn. Mir ist schlecht, mein Bauch tut weh und ich habe die ganze Nacht nicht geschlafen. Die Liebe meines Lebens hat mich verlassen. Und ich habe einem Vegetarier die Nase gebrochen.

»Nichts weiter«, log er. »Wahrscheinlich eine Grippe. Oder so.«

Zorn wusste nicht, wann er eingeschlafen war. Hatte er überhaupt geschlafen? Noch immer trug er die Sachen vom Vortag, das Hemd war zerknittert, und er hatte einen widerlichen, modrigen Geschmack im Mund, als habe er verwestes Fleisch gegessen. Wahrscheinlich roch er wie ein übervoller Mülleimer.

»Wir haben viel zu tun, Chef.«

»Das weiß ich.«

Im Hintergrund ertönte leise Klaviermusik, unterlegt mit dem Klappern von Schröders Tastatur.

»Der Tote von gestern, Jeremias Staal, hat ein Doppelleben geführt«, sagte Schröder. »Er war kein harmloser Autoverkäufer. Wir haben Bargeld, gefälschte Ausweise und eine versteckte Waffe gefunden.«

Zorn wusste, dass sie schnellstens weitermachen mussten. Aber es kümmerte ihn im Moment nicht.

Dieser Staal ist mir egal, dachte Zorn.

Haha, das reimt sich. Ich bin ein Poet. Ein Dichter, der Gitarre spielenden Sojakernspaltern die Fresse einschlägt.

»Morgen bin ich wieder fit, Schröder.«

»Du klingst wirklich nicht gesund.«

»Das bin ich auch nicht.«

»Wir machen folgendes, Chef.« Schröder überlegte einen Moment. »Du ruhst dich jetzt aus, und heute Abend kommst du zu mir zum Essen.«

Spinnst du?, wollte Zorn rufen, ich habe Besseres zu tun!

»Keine Widerrede«, entschied Schröder. »Punkt acht. Du weißt, wo ich wohne.«

Dann legte er auf.

Zorn ließ das Telefon sinken. Nein, er hatte wirklich keine Lust, sich mit Schröder zu treffen, er wollte niemanden sehen, aber irgendwie hatte der Gedanke auch etwas Tröstliches.

Zorn gähnte, nahm die Brille ab und rieb sich die müden Augen. Die Sonne war aufgegangen, tauchte die Dächer tief unter ihm in ein warmes, goldenes Licht. Nach all den hässlichen Oktobertagen schien es, als würde das Wetter sich nun ändern.

Altweibersommer, überlegte Zorn. Das passt. Ich bin ein weinerlicher, depressiver Kerl, der seine Jugend längst vergessen hat. In ein paar Jahren bin ich fünfzig. Mein Gott, das Leben geht einfach zu schnell vorbei. Viel zu schnell.

Er schlurfte zum Sofa, klopfte ein Kissen zurecht und streckte die Beine aus.

»Du siehst alt aus, wenn du wütend bist«, hatte Malina leise zu ihm gesagt, während Hermann sich vor Schmerzen auf dem Teppich krümmte.

Zorn schloss die Augen.

Plötzlich verspürte er Hunger, überlegte, ob er aufstehen und im Kühlschrank nach etwas Essbarem suchen sollte, danach konnte er duschen, die Zähne putzen und hinüber ins Schlafzimmer gehen, oder nein, eine Zigarette wäre nicht schlecht, doch dieser Gedanke kam schon von weit, weit weg. Zorn streckte die Hand aus, tastete neben sich, dahin, wo Malina immer gelegen hatte, er begriff noch, dass er allein war, auf dem Sofa, dass sie wohl nie wieder neben ihm liegen würde, nie mehr, er drehte sich auf die Seite, schniefte im Schlaf, Speichel lief aus seinem Mund, das Kopfkissen wurde nass.

Das Letzte, was Claudius Zorn sah, war Hermanns ungläubiger Blick, die großen Augen, das Blut, das zwischen seinen Fingern hindurchtropfte und sich unter ihm auf dem Teppich verteilte.

Und er hörte Malinas Stimme.

Du siehst alt aus, wenn du wütend bist.

Ich bin alt, murmelte Zorn, das Gesicht ins Kissen gepresst.

Dann fügte er trotzig hinzu:

Na und?

*

Seufzend griff Frieda Borck zum Telefon und wählte die Durchwahl in der Landeshauptstadt. Es würde ein unangenehmer Anruf werden, doch es ließ sich nicht vermeiden. Er meldete sich nach dem ersten Klingeln.

»Ingo Foja.«

Sie mochte diese Stimme nicht. Ganz und gar nicht.

»Frieda Borck«, erklärte sie knapp. »Es geht noch einmal um die Prozessakten.«

»Die sind unterwegs, Frieda. Sie müssten morgen bei euch eintreffen.«

Sie hatten zusammen studiert. Und sie waren ein Paar gewesen, ein paar Wochen nur, doch Ingo Foja schien sie nicht vergessen zu haben. Die Staatsanwältin dachte ungern an diese Zeit zurück, Foja war ein Angeber, ein Schwätzer, der sie damals vor allem durch seine charmante Art und sein gutes Aussehen geblendet hatte. Er trug ein kleines Kinnbärtchen, das sie unglaublich sexy gefunden hatte. Ja, sie war jung gewesen und dumm. Allerdings, die Zeiten hatten sich geändert: Jetzt arbeitete sie als Staatsanwältin, er war Beamter in der Landeshauptstadt. Ein kleines Rädchen in einer riesigen Maschine, ersetzbar, aber bis ins Knochenmark durchdrungen von der eigenen Wichtigkeit.

»Gut«, nickte sie. »Der Prozess wurde im April beendet, der Angeklagte hieß Elias de Koop.«

»Das bemerktest du bereits. Ich bin nicht senil.«

Foja ließ ein meckerndes Lachen ertönen. Sie verzog das Gesicht und hielt den Hörer ein Stück vom Ohr weg.

»Es ist wirklich dringend«, bat sie.

Das schien er zu genießen.

»Ich tu, was ich kann«, erklärte er gönnerhaft. Sie sah deutlich vor sich, wie er in einem kleinen Büro hockte und in den Zähnen pulte. »Was gibt's sonst Neues in der Provinz?«

»Wir haben viel zu tun«, erwiderte sie und hoffte, er würde nicht nachfragen.

Das tat er auch nicht.

»Wir auch. Die Wahlen zum Betriebsrat stehen an, ich habe mich aufstellen lassen.«

»Viel Glück. Und sonst?«

Sie zwang sich, interessiert zu klingen. Nein, sie mochte Foja nicht. Doch sie musste nett bleiben, er konnte irgendwann wichtig werden. Es ging ihr nicht um persönliche Vorteile, so etwas hatte sie noch nie sonderlich interessiert. Ihre Verbindungen mussten funktionieren. Die Arbeit allein zählte.

Sie nahm einen Stift und begann auf einem Zettel herumzukritzeln.

»Ansonsten der übliche Bürokram, du kennst das ja.« Foja klang erfreut. Er hatte sich schon immer gern reden gehört. »Ach ja«, sagte er, nachdem er einen Moment nachgedacht hatte, »einer unserer Ermittler ist verschwunden, vor drei Wochen.«

Frieda Borck malte weiter. Auf dem Zettel erschien ein Galgen.

»Urplötzlich, von einem Tag auf den anderen. Ich kenne ihn nur zufällig, ein eingebildeter Schnösel, ich konnte ihn nie leiden.«

Wieder dieses meckernde Lachen.

Unter dem Galgen baumelte jetzt ein Strichmännchen. Sie zögerte, dann malte sie ein kleines Kinnbärtchen in das runde Gesicht.

»Ein Vietnamese, oder ein Chinese, ich weiß nicht genau, die sehen ja alle gleich aus.«

Frieda Borck hielt inne.

»Wie heißt er?«

Foja nannte einen Namen.

Ein Knacken. Die Spitze des Bleistiftes brach ab.

»Sag das noch mal.«

»Jan Czernyk«, wiederholte Foja verwundert. »Warum fragst du?«

Doch da hatte Frieda Borck schon aufgelegt.

*

Der dicke Schröder dachte nach.

Die Sonne schien durch das Bürofenster, er hatte die Gardinen halb zugezogen, weil ihn das grelle Herbstlicht blendete. Auf dem Schreibtisch lag ein zerknittertes Stück Papier, das die Kriminaltechnik in Klarsichtfolie verpackt hatte.

DU BIST TOT, JEREMIAS STAAL. DU WEISST ES NUR NOCH NICHT.

Sie hatten den Zettel in der Manteltasche von Staals Leiche gefunden. Verwertbare Fingerabdrücke gab es nicht, die Schrift stammte von einem handelsüblichen Computerausdruck. Eine Drohung, natürlich. Wahrscheinlich von Staals Mörder, der diese Ankündigung schließlich wahrgemacht hatte. Auch Grünbein, der Banker, war höchstwahrscheinlich vor seinem Selbstmord bedroht worden. War das die gesuchte Verbindung?

Dann war da noch dieses hastig hingekritzelte Bild unter den Buchstaben, das traurige Gesicht mit den Strahlen. Das hatte Schröder stutzig gemacht.

Das Klingeln des Telefons riss ihn aus seinen Gedanken.

Als er sich meldete, klang er für seine Verhältnisse ein wenig unwirsch. Dies änderte sich, als er die Stimme der Staatsanwältin erkannte.

»Gehen Sie nach Hause, und reden Sie mit Czernyk«, sagte er, nachdem er ihr eine Weile zugehört hatte. »Ich bin sicher, es wird sich alles aufklären.«

Sie beendeten das Gespräch. Die folgenden zwei Stunden verbrachte Schröder am Fenster und beobachtete, wie sich die Sonne langsam dem Horizont näherte und schließlich hinter der grauen Fassade des Einkaufszentrums verschwand.

*

Pünktlich um acht parkte Zorn den Volvo in der Einfahrt des kleinen Reihenhauses am Rand der Heide. Schräg gegenüber leuchteten die Schaufenster eines Supermarkts, die Glocken einer Backsteinkirche begannen zu läuten. Niedrige schmiedeeiserne Zäune grenzten die kleinen Grundstücke voneinander ab, die Vorgärten waren penibel gepflegt, die Mülltonnen standen ordentlich aufgereiht in gemauerten Nischen. In der abendlichen Dämmerung wirkte die Siedlung gemütlich, fast dörflich.

Zorn ging den schmalen Kiesweg durch den Garten. Schröder schien bereits gewartet zu haben, denn kurz, nachdem Zorn geklingelt hatte, öffnete sich die grüne Holztür mit dem Sichtfenster aus Bleiglasimitat.

»Guten Abend, komm rein.«

Schröder trug ein gestreiftes Hemd, darüber eine graue Strickjacke, die ihm fast bis zu den Knien reichte. In der Hand hielt er ein gefülltes Weinglas.

»Ein kleiner Willkommensschluck? Du siehst aus, als könntest du einen vertragen.«

»Ich hab auch was mit.« Zorn hielt eine Rotweinflasche in die Höhe. Er war erst vor einer Stunde aufgewacht, der Schlaf steckte ihm noch in den Knochen. »Aber ein Kaffee wäre mir fast lieber.«

»Den gibt's nach dem Essen.«

Schröder winkte mit dem Glas, Zorn trat in die enge Diele und sah sich um. Eine hölzerne Treppe wand sich nach oben, die engen Stufen waren mit grauem Teppich ausgelegt, auf dem Absatz stand eine große Vase mit blauen Kunstblumen. Es roch nach Zimt und frisch gebackenem Apfelkuchen.

»Es ist ein wenig spießig«, Schröder reichte Zorn ein Paar Filzpantoffeln, »aber ich fühle mich hier wohl.« Er deutete nach rechts, zu einer Glastür, an der ein Kranz aus getrockneten Blumen hing. »Und ich kann mich um meine Eltern kümmern.«

Ein Fernseher flackerte hinter der Scheibe, Zorn hörte den Sprecher der Tagesschau. Er nickte (warum, wusste er selbst nicht) und zog die Schuhe aus. Plötzlich fühlte er sich ein wenig beklommen, kam sich vor wie ein Eindringling, schließlich war dies das erste Mal, dass er Schröder zu Hause besuchte.

An den Wänden neben der Treppe hingen dutzende Fotos. Das größte war in vergoldetem Gips gerahmt, ein junger, durchtrainierter Mann in rotem Trainingsanzug reckte grinsend einen silbernen Pokal in die Höhe. Um den Hals hingen mindestens vier Medaillen.

»Bist du das?«, fragte Zorn, obwohl der Junge auf dem Foto nicht die geringste Ähnlichkeit mit Schröder hatte. Bis auf das flammend rote Haar, das ihm in einer vorwitzigen Tolle ins Gesicht hing.

»Die Bezirksmeisterschaften im Ringen. Da war ich achtzehn.«

Zorn nahm die Brille ab und betrachtete das Bild genauer. Dieser schlanke, gutaussehende Kerl mit den stechend blauen Augen sollte Schröder sein? Der *dicke* Schröder?

Er stieß einen leisen Pfiff aus.

»Du warst mal ein ganz schöner Feger.«

»Das bin ich immer noch, Chef. Man sieht's mir nur nicht an.« Schröder nahm Zorn die Jacke ab. »Geh schon mal vor, aber pass auf, dass du dir nicht den Kopf stößt. Die Decken sind ziemlich niedrig.«

*

»Du kannst mich mal!«

Das Telefon fiel auf das Sofa, hüpfte hin und her und landete schließlich auf dem Teppich. Frieda Borck knurrte eine weitere Verwünschung und versetzte dem Handy einen Tritt, worauf es quer durchs Zimmer über das Parkett rutschte, sich ein paarmal um sich selbst drehte und schließlich unter der Heizung liegenblieb. Wie oft sie Czernyk angerufen hatte, wusste sie nicht mehr, wollte es auch gar nicht mehr wissen.

Er meldete sich nicht. Sollte er bleiben, wo der Pfeffer wächst.

Zunächst hatte sie sich nur Sorgen gemacht, doch jetzt, Stunden später, waren ihre Zweifel und die Verunsicherung einer dunklen, heißen Wut gewichen.

Ruhelos lief sie auf und ab, ging in die Küche, ins Bad, zurück ins Wohnzimmer, dann trat sie auf den Balkon, beugte sich über das Geländer und sah zum hundertsten Mal hinab auf die Straße. Der Tag war warm gewesen, doch jetzt, da die Sterne am Himmel standen, war der kommende Winter deutlich zu spüren. Fröstelnd verschränkte sie die Arme vor der Brust.

Nichts.

Sie schlug mit der flachen Hand auf das Geländer und wandte sich wieder der Wohnung zu. Plötzlich stieß sie einen spitzen Schrei aus.

In der Balkontür stand Jan Czernyk.

»Tut mir leid, ich wollte dich nicht erschrecken, Frieda.«

Sein Gesicht lag im Schatten, doch sie glaubte zu erkennen, dass er lächelte.

Das war zu viel.

Frieda Borck hob die Hand und schlug ihm mit aller Kraft ins Gesicht.

*

»Es gibt Gulasch mit Spätzle!«, rief Schröder von nebenan.

Zorn saß an einem Tisch direkt unter dem Dachfenster. Alles in diesem Wohnzimmer schien eine Nummer zu klein, die schmale Doppelcouch, die Stereoanlage und auch die Öffnung zur Küche, vor der ein bunter Perlenvorhang baumelte. Ein Bücherregal reichte bis unter die niedrige Decke, daneben tickte eine altmodische Standuhr. Der Tisch war bereits gedeckt, Schröder hatte Servietten, Besteck, zwei Kristallgläser und einen Kerzenständer auf der weißen Decke verteilt.

Zorn hatte Hunger. Er nahm ein Messer und beobachtete, wie sich das Kerzenlicht in der Schneide spiegelte.

»Zehn Minuten, dann können wir essen!« Nebenan hantierte Schröder mit den Töpfen. »Hat Frieda Borck dich erreicht?«

Zorn legte das Messer zurück auf den Tisch.

»Nein, wieso?«

Der Vorhang teilte sich. Schröder erschien, eine geblümte Nylonschürze spannte über seinem Bauch. Er wischte sich die Hände an einem Küchentuch ab und nahm Zorn gegenüber Platz.

»Es geht um Jan Czernyk.«

»Was soll mit ihm sein?«

»Er hatte ihr gesagt, dass er Urlaub hat.«

»Mir auch«, nickte Zorn.

»Jetzt hat sie herausgefunden, dass er seit Wochen nicht bei der Arbeit erschienen ist.«

»Echt?«, wunderte sich Zorn. »Hat sie gesagt, warum?«

»Sie weiß es nicht.«

»Und was wollte sie dann von dir?«

Schröder nahm eine geschliffene Kristallkaraffe und füllte Zorns Glas.

»Ich bin nicht sicher. Sie schien völlig ratlos zu sein.«

»Czernyk ist nicht der Typ, der einfach so verschwindet.« Zorn nippte an seinem Glas. Der Wein war kühl, er schmeckte nach Sommer und frisch geschälten Aprikosen. »Eigentlich habe ich keine Lust, mir den Kopf von Frieda Borck zu zerbrechen. Wir haben genug zu tun.«

»*Ich* habe genug zu tun«, korrigierte Schröder.

Zorn horchte auf.

»Wie meinst du das?«

»Ich meine«, sagte Schröder und stützte die Ellbogen auf den Tisch, »dass du mich die ganze Arbeit allein machen lässt.«

»Das tu ich doch immer!«, entfuhr es Zorn. Im nächsten Moment hätte er sich auf die Zunge beißen mögen, doch es war zu spät.

Schröder lächelte vielsagend.

»Apropos«, Zorn wechselte sicherheitshalber das Thema, »gibt's was Neues vom Polizeiball?«

»Bisher nicht. Die Sonderkommission muss ein paar hundert Leute überprüfen. Ich möchte nicht in der Haut der Kollegen stecken, es ist eine Sisyphusarbeit. Theoretisch könnte jeder, der an diesem Abend da war, das Büfett vergiftet haben. Die Ermittlungen werden noch eine ganze Weile dauern, wenn die Sonderermittler denn überhaupt jemals etwas herausbekommen. Wie hattest du sie noch mal genannt?«

»Schnösel.«

»Richtig, das hatte ich vergessen.«

»Und ich bleibe dabei.«

»Obwohl du keinen von ihnen kennst?«

»Ich stehe zu meinen Vorurteilen, Schröder.«

»Das weiß ich. Aber ich habe dich nicht eingeladen, um mit dir über unsere Arbeit zu reden. Auch nicht über deine Vorurteile.«

»Worüber dann?«

Schröder stand auf.

»Über dich. Und jetzt muss ich in die Küche, sonst zerkochen mir die Spätzle.«

*

»Wo warst du, verdammt?«

Wieder wollte sie zuschlagen. Czernyk fasst sie an den Oberarmen und drängte sie sanft ins Zimmer. »Setz dich«, sagte er leise. »Da draußen holst du dir den Tod.«

Widerstrebend ließ sie sich zum Sofa führen. Er nahm einen Stuhl, zog seinen Mantel aus und hängte ihn über die Lehne. Die Brille legte er auf den Tisch, sie hatte sie ihm aus dem Gesicht geschlagen. Dann nahm er ihr gegenüber Platz.

»Erklärst du mir bitte, was los ist?«

»Muss ich das?«

»Ja«, nickte Czernyk. »Denn ich habe nicht die geringste Ahnung.«

Ihre Handfläche brannte. Sie wollte sich auf ihn stürzen, ihre Fingernägel in diesem stoischen, gelassenen Gesicht vergraben, doch sie zwang sich zur Ruhe.

»Du wirst gesucht, Jan. Du bist seit Wochen nicht bei der Arbeit gewesen. Du hast keinen Urlaub.«

Jetzt, da sie es ausgesprochen hatte, fühlte sie sich besser.

Czernyk sah sie an. Überlegte einen Moment, dann nickte er.

»Ja«, sagte er einfach.

»*Ja?* Was bedeutet das?«

Ihre Stimme wurde schrill, bekam einen metallischen Unterton.

»Das bedeutet, dass du recht hast, Frieda.«

»Interessiert dich nicht, woher ich das weiß?«

»Das ist unwichtig. Es gibt eine Erklärung, und ich hoffe, du wirst sie akzeptieren.«

Ihre Augen verengten sich zu schmalen Schlitzen.

»Das kann ich dir nicht versprechen. Du hast mich belogen.«

»Das habe ich.«

»Warum?«

»Weil ich selbst nicht genau wusste, was ich da tat.«

»Du?« Frieda Borck lachte auf. »Du bist der kontrollierteste Mensch, der mir jemals begegnet ist, Jan! Erzähl mir keinen Mist!«

Ein heißer Klumpen pochte in ihrem Magen, die Wut kehrte zurück. Und die Angst vor dem, was er ihr gleich sagen würde.

Czernyk sah auf seine Hände.

»Es geht um meine Augen.«

Der Klumpen saß jetzt in ihrem Hals, sie schluckte, um die Kehle freizubekommen.

»Was ist mit deinen Augen?«

»Ich hatte dir gesagt, dass ich noch nicht beim Arzt war.«

»Und?«

»Das war ebenfalls gelogen.«

Sie setzte zu einer Antwort an, er brachte sie mit einer Handbewegung zum Schweigen.

»Ich war beim Arzt, Frieda. Vor Monaten schon.«

Sie schwieg. Wartete auf das, was folgen würde. Czernyk sah zur Decke, suchte nach den richtigen Worten. Er wirkte müde, als habe er wochenlang nicht geschlafen.

»Ich habe ein Glaukom. Grüner Star. Es ist inoperabel, sagt der Arzt. Mir bleiben noch ein paar Wochen.«

Er lächelte. Es sah aus, als wolle er sich entschuldigen.

»Ich werde blind, Frieda.«

*

»Das ist ein Rezept meiner Mama«, sagte Schröder kauend. »Man muss das Fleisch so lange anbraten, bis es fast verbrannt ist. Und den Knoblauch erst kurz vor dem Servieren hinzugeben.«

Er hatte die Schürze abgenommen, stattdessen steckte eine große Serviette vorn in seinem Hemdkragen.

»Schmeckt toll.«

Das tat es wirklich, Zorn schaufelte die Spätzle regelrecht in sich hinein. Zum einen, weil er am Verhungern war. Zum anderen, weil er nicht sonderlich erpicht auf das war, was Schröder ihm zu sagen hatte. Er wollte über ihn, Zorn, reden. Keine gute Idee, fand Zorn.

»Hier«, Schröder reichte Zorn eine Glasschüssel, »tu ein bisschen Parmesan drüber.«

Die nächsten Minuten aßen sie schweigend. Es wurde still in dem kleinen Zimmer, bis auf ein gelegentliches Knacksen der Stühle und das Klappern des Bestecks auf den Tellern.

Schließlich ließ Schröder ein zufriedenes Grunzen vernehmen, lehnte sich zurück und legte die Serviette beiseite. Zorn ließ sich Zeit, er schob die letzten verbliebenen Fleischstücke auf seinem Teller hin und her.

Das Gespräch. Er wollte es so lange wie möglich hinauszögern.

Diesen Gefallen tat ihm Schröder nicht.

»Malina hat mich heute angerufen«, sagte er ruhig.

Zorn ließ die Gabel fallen.

»Wie bitte?«

Aus der Küche hatte Schröder eine Flasche Mineralwasser mitgebracht. Er goss sich ein und trank einen Schluck. »Ich weiß, dass es mich nichts angeht.«

Im ersten Moment wollte Zorn aufspringen und aus dem Zimmer stürmen. Warum, verdammt nochmal, meldeten sich die Frauen immer bei Schröder und nicht bei ihm, wenn es Probleme gab? Zuerst Frieda Borck, nun gut, damit konnte Zorn ja noch leben, sie konnte ihn nicht leiden. Aber Malina? Sie kannte Schröder kaum, was sollte das?

Zorn zwang sich sitzenzubleiben und atmete tief durch.

Andererseits: Warum war er überhaupt hier? Nein, er war nicht gekommen, um zu essen. Er musste mit jemandem reden. Schröder war der einzige Mensch, der ihm nahestand. So einfach war das.

»Was hat sie gesagt?«, fragte er.

»Dass ich mich um dich kümmern soll. Sie macht sich Sorgen.«

Zorn stocherte auf seinem Teller herum.

»Sie hat mich verlassen, ich habe keine Ahnung, warum. Du?«

»Nein.«

»Warum hat sie sich ausgerechnet bei dir gemeldet?«

»Weil es niemand anderen gibt«, erklärte Schröder sanft. »Du hast keine Freunde. Ich kenne dich ganz gut, glaube ich. Und sie weiß das.«

Zorn trank sein Glas aus. Spürte die Wärme in seiner Kehle, im Magen. Und im Kopf, wo der Wein langsam zu wirken begann. Der Alkohol tröstete ihn. Und Schröder, der ihm gegenübersaß und ihn aufmerksam ansah.

»Ich hab mich gestern geprügelt. Keine Ahnung, was mit mir los war. Ich bin völlig ausgetickt.«

»Deshalb warst du heute nicht bei der Arbeit.«

»Ja«, nickte Zorn.

Und dann begann er zu erzählen.

Von seiner Angst, als verbitterter alter Mann zu enden, der nur noch mit der eigenen Einsamkeit beschäftigt ist. Von seiner Liebe zu Malina, über die er nicht mit ihr hatte reden können. Von seiner Unfähigkeit, die richtigen Worte zu finden, und sie dann, wenn er sie endlich wusste, auch auszusprechen. Von der Gewissheit, dass dieses Unvermögen ihre Liebe zerstörte. Er sprach von seiner Suche nach einem Sinn und der Antwort auf die Frage, was er überhaupt auf dieser Welt zu suchen hatte.

Dies alles erzählte Claudius Zorn.

Und Schröder hörte zu.

*

»Ich will, dass du gehst, Jan.«

»Bist du sicher?«

»Du hast mich belogen. Ich kann dir nicht vertrauen.«

Er schwieg.

»Lass uns morgen noch einmal reden. Ich will jetzt allein sein.«

»Bist du sicher?«, wiederholte er.

»Geh.«

Das tat er dann auch.

*

Wie lange Zorn geredet hatte, wusste er nicht. Es schienen Stunden vergangen zu sein, die Flasche auf dem Tisch war leer. Er fühlte sich seltsam klar im Kopf, ein wenig beschwipst vielleicht, obwohl er den Wein allein getrunken hatte. Schröder hatte sich mit Mineralwasser begnügt.

»Soll ich noch eine Flasche aufmachen?«, fragte Schröder.

»Klar, das ist ein toller Wein«, nickte Zorn, der einen Château Lafite nicht von einem Pappkanisterwein aus dem Supermarkt unterscheiden konnte. Jedenfalls nicht am Geschmack.

Schweigend beobachtete er, wie Schröder eine neue Flasche holte und mit langsamen, konzentrierten Bewegungen öffnete. Ihm fiel ein, dass er seit Ewigkeiten nicht geraucht hatte. Komisch, er verspürte nicht den geringsten Drang nach einer Zigarette.

Schröder goss ein und prostete Zorn mit seinem Wasserglas zu.

»À votre santé, monsieur.«

»*Gracias,* Schröder.«

Sie tranken. Die Uhr neben der Tür tickte.

Schröder fuhr mit dem Zeigefinger über den Rand seines Glases.

»Ich weiß, was du jetzt erwartest.«

»Und das wäre?«

»Quid pro quo.«

Das kam Zorn bekannt vor. Aber er hatte keine Ahnung, was Schröder meinte.

»Ich hab keine Ahnung, was du meinst«, sagte er dann auch.

»Du bist nicht Hannibal Lecter. Und ich bin nicht Agent Starling.«

Jetzt begriff Zorn. *Das Schweigen der Lämmer.* Wie hieß es da? Ich erzähle dir was, und du erzählst mir was. Ja, unterschwellig hatte er wohl genau das erwartet. Er selbst hatte sein Herz ausgeschüttet. Jetzt war Schröder dran.

»Es gibt nichts, was ich dir zu sagen hätte.« Schröder nahm eine Serviette und begann sie zusammenzufalten. »Du weißt bereits zu viel über mich. Wir sind hier nicht in einem Hollywoodfilm. Ich habe dir einmal gesagt, dass ich nie wieder darüber reden werde. Belassen wir's dabei.«

»Wie du willst.«

Zorn ahnte, dass das, was er einmal über Schröders Kindheit erfahren hatte, nur ein Bruchteil der Wahrheit war. Dass er wahrscheinlich Dinge mit sich herumschleppte, unter deren Last er, Zorn, sofort zusammengebrochen wäre.

»Ich habe gelernt, allein zurechtzukommen.« Schröder breitete die Arme aus. »Sieh dich um, ich bin vierzig und lebe in einer winzigen Studentenbude, in der ein erwachsener Mann nicht einmal aufrecht stehen kann. Aber ich habe diesen Ort genau ausgewählt. Er bietet gerade genug Platz für mich, aber meine Dämonen müssen draußen bleiben. Oder besser gesagt«, er tippte sich an die Stirn, »hier drinnen.«

»Und irgendwann fressen sie dich auf.«

»Vielleicht.« Schröder lächelte. »Aber ich habe meine Arbeit. Das, was ich tue, lenkt mich ab. Und ich mache es gern, weil es etwas Sinnvolles ist. Es stört mich nicht, rund um die Uhr zu arbeiten. Im Gegenteil, es hilft mir. Und ich habe das Glück, dass ich nichts vermisse. Ich sehne mich nicht nach einer Beziehung, weder zu einem Mann noch zu einer Frau. Das ist auch der Grund, weswegen ich dir mit Malina nicht helfen kann. Ich verstehe nichts davon.«

Zorn dachte einen Moment nach.

»Jetzt hast du doch was von dir erzählt«, sagte er dann.

»Stimmt. Kommt nicht wieder vor.«

Im Erdgeschoss öffnete sich eine Tür, Schritte knarrten auf den Dielen.

»Mein Vater.« Schröder deutete zu Boden. »Er schläft schlecht.«

Plötzlich spürte Zorn, wie müde er war. Auf der Standuhr war es Viertel nach eins. Sie saßen jetzt seit über vier Stunden beisammen.

»Rufst du mir ein Taxi?«, bat er. »Ich glaube, ich lass das Auto stehen.«

Schröder schüttelte den Kopf.

»Du schläfst heute hier. Malina hat gesagt, ich soll dich im Auge behalten.«

»Nee, Schröder, ich …«

»Mein Bett ist frisch bezogen. Ich nehm die Couch.«

Zorn seufzte. Schröder duldete keinen Widerspruch, und der Gedanke, die Nacht allein in seiner Wohnung zu verbringen, gefiel Zorn überhaupt nicht.

»Danke.«

»Wofür?«

»Für alles. Dass ich hier schlafen kann. Und dass du dir den ganzen Mist angehört hast.«

*

Später, als Zorn in Schröders Bett lag und den frischen Duft des Kopfkissens einatmete, fragte er sich, warum er sich wohlfühlte, geborgen, hier, in einem kleinen, spießigen Reihenhaus am Rande der Stadt, zwischen alten Möbeln und albernen geblümten Tapeten. Schröder schien eine Gabe zu besitzen, schließlich hatte er wenig gesagt, und doch war es Zorn, als hätte er ihm einen Teil der sprichwörtlichen Last von der Seele genommen. Nach physikalischen Gesichtspunkten konnte sich diese *Last* nicht einfach so in Luft auflösen, irgendwo musste sie bleiben. Aber wo? Auf Schröders Schultern? War er es, der jetzt Zorns Kreuz zu tragen hatte?

Ach, dachte Zorn, ich sollte aufhören, in abgedroschenen Bildern zu denken. Morgen ist sowieso alles beim Alten.

Zorn war klug genug zu wissen, dass es ihm bald wieder schlechter gehen würde. Kurz, bevor er dann endlich einschlief, fiel ihm noch etwas ein: Schröder hatte ihn an diesem Abend nicht ein einziges Mal *Chef* genannt.

Zorn träumte schlecht, redete im Schlaf und wälzte sich hin und her. Spürte er, dass Malina bei ihm daheim auf dem Sofa saß und wartete? Vielleicht, jedenfalls merkte er nicht, dass sie nach einer Stunde seine Wohnung verließ, ohne eine Nachricht zu hinterlassen.

Ebensowenig bekam Zorn mit, dass Schröder im Morgengrauen zu ihm geschlichen kam und ihn vorsichtig zudeckte.

Fünfzehn

Zorn blinzelte. Die Sonne schien durch einen Spalt in den Gardinen, warf einen Lichtstreifen über die Bettdecke und von dort aus weiter über den Fußboden. Es sah aus, als klettere das Licht die gegenüberliegende Wand empor, wo eine große, buntgefleckte Zeichnung hing.

Immer noch Altweibersommer, dachte er. So also beginnt ein weiterer Tag im Leben einer weinerlichen Dame, die nur noch am Jammern ist und keine Lust hat, aufzustehen.

Er drehte sich auf die Seite, vergrub das Gesicht in der Decke und beschloss, ein wenig Trübsal zu blasen. So, wie er es in letzter Zeit häufig tat.

Das war natürlich nicht immer so gewesen. Vor allem nicht, als Malina noch neben ihm gelegen hatte, da hatte er sich jeden Morgen gut gefühlt. Jetzt wiederum sorgte dieser Gedanke dafür, dass die Trauer ihn erneut einholte und den armen, schlaftrunkenen Hauptkommissar zurück in die Kissen presste.

Von Ferne erklangen dünne, blecherne Glockenschläge.

Zorn zählte bis acht und beschloss, dass es an der Zeit war, aufzustehen. Er richtete sich auf, sank aber sofort wieder zurück. Über ihm hing ein sechsarmiger Kronleuchter, der ihn irgendwie an einen verrenkten Tintenfisch erinnerte.

Er schnupperte. Es roch nach frischem Kaffee. Schröder schien schon wach zu sein.

Ich werde das alles hinter mir lassen, beschloss er. Malina und diesen ganzen Beziehungskram. Es ist besser, wenn ich allein lebe, ich bin für so was nicht geschaffen. Das sollte ich endlich einsehen.

Ja, es wird nicht einfach sein, aber ich muss es zumindest versuchen.

Kurioserweise gaben ihm diese Gedanken Kraft. Einen Moment noch lag er dösend da und lauschte, ob er nebenan Schröders tippelnde Schritte hören konnte. Als alles still blieb, stand er mit einem Ruck auf, streifte Schröders Pantoffeln über, kratzte sich am Hintern und schlurfte ins Wohnzimmer.

»Schröder?«

Das Zimmer war leer. Auf der kleinen Couch lag eine ordentlich zusammengefaltete Tagesdecke, daneben ein Kopfkissen. Das Fenster stand offen, um den engen Raum zu lüften. Der Tisch war abgewischt, das Geschirr verschwunden, stattdessen entdeckte Zorn einen Zettel mit einer Nachricht in Schröders steiler, akkurater Handschrift.

Bin schon los. Wollte dich nicht wecken, Kaffee ist in der Thermoskanne. Sei nett zu meinen Eltern (wenn du ihnen begegnest). Mach bitte das Fenster zu!

Zorn goss Kaffee in eine mit Blumen verzierte Porzellantasse und ging ins Bad. Schröder hatte ihm ein frisches Handtuch bereitgelegt, neben dem Waschbecken fand er eine neue Zahnbürste.

Als er dann auf dem Sofa saß, seinen Kaffee trank und sich in Schröders sorgfältig aufgeräumtem Wohnzimmer umsah, beschlich ihn wieder das Gefühl, ein Eindringling zu sein, jemand, der hier nichts zu suchen hatte. Er wusste nichts, absolut nichts über diesen kleinen Mann, der einsam in dieser Puppenstube lebte und, wie er sagte, *allein mit seinen Dämonen kämpfte.*

Ein paar Minuten verbrachte er vor Schröders Büchern. Hunderte alphabetisch geordnete Wälzer stapelten sich in dem dunklen Regal. Adorno, Camus, Descartes, Kierkegaard, Wittgenstein. Immerhin, die Namen kannte Zorn, gelesen hatte er nichts davon.

Er ist mir tausendfach überlegen, dachte Zorn, als er leise die Tür schloss und die enge Treppe hinunterstieg. Intellektuell jedenfalls. Und wahrscheinlich nicht nur mir, sondern den meisten Menschen in seinem Umfeld. Aber er zeigt es nicht.

Dieser kurze Akt der Erkenntnis wurde von einem gleißenden

Schmerz unterbrochen, genauer gesagt von einem Balken, der in Stirnhöhe schräg unter der Decke verlief.

»Scheiße!«

Was Kraftausdrücke betraf, war das Vokabular des Claudius Zorn äußerst begrenzt.

Er stand in der Diele und hielt sich den schmerzenden Kopf. Hinter der Glastür zur Wohnung von Schröders Eltern erschien ein Schatten, die Tür öffnete sich einen Spalt.

Der Mann war mindestens so groß wie Zorn, obwohl seine Schultern vom Alter gebeugt waren. Seiner Kleidung nach zu urteilen schien er im Begriff, ins Theater oder in die Oper zu gehen, er trug ein steifes, frisch gebügeltes Hemd und eine dunkle Anzughose. Nichts deutete darauf hin, dass er Schröders Vater war, das schlohweiße Haar war zwar ebenso akkurat gescheitelt, aber längst nicht so dünn. Nur die Augen waren vom selben tiefen Blau, der Blick ein wenig glasig, fast verträumt.

»Rüdiger?«

In der Hand hielt er ein weißes Geschirrtuch.

»Ich bin ein Kollege Ihres Sohnes«, erklärte Zorn und erinnerte sich, dass er nett zu Schröders Eltern sein sollte. Sein Kopf dröhnte, trotzdem versuchte er sich in einem höflichen Lächeln. »Es ist gestern ein wenig spät geworden.«

Der alte Mann runzelte die Stirn. Dann nickte er bedächtig.

»Ich muss die Kommode abwischen. Man glaubt gar nicht, was sich im Laufe der Jahre für ein Dreck ansammelt.«

Die Tür schloss sich langsam.

Als Zorn dann ein wenig verwirrt in der Einfahrt neben dem Volvo stand und das Gesicht in die Sonne hielt, fasste er einen Entschluss.

Ich werde mein Leben ändern, dachte er. Es gibt ein paar Dinge, die ich tun kann. Zuerst werde ich Malina vergessen, jawohl, das werde ich. Und dann muss ich mich um Schröder kümmern. Er hat niemanden, vielleicht bin ich es ja, der ihm helfen kann.

Er holte die Zigaretten aus der Brusttasche.

Und ich könnte aufhören zu rauchen.

Diesen Vorsatz allerdings verschob Claudius Zorn auf später, und als er den ersten Zug genommen hatte und beobachtete, wie der Rauch kräuselnd nach oben stieg und in der klaren Herbstluft verschwand, wusste er auch, warum. Es schmeckte einfach zu gut.

Er spürte, dass ihm kalt an den Füßen wurde und sah zu Boden.

Zunächst wusste er nicht, ob er lachen oder sich selbst ohrfeigen sollte. Dann wurde ihm bewusst, dass er vorerst etwas anderes zu erledigen hatte, und zwar dringend. Wenn er tatsächlich etwas ändern, zu neuen Ufern aufbrechen wollte, war er eindeutig falsch gekleidet. Zumindest, was sein Schuhwerk betraf.

Er stieß einen resignierten Seufzer aus.

Seine Füße steckten noch immer in Schröders grauen, verbeulten Filzpantoffeln.

*

Ein melodisches Klingeln, die Fahrstuhltür öffnete sich. Frieda Borck trat ein und drückte den Knopf für die vierte Etage. Ein Beamter in Jeans und nach hinten gekämmtem Haar murmelte einen Gruß und machte ihr Platz. Sie kannte ihn flüchtig, er arbeitete ganz oben, beim Erkennungsdienst. Die Staatsanwältin nickte ihm zu, lehnte sich an die verchromte Wand, schloss einen Moment die Augen und spürte die leichte Übelkeit, als der Fahrstuhl anfuhr.

Wie immer war sie akkurat gekleidet, sie trug einen beigefarbenen Hosenanzug, darunter eine weiße, spitzenbesetzte Bluse. Nur die Ringe unter ihren Augen verrieten, wie schlecht sie geschlafen hatte.

Genau genommen hatte sie kein Auge zugetan. Zweifel und eine Unsicherheit, die sie sonst selten erlebte, hatten sie wach gehalten. Und die Sorge um Jan Czernyk, den sie einfach weggeschickt hatte, obwohl sie nun wusste, warum er ihr die Unwahrheit gesagt hatte. Immer wieder hatte sie überlegt, Czernyk anzurufen, ihm zu sagen, dass er zu ihr kommen solle. Schließlich hatte er eine Krankheit, die jeden normalen Menschen aus der Bahn werfen musste. Jan Czernyk war stark, sie mochte seine Kraft, seine Selbstsicherheit, doch jetzt brauchte er Hilfe. Sie ahnte, welche Überwindung es ihn gekostet haben musste, ihr das alles zu erzählen.

Andererseits fand Frieda Borck, dass sie ein Recht darauf hatte zu erfahren, was mit ihm los war. Czernyk hatte sie belogen. Sie brauchte Zeit, um das alles zu verarbeiten.

Der Fahrstuhl hielt. Wieder spürte sie das unangenehme Gefühl im Bauch, als wehre sich ihr Magen gegen die Schwerkraft. Wieder dieses alberne Klingeln, die Tür glitt geräuschlos zur Seite. Frieda Borck wandte sich nach links, und als sie dann über den hellen Flur im vierten Stockwerk lief, fühlte sie sich ein wenig besser.

Sie würden einen Weg finden. Gemeinsam, schließlich waren sie ein Paar. Es gab Spezialisten, vielleicht war noch nicht alles verloren. Und wenn es sich nicht ändern ließ, würde sie ihm helfen. Sie liebte diesen stillen, in sich gekehrten Mann. Das wusste sie nun. Jetzt, nachdem sie ihn fortgeschickt hatte.

Vor der Tür zu Zorn und Schröders Büro blieb sie stehen und atmete tief durch. Ein kurzes, resolutes Klopfen, dann trat sie ein.

»Guten Morgen.«

Schröder kam ihr entgegen und reichte ihr die Hand.

»Möchten Sie einen Kaffee? Oder lieber Tee?«

»Nein, danke. Wie kommen Sie voran?«, fragte sie und setzte sich auf Zorns Stuhl.

»Ich versuche gerade, etwas mehr über Jeremias Staal zu erfahren.« Schröder nahm ebenfalls Platz. »Bisher erfolglos, wenn ich ehrlich sein soll. Er lebte allein, scheint keine Freunde gehabt zu haben. Kaum Verwandtschaft, die Eltern sind lange tot. Es gibt einen Halbbruder, der lebt allerdings in Schweden, keine Hinweise darauf, dass sie in den letzten Jahren Kontakt hatten.«

Es schien, als höre Frieda Borck aufmerksam zu, trotzdem wirkte sie abwesend, als wäre sie nicht ganz bei der Sache. Auf dem Schreibtisch stand ein Plastikschälchen mit Büroklammern. Die Staatsanwältin nahm eine und begann das Metall hin- und herzubiegen. Etwas, das Zorn ständig tat.

»Was ist mit Staals Job?«, fragte sie.

»Ebenfalls nichts, vorerst jedenfalls. Ich glaube allerdings, dass der Autohandel nur Staffage war. Darauf deuten die falschen Ausweise. Und das Bargeld sowie die versteckte Waffe. Staal ist nie auffällig geworden, wir gehen jetzt seine Steuerklärungen durch, vielleicht findet sich dort was. Aber das kann dauern.« Schröder seufzte leise. »Ein paar Stunden, bevor er ermordet wurde, habe ich mit ihm gesprochen.«

Die Staatsanwältin blickte auf.

»Ach!«

»Ein Zufall. Er lief direkt am Präsidium vorbei. Ich kannte ihn von den Fotos, aber er sah ganz anders aus, wie ein Obdachloser. Er war krank, glaube ich. Und völlig durcheinander.«

Schröder schwieg einen Moment.

»Sie sind wegen etwas anderem hier, nicht wahr?«, fragte er dann leise.

Sie nickte.

»Was ist mit ihm?«

Sie wussten beide, wer gemeint war.

»Seine Augen. Er wird blind.« Frieda Borck räusperte sich und legte die Büroklammer vor sich auf den Tisch. Als sie weitersprach, klang es, als sei sie plötzlich schwer erkältet. »Deswegen ist er nicht bei der Arbeit gewesen. Es dauert nicht mehr lange, sagt er.«

»Wo ist er jetzt?«

»Keine Ahnung. Ich hab ihn weggeschickt.«

»War das klug?«

»Nein, das war es nicht!« Ihre Stimme wurde schrill. »Ich weiß selbst, dass das ein Fehler war!«

Schröder ließ sie nicht aus den Augen.

»Soll ich ihn suchen lassen?«, fragte er ruhig.

»Nein.« Sie schluckte. »Ich werde ihn anrufen.«

»Gut. Kann ich sonst etwas tun?«

»Ich glaube nicht.« Die Staatsanwältin schüttelte den Kopf. »Ehrlich gesagt, weiß ich gar nicht, warum ich Ihnen das alles erzählt habe. Vermutlich, weil ich …«

»Ja?«

»… mit jemandem reden wollte.«

Die Tür wurde aufgerissen, Zorn stürmte ins Zimmer. Sein Haar war zerzaust, in der Hand hielt er eine gelbe Plastiktüte.

»Ich hab meine Schuhe bei dir …«

Er stutzte, als er die Staatsanwältin erblickte.

»Was machen Sie auf meinem Platz?«

»Wie sieht's denn für Sie aus, Kollege Zorn?«

»Sie sitzen!«

»Hervorragend kombiniert. Bin ich in Ihr Revier eingedrungen?« Mit Zorns Erscheinen war ihre Unsicherheit einer leichten, aber unverkennbaren Angriffslust gewichen. »Keine Angst«, erklärte sie und stand auf, »ich habe keine ansteckenden Krankheiten. Falls Sie trotzdem Sorge haben, schicke ich jemanden und lasse den Stuhl desinfizieren.«

Das Kinn von Hauptkommissar Zorn schob sich nach vorn, aber er schwieg. Schlagfertigkeit gehörte nicht unbedingt zu seinen Stärken.

Frieda Borck ging zur Tür.

»Die Prozessakten im Fall de Koop sollten im Laufe des Vormittags eintreffen. Ich lasse sie direkt zu Ihnen bringen.«

Sie nickte Schröder zu und ging.

»Wie ist die denn drauf?«

»Wahrscheinlich«, erwiderte Schröder und öffnete eine Akte, »hat sie schlecht geschlafen.«

Zorn beschloss, nicht weiter über die Launen der Staatsanwältin nachzudenken, und legte die Tüte vor Schröder auf den Tisch. Dieser sah erstaunt auf.

»Was ist das?«

»Deine Pantoffeln.«

»Das ist wirklich lieb, Chef. Aber du hättest sie nicht extra mitbringen müssen.«

»Meine Schuhe stehen noch bei dir in der Diele.«

Schröder legte die Tüte auf den Boden, beugte sich vor und warf einen Blick auf Zorns Füße. Dann wandte er sich wieder seiner Akte zu.

»Was guckst du?«, fragte Zorn.

»Ich wollte nur sichergehen, dass du nicht barfuß zum Dienst erscheinst. Nicht, dass du dich noch verkühlst.«

»Du wirst es nicht glauben, aber ich besitze mehr als ein Paar

Schuhe. Ich war noch mal zu Hause.« Zorn nahm Platz, der Stuhl war noch warm vom Körper der Staatsanwältin. Unbehaglich rutschte er auf der Sitzfläche nach vorn. Er fühlte sich wie auf einer öffentlichen Toilette, die kurz zuvor von jemand anderem benutzt worden war.

»Ich habe übrigens deinen Vater getroffen. Ein sympathischer Mann.«

»Ja, das ist er«, antwortete Schröder, weiter mit seiner Akte beschäftigt. »Ich hoffe, du warst nett zu ihm.«

Zorn fuhr seinen Rechner hoch.

»Ich hatte völlig vergessen, dass du Rüdiger heißt.«

Schröder blätterte um.

»Mein Vater ist über siebzig, er wird langsam ein wenig dement. In letzter Zeit bringt er die Dinge häufig durcheinander, verwechselt alles Mögliche. Deswegen hat er dich Rüdiger genannt.«

»Mich?«

»Rüdiger ist der Name meines Bruders.«

Schröder klappte die Akte zu.

»Er ist seit über zwanzig Jahren tot.«

*

Seine guten Vorsätze sollte Claudius Zorn an diesem Tag nur teilweise in die Tat umsetzen. Als gegen vierzehn Uhr die Akten eintrafen, hatte er Schröder zwar wie geplant *im Auge behalten* (was nicht verwunderlich war, schließlich saßen sie einander die ganze Zeit gegenüber), ein persönliches Wort allerdings hatten sie nicht mehr gewechselt. Stattdessen vertieften sie sich in die Prozessunterlagen, und es gelang Zorn tatsächlich, Malina ein paar Stunden zu vergessen.

Doch das war nicht alles.

Es war Zorn, der kurz vor Feierabend einen verdutzten Schrei ausstieß, als er den ersten entscheidenden Hinweis entdeckte.

*

Die Sonne ging unter.

Von den Kronen der alten Platanen rieselten die letzten Blätter, ein lautloser Regen ließ den Kurpark noch surrealer, noch unwirklicher erscheinen als er ohnehin schon war. Die hohe Fassade der ehemaligen Kurgaststätte leuchtete, als stünde sie in Flammen. Ein schiefes Baugerüst lehnte an der Ruine, es schien, als stützten sie sich gegenseitig wie müde, angetrunkene Riesen.

Im Laufe der Jahre hatte es einige Versuche gegeben, das alte Kurgelände wiederzubeleben. Alle waren gescheitert, Investoren hatten Insolvenz angemeldet, Fördergelder wurden veruntreut, Vereine gegründet, umbenannt und wieder aufgelöst.

Dies alles, so munkelte man, lag nicht nur an der Gier und am Unvermögen der Menschen. Die Geister wollten diesen Ort nicht hergeben, wollten unter sich sein, brachten jedem Unglück, der es wagte, die Linie zu überschreiten. Immer wieder kochten die uralten Geschichten hoch, wie die vom Fuhrknecht, der im Mittelalter eine Ladung Salz gestohlen hatte. Erst unter der Folter hatte er die Tat gestanden, erst, nachdem man ihn mit siedendem Salz geblendet hatte. Später, als er dann auf dem Marktplatz gehenkt werden sollte, konnte er einfach nicht sterben. Er war zu leicht, sein Genick brach nicht, erst zwei, dann vier Männer hängten sich an seine Beine, zerrten aus Leibeskräften, bis endlich das Henkersseil riss. Der Knecht, so erzählte man, habe sich noch einmal aufgerichtet und alle Anwesenden verflucht, habe geschrien, getobt, gewütet, solange, bis er von der verängstigten Menge gesteinigt worden war. Niemand hatte seinen Leichnam anrühren wollen, doch am nächsten Morgen war er verschwunden. Sein geblendeter Geist sei hinab zu den Solquellen unter der Stadt gefahren, wurde in den Straßen geflüstert, dort gehe er jetzt um, ruhelos, verdammt bis zum jüngsten Tag, auf der Suche nach dem gestohlenen Salz.

Außerhalb der hohen Mauern klangen diese Geschichten kindisch. Doch drinnen, wo es still war, gespenstisch still, wirkten sie real, selbst jetzt, im Licht der untergehenden Sonne.

Eine Ratte erschien unter dem Baugerüst, schnüffelte kurz und huschte hinüber zum Musikpavillon. Das Dach war zur Hälfte eingestürzt, die Balken hatten dem letzten Sturm nicht standgehalten.

Schritte knirschten auf den morschen Holzbohlen, ein Rascheln, Brennnesseln wurden zur Seite geschoben.

Der Mann musste vorsichtig sein, wenn er nicht stolpern wollte. Die knorrigen Wurzeln überzogen den Boden wie ein gigantisches Spinnennetz, stellenweise waren sie im Unkraut verborgen. Er erreichte den Weg zum Badehaus, vergrub die Hände in den Manteltaschen und blieb stehen.

Als er weiterlief, langsam, den Blick starr auf den Boden gerichtet, hatte er nichts Beängstigendes oder gar Gespenstisches an sich. Er wirkte nur einsam, fast verlassen unter den hohen Bäumen, inmitten dieser Wildnis.

Nur mit seinen Augen stimmte etwas nicht.

Nein, sie waren nicht vom Salz verätzt wie die Augen des toten Fuhrknechts.

Es war eine Krankheit, die sie von innen auffraß.

Die hohe Tür des Badehauses öffnete sich mit einem weinerlichen Kreischen.

Drüben, am anderen Ende des Kurparks, antwortete ein Käuzchen.

Lautlos schloss sich die Tür.

Das Käuzchen verstummte.

Jan Czernyk war verschwunden.

TEIL DREI

Sechzehn

Über Nacht kam der Frost.

Die Dächer der Stadt glitzerten unter einer hauchzarten Eisschicht, Raureif bildete sich auf den Wiesen. Ein betrunkener Elektriker rutschte nach einem Kneipenbesuch aus und lag stundenlang in einer Seitenstraße neben der Marktkirche. Der Müllmann, der die Leiche in den frühen Morgenstunden neben einer Papiertonne fand, musste mit einem Schock ins Krankenhaus eingeliefert werden. Die Hochstraße, erst seit wenigen Stunden wieder für den Verkehr freigegeben, wurde erneut gesperrt. Blitzeis hatte sich gebildet, ein Kleinbus war ins Schleudern geraten und hatte die gerade erst erneuerte Leitplanke gestreift.

Diejenigen, die das Pech hatten, in den frühen Morgenstunden unterwegs sein zu müssen, beeilten sich, bestrebt, der Kälte, die sich in Gesicht und Händen festbiss, so schnell wie möglich zu entkommen.

»Scheißding!«

Einer von ihnen war Claudius Zorn. Er stand gebeugt über der Motorhaube des Volvos und schabte das Eis von der Frontscheibe, leise fluchend, weil er zu faul gewesen war, den Wagen in die Tiefgarage zu fahren. In Ermangelung eines Eiskratzers versuchte er es mit einer leeren CD-Hülle aus dem Handschuhfach. Besonders gut funktionierte das nicht.

Der Motor lief, Zorn hatte das Gebläse auf die höchste Stufe gestellt. Es war dunkel, bis zum offiziellen Dienstbeginn war es noch eine Weile hin, trotzdem rubbelte er hektisch über das Glas. Er wollte los, ins Präsidium. Und zwar schnell.

Bisher hatte er nur ein kleines Stück freigelegt, ungefähr von der Größe eines Fußballs. Das musste reichen, entschied Zorn, blies in die klammen Hände und stieg ein. Im Innenraum war es warm, sofort beschlug seine Brille. Er warf sie auf den Beifahrersitz, legte den Gang ein und fuhr los.

Das, was Hauptkommissar Zorn zu dieser nachtschlafenden Zeit antrieb, dieser unbekannte, fast euphorische Eifer, resultierte aus einer einfachen Tatsache: Claudius Zorn hatte eine wichtige Entdeckung gemacht. Er war es gewesen, der gestern in den Akten einen Namen gefunden hatte. Ein paar Buchstaben nur, doch dieser Name lenkte die Ermittlungen in eine völlig neue Richtung. Ihm, Claudius Zorn, war es zu verdanken, dass sie einen großen Schritt vorangekommen waren.

Sie wussten nun, dass es beim Prozess gegen Elias de Koop einen Beobachter gegeben hatte. Einen Polizisten, der gegen diesen Mann ermittelt hatte und später bei der Verhandlung anwesend war. Elias de Koop war freigesprochen worden, der Polizist war jetzt verschwunden.

Er hieß Jan Czernyk.

Zorn glaubte zu wissen, was zu tun war. Welche Beweise Czernyk gegen de Koop gesammelt hatte, stand nicht in den Akten, aber auch das würden sie herausfinden, da war Zorn sicher. Es war nur eine Frage der Zeit.

Er hielt das Lenkrad fest umklammert, beugte sich vor, so weit, dass seine Nase fast an die beschlagene Frontscheibe stieß.

Und fuhr so schnell er konnte.

*

»Ich hab nachgedacht, Schröder.« Zorns Jacke verfehlte den Garderobenständer und landete neben dem Papierkorb auf dem Boden. Er achtete nicht darauf. »Wir müssen Czernyk zur Fahndung ausschreiben!«

»Guten Morgen, Chef.«

Stirnrunzelnd sah Zorn zu, wie Schröder die Jacke aufhob und seelenruhig an den Haken hängte.

»Mehr hast du dazu nicht zu sagen?«

»Doch, doch.«

»Und das wäre?«

»Ich denke«, Schröder ging zurück zum Schreibtisch, »dass wir genau überlegen müssen, bevor wir etwas unternehmen.«

»Das hab ich. Die ganze Nacht.« Im Fensterbrett stand eine Schale mit Obst. Zorn langte hinüber, griff einen Apfel und biss hinein. Er verzog das Gesicht. »Der ist ja total sauer!«

»Aber gesund. Und gut für die Zähne.«

Schröder schien noch nicht lange im Büro zu sein, sein rundes Gesicht war noch von der Kälte gerötet. »Ich bestreite nicht, dass wir schnellstens mit Hauptkommissar Czernyk reden sollten«, sagte er. »Aber müssen wir ihn deshalb zur Fahndung ausschreiben?«

»Logisch«, erklärte Zorn kauend. »Czernyk hat gegen Elias de Koop ermittelt, er war sogar beim Prozess dabei. Nach dem Freispruch ist er nicht mehr zur Arbeit gegangen. Und jetzt ist er untergetaucht.«

»Er hatte Streit mit Frieda Borck, Chef. Das bedeutet nicht, dass er auf der Flucht ist.«

»Was sollen wir denn deiner Meinung nach machen? Die Hotels in der Stadt abklappern? Rauchzeichen senden? Oder eine Kontaktanzeige aufgeben, bis der feine Herr sich meldet?«

Zorn warf den Apfel quer durch den Raum, wo er mit einem hohlen Ploppen direkt im Papierkorb landete.

»Respekt, Chef«, nickte Schröder anerkennend.

»Ich hab's halt drauf.«

Schröder fuhr sich mit der flachen Hand über den Scheitel.

»Lass uns das komplett durchspielen. Fakt ist, dass Czernyk mit dem Fall zu tun hat. Er kennt Elias de Koop, und er muss Kontakt zu den Leuten gehabt haben, die am Prozess beteiligt gewesen sind.«

»Von denen zwei verschwunden sind. Der Richter und der Anwalt. Warum taucht Czernyk ausgerechnet jetzt hier auf?«

»Weil er Frieda Borck besucht hat.«

»Czernyk ist frustriert, Schröder. Er hat gegen de Koop ermittelt, konnte ihm aber nichts nachweisen. Nach dem Freispruch hat er beschlossen, das Ganze selbst zu regeln. Czernyk hat beide entführt, den verhandlungsführenden Richter und de Koops Anwalt.«

»Die beiden sind *verschwunden.* Das bedeutet nicht, dass sie entführt wurden.«

»Aber es ist möglich«, beharrte Zorn. »Und dann hat uns Czernyk die Nachricht vom Handy des Richters geschickt.«

»Warum sollte er das tun?«

»Was weiß denn ich!« Zorn pulte ein Stück Apfel zwischen den Zähnen hervor. »Bin ich Moses?«

»Wir haben keinerlei Beweise«, sagte Schröder ruhig. »Und es gibt weder eine Verbindung zu Grünbein, dem toten Banker, noch zu Jeremias Staal.«

»Vielleicht finden wir noch was. Wir haben erst einen Bruchteil der Akten durchgesehen.«

»Womöglich hat das eine nichts mit dem anderen zu tun.«

»Kann sein.« Zorn dachte nach. »Erinnerst du dich noch an Grünbeins Wohnung?«

»Naturalmente.«

»Grünbeins Verfolger hat den Schreibtisch penibel aufgeräumt hinterlassen. Ich kenne Czernyk ein bisschen, er hat so was wie einen Ordnungsfimmel. Hast du ihn dir mal angeguckt? Er läuft ständig rum, als wäre er aus dem Ei gepellt.«

»Er hält seine Sachen in Ordnung.« Schröders Blick wanderte zum Garderobenständer. »Nicht jeder, der seine Jacke ordentlich aufhängt, ist psychisch gestört.«

Zorn wischte die Bemerkung mit einer Handbewegung fort.

»Czernyk weiß, wie man jemanden unter Druck setzt. Der Typ ist der beste Bulle, den ich jemals kennengelernt habe. Niemand kennt die ganzen Psychospielchen besser als er. Er könnte Grünbein in den Selbstmord getrieben haben. Frag mich nicht, warum. Aber es würde zumindest passen.«

»Das glaubst du tatsächlich?«

Zorn zuckte die Achseln.

»Es könnte sein.«

»Dann wäre Czernyk jetzt einer von den Bösen.«

»Ja«, nickte Zorn und fügte bedeutungsvoll hinzu: »Er ist jetzt auf der dunklen Seite.«

»Ich kann es mir nicht vorstellen.« Schröder schüttelte den Kopf. »Aber es ist zumindest eine Theorie.«

»Der wir nachgehen werden.« Zorn stand auf. »Ich statte der Borck einen Besuch ab, sie muss sich um den Fahndungsbefehl kümmern.«

Schröder sah auf.
»Möge die Macht mit dir sein, Chef.«

*

Ein dumpfes Poltern ließ ihn zusammenfahren. Sein Kopf schlug gegen den Rand der Badewanne, stöhnend richtete er sich auf. Die Taschenlampe fiel herunter, er tastete neben sich über den Boden, sie lag auf etwas Weichem, Dunklem. Einer Decke. Er hob sie auf, wickelte den mageren Körper in die dünne Wolle, seine Finger waren steifgefroren, der Frost hatte sich durch seine Knochen gefressen wie Rost durch altes Metall.

Es polterte wieder, der Richter legte das Ohr an das Heizungsrohr, erschauerte, als das kalte Metall seine Haut berührte. Lauschte. Es schien, als würde nebenan etwas Schweres über den Boden geschleift, er glaubte, Stimmen zu vernehmen, unterdrückte Schreie. Ein Kampf? Oder hatte man sie gefunden? War das die Polizei? War der, der nebenan lag, endlich entdeckt worden, jetzt, nach all der langen Zeit?

»Hallo? Ist da jemand?«

Seine Stimme, nicht mehr als ein Flüstern. Die Worte schwirrten wie Schmetterlinge durch die enge Zelle, prallten gegen die Mauern, zerplatzten in einzelne Silben, fielen zu Boden und lösten sich in der kalten Luft, als wären sie nie ausgesprochen worden.

Hilfe. Er brauchte Hilfe.

Der Richter nahm die Lampe und klopfte. Vorsichtig zunächst, dann schneller, lauter. Die Schläge hämmerten gegen das Rohr, die Lampe vibrierte in seinen Händen, sie würde kaputt gehen, egal, das Metall war stabil, nebenan war die Rettung, er musste sich bemerkbar machen, sonst würden sie gehen, ohne ihn gefunden zu haben. Die Decke löste sich von seinen Schultern, er achtete nicht darauf, jetzt war ihm warm, er klopfte weiter, immer weiter. Die Lampe flimmerte, erlosch.

Es wurde dunkel.

Er stöhnte auf, schüttelte die Lampe, nichts. Noch einmal, endlich, ein Flackern, das Glas war gesplittert, doch sie funktionierte wieder. Der Lichtstrahl fiel auf seine Handfläche, die Haut war gerötet, die Abdrücke des geriffelten Metalls deutlich zu erkennen.

Er wartete, bis sein Atem sich etwas beruhigt hatte, lehnte den Kopf an das Rohr. In den letzten Jahren hatte sein Gehör merklich nachgelassen, er konzentrierte sich, das Blut rauschte in seinem Schädel, ja, das hörte er deutlich, ansonsten war da nichts.

Gar nichts, absolute Stille.

Und jetzt?

Die Tür. Sie war dick, schluckte jedes Geräusch. Er hatte es versucht, es musste Tage her sein, da hatte er mit aller Kraft dagegen geschlagen, kurz nachdem er zum ersten Mal zu sich gekommen war. Genutzt hatte es nichts, am Ende hatten nur seine Fäuste geblutet. Doch er musste es noch einmal probieren. Sofort.

Er stieg aus der Wanne, sein rechtes Knie knackte, es klang, als würde ein trockener Zweig brechen. Langsam ging er zur Tür. Hob die Hand, ließ sie wieder sinken.

Nein.

Die Gewissheit kam aus dem Nichts, traf ihn wie ein Schlag ins Gesicht.

Urplötzlich wurde ihm klar, dass er sich geirrt hatte. Dort, auf der anderen Seite, war etwas Dunkles, Bedrohliches. Keine Beamten in Uniform, keine Zivilfahnder, keine Sanitäter, die ihn ins Krankenhaus bringen und versorgen würden. Es war nur ein Gefühl, doch die Gefahr, die von dieser Tür ausging, war real, fast mit Händen greifbar. Ebenso wie die Ahnung, dass er hier, in der Zelle, sicherer war als draußen. Solange die Tür verschlossen blieb.

Der Richter wich zurück, zwei Schritte, er zuckte zusammen, als seine Waden gegen den kalten Wannenrand stießen. Fast wäre ihm die Taschenlampe aus den zitternden Händen geglitten, im letzten Moment hielt er sie fest. Der Strahl fiel auf die Wand gegenüber.

NOCH EIN PAAR STUNDEN, MEHR NICHT.

Das hatte schon vorher auf dem Zettel gestanden. Wann hatte er es gelesen? War es jetzt soweit? Wurde er jetzt *gerichtet,* was auch immer damit gemeint war?

Er hielt die Lampe mit beiden Händen fest umklammert, geradewegs auf die Tür gerichtet. Wie eine Waffe, obwohl sie geradezu lächerlich klein war. So stand er da, wie ein Fechter in Angriffsstellung, die Zeit verging, seine Arme wurden schwer und dann, als er sich fragte, ob er sich das alles nur eingebildet hatte, ob er jetzt, nach all der Zeit, auch noch den Verstand verlor, sah er, wie sich etwas veränderte.

Die Klinke.

Sie bewegte sich langsam nach unten.

*

»Wir müssen ihn suchen lassen, Frau Borck.«

Das Büro der Staatsanwältin lag im Halbdunkel, sie hatte das Licht nicht eingeschaltet. Zorn lehnte neben der Tür, es war das dritte Mal, dass er sie ansprach. Bisher hatte sie noch nicht reagiert.

»Egal, ob er in den Fall verwickelt ist oder nicht«, fuhr er fort, als sie noch immer nicht antwortete, »zumindest ist er ein wichtiger Zeuge.«

Frieda Borck saß mit dem Rücken zum Fenster, ihr Gesicht schimmerte fahl in der Morgendämmerung.

»Hören Sie mir überhaupt zu?«

Die Staatsanwältin senkte den Kopf, eine Bewegung, die Zorn als Nicken deutete.

»Ich weiß, dass das nicht einfach für Sie ist. Ihre persönlichen Verbindungen zu Czernyk gehen mich nichts an und …«

»Allerdings.«

Sie klang müde, heiser, wie eine übernächtigte, alte Frau. Zorn, der sich bisher alle Mühe gegeben hatte, ruhig zu bleiben, wurde ungeduldig.

»Wir können nicht einfach rumsitzen und warten!«

Flackernd erwachten die Neonlampen zum Leben, Zorn war mit dem Rücken an den Lichtschalter gekommen. Frieda Borck hob die Hand vors Gesicht.

»Machen Sie das aus!«

Zorn sah ihre verweinten Augen, die geschwollene Nase, das wirre, ungekämmte Haar.

»Ausmachen!«

Er gehorchte.

»Hören Sie, Frau Borck. Ich weiß, wie schwer das für Sie sein muss.«

»Einen Scheiß wissen Sie, Zorn.«

»Wann haben Sie zuletzt mit Czernyk gesprochen?«

Sie holte zitternd Atem.

»Vorgestern Nacht. Wir hatten Streit. Ich habe ihn rausgeworfen. Er ist gegangen, ich habe keine Ahnung, wohin.«

»Was haben Sie dann getan?«, fragte Zorn vorsichtig.

»Ich habe versucht, ihn zu erreichen. Sein Handy ist aus.«

»Und jetzt?«

»Jetzt will ich, dass Sie mich in Ruhe lassen. Verschwinden Sie, Zorn.«

»Okay.« Er legte die Hand auf die Türklinke. »Es ist Ihre Entscheidung. Ich kann Ihnen nicht vorschreiben, was Sie zu tun haben.«

»Sie hätten sich den Gang zu mir sparen können.«

Die Staatsanwältin hielt ein weißes DIN-A4-Blatt in die Höhe. Zorn ahnte, was es war.

»Was ist das?«, fragte er trotzdem.

»Der Fahndungsbefehl gegen Jan Czernyk.«

Zorn nickte und wandte sich zum Gehen. Sie hielt ihn zurück.

»Und noch etwas. Grüßen Sie Hauptkommissar Schröder von mir.«

»Warum tun Sie das nicht selbst?«

»Weil wir uns eine Weile nicht sehen werden. Ich gebe den Fall ab.«

*

Er konnte die Augen nicht abwenden.

Wie gebannt starrte er auf die Tür, sah, wie die Klinke sich langsam bewegte. Die Zeit war aus den Fugen, es gab nur noch ihn, den alten, nach Schweiß und Erde stinkenden Richter mit dem dreckigen, wirr in die Stirn hängenden Haar. Und dieses geschwungene, angerostete

Eisenstück, das sich senkte, wieder hob, wie in Zeitlupe. Dazu ein leises Quietschen, das Schleifen von Metall auf Metall.

Er hat den Schlüssel, fuhr es dem Richter durch den Kopf. Er muss doch nur aufschließen! Es gehört zu seinem Plan, er weiß, dass ich hier stehe und mir vor Angst fast in die Hose mache, er will mich mürbe machen und …

BUMM!!!!

Die Tür erzitterte in den Angeln, der Schlag war so laut, als wäre eine Bombe detoniert. Der Richter erschrak, machte einen regelrechten Satz nach hinten, keuchte. In der Zelle schien keine Luft zum Atmen mehr zu sein. Dann wurde ihm übel, er spürte die Erschütterung im Magen.

BUMM!!!!

Putz rieselte von den Wänden. Dem Richter entfuhr ein krächzender Schrei, sein Herz setzte aus, eine Sekunde, zwei, dann hämmerte es mit zehnfacher Wucht weiter. Er war nicht sicher, doch er glaubte zu sehen, wie sich das Türblatt nach innen wölbte. Es mussten tonnenschwere Lasten sein, die mit unglaublicher Kraft von außen gegen die dicke Stahltür donnerten.

Zitternd stand er da, er spürte die Wand im Rücken, wartete auf den nächsten Schlag, darauf, dass die Tür aus den Angeln fliegen würde wie ein morsches Stück Holz, es konnte nicht mehr lange dauern.

BUMM!!!!

Der alte Richter begann zu weinen. Tränen strömten über sein verschmutztes Gesicht, er schloss die Augen, die Taschenlampe entglitt seinen Händen.

Jetzt holt er mich. O Gott, hilf mir. Er holt mich.

*

Zorn spürte etwas in seinem Magen rumoren, als er über den langen Flur zurück ins Büro trabte. Ein schlechtes Gewissen? Vielleicht. Nein, eher nicht, er hatte zwar gesehen, wie schlecht es der Staatsanwältin ging, doch durfte dies, fand Zorn, nicht sein Problem werden. Sie tat ihm leid, kein Zweifel. Doch das, was Frieda Borck mit Jan Czernyk verband, musste außen vor bleiben, es ging einzig und allein darum, herauszufinden, was passiert war.

Oder waren es Zweifel? Natürlich hatte er die, es gab ein paar Indizien gegen Czernyk, mehr nicht. Aber er würde der Sache nachgehen. Punkt, aus.

Nein, es war etwas anderes.

Czernyk war Polizist, ein Bulle, ebenso wie Zorn. Träge durfte man in diesem Beruf nach Zorns Verständnis durchaus sein, vielleicht auch faul, unmotiviert, schließlich war er selbst das beste Beispiel dafür. Aber es gab Regeln, an die sich selbst Claudius Zorn hielt. Eine davon war, keine Gesetze zu brechen (jedenfalls die wirklich wichtigen). Wenn er mit seiner Vermutung richtig lag, hatte Czernyk jedoch genau dies getan. Menschen verschleppt, erpresst, vielleicht sogar getötet.

Und das machte Zorn wütend.

*

Der alte Richter hockte auf dem Wannenrand. Immer wieder wurde sein Körper von Weinkrämpfen geschüttelt, er knetete die Hände im Schoß, sein Kopf wackelte hin und her, als habe er den Verstand verloren.

Das war nicht der Fall, aber er war kurz davor.

Nach dem siebten Schlag hatte es aufgehört. Einfach so. Er hatte mitgezählt, warum, wusste er nicht. Jetzt war er wieder allein, er spürte, dass der andere gegangen war. Doch er würde wiederkommen, irgendwann. Bald.

Seine Lippen bewegten sich, leise murmelte er vor sich hin, unverständliche, wirre Worte, ein monotones, irgendwie kindliches Reuegebet. Eine Beichte über die Schuld, die er auf sich geladen hatte und nun begleichen musste.

Er hatte alles geplant gehabt, seit Jahren schon. An seinem fünfzigsten Geburtstag hatte er beschlossen, nach seiner Pensionierung auf Ibiza zu leben. Nach einigem Suchen hatte er sich für eine kleine

Eigentumswohnung in einer deutschen Ferienanlage mit Blick aufs Meer entschieden. Er musste keine Schulden machen, seine Pension würde reichen, um ein gutes Leben zu führen. Nicht fürstlich, aber sorgenfrei.

Bis vor ein paar Monaten war das sein Plan gewesen.

Dann hatten sie ihm das Geld geboten, so unglaublich viel, dass er sich plötzlich eine Villa leisten konnte. Kein kleiner Balkon, sondern eine Terrasse, direkt an einem Hang über dem Meer, er würde am Pool liegen, Rotwein trinken und diese unglaublichen Farben bei Sonnenuntergang beobachten, jeden Abend, ein Glas Wein in der einen und eine Zigarre in der anderen Hand.

Nie wieder Winter, hatte er gedacht. Nie wieder Kälte, Nässe, Regen.

So, genau so hatte er sich die letzten Jahre seines Lebens vorgestellt.

Ein Irrtum.

Jetzt ging es nicht um Jahre, sondern um Stunden, womöglich blieben ihm nur Minuten.

»Ich bereue es«, flüsterte er. »Ich hatte genug, mehr als genug, doch es hat mir nicht gereicht. Es war die Gier, diese Sucht, alles haben zu müssen. Das, was die Menschen umtreibt, sie zu Verbrechern macht. Ich dachte, ich wäre dagegen immun. Jetzt soll ich dafür bezahlen. Und ich würde alles tun, um es ungeschehen zu machen, alles.«

Er stand auf, nahm die Decke und schlang sie fest um die Schultern.

Tief in seinem Herzen war da noch ein winziges Fünkchen Hoffnung. Dass er vielleicht gerettet wurde, dass er dies alles überleben konnte. Ein letzter Rest Zuversicht.

»Ich bereue es«, wiederholte er leise.

Es würde ihm nichts nutzen.

*

Die Tür zur Nebenzelle war aufgebrochen. Der Mann dahinter lag auf dem Rücken. Er trug einen dunklen Anzug, das linke Hosenbein war hochgerutscht, der blaue Kniestrumpf passte farblich nicht ganz zu den braunen Stiefeletten. Seine linke Hand umklammerte ein kurzes Stück Bleirohr, zuerst hatte er es benutzt, um sich mit dem Richter zu verständigen. Als der andere in die Zelle kam, hatte er kurz versucht, sich mit dem Rohr zu verteidigen, aber er hatte keine Chance gehabt. Der alte Richter nebenan hatte gehört, wie er durch die Zelle gerannt war, seine Angstschreie, doch es war schnell vorbei gewesen.

Schon der erste Schnitt hatte seine Kehle sauber durchtrennt, präzise, fast chirurgisch, quer durch die Luftröhre. Er hatte nicht einmal mehr schreien können, ein blubberndes Stöhnen war das letzte Geräusch, das er in seinem Leben von sich gegeben hatte.

Die Blutlache um seinen Kopf versickerte langsam im Staub, sie wirkte wie ein trüber Heiligenschein. Sein Gesicht war zur Seite gerichtet, an der Wand hing ein Zettel, ähnlich wie der in der Zelle des Richters. Doch der Inhalt war anders.

ANWÄLTE VON VERBRECHERN ENDEN WIE VERBRECHER.

Er hatte den Zettel immer und immer wieder gelesen, es dauerte, bis er endlich verstand. Da hatte er allerdings nur noch ein paar Stunden zu leben gehabt, und als es dann so weit war, hatte es nicht lange gedauert.

Schwarzes, geronnenes Blut bedeckte seine Wangen. Da, wo die Augen gewesen waren, gähnten dunkle Löcher, eine weißliche Flüssigkeit schimmerte in den leeren Höhlen. Trotzdem wirkte er im Tod überrascht, fast erstaunt, als habe er bis zum Schluss nicht verstanden, was mit ihm passierte.

Ja, er war schnell gestorben, und das war sein Glück.

Als ihm die Augen aus dem Kopf geschnitten wurden, hatte er nichts mehr gespürt.

Siebzehn

»Nach Ihnen, *Monsieur.*«

Die gläserne Eingangstür des Präsidiums öffnete sich mit einem Zischen. Schröder trat beiseite, um Zorn den Vortritt zu lassen, dieser wiederum bedankte sich mit einem huldvollen Kopfnicken und trat hinaus in die Dunkelheit. Im selben Moment erwachten die großen Laternen auf dem Parkplatz flackernd zum Leben, als wollten sie ihn begrüßen. Zwei schnelle Schritte, die Zigarette, die ihm seit dem Verlassen des Büros im Mundwinkel hing, glühte auf. Gierig sog Zorn den Rauch ein, behielt ihn einen Moment in den Lungen und stieß ihn dann geräuschvoll wieder aus. Dann schloss er die Augen und lehnte sich auf die Motorhaube des Volvos. Schröder machte Anstalten, quer über den Parkplatz in Richtung Straßenbahn zu schlendern.

»Schönen Feierabend, Chef.«

»Lass uns noch eine rauchen.«

Schröder blieb stehen.

»Vielleicht ist es dir noch nicht aufgefallen, aber ich rauche selten.«

»Ach nee.«

»Eigentlich nie.«

»Dann guck zu.« Zorn dachte an seine verlassene Wohnung. »Wir können ja noch ein bisschen quatschen.«

Schröder schniefte, zog die Schultern hoch und warf einen langen Blick über den leeren Parkplatz. Die Erkältung schien zurück, seine Stimme klang belegt.

»Ein hervorragender Ort für ein nettes Gespräch.«

Die Temperatur war wieder gefallen, Eis hatte sich auf den Scheiben der Streifenwagen gebildet, der Asphalt glitzerte, als wäre er mit Millionen winziger Glassplitter übersät.

Zorn schob die Brille in die Stirn und rieb sich mit Daumen und Zeigefinger die Nasenwurzel.

»Man wird noch verrückt, wenn man ständig auf irgendwelche Papierscheiße starrt.«

»Das ist unser Job. Es bleibt uns momentan nichts anderes übrig.«

Den ganzen Tag hatten sie Akten gewälzt. Etwas Neues hatten sie nicht gefunden. Doch das konnte sich ändern, fertig waren sie noch lange nicht. Über dreißig dicke Ordner verteilten sich im Büro, ein Großteil der Unterlagen musste noch durchgesehen werden.

Zorn gähnte.

»Wir müssen Elias de Koop noch einmal vernehmen.«

»Mach ich morgen.«

»Gut.«

Schröder verschränkte die Arme vor der Brust und massierte seine Oberarme. Er trug einen grauen Wollmantel mit altmodischem Fischgrätmuster und großen schwarzen Plastikknöpfen. Den Kragen hatte er bis über die Ohren hochgeschlagen.

So standen sie eine Weile auf dem Parkplatz.

Zorn rauchte schweigend.

Schröder rauchte nicht. Schwieg aber ebenfalls.

»Was ist eigentlich damals mit deinem Bruder passiert?«, fragte Zorn.

Eine gute, persönliche Frage, wie er fand. Schließlich hatte er sich vorgenommen, Schröder im Auge zu behalten, aufzupassen, wie es ihm ging, unabhängig von ihrer Arbeit.

»Es gibt Dinge, über die ich nicht spreche.« Schröder rieb die verschnupfte Nase. »Ein paar davon kennst du. Rüdiger gehört dazu.«

»Das wusste ich nicht.«

»Nun, jetzt weißt du's.«

Schröder lächelte. Seine Glatze glänzte, als wäre sie frisch poliert. Die kümmerlichen Überbleibsel seines Haares wirkten weiß, fast farblos im orangefarbenen Licht der Laternen.

Zorn nickte, die Zigarette fiel zu Boden.

Nun gut, dachte er. Ich hab's immerhin versucht.

Er kramte den Autoschlüssel aus der Lederjacke und öffnete den Mund, um Schröder zu fragen, ob er ihn mitnehmen solle. Eine hohe, seltsam schleppende Stimme unterbrach ihn, sie kam von links, wo die Mannschaftswagen der Einsatzkommandos geparkt waren. Ein Lichtstrahl zuckte auf, zwischen den Autos erschien eine Gestalt.

»Mir brach den Schlaf im Haupt ein Donnerkrachen«, sang der Lampenmann. *»So schwer, dass ich zusammenfuhr dabei!«*

Über der Armeejacke trug er eine ärmellose Fellweste, die Füße steckten in schwarzen Wanderstiefeln. Er lief breitbeinig, als habe er Schwierigkeiten, das Gleichgewicht zu halten. Die Plüschtiere an seinem Rucksack wackelten im Takt seiner Schritte, mehr denn je erinnerte er an einen dicken, mit allerlei Krimskrams behängten Weihnachtsbaum.

»Ich warf umher das Auge wach und frei, emporgerichtet, dass ich sähe«, er bückte sich, hob eine Zigarettenkippe auf und verstaute sie in seiner Hosentasche, *»und unterschied, an welchem Ort ich sei.«*

Zorn nahm Schröder am Arm und zog ihn mit sich in den Schatten der großen Kastanie.

»Ich kenne den Typen«, murmelte er. »Ich hab dir schon von ihm erzählt. Anstrengend, aber harmlos. Keine Ahnung, was er da brabbelt.«

»Dante Alighieri«, flüsterte Schröder. »Die göttliche Komödie.«

»Aha.«

»Der vierte Gesang, Abstieg in die Hölle.«

Zorn war froh, dass Schröder sein Gesicht nicht sehen konnte. Er hatte keinen Schimmer, wovon die Rede war.

»So fand ich mich am Talrand, in der Nähe des qualenvollen Abgrunds!«

Die zittrige Stimme des Lampenmanns hallte über den Parkplatz, wurde von der Fassade des Präsidiums zurückgeworfen.

»Tief war er, dunkel, nebelhaft die Luft.«

Er kam direkt auf sie zu, sein Blick wanderte über den Boden, folgte dem Kegel der Stirnlampe, auf der Suche nach etwas Essbarem oder anderen Dingen, die er gebrauchen konnte. Dabei sang er unaufhörlich weiter.

Zorn, der nicht die geringste Lust auf ein weiteres, krudes Gespräch verspürte, wich tiefer in den Schatten des Baums zurück. Er und Schröder standen direkt neben einem Papierkorb, der, wie sich jetzt herausstellte, das Ziel des Mannes mit der Stirnlampe war.

»Lass uns zur blinden Welt hinuntersteigen!«

Er stutzte, als er die beiden bemerkte.

»Ich bin der erste, du der zweite dann«, beendete Schröder die Zeile. Der Strahl der Stirnlampe fiel auf sein Gesicht, wanderte dann zu Zorn. Ein verwunderter Aufschrei.

»Mein Freund, ich habe dich gesucht!«

Zorn hielt gereizt die Hand vor die Augen.

»Mach das Ding aus!«

Ein Klicken, die Lampe klappte nach oben und beleuchtete nun das Geäst der Kastanie, das sich über ihnen ausbreitete wie ein dunkler, zerfetzter Regenschirm.

»Du weißt doch, dass ich sie nicht ausmachen kann«, sagte der Lampenmann, es klang ein wenig vorwurfsvoll. »Ich sehe sonst nichts. Du bist doch mein Freund!« Seine Augen strahlten wie schwarze Perlen. »Oder nicht?«

»Das bin ich«, nickte Zorn geduldig. »Aber jetzt habe ich keine Zeit.«

»Warte.« Der Lampenmann nestelte an seinem Gürtel und löste einen der Karabinerhaken. Er trug schwarze, an den Fingern abgeschnittene Wollhandschuhe. »Du hast mir was geschenkt, und jetzt schenke ich dir was«, sagte er und reichte Zorn eine Plastikpuppe.

»Was ist das?«

»Ein Talisman.«

Tah-lies-mann.

Es klang nicht so, als wüsste der Lampenmann, was das bedeutete.

Zorn drehte die Figur in der Hand. Ein schwarzes Männchen, angetan mit einem großen Helm und weitem Umhang, in der winzigen Faust ein rotes Plastikschwert.

»Er wird auf dich aufpassen«, erklärte der Lampenmann mit wichtiger Miene. »Alle denken, er wär böse. Aber das ist er nicht. Er heißt Darth Vader.«

Die Aussprache des Namens bereitete ihm sichtlich Mühe.

»Woher hast du ihn?«, fragte Zorn.

»Von Gott. Er hat ihn mir geschenkt. Jetzt schenk ich ihn dir.«

»Danke.« Zorn verstaute die Figur in der Innentasche seiner Jacke. »Kann ich bestimmt gut gebrauchen.«

Das war sarkastisch gemeint. In ein paar Stunden würde sich Zorn an genau diese Worte erinnern, das allerdings konnte er im Moment noch nicht ahnen.

Schröder, der die ganze Zeit schweigend zugesehen hatte, zückte ein großes Taschentuch und putzte sich geräuschvoll die Nase. Der Lampenmann trat einen Schritt vor und sah auf Schröder hinab. Es schien, als würde er ihn erst jetzt bemerken.

»Wer bist du?«

»Mein Name ist Schröder.«

»Ich kenne dich nicht.« Er legte den Kopf schief. Kratzte sich am Bart, blinzelte verwirrt und fragte Zorn: »Ist er dein Freund?«

»Ja.«

»Ich bin auch dein Freund!«

Die schwarzen Augen verengten sich, hefteten sich wieder auf Schröder.

»Willst du auch ein Geschenk?«

»Nein, vielen Dank.«

»Du bekommst auch keins.«

Die Sekunden vergingen.

Schröder hielt dem Blick lächelnd stand.

Der Lampenmann sah zum Himmel, als lausche er einer inneren Stimme. Er schüttelte den Kopf und tippte Schröder mit dem Finger auf die Brust.

»Ich mag dich nicht.«

Dann stapfte er davon.

Nach wenigen Schritten schien er das Gespräch vergessen zu haben, er setzte seinen seltsamen Singsang fort, klappte die Lampe herunter und lief über den Parkplatz. Neben einem Streifenwagen entdeckte er eine leere Bierflasche, hob sie auf, betrachtete sie eingehend, verstaute sie dann mit einem zufriedenen Brummen in seinem Rucksack und verschwand um die Ecke.

Zorn sah ihm einen Moment nach.

»Er kann dich nicht leiden«, sagte er verwundert.

Schröder verstaute das Taschentuch umständlich in der Manteltasche.

»Das habe ich bemerkt«, murmelte er. »Ich mag ihn auch nicht.«

*

Um zwei Uhr morgens ist die Temperatur auf sechs Grad unter Null gefallen. Die Luft ist trocken, ein leichter, fast arktischer Wind weht. Der ungewöhnlich frühe Frost umklammert die schlafende Stadt, verbeißt sich in den Mauern, tötet die letzten, noch an den Bäumen hängenden Blätter.

Der Mond steht genau zwischen den Schornsteinen des Badehauses. Scharf, wie mit dem Messer ausgeschnitten, zeichnen sich die Schatten der Platanen auf dem gefrorenen Gras ab.

Jan Czernyk geht langsam, vorgebeugt, mit vorsichtigen, tastenden Schritten. Die Last auf seiner linken Schulter ist schwer, er muss aufpassen, dass er nicht ausrutscht. Sein Atem geht stoßweise, kondensiert in der kalten Luft und umgibt seinen Kopf wie der Rauch einer dicken Zigarre.

Er läuft am Musikpavillon vorbei, dann erreicht er den Zaun, bleibt keuchend stehen. Das Bündel fällt mit einem leisen Klatschen zu Boden.

Der Tote liegt auf dem Rücken. Noch immer hat er diesen staunenden Ausdruck im Gesicht, das jetzt starr ist, wie von einer Wachsschicht überzogen. Der Mund ist halb geöffnet, ein Schneidezahn ist herausgebrochen.

Hauptkommissar Czernyk streckt den Rücken, bewegt den Kopf hin und her, wie ein Ringer, der die Nackenmuskeln lockert. Den Anzug hat er gegen einen schwarzen Overall getauscht, seine Füße stecken in braunen *Doc Martens,* er trägt durchsichtige Chirurgenhandschuhe. Noch einen Moment verschnauft er, dann geht er vor dem Toten in die Hocke, umarmt ihn und zieht ihn in die Höhe. So stehen sie da, Wange an Wange, eng aneinandergeschmiegt wie ein verliebtes Paar auf der Tanzfläche, darauf wartend, dass der letzte Walzer des Abends beginnt.

Czernyk holt tief Luft, hievt sich die Leiche wieder über die Schulter. Die Lücke im Zaun ist schmal, die schwarzen Lackschuhe des Toten verhaken sich zwischen den Metallstäben, ein Ruck, einer der Schuhe fällt zu Boden, dann steht Czernyk auf der anderen Seite.

Die schmale Sackgasse liegt im Dunkel. Er lauscht einen Moment, die Leiche hängt über seiner Schulter wie eine große Puppe, die Hände baumeln vor seinen Oberschenkeln. Czernyk scheint das Gewicht nicht zu spüren.

Auf dem Fußweg, direkt am Zaun, parkt ein grauer Golf. Die Beifahrertür steht offen, er lässt den Toten in den Sitz gleiten, drückt die

Tür vorsichtig zu. Ein kurzes Zögern, dann läuft er zurück, holt den Schuh und wirft ihn auf die Rückbank. Im Kofferraum liegt eine nagelneue, in Plastikfolie verschweißte Polizeiuniform, er zieht sich um, der Overall verschwindet in einem blauen Müllsack. All dies macht er schnell, präzise, mit fließenden, eleganten Bewegungen.

Der Golf ist alt, mindestens zehn Jahre. Der linke Kotflügel ist ein wenig verbeult, der Lack auf der Motorhaube ist stumpf, auf der Heckscheibe klebt das Bild eines lachenden Babys, darunter eine krakelige Aufschrift.

VORSICHT! LOUIS ON TOUR!

Czernyk startet den Motor. Die Leiche auf dem Beifahrersitz sackt nach vorn, er beugt sich hinüber und schnallt den Toten an, lehnt den Kopf an die Scheibe, streicht ihm das Haar in die Stirn. Jetzt sieht es aus, als schlafe der Mann neben ihm, ein dünner, etwas verwahrlost wirkender Herr im teuren Anzug, der zu viel getrunken hat. Friedlich, entspannt. Abgesehen von dem Blut aus der Wunde am Hals, das längst geronnen ist und als schwarze, krustige Schicht die Vorderseite des weißen Hemds überzieht.

Czernyk legt den Gang ein. Seit er den Kurpark verlassen hat, sind weniger als zwei Minuten vergangen.

*

Drei Stunden später geht in einer Seitenstraße im Bahnhofsviertel ein grauer VW Golf in Flammen auf. Der Knall der Explosion dringt bis hinauf zu Hauptkommissar Zorn, der in seiner Wohnung im vierzehnten Stock rauchend auf dem Sofa hockt und nicht schlafen kann. Er geht zum Fenster, sieht, wie die Flammen tief unter ihm die Fassaden der Mietskasernen erleuchten, ein schwarzer Rauchpilz steigt hoch und löst sich im Nachthimmel auf.

Es ist fünf Uhr morgens. Zorn wirft einen kurzen, unentschlossenen Blick auf das Sofa, dann nimmt er seine Jacke und verlässt die Wohnung.

Die Ampel hinter dem Kreisverkehr am Bahnhof steht auf Rot. Während er wartet, fällt ihm ein, dass er sein Handy zu Hause vergessen hat. Er stößt einen leisen Fluch aus, beschließt aber, trotzdem ins Präsidium zu fahren. Die Hauptstraße ist menschenleer, leise tuckert der Volvo im Leerlauf.

Links, auf dem Fußweg, nähert sich ein Streifenpolizist. An der Ampel bleibt er kurz stehen, dann überquert er die Straße. Die Uniformmütze hat er tief in die Stirn gezogen. Kurz wundert sich Zorn, warum der Mann keine Jacke trägt. Dann springt die Ampel auf Grün, er fährt an, zehn Sekunden später hat er den Uniformierten vergessen.

Der Streifenpolizist steht unter einer Laterne und beobachtet, wie der Volvo in der Ferne verschwindet. Links, vom Bahnhof her, ist das Quietschen einer einfahrenden S-Bahn zu hören.

Jan Czernyk schiebt die Uniformmütze aus der Stirn und läuft los. Kurz darauf ist er in einer Seitenstraße verschwunden, als hätte er nie existiert.

Achtzehn

Müde schlich Zorn über den leeren Flur. Als er die Bürotür öffnete, fragte er sich, woher diese plötzliche Schlaflosigkeit kam, schließlich war er noch keine fünfzig, zu jung, um an seniler Bettflucht zu leiden.

Ohne das Licht anzuschalten warf er die Jacke über den Garderobenständer, schnüffelte kurz und wunderte sich zunächst über den Geruch nach vergammelter Wurst und nassen Strümpfen. Dann fiel ihm auf, wie ungewöhnlich warm es war, fast wie in einer Sauna. Seine Brille beschlug, vorsichtig tastend ging er zum Fenster, um Kaffee zu kochen. Vom Parkplatz drang schwaches Laternenlicht herauf, wie durch einen Nebel erkannte er Schröders dunkle Silhouette hinter dem Schreibtisch. Zu Zorns Verwunderung saß er auf der falschen Seite.

»Du sitzt auf meinem Platz«, knurrte Zorn. Er nahm die Glaskanne von der Heizplatte der Kaffeemaschine. »Was machst du eigentlich mitten in der Nacht hier?«

Schröder antwortete nicht, eine Tatsache, die Zorn im Normalfall stutzig gemacht hätte. Zu dieser frühen (je nach Betrachtungsweise auch späten) Stunde allerdings arbeitete sein Hirn nur mit halber Kraft, weigerte sich, den Dienst aufzunehmen wie ein störrisches Maultier. So schlurfte er denn achselzuckend zum Waschbecken und öffnete den Wasserhahn.

»Mann, hier stinkt's echt wie im Raubtierhaus.« Das Wasser strömte in die Kanne, urplötzlich, wie aus heiterem Himmel, musste er pinkeln. Dringend.

Klasse, jetzt werd ich auch noch inkontinent, fuhr es Zorn durch den müden Schädel. Als ob senile Bettflucht allein nicht schon reichen würde.

Dann fiel ihm ein, dass er eigentlich immer aufs Klo musste, wenn er irgendwo mit fließendem Wasser konfrontiert wurde. Nein, schlimmer noch, selbst an der Tankstelle, wenn das Benzin glucksend durch die Zapfpistole floss, stellte sich der Harndrang unweigerlich ein. Hauptkommissar Zorn hatte nicht nur ein empfindsames Gemüt, auch seine Blase reagierte äußerst sensibel.

Die Glaskanne lief über, das kalte Wasser plätscherte über seine Hände und riss ihn aus seinen Gedanken.

»Du könntest echt eine Dusche vertragen und überhaupt«, Zorn drehte sich um, »wieso machst du kein Licht?«

Keine Antwort.

»Hast du hier gepennt? Ich dachte, du wärst gestern Abend nach Hause gefahren.«

Er nahm die beschlagene Brille ab, blinzelte, tastete sich zum Schreibtisch vor und legte sie auf einen Aktenstapel. Sehen konnte er in der Dunkelheit noch immer so gut wie nichts. Die Kanne hielt er in der Rechten, mit der linken Hand tippte er Schröder an die Schulter.

Der reagierte nicht.

Zorn lief zur Tür, um das Licht anzumachen, ein Krachen ließ ihn zusammenfahren. Er drehte sich um. Schröder war nach vorn gekippt und mit dem Kopf auf die Tischplatte geknallt.

»Willst du mich verarschen?!«

Zwei Schritte zur Tür, Zorn hieb auf den Lichtschalter, ein Relais klackte, die Neonröhre sprang an. Zwei Schritte zurück, er schloss geblendet die Augen, öffnete sie wieder.

Drei Sekunden vergingen.

Vier.

Nach der fünften hatten sich seine Augen an die plötzliche Helligkeit gewöhnt. Es sollte weitere zwanzig Sekunden dauern, bis er das Bild, das sich ihm bot, verarbeitet hatte.

Zunächst erkannte Zorn, dass der, der da auf dem Schreibtisch lag, eindeutig nicht Hauptkommissar Schröder war. Diese Tatsache war noch irgendwie akzeptabel, doch die zweite Erkenntnis führte dazu, dass sein Verstand buchstäblich einen Luftsprung machte, sein Hirn streikte, stellte sich auf die Hinterbeine, es fehlte nicht viel und Zorn hätte geblökt wie ein Maulesel.

Der Mann war tot.

Eindeutig.

Zorn hatte ihn noch nie gesehen.

Sein Oberkörper war nach vorn geklappt, der Kopf lag auf der Schreibunterlage, das Gesicht Zorn zugewandt. Nein, Schröder war das nicht, der hier war wesentlich größer, die dünnen Arme hingen herab, das dunkle Haar stand wirr vom Kopf ab. Die Oberlippe war zurückgezogen, es schien, als lächle der Tote, Zorn sah den fehlenden Schneidezahn, die grünlich schimmernde Haut, das geronnene Blut auf den Wangen. Und das, was *nicht* da war. Etwas fehlte.

Die Augen.

Dunkle Höhlen, je länger er hinsah, desto größer wurden sie. Er konnte den Blick nicht abwenden, seine Hand tastete über den Schreibtisch, suchte nach der Brille, fand sie, er setzte sie auf, wieder ab, wischte die Gläser am Hemd ab, dann entglitt sie ihm.

Der Harndrang wurde übermächtig. Zorn spürte, wie ihm gleichzeitig siedend heiß und fürchterlich kalt wurde. Sein Körper schien unschlüssig, wie er reagieren sollte, auf den Unterarmen bildete sich eine Gänsehaut, gleichzeitig lief ihm der Schweiß die Achseln hinab.

»Okay«, murmelte Zorn. »Ich bin in meinem Büro. Es ist sechs Uhr morgens, Schröder ist nicht da. Auf meinem Platz sitzt eine Leiche, die nach alter Wurst riecht.«

Das war nicht alles.

Der Tote war nicht tot.

Oder?

Er *bewegte* sich.

Der Stuhl rollte nach hinten, langsam, ganz langsam kam der Körper ins Rutschen. Die Wange schabte über die Tischplatte, das Ohr des Toten stoppte die Bewegung, allerdings nur kurz. Ungläubig staunend beobachtete Zorn, wie die Schreibunterlage weggeschoben wurde und lautlos zu Boden segelte, ein Klatschen, der Stuhl rollte gegen die Wand, die Leiche landete auf dem Teppich, zunächst auf dem Rücken, die Beine angewinkelt, die leeren Augenhöhlen direkt auf Zorn gerichtet, traurig, fast ein wenig vorwurfsvoll. Ein Stöhnen, Luft entwich aus dem Körper, es klang wie ein defekter Blasebalg. Die Leiche kippte zur Seite und blieb direkt zu Zorns Füßen liegen.

Er hüpfte zurück, stieß dabei ein Kieksen aus, es klang irgendwie weibisch, wie ein Teenager auf der Flucht vor einer haarigen Spinne.

Das Jackett des Toten hatte sich geöffnet, das Hemd war aus der Hose gerutscht. Zorn sah den haarigen Bauch, einen großen Leberfleck unterhalb des Nabels. Eine Hand lag unter dem Körper, die andere deutete auf die Tür, als wolle er Zorn aus dem Zimmer weisen.

Ein fast hörbares Klicken ertönte, als das Denkvermögen von Hauptkommissar Zorn endgültig aussetzte.

An die nächsten Minuten sollte er sich später nicht mehr erinnern können. Wie in Trance verließ er das Büro, fuhr mit dem Fahrstuhl ins Erdgeschoss und ertappte sich plötzlich dabei, wie er mit den Knöcheln an die Scheibe der Pförtnerloge klopfte.

Plong!

»Guten Morgen, verehrter Kollege.«

Der Pförtner, ein gutmütiger Beamter mit länglichem Gesicht und wirrem schwarzem Haarschopf, der ein wenig an eine Figur aus der *Sesamstraße* erinnerte (weswegen er von seinen Kollegen liebevoll Bert genannt wurde), sah verschlafen auf.

»Ich störe nur ungern«, erklärte Zorn und hob entschuldigend die Hände. »Ist hier in den letzten Stunden ein Toter vorbeigekommen? Ungefähr eins fünfundsiebzig groß, dunkler Anzug, weißes Hemd?«

Bert, der Pförtner, glotzte stumm.

»Nein?« Zorn schüttelte nachdenklich den Kopf. Seine Augen flackerten. »Das ist ja doof. Vielleicht ist er ja zum Fenster reingeflogen?«

Die Eingangstür glitt auf, zwei Streifenpolizisten traten ein, ihre Gesichter waren von der Kälte gerötet.

»Guten Morgen, Jungs!«, flötete Zorn. »Na? Alles fit?«

»Logisch«, brummte der eine, der andere warf ihm im Vorbeigehen einen misstrauischen Blick zu. Zorn sah ihnen nach, dann wandte er sich wieder an Bert, den Beamten in der Pförtnerloge. »Er hat eine Schnittwunde, hier.« Er fuhr sich mit dem Zeigefinger über den Hals. »Und keine Augen. Hilft das weiter?«

Der Pförtner schüttelte stumm den Kopf.

»Auch nicht?« Zorn kratzte sich am Kopf. »Lassen Sie mich nachdenken, vielleicht fällt mir noch was ein. Ach ja!« Er trat dicht an die Scheibe, das Glas beschlug, als er weitersprach. »Er hat nur einen Schuh an! Ich wusste doch, dass ich was Wichtiges vergessen hatte! Ein Toter, keine Augen, schwarzer Anzug, nur ein Schuh. Sie sind sicher, dass Sie ihn nicht gesehen haben? Da war noch der Geruch, er hat schon ein bisschen gestunken, das muss Ihnen doch aufgefallen sein, Kollege!«

Zorn schnüffelte vorwurfsvoll.

Der Pförtner wollte etwas erwidern, doch Zorn plapperte weiter.

»Er riecht nach alter Wurst«, rief er. »Wurst, verstehen Sie? Wurst!«

Zorn deklamierte das Wort wie ein Schauspieler ein klassisches Gedicht.

Wurrrrrst!

Seine Stimme hallte durch das leere Foyer.

Der Pförtner sah sich hilfesuchend um, dann griff er zum Telefon.

Zorn ging in die Hocke, legte den Kopf schief und sprach jetzt durch den Schlitz, durch den normalerweise die Dokumente geschoben wurden.

»Kennen Sie vielleicht einen guten Psychologen? Ich glaube, ich habe einen klitzekleinen Nervenzusammenbruch. Na ja, egal.« Er kicherte. »Sie müssen sich nicht entschuldigen, ich bin sicher, Sie haben aufgepasst wie ein Luchs. Wahrscheinlich waren Sie ja nur mal kurz auf dem Klo, da hat er sich bestimmt heimlich vorbeigeschlichen. Apropos Klo: Sie haben hier nicht zufällig einen Wechselschlüpfer rumliegen? Also wenn *ich* Pförtner wär, ich hätte immer einen dabei, man weiß ja nie!« Zorns Augen wurden groß, er senkte die Stimme zu einem vertraulichen Flüstern. »Ich hab mir ein bisschen in die Hose gemacht. Sicher bin ich nicht, aber es wäre nett, wenn Sie mal nachschauen würden. Nach einem frischen Schlüpfer, meine ich.«

Der Pförtner wählte eine Nummer.

»Ich ruf den medizinischen Notdienst.«

»Tun Sie das«, nickte Zorn ernst. »Die sollen Zigaretten mitbringen. Meine liegen oben, im Büro, aber ich will da jetzt nicht noch mal rein, der Gestank ist echt schlimm, aber das hab ich ja schon gesagt. Haben Sie schon mal Gehacktes gerochen, das ein paar Stunden in der Sonne gelegen hat? Eklig, sag ich Ihnen!«

Der Pförtner nickte ihm beruhigend zu, dabei sprach er leise ins Telefon.

»Das mit der Unterhose bleibt aber unter uns.« Zorn kniff verschwörerisch ein Auge zusammen. »Wenn Schröder das rauskriegt, nimmt er mich nie wieder ernst. Aber das tut er sowieso nicht. Na ja, ich muss dann auch weiter.« Zorn erhob sich, schwankte, stand einen Moment unschlüssig da, die Augen verträumt an die Decke gerichtet. »Wo wollte ich eigentlich hin?«

»Gleich ist jemand hier.« Der Pförtner legte auf. »Sie sollten sich erst mal beruhigen.«

Zorn sah ihn an, als bemerke er ihn erst jetzt.

»Ich kenne Sie«, erklärte er mit wichtiger Miene. »Ist hier zufällig ein Toter vorbeigelaufen?«

Dann begann er zu lachen.

Er hörte erst auf, als der Krankenwagen auf den Parkplatz einbog.

Neunzehn

»Wo bin ich?«

»Bei mir zu Hause, Chef. Genauer gesagt, in meinem Bett.«

Schröder hatte einen Stuhl neben das Bett geschoben, in der Hand hielt er ein Glas Kamillentee. Zorn roch die frische Wäsche, erkannte den hässlichen, tintenfischartigen Leuchter an der Decke.

»Wie spät ist es?«

»Fast elf.

»Ihr hättet mich gleich in die Klapse bringen können.«

»Du hast eine Spritze bekommen, mehr nicht. Du brauchtest Ruhe. Ich wollte dich nicht allein lassen, deshalb habe ich dich zu mir fahren lassen. Willst du einen Schluck Tee?«

»Nee.«

Zorn hob die Bettdecke an.

»Hast du mich ausgezogen?«

»Nur die Hose.« Schröder lächelte kurz, dann fügte er hinzu: »Und die Schuhe. Das Bett ist frisch bezogen.«

Zorn dachte einen Moment nach.

»Ich hab mir das nicht eingebildet, oder?«

»Nein, Chef.«

»In meinem Büro ist eine Leiche?«

»Jetzt liegt sie in der Rechtsmedizin.«

»Ich kann das alles nicht glauben.« Zorn schloss einen Moment die Augen. »Wer ist der Tote?«

Schröder stellte das Glas neben das Bett auf den Boden.

»Elias de Koops Anwalt. Der Mann, den wir gesucht haben.«

»Wie ist er an meinen Schreibtisch gekommen?«

»Das wissen wir nicht. Das ganze Haus steht Kopf, aber es wird eine Weile dauern. Der Bürotrakt war um diese Zeit leer, da hat niemand was beobachten können. An der Pforte spaziert man nicht einfach so mal vorbei, das weißt du selbst. Schon gar nicht mit einer Leiche im Gepäck.«

»Was sagt der Pförtner?«

»Dass du ihm einen Vortrag über Wurst gehalten hast.«

Zorn dachte nach. Er konnte sich an nichts erinnern.

»Echt?«

»*Yes«,* nickte Schröder. »Und du wolltest eine Unterhose.«

»Erspar mir weitere Einzelheiten.« Zorn zog die Bettdecke bis unters Kinn. »Bitte.«

Schröder bückte sich, nahm das Teeglas und trank selbst einen Schluck.

»Wir müssen uns beeilen. Die Presse scharrt schon mit den Hufen.«

»Die Presse ist mir scheißegal«, knurrte Zorn. »Aber ich will wissen, was da passiert ist. Niemand latscht heimlich mit einer Leiche durch ein Polizeipräsidium.«

»Er könnte eine Keycard benutzt haben. Wenn er ein Auto hatte, ist er in die Tiefgarage gefahren und von dort mit dem Fahrstuhl in den Bürotrakt. Das wäre theoretisch denkbar, die Kameras an der Schranke sind alt, das Bild nicht besonders gut. Man erkennt den Fahrer kaum, geschweige denn, ob er eventuell eine Leiche im Kofferraum hat. Jedenfalls werden wir die Videoaufzeichnungen von letzter Nacht prüfen.«

»Die Keycards liegen nicht einfach auf der Straße rum.«

»Er könnte sie gestohlen haben«, sagte Schröder. »Oder gefunden.«

»Oder er hat selbst eine.«

»Dann wäre er Polizist.«

»Ja«, bestätigte Zorn. »Er muss verdammt clever sein. Kennt die Sicherheitsabläufe, weiß genau, wo mein Büro ist. Ein Bulle, dem ich schon begegnet bin.«

Schröder schwenkte das Glas in der Hand. Der Tee schwappte hin und her.

»Ich weiß, was du jetzt sagen willst.«

Zorns Antwort kam schnell.

»Jan Czernyk.«

»Wie gesagt«, murmelte Schröder. »Ich wusste es.«

Zorn richtete sich ein wenig auf.

»Ich hatte einen Nervenzusammenbruch. Aber ich bin nicht bekloppt.«

»Das eine schließt das andere nicht aus.«

»Hahaha, Schröder.«

Im Wohnzimmer schlug die alte Standuhr.

»Dem Mann wurde die Kehle durchgeschnitten, seine Augen wurden entfernt, wahrscheinlich mit einem Messer«, sagte Schröder und stand auf. »Auf die Gefahr hin, mich zu wiederholen: Warum sollte Jan Czernyk so etwas tun?«

»Ich bin müde.«

Zorn sank zurück ins Kissen.

»Dann schlaf ein bisschen.« Schröder leerte das Glas in einem Zug. »Ich treffe mich jetzt mit Elias de Koop, in einer Stunde bin ich wieder hier. Wenn du Hunger bekommst, auf dem Herd steht ein Topf mit Bohnensuppe.«

Zorn wollte sich bedanken.

Dafür, dass Schröder ihn mit zu sich genommen hatte, in sein Bett gelegt und sich um alles gekümmert hatte. Still, ohne auch nur die Spur einer Gegenleistung zu erwarten. So, wie er es immer tat.

Zorn öffnete den Mund.

Doch da hatte Schröder die Tür schon leise hinter sich geschlossen.

*

Das Restaurant war leer, Elias de Koop war der einzige Gast. Er saß an einem Ecktisch direkt an einem der großen Fenster, vor ihm stand ein quadratischer Porzellanteller mit einem winzigen Salatklecks in der Mitte.

Als Schröder eintrat, erschien wie aus dem Nichts ein Kellner, warf zuerst Schröder, dann de Koop einen fragenden Blick zu. Dieser nickte kurz, der Kellner nahm Schröder den Mantel ab und verschwand wieder.

Schröder vergrub die Hände in den Taschen seiner Cordhose, wippte auf den Zehenspitzen und taxierte den Raum. Alles war genau aufeinander abgestimmt: Die polierten Eichendielen harmonierten mit den grob verputzten Wänden und den cremefarbenen Polstern der Sessel, Kristallgläser glänzten auf weißen, bis auf den Boden reichenden Tischdecken, dies alles perfekt ausgeleuchtet durch kleine, überall versteckte Punktstrahler.

Schröder knöpfte den obersten Knopf seines Hemdes zu und ging zu de Koop. Dieser deutete mit dem Messer auf den Platz gegenüber.

»Setzen Sie sich.«

»Danke.«

Schröder zog den giftgrünen Westover nach unten, der dünne Stoff spannte über seinem Bauch. Er sank in den Sessel, rutschte aber sofort nach vorn, als seine kurzen Beine den Kontakt mit dem Boden verloren.

Urplötzlich erschien der Kellner, als wäre er aus einer verborgenen Klappe in den Dielen emporgefahren.

»Möchten Sie mit mir essen?«, fragte de Koop. Er trug einen schwarzen Rollkragenpullover, die verkrüppelte Hand spielte mit der Serviette. »Es ist noch etwas früh, aber das Lamm ist hervorragend.«

»Das ist nett.« Schröder rutschte ein weiteres Stück nach vorn. »Aber wie Sie schon sagten: Es ist noch etwas früh.«

De Koop spießte ein winziges Salatblatt auf.

»Betrachten Sie sich als eingeladen.«

»Das wird nicht nötig sein. Ich habe mir angewöhnt, meine Rechnungen selbst zu bezahlen.«

»Sehr gut«. De Koop wies auf eine Weinflasche zwischen ihnen auf dem Tisch. »Wie wär's mit einem Schluck Bordeaux? Ein Château Cheval Blanc, Jahrgang 2002.« Die Worte gingen ihm über die Lippen, als wäre Französisch seine Muttersprache. »Ich selbst trinke nur ein Glas. Schade drum, der Rest wird wahrscheinlich weggeschüttet.«

»Das ist wirklich traurig«, nickte Schröder. »Leider trinke ich selten Alkohol. Und wenn, würde ich einen 1990er bevorzugen. Obwohl ich mir den wahrscheinlich nicht leisten könnte.«

De Koop legte die Gabel beiseite.

»Man sollte Sie offensichtlich nicht unterschätzen, Herr Kommissar.«

»Fein, dass wir das jetzt geklärt haben.«

Der Kellner schwebte davon.

»Es wäre nett«, rief ihm Schröder nach, »wenn Sie mir eine Diätcola bringen würden. Mit Eis, bitte.« Dann wandte er sich wieder an de Koop. »Ich würde unser Gespräch gerne aufnehmen«, sagte er und legte sein Handy auf den Tisch. »Wenn es Ihnen recht ist.«

»Tun Sie das.« De Koop zuckte die Achseln. »Sind Sie sicher, dass es sich um ein Gespräch handelt? Oder wird es ein Verhör?«

»Das liegt in Ihrem Ermessen. Ich frage, Sie antworten. Danach entscheiden wir, was wir voneinander zu halten haben.«

»Wie Sie meinen.« De Koop ließ sich in die Polster sinken und verschränkte die Arme vor der sehnigen Brust. »Ich bin ganz Ohr.«

»Fangen wir mit dem unangenehmen Teil an.«

»Gibt es denn einen angenehmen?«

»Nein«, erwiderte Schröder, nachdem er einen Moment nachgedacht hatte. »Ich glaube nicht.«

*

Zorn überlegte.

Nun ja, *überlegen* war vielleicht das falsche Wort, denn das, was sich in seinem Kopf abspielte, während er in Schröders Bett vor sich hindöste, war eher eine irre Karussellfahrt unzusammenhängender Gedanken, die kurz aufblitzten und wieder verloschen, um sofort Platz zu machen für die nächste absurde Idee.

Woran genau das lag, vermochte Zorn nicht zu sagen. Womöglich am Schlafmangel, vielleicht auch an der Beruhigungsspritze. Oder an beidem? Sicher war jedenfalls, dass er die morgendliche Begegnung mit dem toten Anwalt nicht so schnell verkraften würde.

So starrte er denn nach oben, zählte die Arme an Schröders abgrundtief hässlichem Deckenleuchter (sechs kleine und vier große), dachte an die fürchterlich zugerichtete Leiche und daran, wie sehr körperliche Gewalt ihm zuwider war. Dies wiederum erinnerte ihn daran, dass er vor wenigen Tagen erst einem harmlosen Vegetarier die Nase gebrochen und dabei auch noch eine geradezu deprimierende Befriedigung empfunden hatte.

Trotzdem, das war ein Ausrutscher gewesen, Brutalität war ein Ausdruck grenzenloser Dummheit und er, Claudius Zorn, wollte damit nicht in Berührung kommen. Doch genau das war heute Morgen passiert, direkt, unvermittelt und erschreckend wie nie zuvor. Der Tote hatte auf seinem Platz gesessen, dort, wo Zorn einen großen Teil des Tages verbrachte, meist mehr oder weniger gelangweilt.

Das war eine Mahnung gewesen. Oder eine Drohung?

Ich brauche einen neuen Stuhl, überlegte Zorn und spürte erneut, wie sich eine Gänsehaut auf seinen Unterarmen bildete.

Nein, korrigierte er sich in Gedanken, ein neues Büro.

Am besten, ich such mir einen neuen Job.

Oder ein neues Leben?

*

»Ich würde gern über Ihren Anwalt reden«, begann Schröder.

»Ich habe viele Anwälte.«

»Sie wissen, wen ich meine.«

»Natürlich. Ein guter Mann.« De Koop schlug die Beine übereinander. »Ihr Kollege sagte neulich, dass er vermisst wird? Ich kann Ihnen leider nicht weiterhelfen, das letzte Mal habe ich mit ihm beim Prozess gesprochen.«

»Er wurde erstochen.«

De Koop straffte sich.

»Herrgott!«

»Genauer gesagt, wurde ihm die Kehle durchgeschnitten. Und danach wurden seine Augen entfernt.«

»Die Augen?« De Koop war blass geworden. »Wann ist das passiert?«

»Irgendwann im Laufe des gestrigen Tages.«

»Wissen Sie, wer ihn getötet hat? Nein, natürlich nicht«, de Koop schüttelte den Kopf, »sonst wären Sie nicht hier, oder?«

Schröder ignorierte die Frage.

»Kannten Sie ihn privat?«

»Nein. Er hat für mich gearbeitet, mehr nicht. Wir haben ausschließlich über geschäftliche Dinge gesprochen. Ich weiß kaum etwas über ihn, nicht einmal, wo er wohnt.« De Koop hielt inne. »Gewohnt *hat*«, verbesserte er sich dann.

Ein Kristallglas mit Cola wurde vor Schröder abgestellt, wieder schien es, als habe sich der Kellner aus dem Nichts materialisiert.

»*Gracias*«, nickte Schröder, doch da war der Kellner schon verschwunden.

»Sie sprechen spanisch?«, fragte de Koop.

»*Of course, Sir.*«

De Koop zögerte. Dann warf er den Kopf in den Nacken und lachte. »Sie gefallen mir.«

»Schön, dass Sie wieder lachen können.« Schröder hatte keine Miene verzogen. »Lassen Sie uns über den Prozess reden.«

»Wie Sie wünschen.« Schuldbewusst hob de Koop die Hände und wurde wieder ernst. Die Lachfältchen um seine Augen verschwanden, als wären sie aus dem Gesicht gebügelt worden.

»Der Tote hat Sie verteidigt?«, fragte Schröder.

»Das hat er. Ihm wurde die Kehle durchgeschnitten, sagen Sie?«

»Ja.«

»Das ist fürchterlich. Sagen Sie mir, wie ich Ihnen helfen kann.«

»Ihr Prozess, es ging um Steuerhinterziehung, ist das richtig?«

»Um den *Verdacht,* Herr Kommissar. Das mag ein wenig spitzfindig erscheinen, aber ich bestehe auf dieser Formulierung.« Mit den letzten Worten war auch die kleinste Spur von Belustigung aus de Koops gebräuntem Gesicht gewichen. »Ebenso bestehe ich auf der Tatsache, dass ich freigesprochen wurde.«

»Steuerhinterziehung war nicht der einzige Anklagepunkt.«

»Es gab Vorwürfe.« De Koop überlegte. »Dinge, die sich als völlig haltlos erwiesen haben. Auch darüber habe ich bereits mit Ihrem Kollegen gesprochen. Ich habe mir nicht alles gemerkt, da müssten Sie in den Akten nachsehen.«

»Das tun wir gerade.«

De Koop beugte sich vor. Ein leichter Hauch von frischer Seife wehte Schröder entgegen. »Kann es sein, dass Sie mich verdächtigen, Herr Kommissar?«

Schröder beugte sich ebenfalls vor.

»Sollte ich das denn?«

»Unbedingt. Wenn Sie zu denen gehören, für die Menschen mit Geld automatisch Verbrecher sind.«

»Ich bin Polizist. Der Kontostand eines Kriminellen interessiert mich nur peripher.«

»Sehen Sie«, de Koop legte die Unterarme auf den Tisch. Die Finger der gesunden Hand spielten mit den Stummeln der rechten. »Ich verkehre in Kreisen, zu denen die meisten Menschen keinen Zugang haben. Ich tue das nicht, weil es mir Spaß macht. Sondern weil es Teil meines Jobs ist. Dieser Job ist kompliziert, nicht jeder versteht ihn. Das führt zu Missverständnissen, Anschuldigungen und immer neuen Verdächtigungen. Aber ich halte mich an die Gesetze. Noch nie habe ich einem Menschen Schaden zugefügt. Ich bezahle die Leute, sehr gut sogar. Aber ich besteche sie nicht.«

»Ich habe mich ein wenig mit Ihren Unternehmungen beschäftigt, Herr de Koop.«

»Ach, haben Sie das?«

»Ihre letzte Investition bestand in der Beteiligung bei einem hessischen Spielzeughersteller. Natürlich nicht Sie direkt, ich musste mich erst durch ein Dutzend Ihrer Hedgefonds und Private-Equity-Gesellschaften wühlen.« Schröder nahm sein Glas, die Eiswürfel klapperten leise. »Sie haben das Eigenkapital abgezogen, die Produktion nach China verlagert und das Werk in Deutschland geschlossen. Dreihundertfünfzig Arbeitslose, wenn ich es richtig in Erinnerung habe. Wie viel haben Sie daran verdient?«

De Koop nahm die Serviette und tupfte sich bedächtig die Mundwinkel ab.

»Eins Komma zwei Millionen. Den größten Teil habe ich in eine Tennisanlage in der Südstadt investiert. Was wollen Sie mir mitteilen, Herr Kommissar?«

Schröder lächelte.

»Dass ich Sie für einen sehr, sehr skrupellosen Menschen halte.«

De Koop ließ sich zurücksinken.

»Darf ich Sie etwas fragen?«

»Nur zu.«

»Sind Sie ein neidischer Mensch?«

»Sagen wir's so.« Schröder hob seine Cola, prostete de Koop zu und stellte das Glas wieder ab. »Ich begnüge mich mit dem, was ich habe.«

*

Zorn lag auf dem Bauch. Er hatte das Kissen über den Kopf gezogen und versuchte zu schlafen. Vergessen, nichts denken, einfach nur daliegen, das war es, was er jetzt brauchte. Doch so verbissen er auch die Augen zusammenkniff, es wollte nicht gelingen, er fand einfach keine Ruhe, schien unter Strom zu stehen. Ein dumpfes Klopfen polterte durch Schröders Schlafzimmer, es waren Zorns Füße, die unablässig gegen die Matratze trommelten.

»Scheiße!«

Er schob das Kissen zur Seite und setzte sich auf.

Ich kann meine Zeit nicht verplempern und einfach nur abwarten, murmelte er und fuhr sich mit den gespreizten Fingern durchs Haar. Jemand hat mir den größten Schrecken meines Lebens eingejagt und einen Ermordeten an meinen Tisch gesetzt. Und ich? Ich habe die Nerven verloren.

Nein, ich werde das nicht auf mir sitzen lassen.

Etwas Ähnliches hatte er vor Jahren in einem Mafiafilm gesehen, ein Mann hatte einen abgetrennten Pferdekopf in seinem Bett gefunden. Danach hatte er getan, was von ihm verlangt wurde.

Ich werde ihm ein Angebot machen, das er nicht abschlagen kann.

Wer hatte das gesagt?

Marlon Brando, der Pate.

Zorn erinnerte sich noch, wie albern Brando ausgesehen hatte, im Film waren seine Wangen mit Watte ausgestopft gewesen. Aber er hatte erreicht, was er wollte. Leise, bestimmt, skrupellos.

Seine Hose hing über einem Stuhl, Schröder hatte sie ordentlich zusammengefaltet. Zorn stand auf und zog sich an, dabei brabbelte er wütend vor sich hin. Jemand wollte ihn terrorisieren, in die Enge treiben, verhindern, dass er seiner Arbeit nachging. Das konnte nur eines bedeuten: Er, Claudius Zorn, war auf der richtigen Spur. Und er wusste, wer das heute Morgen gewesen war. Einen Beweis hatte er nicht, nicht einmal einen Hauch. Aber er *wusste* es. Und er würde es ihm nachweisen.

Ich lasse mir keine Angst einjagen. Und erpressen lass ich mich schon gar nicht.

Nicht mit mir, Jan Czernyk, dachte Claudius Zorn. Nicht mit mir.

*

»Wir haben die Prozessakten nur zum Teil durchgearbeitet«, sagte Schröder. Bei oberflächlicher Betrachtung hätte man meinen können, er wolle sich bei de Koop entschuldigen. »Ich habe den Eindruck, dass die Unterlagen nicht ganz vollständig sind. Neben Steuerhinterziehung wurden Ihnen noch andere Dinge vorgeworfen, richtig schlau werde ich bisher nicht daraus.«

De Koop zeigte seine weißen, gut gepflegten Zähne.

»Da sind Sie nicht der Einzige.«

Das Lokal hatte sich ein wenig gefüllt. Fünf weitere Personen waren an den Tischen verteilt, zwei Pärchen um die fünfzig unterhielten sich leise, die Gesichter der Damen waren auffallend glatt, die Körper der Herren in edle Maßanzüge gezwängt. Auf einem Sofa neben dem Eingang saß ein junger Mann mit sorgfältig nach hinten gegeltem Haar und studierte die Tageszeitung. Der Kellner schien sich geklont zu haben, zwei seiner identisch aussehenden Kollegen standen mit diskret auf dem Rücken verschränkten Händen an der Wand und beobachteten das Geschehen im Raum.

»Die Vorwürfe waren völlig aus der Luft gegriffen?«, fragte Schröder.

»Was wollen Sie von mir hören?« De Koop breitete in gespielter Verzweiflung die Arme aus. »Natürlich waren sie das.«

Schröder ließ ein paar Sekunden verstreichen.

»Sagt Ihnen der Name Jan Czernyk etwas?«

»Nein.«

Am Nebentisch lachte eine Frau auf. Es klang ein wenig schrill.

»Warten Sie.« De Koop überlegte. »Doch, ich glaube, so hieß der Polizist, von dem die meisten dieser Vorwürfe stammen. Ein Asiate, wenn ich es richtig in Erinnerung habe?«

Schröder, der sein Gegenüber keine Sekunde aus den Augen gelassen hatte, nickte.

»Worum genau ging es?«

»Menschenhandel, Betrug, Urkundenfälschung, Verstoß gegen die Waffengesetze, organisierte Kriminalität, alles, was man so in der Zeitung über die Mafia liest. Ich habe mir wirklich nicht alles merken können.«

»Was denken Sie, wie Hauptkommissar Czernyk auf all diese Anschuldigungen gekommen ist?«

»Ich weiß es nicht. Diese Punkte wurden nicht einmal zur Anklage zugelassen«, erwiderte de Koop ein wenig ungeduldig. »Warum fragen Sie ihn nicht selbst?«

»Er ist verschwunden.«

»Ach!« De Koop schien ehrlich verwundert. »Und jetzt glauben Sie, ich hätte etwas damit zu tun?«

»Ich glaube gar nichts.«

»Dieser Mann ist mir im Gericht begegnet, danach nie wieder. Ich kann ihm nicht mal einen Vorwurf machen, er hat nur seinen Job gemacht. Aber er hat sich geirrt, verstehen Sie?«

»Niemand behauptet etwas anderes.«

»Aber?«

Schröder stützte das Kinn mit der Hand ab und sah zu de Koop auf.

»Drei Menschen, die an dem Prozess gegen Sie beteiligt waren, sind entweder verschwunden oder mittlerweile tot: Ihr Anwalt, Hauptkommissar Czernyk und der verhandlungsführende Richter.«

De Koop runzelte die Stirn.

»Der Richter ist immer noch nicht aufgetaucht?«

»Nein. In meinen Augen ist das eine äußerst ungewöhnliche Ansammlung von Zufällen. Gelinde ausgedrückt.«

Es wurde still, bis auf das leise Klappern des Bestecks an den Nebentischen.

»Okay.« De Koop schob seinen Teller beiseite. »Ich verstehe Sie.

An Ihrer Stelle wäre ich ebenfalls misstrauisch, aber mehr als meine Unschuld beteuern kann ich nicht.«

»Es sind sehr viele Fäden, die in Ihre Richtung laufen.«

»Aber ich halte keinen davon in der Hand.«

»Kennen Sie einen Jeremias Staal?«

Die Frage kam schnell, wie ein Schuss aus der Hüfte.

»Nie gehört.«

Schröder legte nach.

»Wo waren Sie gestern zwischen zehn Uhr abends und heute Morgen um sechs?«

»Zu Hause«, erwiderte de Koop mit einem bedauernden Lächeln. »Bevor Sie fragen: Ja, ich war allein, das bin ich immer, wenn ich arbeite. Aber Sie können meinen Rechner überprüfen, ich war die ganze Nacht online.«

Schröder stemmte sich aus seinem Sessel.

»Danke für Ihre Zeit, Herr de Koop.«

»Eigentlich müsste ich sagen, dass es gern geschehen ist. Aber das wäre eine Lüge.« De Koop erhob sich halb und streckte Schröder zum Abschied die gesunde Hand entgegen. »Und ich lüge nie.«

»Ich ebenfalls.« Schröder hob den Arm, einen Moment sah es aus, als wolle er die Hand ergreifen, stattdessen nahm er sein Telefon vom Tisch.

De Koop ließ die Hand wieder sinken.

»Ich bin nicht der Widerling, für den Sie mich halten.«

»Das Urteil würde ich mir gern selbst bilden.« Schröder öffnete eine Brieftasche aus braunem Kunstlederimitat, kramte ein wenig und legte schließlich einen Zwanzigeuroschein auf den Tisch. »Für die Cola, ich hoffe, das reicht.«

Er hatte keinen einzigen Schluck getrunken.

De Koop faltete den Schein schweigend zusammen.

»Garçon!«, rief Schröder und schnippte mit den Fingern. »Meinen Mantel, *s'il vous plaît!«*

Seine helle Stimme füllte den Raum, so laut, dass die Gäste verstummten und die gepflegten Hälse reckten.

Schröder zog die Cordhose stramm.

Ein letzter Blick zu de Koop, ein kurzes Nicken.

Dann tippelte er davon.

*

»Aua, verdammt!«

Zum zweiten Mal war Zorn mit der Stirn an den Deckenbalken über der Treppe geknallt. Ein Paukenschlag ertönte, dann detonierte eine mittlere Atombombe in seinem Kopf. Stöhnend tastete er sich durch die enge Diele, Blitze zuckten über sein Gesichtsfeld, mit den Füßen ertastete er seine Schuhe, er bückte sich, um die Schnürsenkel zu binden. Das dauerte eine geraume Zeit.

»Wo warst du denn so lange?«

Schröders Vater stand in der Wohnungstür. Zorn richtete sich auf, die plötzliche Bewegung ließ ihn schwindeln, kurz wurde ihm schwarz vor Augen.

»Dass du nie pünktlich sein kannst!«

Der alte Mann musterte ihn vorwurfsvoll. Das weiße Hemd war frisch gebügelt, darüber trug er eine graue Strickjacke mit Lederflicken an den Ellbogen. In der Hand hielt er eine Brotbüchse aus blauem Plastik.

»Guten Tag«, grüßte Zorn. »Es stimmt, ich bin spät dran.«

Schröder hatte gesagt, dass sein Vater ein wenig dement sei. Zorn hatte keine Ahnung, wie er damit umgehen sollte.

»Hast du deine Brote eingepackt?«

Zorn suchte nach einer Antwort.

»Wer ist da?«, rief eine brüchige Frauenstimme von drinnen.

»Er ist schon wieder zu spät!«, rief Schröders Vater über die Schulter. »Es ist immer dasselbe!«

Zorn griff nach seiner Jacke.

»Ich muss leider los.«

»Und deine Schlüssel?« Der Alte schüttelte vorwurfsvoll den Kopf. »Immer vergisst du die Schlüssel.« Er drehte die Brotbüchse in der Hand. »Mutter hat Kaffee gemacht. Der Mensch muss essen, sonst kann er nichts leisten.«

»Das ist wirklich nett, aber ich muss mich beeilen.« Zorn knöpfte die Jacke zu. »Beim nächsten Mal gern, Herr Schröder.«

Hastig griff er nach der Tür, in diesem Moment drehte sich der Schlüssel im Schloss. Schröder erschien, zwängte sich in die enge Diele, zog seine Schuhe aus und stellte sie neben den Abtreter.

»Verdammt kalt draußen.« Er rieb sich die klammen Hände, dann streifte er den Mantel von der Schulter.

»Wo bist du gewesen?«, fragte sein Vater streng.

»Arbeiten, Papa.«

»Beeil dich, der Kaffee wird kalt.«

»Natürlich.« Schröder ging zu seinem Vater, nahm ihn am Arm und schob ihn sanft durch die Tür. »Geh schon mal vor, wir kommen gleich. Vergiss den Kuchen nicht.«

»Kuchen ist gut.« Das faltige Gesicht hellte sich auf. »Der Mensch muss essen, sonst kann er nichts leisten«, wiederholte der Alte und verschwand in der Wohnung.

»Lass uns abhauen«, flüsterte Zorn erleichtert und reichte Schröder den Mantel. »Wie war's bei de Koop?«

»Das erzähl ich dir später.«

»Nein, sofort, wir haben keine Zeit, wir müssen …«

»Ich sagte, *später.*«

Schröder sah zu Zorn auf, sein Blick duldete keinen Widerspruch. Sein Bauch streifte Zorns Lederjacke, dann stand er in der Tür seiner Eltern.

»Wir werden jetzt mit meinem Vater einen Kaffee trinken.«

»Was?«

»Du hast mich verstanden. Die Schuhe kannst du anlassen.«

*

Die Wohnung war winzig. Immerhin, stellte Zorn erleichtert fest, waren die Decken höher als oben bei Schröder. In der Küche brannte eine Stehlampe, das kleine Fenster ließ kaum Tageslicht herein. Es war sauber, die Möbel allerdings hatten mindestens dreißig Jahre auf dem Buckel, das braune Linoleum war abgewetzt, aber blitzblank geschrubbt. Aus einem alten Kofferradio neben der Spüle plärrte in voller Lautstärke ein uralter Schlager, der Sender war nicht richtig eingestellt, es klang verzerrt, immer wieder unterbrochen durch atmosphärische Störungen.

Schröders Vater hatte sich auf eine Eckbank hinter einen Tisch gezwängt und sah schweigend auf seine Hände. Eine zierliche Frau in gelber Nylonschürze stand am Herd und hantierte mit dem Geschirr. Schröder schaltete das Radio aus und gab ihr einen Kuss auf den Hinterkopf.

»Hallo, Mama.«

Sie drehte sich um und wischte die Hände an der Schürze ab.

»Gut, dass du kommst. Die Schublade vom Fernsehschrank klemmt schon wieder.« Dann bemerkte sie Zorn, der verlegen in der Tür stand. »Wir haben Besuch? Nehmen Sie Platz, junger Mann. Kaffee ist gleich fertig.«

Schröder zog einen Stuhl nach hinten.

»Bitteschön«, sagte er und setzte sich neben seinen Vater.

Zorn tat, wie ihm geheißen und sah zu, wie Schröders Mutter mit langsamen Bewegungen, Tasse für Tasse, Teller für Teller, den Tisch deckte. Sie war ebenso klein wie Schröder, ihr Mann musste mindestens einen Kopf größer sein. Das Haar war sorgfältig zu einer schlohweißen, leicht bläulich schimmernden Kaltwelle frisiert, auf der kleinen Nase thronte eine Brille mit rosafarbenem Gestell. Jedes Mal, wenn sie mit schaukelnden Schritten an ihrem Sohn vorbeiging, strich sie ihm liebevoll über die Glatze.

Über der Tür hing ein Holzschild mit messingfarbenen Buchstaben:

ALLE WÜNSCHE WERDEN KLEIN GEGEN DEN, GESUND ZU SEIN

»Nett haben Sie's hier«, murmelte Zorn. Etwas musste er ja sagen.

Schröders Vater hielt eine Kuchengabel in der Hand und fuhr mit den Zinken das Muster auf der karierten Tischdecke entlang. Auch Schröders Mutter reagierte nicht.

»Sie hört schlecht«, erklärte Schröder. »Sie muss deine Lippen sehen, dann versteht sie, was du sagst.«

»Will jemand Sahne?« fragte die alte Frau.

»Gern!«, rief Zorn aus vollem Hals.

»Sie müssen nicht so rumschreien, junger Mann.« Sie stellte eine Dose mit Sprühsahne auf den Tisch, dann holte sie einen Teller mit Rührkuchen und setzte sich neben ihren Mann.

»Tschuldigung«, murmelte Zorn.

Sie warf ihm einen Blick über den Rand ihrer Brille zu.

»Die Ähnlichkeit ist wirklich verblüffend«, sagte sie zu Schröder.

»Ich will endlich Kaffee«, murrte der alte Mann, noch immer in das Muster auf der Tischdecke vertieft.

»Sofort, Papa.«

Schröder füllte die Tassen und verteilte den Kuchen, sein Vater biss ein großes Stück ab.

»Gib Rüdiger gleich noch eins, er hat bestimmt Hunger«, sagte er mit vollem Mund.

Zorn, der kein Wort verstand, sah Schröder an.

»Was soll das alles?«, formte er lautlos mit den Lippen. »Wem sehe ich ähnlich?«

»Du krümelst ja alles voll, Robert!« Schröders Mutter nahm eine Serviette und band sie ihrem Mann um den Hals, mit liebevollen, zärtlichen Bewegungen. Er ließ es schweigend geschehen, ohne mit dem Essen aufzuhören. »Iss langsam und kau ordentlich!« Sie tätschelte ihm die Wange, dann wandte sie sich wieder an Zorn. »Nett, dass Sie uns endlich mal besuchen.«

»Ja.« Zorn nahm seine Tasse. Der Kaffee war heiß und gut. »Leider müssen wir gleich wieder los.«

»Wissen Sie«, Frau Schröder spießte ein winziges Stück Kuchen auf, »früher hatten wir ja ständig zu tun. Den Ofen heizen, die Asche rausbringen, Kohlen ranschaffen, das war schon eine Menge Arbeit. Im Handumdrehen war der Tag vorbei. Da hinten«, sie wies neben den Herd, »stand früher der Ofen, aber seit ein paar Jahren haben wir ja Zentralheizung.«

»Ein Glück«, nickte Zorn ein wenig hilflos. »Der Kuchen schmeckt toll, haben Sie den selbst gebacken?«

»Nein, wir heizen mit Öl.« Als sie lächelte, stellte Zorn fest, wie ähnlich sie ihrem Sohn sah. Dieselben kleinen, leicht nach innen gebogenen Zähne mit einer kleinen Lücke zwischen den Schneidezähnen. »Sie können sich gar nicht vorstellen, wie eng das hier war, stimmt's, Robert?«

Ihr Mann starrte bedächtig kauend auf seinen Teller, von der Unterhaltung hatte er kein Wort mitbekommen. Sie nahm seine Hand, er blickte auf, mit hellen, verträumten Augen, als erwache er aus tiefstem Schlaf.

»Ich muss jetzt los, der Bus kommt gleich.«

»Du hast noch Zeit«, sagte sie und wischte ihm mit einer Serviette die Mundwinkel ab. »Iss noch ein Stück Kuchen, danach legst du dich ein bisschen hin.«

Schröder trank seinen Kaffee aus und stellte das Geschirr zusammen.

»Wir fahren dann jetzt zur Arbeit.«

»Genau«, nickte Zorn erleichtert. »Vielen Dank für den Kuchen.«

»Sie müssen lauter sprechen, junger Mann!«, rief Schröders Mutter.

»Ich sagte: Danke für den Kuchen!«

»Er soll nicht so brüllen, ich bin nicht taub«, murrte der alte Mann.

Schröder legte ihm die Hand auf die Schulter.

»Mach's gut, Papa, bis heute Abend.«

»Frag Rüdiger, ob er seine Hausaufgaben gemacht hat.«

»Hat er.«

Stühle schabten über das Linoleum, zuerst verließ Schröder die Küche. Zorn ging ebenfalls zur Tür.

»Warten Sie.«

Die alte Frau trat zu ihm, nahm seinen Arm und zog ihn dicht zu sich heran.

»Passen Sie auf meinen Sohn auf«, sagte sie, ihr Mund direkt an seinem Ohr. Sie roch nach Puder und Kölnisch Wasser. »Er hat sonst niemanden.«

»Das mach ich«, versprach Zorn.

»Und kommen Sie bald wieder. Meinem Mann geht es schlechter. Ich glaube, Sie tun ihm gut.«

Zorn sah zum Tisch. Der Alte klaubte mit den Fingerspitzen die

Kuchenkrümel von der Decke und steckte sie, einen nach dem anderen, in den Mund.

»Das verstehe ich nicht«, sagte Zorn, darauf bedacht, dass sie seine Lippen sehen konnte. »Wieso sollte ich Ihrem Mann guttun?«

Sie führte ihn zum Herd, öffnete eine Schublade und holte ein gerahmtes Foto hervor.

»Nach Rüdigers Tod hat mein Mann alle Bilder abgehangen, er konnte es nicht ertragen, an ihn erinnert zu werden. Das hier habe ich aufgehoben. Ich weiß nicht, was schlimmer war, die Trauer um seinen Sohn oder die Zeit danach, als er begann in eine andere Welt zu gehen. Erst hat er vergessen, dass Rüdiger gestorben ist.« Sie schob die Brille nach oben und wischte sich über die Augen. »Jetzt glaubt er, dass er wieder da ist.«

»Warum?«

Sie reichte ihm das Foto.

»Darum.«

Der Mann auf dem Bild war um die dreißig. Er trug Jackett und Schlips, ein Aufzug, der nicht so recht zu den langen schwarzen Haaren und den unrasierten Wangen passen wollte. Die Aufnahme wirkte altmodisch, mindestens zwanzig Jahre alt, das Portrait war in einem Fotoatelier aufgenommen worden, eine Hälfte des Gesichts lag im Schatten. Der Mann wirkte lustlos, widerwillig sah er in die Kamera, einen spöttischen Zug um den Mund.

Sie fuhr mit dem Finger über das Bild.

»Sehen Sie's?«

Das Haar von Schröders Bruder war dunkler gewesen. Auch die Falten um die Augen waren längst nicht so tief wie bei Claudius Zorn, aber die Farbe war dieselbe, ebenso das eckige, trotzig vorgeschobene Kinn, die hohen Wangenknochen.

Zorn schluckte.

Er sah in sein eigenes Gesicht.

Zwanzig

Die Kälte hatte das alte Badehaus fest im Griff. Die vernagelten Jugendstilfenster boten so gut wie keinen Schutz, ein schneidender Wind pfiff durch die Ritzen zwischen den Brettern und mischte sich mit der frostigen Luft, die aus den salzigen Tiefen durch den achteckigen Brunnen emporstieg.

Jan Czernyk lief zwischen den hohen Wänden auf und ab. Unter dem Regencape trug er noch immer die Polizeiuniform, zusätzlich hatte er sich eine Decke um die Schultern geschlungen. Seine schlanke Gestalt wirkte plump unter der dicken Kleidung, Vogeldreck und Mörtelstaub wirbelten unter seinen schlurfenden Schritten auf, er ging gebückt, wie ein japanischer Kriegsgefangener durch die gefrorene sibirische Steppe.

Vor dem Brunnen machte er Halt, hockte sich hin und löste zwei Fliesen. Der Hohlraum dahinter bot gerade genug Platz für den Laptop und die schwarze Ledertasche. Czernyk öffnete den Reißverschluss und kramte zwischen Aktenordnern, tragbarem Drucker und einem halben Dutzend Packungen mit Phenobarbital-Tabletten ein Notizbuch hervor. Zögerte, suchte erneut und förderte seine Dienstwaffe und eine Flasche *Jim Beam* zu Tage. Die Pistole verschwand in seiner Manteltasche, dann verschloss er die Öffnung im Mauerwerk und ging zu der Hartfaserplatte, die ihm als Tisch diente.

Dort saß er eine Weile und starrte mit unbewegtem Gesicht auf das Notizbuch. Schließlich öffnete er es, blätterte die eng beschriebenen Seiten durch, bis er zu der Stelle gelangte, an der er vor fast zwei Wochen geendet hatte:

Niemand wird mir etwas nachweisen können. Nicht, wenn ich es nicht will. Aber das ist nebensächlich.

Ein Ploppen, Czernyk öffnete die Flasche und nahm einen tiefen Schluck.

Dann begann er zu schreiben.

*

Um die Mittagszeit war die vierte Etage des Präsidiums noch immer gesperrt. Millimeter für Millimeter nahm die Spurensicherung den Flur unter die Lupe, der Fahrstuhl war außer Betrieb, auch hier wurde nach jeder Faser, dem kleinsten Hinweis gesucht, auf welchem Weg die Leiche des Anwalts in Zorns Büro gebracht worden war. Das, so wussten alle, würde einige Zeit dauern, trotzdem (oder gerade deshalb) wurde mit Hochdruck gearbeitet. Die Pressestelle hatte eine vage gehaltene Meldung herausgegeben, weder Name noch genauer Fundort der Leiche wurden erwähnt. Vorerst gab es keine Nachfragen, die Zeitungen waren noch immer mit dem Giftanschlag auf den Polizeiball beschäftigt, seit nunmehr einer Woche füllten Spekulationen, Mutmaßungen und wildeste Theorien die Titelseiten. Dies würde noch eine Weile so bleiben, denn bisher gab es keine konkreten Erkenntnisse. Für den Nachmittag war eine offizielle Trauerfeier angesetzt worden, an der auch Zorn und Schröder teilnehmen sollten.

Nach dem Kaffeetrinken hatte Schröder mit der Straßenbahn ins Präsidium fahren wollen, doch Zorn hatte auf ein Taxi bestanden. Unterwegs war kaum ein Wort zwischen ihnen gefallen, Zorn war noch immer schockiert über seine eigene frappierende Ähnlichkeit mit Schröders Bruder, dazu gesellten sich ein diffuses Unbehagen und die Frage, warum Schröder noch nie darüber gesprochen hatte. Dies alles behielt Zorn für sich, ahnte er doch, dass hinter all dem noch wesentlich mehr stecken musste, ein Familiengeheimnis, etwas Dunkles, einer von Schröders Dämonen, mit denen er nichts, aber auch gar nichts zu tun haben wollte.

*

Ich weiß nicht, ob ich das alles überleben werde.

Czernyk schrieb langsam, jedes Wort sorgfältig abwägend.

Du wirst nicht verstehen, warum ich das alles getan habe, und ich versuche gar nicht erst, dir etwas erklären zu wollen. Du hast andere Maßstäbe als ich, einen anderen Sinn für Gerechtigkeit.

Er hatte sich tief über den improvisierten Tisch gebeugt, das Gesicht nur wenige Zentimeter vom Papier entfernt.

Bald, sehr bald kommt die Nacht. Ich habe mich noch nie vor der Dunkelheit gefürchtet, aber nun habe ich Angst. Große Angst, weil es wohl nie wieder hell werden wird.

Ein Schluck aus der Flasche, er trank den Whisky wie Wasser.

Ich rieche nach Benzin. Und ich rieche die Toten.

Czernyk überlegte. Dann fügte er hinzu:

Ich liebe Dich, Frieda.

*

Sie hatten ein provisorisches Büro im Untergeschoss zugewiesen bekommen, eine enge Kammer, eigentlich wurde sie als Abstellraum für die Geräte der Reinigungsfirma genutzt. An den Wänden standen Kartons mit Putzmitteln, in einem Aluminiumregal stapelten sich Lappen, Tischdecken und eingeschweißtes Klopapier. Ein dickes Fallrohr war in der Ecke befestigt und erzeugte jedes Mal, wenn weiter oben die Spülung der Herrentoilette betätigt wurde, einen ohrenbetäubenden Lärm.

Schröder hatte sämtliche Unterlagen nach unten schaffen lassen, las in den Akten, telefonierte und verschwand zwischendurch immer wieder in den Tiefen des Präsidiums, während Zorn erfreut registrierte, dass es von ihrem Ausweichquartier nur ein paar Schritte hinaus auf den Parkplatz waren. Die nächsten Stunden lief er immer wieder zu seinem angestammten Platz hinter der Hecke, rauchte und versuchte dabei, alle privaten Gedanken auszublenden, etwa an Malina, oder an Hermann, die singende Sojasprosse. Auch an den Toten mit den leeren Augenhöhlen an seinem Schreibtisch wollte er nicht denken, erst recht nicht an seinen daraus resultierenden Nervenzusammenbruch.

Er musste sich ganz auf seine Arbeit konzentrieren. Besser gesagt auf Jan Czernyk und die Frage, wie man ihm eine Verbindung zu den Verbrechen der letzten Wochen nachweisen konnte. Dass Czernyk schuldig war, stand für Zorn fest, sie mussten ihn nur finden. Dann, sagte sich Zorn, würden sie auch Czernyks Motiv erfahren. Bisher wussten sie nur, dass Czernyk gegen de Koop ermittelt hatte. Der

Freispruch de Koops konnte der Auslöser sein, der Czernyk zu all dem getrieben hatte. Aber reichte das aus, um andere Menschen umzubringen und zu entführen?

Ja, entschied Zorn.

Wer wusste schon, was in Czernyk vorging? Was er herausgefunden hatte, egal, ob es nun der Wahrheit entsprach oder nicht?

Der Mann war schuldig.

Und Zorn würde es beweisen.

*

Die Zeit verrinnt mir zwischen den Fingern, ich muss mich sputen, schrieb Czernyk. *Es ist noch nicht einmal November, trotzdem ist es kalt, sehr kalt. Fünf Monate noch bis zum Frühling, Frieda. Ich habe keine Ahnung, wo ich dann bin. Sicher ist nur, dass ich allein sein werde. Ohne Dich. Ohne Licht.*

*

Es muss einen Beweis geben, überlegte Zorn, als er bereits zum fünften Mal zurück in die stickige Wärme seines vorläufigen Arbeitsplatzes schlurfte. Schröder saß am Schreibtisch (es gab nur einen, direkt neben der Tür, für Zorn ein weiterer Vorwand, ständig zwischen Parkplatz und Büro zu pendeln) und ordnete einen eindrucksvollen Papierstapel.

»Ich habe Neuigkeiten«, sagte er, ohne aufzublicken.

Zorn schob mit dem Fuß einen Wischeimer beiseite und setzte sich auf einen Plastikhocker. Stühle gab es nicht.

»Gute?«

Langsam bekam er Kopfschmerzen. Das lag entweder an der schlechten Luft oder daran, dass er letzte Nacht kaum geschlafen hatte. Zorn tippte auf Letzteres und unterdrückte ein Gähnen.

Schröder sah auf.

»Sowohl als auch.«

»Dann fang mit den guten an.«

»Meinolf Grünbein und der verschwundene Richter kannten sich.«

»Ach nee!«

»Sie haben zusammen studiert, Jura, um genau zu sein. Grünbein hat abgebrochen und eine Banklehre begonnen. Aber sie waren zwei Jahre lang gemeinsam an der Uni.«

»Wie lange ist das her?« Zorn verdrehte die Augen. »Fünfzig Jahre?«

»Nicht ganz, aber ungefähr.«

»Und sonst gibt es keine Verbindung zwischen den beiden?«

»*Niente.* Und wir können sie auch schlecht fragen. Der eine ist tot, der andere verschwunden. Aber es ist zumindest ein Anhaltspunkt.«

»Oder ein weiterer Beweis, wie klein die Welt ist.«

»Vielleicht«, nickte Schröder.

»Wenn das die gute Nachricht war, will ich die schlechte gar nicht erst erfahren.«

»Wollen wir's lassen?«

»Nee, mach schon.«

»Die Videoaufzeichnungen von letzter Nacht sind ausgewertet«, sagte Schröder. »Zwölf Fahrzeuge sind in die Tiefgarage gefahren, vier Streifenwagen und acht Privatautos. Einen Wagen kennen wir nicht. Ein VW Golf, das Nummernschild ist völlig verdreckt. Laut Aufzeichnungen ist er Punkt drei Uhr angekommen, eine halbe Stunde später hat er die Garage verlassen. Heute Morgen ist im Bahnhofsviertel ein Golf ausgebrannt, wir gehen davon aus, dass es sich um denselben Wagen handelt.«

»Ja und? Wer saß drin?«

»Keine Ahnung. Er hat darauf geachtet, dass sein Gesicht im Schatten bleibt. Er trug Uniform, zumindest das lässt sich mit Sicherheit sagen.«

Zorn sprang auf. Der Hocker kippte um.

»Aber er hat doch die Keycard benutzt! Da wird doch der Name registriert!«

»Normalerweise schon.«

»Was heißt das? *Normalerweise?*«

Schröder zuckte die Achseln.

»Systemausfall.«

»Was?«

»Ein Übertragungsfehler, sagen die Techniker. Das passiert wohl öfter, die Karte wird zwar ausgelesen, aber nicht registriert. Angeblich ist das seit langem bekannt, aber es gibt kein Geld, um die Anlage zu erneuern.«

»Ich fass es nicht.« Zorn schüttelte den Kopf. »Bin ich denn nur von Idioten umgeben?«

»Ist das eine rhetorische Frage?«

»Nein, Schröder! Das ist eine Feststellung!«

»Dem Pförtner kann man keinen Vorwurf machen, Chef.«

»Pff!«

»Die Keycard war gültig, auf dem Monitor war ein Polizist zu sehen, der mit seinem Privatwagen zum Dienst erscheint. Auf diesem Weg könnte die Leiche ins Präsidium gekommen sein. Wer es getan hat, wissen wir allerdings noch nicht.«

»Doch.« Zorn sah die schlanke Gestalt Jan Czernyks vor sich. »Wir können's nur nicht beweisen.«

*

Ich habe alle Medikamente genommen, die es gibt, habe alles versucht, was in meiner Macht lag. Man kann es nicht heilen. Im Moment geht es noch, ich kann schreiben, lesen, Auto fahren. Aber ich merke, dass es schlimmer wird. Es ist wie ein Vorhang, der sich senkt, als würde eine Jalousie zugezogen, langsam, aber unaufhaltsam.

Czernyk blätterte um.

Bald kommt die Nacht, dann werde ich allein sein, mit all den Bildern, die ich mir jahrelang ansehen musste. Bisher habe ich das alles verdrängen können, ich habe mich abgelenkt mit Arbeit, immer mehr Arbeit. Ich war auf der Jagd, manchmal konnte ich verhindern, dass Schlimmeres passiert. Manchmal auch nicht, aber ich wusste immer, dass ich weitermachen würde. Und jetzt? Irgendwann wird mir nichts mehr bleiben, ich werde irgendwo sitzen und nichts mehr tun können.

Das ist alles, was mir bleiben wird: Diese Bilder in meinem Kopf. Ich weiß, dass ich das nicht überstehen werde. Niemand könnte das.

*

»Und was machen wir jetzt?«

»Du könntest dich wieder setzen, Chef.«

»Hm.«

Zorn stellte den Hocker wieder auf und nahm Platz.

»Es gibt mehr als genug zu tun.« Schröder wies auf den Aktenberg, der neben den Kisten mit Reinigungsmitteln an der Wand aufgestapelt war. Graue Leitzordner, einige waren neu, andere schon ein wenig abgeschabt. Eines hatten sie gemeinsam: Sie waren dick.

Eindeutig *zu* dick, fand Zorn.

»Ich hab wirklich keinen Bock, weiter in diesen Prozessakten zu wühlen«, stöhnte er.

»Das musst du nicht. Vorerst jedenfalls.«

»Vielen Dank auch.«

Einer der Ordner lag vor Schröder auf dem Tisch. Er klopfte mit dem Fingerknöchel auf den Einband.

»Wir haben einen weiteren Namen, Chef.«

»Warum?«, erwiderte Zorn verdutzt. Als ihm einfiel, wie sinnlos diese Frage war, fügte er hinzu: »Wie?«

Ein ebenso alberner Einwurf.

»Du meinst, *wer*«, korrigierte Schröder geduldig. »Grammatikalisch richtig wäre allerdings der Akkusativ als Nachfrage auf meine eben getroffene Feststellung.«

»Was?«

»Nein, Chef. Nicht was, sondern *wen* haben wir.«

Zorn stöhnte auf.

»Also gut, *wen?*«

»Jeremias Staal.«

»Wo?«

»In den Prozessakten, Chef.«

»Ach!«

Zorn stieß mit den Füßen an einen Staubsauger, das Rohr kippte um und landete mit einem Krachen auf dem Boden.

»Du meinst, Staal taucht in den Akten auf?«

»Das ist korrekt, Chef. Sowohl inhaltlich als auch grammatikalisch.«

Jetzt war Hauptkommissar Zorn wach.

Hellwach.

*

Die Flasche war zur Hälfte leer, doch Czernyk schien vollkommen nüchtern. Beim Schreiben hielt er den Kopf ein wenig schief, wie ein Schulkind bei den Hausaufgaben.

Jahrelang habe ich nichts anderes getan, als für Gerechtigkeit zu sorgen, obwohl ich mich hier nie richtig zu Hause gefühlt habe. Ich war immer ein Fremder. Kein Wunder, man sieht mir sofort an, dass ich nicht hier geboren wurde. Ist es nicht komisch, dass dort, wo ich herkomme, die Sonne viel eher aufgeht als hier? Dass ich sie bald nicht mehr sehen werde? Nie mehr?

Er nahm die Brille ab, schwenkte sie am Bügel hin und her.

Nein, es ist nicht komisch.

Der Edelstahlrahmen blitzte auf. Die Finger seiner Linken schlossen sich um das Gestell, mit der rechten Hand schrieb er weiter.

Es ist ungerecht.

Seine Faust ballte sich. Die Fingerknöchel leuchteten weiß unter der olivfarbenen Haut.

Es macht mich wütend.

Ein Knacken. Das Gestell bog sich, Glas splitterte.

Wütend.

*

»Jeremias Staal wurde beschuldigt, Kurierfahrten unternommen zu haben«, sagte Schröder. »Er soll Schwarzgeld für Elias de Koop über die Grenze nach Liechtenstein geschmuggelt haben.«

»Wer hat das behauptet?«

Schröder ließ einen Moment verstreichen.

»Jan Czernyk.«

»Das dachte ich mir«, nickte Zorn grimmig. »Wieso haben wir davon nichts gewusst? Ich dachte, du hast Staal genau unter die Lupe genommen?«

»Das habe ich auch«, erwiderte Schröder. »Laut unseren Unterlagen ist er aber ein unbeschriebenes Blatt. Dieser Anklagepunkt wurde nämlich fallen gelassen. *Wenn* Czernyk denn etwas zusammengetragen hatte, wurde es nicht als Beweismittel vor Gericht zugelassen, die Akten sind teilweise geschwärzt.«

Zorn dachte an die Nachricht, die sie vom Handy des verschwundenen Richters erhalten hatten.

Alles hängt zusammen.

»Okay«, sagte er und massierte sich die Schläfen. »Lass uns nachdenken.«

»Hervorragende Idee.«

»Drei Tote innerhalb kürzester Zeit. Zwei von ihnen sind am Prozess gegen de Koop beteiligt.«

»Sein Anwalt und Jeremias Staal.«

»Grünbein, der dritte Tote, begeht Selbstmord. Er kannte Jeremias Staal, zumindest hat er seine Konten verwaltet.«

»Staal könnte in Grünbeins Wohnung gewesen sein«, sagte Schröder. »Das würde erklären, warum wir dieses ominöse Haifischknorpelpulver auf Grünbeins Schreibtisch und in Staals Auto gefunden haben. Die Frage ist nur, ob de Koop damit in Verbindung steht. Er behauptet, nie etwas von Jeremias Staal gehört zu haben.«

»Der kann viel behaupten, wenn der Tag lang ist«, knurrte Zorn.

Das Fallrohr bebte, weiter oben wurde die Spülung betätigt. Schröder wartete, bis der Lärm verebbt war.

»Ich glaube«, sagte er dann, »dass sowohl Staal als auch der Anwalt von ein und derselben Person umgebracht wurden. Und diese Person war es auch, die den Toten ins Präsidium gebracht hat.«

»Womit wir bei Czernyk, dem Richter und de Koop wären.«

»Wenn wir davon ausgehen, dass der Schlüssel irgendwo im Prozess gegen de Koop liegt.«

»Wo denn sonst? Diese drei bleiben übrig. Den Richter können wir ausschließen. Er ist alt, schon rein körperlich wäre er kaum in der Lage, eine über siebzig Kilo schwere Leiche durch das Präsidium zu schleppen. Abgesehen davon, dass er ebenfalls längst ermordet sein könnte. Genau wie Grünbein, Staal und der Anwalt.«

»Die können's sowieso nicht gewesen sein.«

»Wie auch?« Zorn schüttelte den Kopf. »Seit wann legt ein Toter eine Leiche in einem öffentlichen Gebäude ab?«

»Oder eine Leiche einen Toten?«

»Wie auch immer.«

Beide dachten nach.

»Czernyk war's«, sagte Zorn.

Schröder öffnete den Hemdkragen und kratzte sich am Hals.

»Oder de Koop.«

»Czernyk«, wiederholte Zorn störrisch. »De Koop bringt niemanden um, der macht sich nicht die Hände schmutzig.«

»Jan Czernyk ist Polizist.« Schröder sah Zorn an. »Polizisten sind keine Mörder.«

»Warum sollte de Koop einer sein?«

»Warum Hauptkommissar Czernyk?«

Ein Rauschen. Der Inhalt der Herrentoilette strömte durch das Fallrohr.

»Scheiße«, knurrte Zorn.

»Im wahrsten Sinne des Wortes, Chef.«

*

Die Diskussion sollte noch eine Weile dauern. Stur wie ein Maulochse beharrte Zorn auf seinen Anschuldigungen gegen Jan Czernyk, Schröder argumentierte dagegen, sachlich und emotionslos. Zwei Stunden später waren sie sich immerhin einig, dass sowohl Czernyk als auch de Koop als Täter in Frage kamen.

Bald sollte sich herausstellen, dass alles anders war.

*

Ich muss noch etwas erledigen. Du wirst mir dabei helfen müssen, Frieda. Und du wirst Angst vor mir haben, ich hätte nie gedacht, dass das jemals passieren würde. Es wird sich nicht umgehen lassen, ich kann es nicht ändern. Aber einmal muss Schluss sein, ich kann einfach nicht tatenlos herumsitzen. Ich kann nicht.

Czernyk schlang die Decke enger um die Schultern.

Es tut mir leid.

Er legte den Stift zur Seite und hauchte in die geröteten Hände. Sein Atem verlor sich als feiner Nebel unter der kuppelförmigen Decke. Er klappte das Notizbuch zu, wischte mit dem Mantelärmel den Staub vom Einband, dabei stieß er mit dem Ellbogen gegen die Flasche. Sie kippte um, rollte von der Tischplatte und zerbrach auf dem Boden. Ein paar Tropfen der bernsteinfarbenen Flüssigkeit versickerten im schmutzigen Beton. Achtlos schob er die Scherben mit dem Fuß fort, er hatte die Flasche bereits so gut wie geleert.

»Mein Gott«, flüsterte Czernyk. »Ich bin ein Verbrecher.«

Draußen wurde es dunkel.

Einundzwanzig

Die Trauerfeier für die Opfer des Polizeiballs fand in der Marktkirche statt. Zunächst hatte Zorn sich gesträubt, überhaupt mitzugehen, doch Schröder duldete keinen Widerspruch.

»Du kommst mit«, hatte er gesagt. »Es sind unsere Kollegen, die da gestorben sind.«

Kurz vor siebzehn Uhr war der Innenraum bis auf den letzten Platz besetzt. Zorn wollte sich nach hinten unter die Empore mogeln, Schröder griff seinen Arm und zog ihn schnurstracks in Richtung Altar. Im Näherkommen entdeckte Zorn in der vierten Reihe direkt am Mittelgang zwei leere Stühle.

»Ich habe uns Plätze freihalten lassen«, flüsterte Schröder.

»Astrein«, seufzte Zorn und sank resigniert auf den Hosenboden.

Acht geschlossene Särge waren vor dem Altar aufgereiht, umgeben von einem Meer aus Blumen, Kränzen und weißen Kerzen. Links, auf einem kleinen Podest, saßen die Musiker eines Streichquartetts. Dahinter standen Fotos der Toten auf hölzernen Staffeleien, in der Mitte sah Zorn ein Portrait von Wachtmeister Kusch, er war noch jung auf dem Bild, die Uniformmütze hatte er verwegen in die Stirn geschoben, wahrscheinlich war das Foto kurz nach seinem Eintritt in den Polizeidienst aufgenommen.

Die Särge waren gleich groß, Zorn ertappte sich bei dem Gedanken, in welchem der Wachtmeister wohl liegen würde und ob eine solche Kiste überhaupt genug Platz für Kuschs riesigen Körper bieten konnte. Das, bemerkte Zorn sofort, waren reichlich unpassende Überlegungen. Um sich abzulenken, ließ er den Blick durch das Kirchenschiff schweifen.

Es waren hunderte Menschen, die unter der gotischen Decke versammelt sein mussten, trotzdem war es still, bis auf ein gelegentliches Husten, das Rücken eines Stuhls oder das leise Weinen einer Frau. Hinten, auf der Empore, saßen die Angehörigen der Toten, ihre verweinten Gesichter leuchteten unter der riesigen, mit vergoldeten Schnitzereien verzierten Orgel.

Zorn erkannte Elias de Koop, er war zwei Reihen hinter ihnen in ein Gesangsbuch vertieft. Auf der anderen Seite des Mittelgangs saßen ein paar Kollegen vom Erkennungsdienst, weiter vorn Frieda Borck, sie war blass, die Augen starr auf den Altar gerichtet.

Zorn spürte, wie die Müdigkeit mit Macht zurückkehrte. Er riss die Augen auf, tat, als würde er sich an der Nase kratzen und gähnte ausgiebig hinter der vorgehaltenen Hand.

Das Streichquartett begann zu spielen. Zorn erkannte die staccatoähnlichen Anfangsklänge des *Ave Maria* und spürte sofort eine geradezu körperliche Abneigung, er mochte diesen süßlichen Kram nicht, genauso wenig wie große Menschenansammlungen, Kirchen und Beerdigungen. Dann, als die erste Geige einsetzte und die getragene, unendlich traurige Melodie begann, änderte sich alles, urplötzlich, als würde ein Schalter in seinem Kopf einrasten. Das, was er als *süßlich* empfunden hatte, verwandelte sich in schlichte Schönheit, die Töne verbanden sich, verschmolzen zu wirklicher, wahrhaftiger Musik, traurige, geradezu schmerzhafte Schwingungen drangen durch jede Pore und setzten sich tief in seinem Inneren fest, irgendwo dort, wo er seine Seele vermutete.

Zorn wurde Teil dieser Trauer, ein Kloß bildete sich in seinem Hals, er wehrte sich nach Kräften, doch die Gedanken an die Toten da vorn ließen sich nicht vertreiben. Er sah sie vor sich, ausgestreckt in ihren Särgen, bleich, mit geschlossenen Augen, die Hände vor dem Bauch gefaltet, Wachtmeister Kusch, den Bauchredner, auch den Polizeipräsidenten, mit dem er nie ein Wort gewechselt hatte. Der Tod dieser Menschen war ungerecht, sinnlos, er selbst, Zorn, würde irgendwann ebenfalls in einer solchen Kiste liegen, genau wie sein Vater, den er vor fünfzehn Jahren beerdigt und noch nie an seinem Grab besucht hatte, nicht etwa, weil es ihm egal war, sondern weil er den Gedanken an das, was von seinem Vater übrig war, an die Kälte und die Dunkelheit einfach nicht ertrug. Manchmal, alle paar Monate vielleicht, fuhr er mit dem Volvo hinaus zum Friedhof, hielt an der Mauer und stand eine Weile rauchend vor einer vergitterten Öffnung, sah hindurch zu den hohen Tannen, unter deren Schatten die Grabsteine aufragten. Auf einem von ihnen stand der Name seines Vaters, er wollte nicht wissen, welcher es war. Und dann, während hinter ihm der Verkehr rauschte, überlegte er, wie lange er noch hier, auf der Seite der Lebenden, stehen würde. Nie ging er hinein, bald genug würde er selbst dort liegen.

Die Musik war nicht laut, doch sie füllte den Raum bis in den letzten, verborgenen Winkel, stieg bis hoch unter die steinerne Decke und grub sich tief in das Herz von Claudius Zorn, der wie gelähmt auf seinem Stuhl hockte und spürte, wie der Kloß in seinem Hals langsam nach oben wanderte.

Er schluckte, die Kirche verschwamm vor seinen Augen.

Nein, ich werde jetzt nicht losheulen, dachte er verzweifelt. Nicht hier, in aller Öffentlichkeit, vor all diesen Menschen, zu diesem albernen Gefiedel.

Doch die Traurigkeit siegte.

Tränen rannen über Zorns Gesicht, er wusste nicht, ob aus Selbstmitleid oder Mitgefühl, wahrscheinlich war es beides.

Die Musik wurde langsamer, dann verstummte das Orchester. Der letzte Dreiklang schwebte noch lange vibrierend zwischen den steinernen Bögen der Kirchenkuppel, dann, als die Musiker ihre Instrumente längst abgesetzt hatten, löste sich der Akkord auf wie Frühnebel in der Morgensonne.

Jemand tippte Zorn auf die Schulter, es war Schröder, der ihm wortlos ein kariertes Taschentuch reichte.

»Ich hab was im Auge«, schniefte Zorn leise. »Beschissene Luft hier drin.«

Schröder schwieg.

Ich hab tatsächlich geflennt, dachte Zorn, wischte sich das Gesicht ab und tat, als würde er sich die Nase putzen. Wenigstens scheint Schröder der Einzige zu sein, der es mitbekommen hat. Es hätte schlimmer kommen können.

Zorns Erleichterung war ein wenig verfrüht.

Es *kam* schlimmer.

*

Links neben dem Altar stand vor einer der Säulen ein modernes Kruzifix aus schwarzem Eisen. Das Metall war verbogen, der Gekreuzigte hatte die rechte Hand losgerissen und streckte sie nach vorn, als wäre er im Begriff, von seinem Sockel zu steigen.

Frieda Borck betrachtete die Plastik. In einem schmiedeeisernen Leuchter direkt daneben brannte eine Kerze, Ruß stieg auf, Schatten zuckten über das Kreuz. Die Staatsanwältin senkte den Kopf. Als sie zu beten begann, bewegten sich ihre Lippen lautlos mit.

Lieber Gott, gib diesen Menschen Frieden. Nimm sie zu dir. Lass ihre Seelen Ruhe finden, lass sie vergessen, wie sie gestorben sind.

Die Kerze flackerte auf. Es schien, als würde die Skulptur sich bewegen.

Ich weiß nicht, wann du mich zu dir holen wirst. Das ist auch gut so, diese Entscheidung überlasse ich dir, aber bitte, lieber Gott, lass es auf andere Weise geschehen. Nicht so. Mit all diesen Schmerzen, ohne die geringste Vorahnung. Vielleicht gibst du mir noch ein bisschen Zeit, damit ich alt werden kann.

Gib mir Kraft, das Richtige zu tun. Hilf mir, die richtigen Entscheidungen zu treffen. Öffne meine Augen, damit ich sehe. Und erkenne, wer das getan hat.

Hilf uns, das Schwein zu kriegen.

Und lass Jan nichts damit zu tun haben.

Bitte.

*

In der ersten Reihe entstand Unruhe, der Pfarrer erhob sich und trat an die Kanzel. Ein paar Sekunden stand er schweigend da, ein dicklicher Mittvierziger mit schütterem Haar und rosa Wangen, dann schlug er die Ärmel seiner schwarzen Robe zurück und ließ seinen professionell gütigen, mit dem gebotenen Ernst durchdrungenen Blick durch das Kirchenschiff schweifen.

Er begann zu reden, seine tiefe, geschulte Stimme wurde von kleinen Lautsprechern an den Säulen verstärkt. Es ging um Tod, Vergebung, Trost, um Gottes Pläne, die der Mensch nicht erkennen könne, Worte, die Zorn seit seiner Kindheit kannte und die in seinen Augen nichts weiter waren als Lügen, wohlgemeint zwar, doch einzig dazu da, seit Jahrtausenden die Wahrheit zu verschleiern. Hoffnung zu geben, wo keine Hoffnung war.

Wie gern hätte Zorn diesen Worten geglaubt! Doch sein Verstand weigerte sich hartnäckig, niemand saß Harfe spielend auf einer Wolke, es gab kein Leben nach dem Tod, das, was folgte, war das Nichts. Dunkelheit. Kälte. Verwesung.

»Lasst mich ziehen«, rezitierte der Pfarrer. »Haltet mich nicht. Gott hat meine Reise bisher gnädig gesegnet. Ich kann nun getrost zu ihm zurückkehren.«

Jaja, überlegte Zorn bitter. Genau das hat Wachtmeister Kusch gedacht, als er am Boden lag und spürte, wie das Gift sich durch seine Eingeweide fraß. *Ich kann nun getrost zu Gott zurückkehren.* Dass ich nicht lache! Nein, nicht Gottes unerklärlicher Ratschluss hat Kusch getötet.

Jan Czernyk war's.

Wieder musste er gähnen. Die wohlgesetzten Worte zogen an Zorn vorbei wie die Vogelschwärme, die sich draußen am Fluss versammelten und Richtung Süden flogen, sich entfernten und zu einem klebrigen Brei verschmolzen. Bleiern senkte sich die Müdigkeit auf das Haupt des ermatteten Hauptkommissars, der nur noch aus weiter Ferne mitbekam, wie der Pfarrer seine Predigt mit einem weiteren Bibelzitat beendete und Platz für den nächsten Redner machte.

Als der Bürgermeister zu sprechen begann, war Claudius Zorn eingeschlafen.

*

Ich danke dir, dass ich an dich glauben darf, betete Frieda Borck. *Dafür, dass ich tief in meinem Herzen weiß, dass es dich gibt. Für diesen Glauben bin ich dir wirklich dankbar, aber du musst mir helfen, dass dies auch so bleibt. Du hast mir schon oft geholfen, weißt du noch? Damals, als ich dich gebeten habe, diesen albernen Schönheitswettbewerb zu gewinnen. Oder als ich meinen Teddy im Sandkasten vergessen hatte, den grauen mit dem abgerissenen Arm, ich habe dich angefleht, dass ihn keines von den anderen Kindern mitgenommen hat. Er war noch da, weil du aufgepasst hast.*

Jetzt musst du wieder etwas für mich tun.

Lass mich diese verdammte Keycard wiederfinden.

Wenn nicht, mach, dass ich sie nur verloren habe.

Lass nicht zu, dass Jan sie aus meiner Tasche genommen hat.

*

Wäre die Rede des Bürgermeisters verfilmt worden, so hätte man die Szene wohl mit leiser, dramatischer Musik unterlegt. Die verweinten Augen der Angehörigen wären in Großaufnahme gezeigt worden, dann ein Schnitt unter das Kirchendach, Totale aus vierzig Metern Höhe mit Blick auf die Köpfe der Trauergesellschaft, ein weiterer Schnitt, die Kamera würde an der ersten Reihe entlanggleiten, vorbei an den Honoratioren der Stadt, der Frau des Bürgermeisters, dem Baudezernenten, dem Pfarrer und dem stellvertretenden Polizeichef, der noch immer hoffte, die Nachfolge seines ermordeten Vorgesetzten antreten zu können.

Nein, dies war kein Film, es war nur ein weiterer Tag im Leben des Claudius Zorn, aber *wenn* es ein Film gewesen wäre, so hätte man die etwas unbeholfenen Worte des Bürgermeisters nachsynchronisiert, ebenso, wie ein kluger Regisseur die anschließende Schweigeminute herausgeschnitten hätte.

»Und so bitte ich die Versammelten, sich von ihren Plätzen zu erheben und der so grausam aus unserer Mitte Entrissenen in einem Moment der Andacht zu gedenken«, las der Bürgermeister von seinem Zettel ab.

Es wurde unruhig, Stühle wurden gerückt, Kleidung raschelte, Füße scharrten über die uralten Steinfliesen.

Über dreihundert Menschen standen mit gesenkten Köpfen an ihren Plätzen, stumm, ehrfürchtig, in Gedanken mit den Toten und dem eigenen Ableben beschäftigt.

Die Sekunden vergingen.

Niemand bemerkte zunächst, dass einer von ihnen sitzen geblieben war. Auch Hauptkommissar Schröder bekam es nicht mit, er hatte die Hände vor dem Bauch gefaltet, starrte versunken an die Decke und achtete nicht auf seinen Nachbarn, der mit verschränkten Armen auf seinem Stuhl hockte, die Beine ausgestreckt, das Kinn auf die Brust gesackt.

Hinten, auf der Empore, schluchzte ein junger Mann leise auf. Der Bürgermeister kratzte sich an der Nase, ein Lautsprecher knackte.

Dann ertönte ein Geräusch, das anfangs nur schwer zu definieren war. Ein nasales, langgezogenes Krächzen, leise, fast schüchtern erst, dann dröhnte es durch die andächtige Stille wie der Brunftschrei eines verschnupften Elchbullen, verstärkt durch die hervorragende Akustik des spätgothischen Kirchenschiffes.

Kurz bevor der selig schlummernde Claudius Zorn zur Seite sank, packte der dicke Schröder seinen Oberarm und verhinderte im letzten Moment, dass er der Länge nach auf dem Mittelgang aufschlug.

Aber das Schnarchen, das hatten Einige gehört.

*

Das große Glück des Claudius Zorn bestand darin, dass er an diesem Abend nicht mehr richtig wach werden sollte. Er sah nicht, dass die Trauergäste in den ersten Reihen kopfschüttelnd zu tuscheln begannen, auch den entsetzten Blick des Bürgermeisters bemerkte er nicht. Nur am Rande bekam er mit, dass Schröder ihn vorsichtig aus der Kirche führte und draußen in ein Taxi setzte. An die Fahrt sollte er sich später nicht mehr erinnern, wie durch dicken Nebel stapfte er zum Fahrstuhl, und als er endlich in seiner Wohnung ankam, sank er angezogen auf sein Bett und schnarchte innerhalb von Sekunden weiter, als wäre nichts geschehen.

Zwölf Stunden schlief Zorn tief und traumlos, wie viele andere auch. Allerdings nicht alle, denn einige Menschen in der Stadt blieben wach, manche, weil sie arbeiten mussten, andere, weil sie schon den größten Teil des Tages mehr oder weniger schlafend vor den Flachbildschirmen ihrer Fernseher verbracht hatten und sich jetzt unruhig in ihren Betten wälzten.

Vier weitere Menschen fanden in dieser Nacht ebenfalls keinen Schlaf: Jan Czernyk war mit seinen weiteren Plänen beschäftigt. Frieda Borck hielt Zwiesprache mit Gott. Was Malina tat, wissen wir nicht.

Auch Hauptkommissar Schröder tat kein Auge zu.

Warum, würde sich bald herausstellen.

Zweiundzwanzig

Der nächste Tag begann für Claudius Zorn mit einer handfesten Überraschung. Sicherlich, weitere, weit schlimmere sollten noch folgen, doch als er pünktlich zum Dienstbeginn das Büro betrat, war Zorn zumindest verwundert, den dicken Schröder nicht an seinem gewohnten Platz anzutreffen.

Unschlüssig stand er in der Tür und sah sich um. Die Spurensicherung hatte ihre Arbeit beendet. Der Schreibtisch war beiseite gerückt worden. Die große Stehlampe stand mitten im Raum. Tischplatte und Türblatt waren mit schwarzem Graphitpulver verschmiert. Auf dem Teppich lagen rote Plastikpfeile. Die Stelle, an der die Leiche zum Schluss gelegen hatte, war mit weißen Klebestreifen markiert.

Zorns Bürostuhl war an die Wand gerollt worden. Er fuhr mit den Fingern über die Vertiefung auf der Sitzfläche, dachte an den Toten, der zuletzt hier gesessen hatte, und richtete sich fröstelnd wieder auf.

Da war noch etwas anderes.

Er schnupperte.

Überlagertes Hackfleisch und verdorbener Aufschnitt.

Nee, dachte er. Hier bleib ich keine Sekunde länger.

Zorn ging.

Rauchen.

*

Auf den ersten Blick hätte man meinen können, der Richter sei tot.

Seine rechte Wange lag auf dem Rand der Badewanne, die alte Wolldecke bedeckte den mageren Körper bis zum Kinn. Der Mund war halb geöffnet, die Zunge, geschwollen und bläulich verfärbt, hing zwischen den aufgesprungenen Lippen wie ein toter Fisch. Ein schmutziggrauer Flaum hatte sich auf seinen eingefallenen Wangen gebildet, unter den halbgeschlossenen Lidern schimmerten die gelblichen Augäpfel. Nur das kaum merkliche Auf und Ab des Brustkorbs zeigte, dass der alte Mann schlief.

Tot war er nicht.

Noch nicht.

*

Zorn saß in der Kantine, als sein Handy klingelte. Während der letzten halben Stunde war er ziellos durchs Präsidium geschlichen, dann hatte er beschlossen, hier auf Schröder zu warten. Vor ihm standen eine Tasse Kaffee und ein Plastikteller mit einem Marmeladenbrötchen. Er hatte es nicht angerührt, der Kaffee wurde langsam kalt.

»Du musst herkommen«, sagte Schröder am Telefon. »Sofort.«

*

Jan Czernyk stand in der engen Zelle und betrachtete seinen Gefangenen. Sein Blick war hart, mitleidlos, als läge kein Mensch, sondern ein Sack voller Würmer in der Badewanne. So ähnlich roch der alte Mann auch, er bewegte sich im Schlaf, murmelte vor sich hin. Die Worte waren unverständlich, doch es klang, als habe er Angst.

»Gut so«, sagte Czernyk leise.

In der Hand hielt er eine Büchse mit Bohnensuppe, er hatte sie bereits geöffnet. Dicke Fettklumpen schwammen auf der trüben Brühe, dazwischen ein weißes, mehlartiges Pulver. Zerstoßene Tabletten, Barbiturate, sie ließen den Richter immer wieder in ohnmachtähnlichen Schlaf fallen.

Czernyk rührte mit dem Finger in der Büchse, bis das Pulver sich mit der Brühe vermischt hatte. Die Tabletten waren gefährlich, irgendwann würde der alte Mann Entzugserscheinungen bekommen. Herzrasen. Halluzinationen. Vielleicht ins Koma fallen.

Das war Jan Czernyk egal.

Vorerst jedenfalls.

*

»Wo bist du?«, fragte Zorn.

»Zu Hause.«

»Würdest du deinen Hintern vielleicht ins Präsidium …«

»Ich sagte, du sollst herkommen.«

Zorn horchte auf. Etwas in Schröders Stimme war anders als sonst.

»Was ist los?«

Im Hintergrund glaubte Zorn, laute Stimmen zu hören.
»Wer schreit da?«
»Komm her«, sagte Schröder zum dritten Mal und legte auf.

*

Czernyk stellte die Büchse auf den Boden, dann beugte er sich über die Wanne und fühlte dem Richter die Stirn. Sie war heiß, sehr heiß. Der Alte zuckte im Schlaf, stieß ein ängstliches Wimmern aus.
»Du wirst noch ein bisschen durchhalten, alter Mann«, murmelte Czernyk.
Ein letzter, prüfender Blick. Dann holte er einen Zettel aus seiner Manteltasche und befestigte ihn an der Wand. Der Akku des Laptops war leer, er hatte die Botschaft mit der Hand geschrieben.
DAS URTEIL IST GEFÄLLT. MACH DICH BEREIT.
Czernyk ging.

*

Zorn parkte den Volvo direkt vor dem Haus. Bevor er klingeln konnte, öffnete Schröder die Tür. Er sah müde aus, seine Haut war käsig, die kleinen, geröteten Augen leuchteten wie gesplitterte Bremslichter im Nebel.
»Komm rein.«
Kein Lächeln, keine Begrüßung.
»Was ist passiert?«
Unwillkürlich senkte Zorn die Stimme.
Schröder öffnete die Tür zur Wohnung seiner Eltern.
»Die Schuhe kannst du anlassen. Die Jacke auch.«
Im Flur blieb Schröder stehen und deutete auf eine Tür zu seiner Linken.
»Er ist da drin. Es geht ihm nicht gut, du wirst selbst sehen, was los ist.«
Hinter der Tür war ein Krachen zu hören, als würde ein Bücherstapel zu Boden fallen. Schröder schwieg einen Moment, dann sah er

Zorn an. »Er sagt Dinge, die ein gesunder Mensch niemals aussprechen würde. Ich will nicht, dass jemand davon erfährt.«

Aus der Küche drang die dünne Stimme einer alten Frau.

»Ist er da?«

»Ja, Mama«, sagte Schröder, ohne Zorn aus den Augen zu lassen. »Alles wird gut.«

Langsam dämmerte Zorn, was Schröder von ihm erwartete.

»Was soll ich machen?«, fragte er.

»Das Richtige.« Schröder öffnete die Tür. »Pass auf die Scherben auf.«

*

Es hatte zu nieseln begonnen.

Jan Czernyk stand an der Straßenbahnhaltestelle am Zoo, vom Dach des Wartehäuschens tropfte das Wasser. Die Uniform hatte er ausgezogen, unter dem Mantel trug er seinen dunklen, mittlerweile ziemlich zerknitterten Anzug. Trotzdem war ihm nicht anzusehen, dass er die letzten Nächte unter einer schmutzigen Decke im Inneren einer Ruine verbracht hatte.

Neben dem Fahrplan hing das Werbeplakat eines Optikers. Ein höchstens fünfjähriger Junge in kariertem Hemd und umgekehrtem Basecap auf dem Kopf streckte grinsend den Daumen in die Höhe, auf der Nase saß eine giftgrüne Brille. Als Czernyk den Werbespruch las, verzog er das Gesicht, als hätte er Zahnschmerzen.

COOLE BRILLEN FÜR KIDS! JETZT SEHTEST MACHEN!

Die Straßenbahn hielt mit quietschenden Bremsen. Czernyk vergrub die Hände in den Manteltaschen und stieg ein. Sein nächstes Ziel befand sich nur ein paar Stationen entfernt.

Vorher musste er noch ein Telefonat führen.

*

Das Schlafzimmer war völlig verwüstet. Schröders Vater stand mit dem Rücken zu ihnen am Fenster. Er trug ein weißes Nachthemd mit großem, altmodischem Kragen, die verschwitzen Haare klebten ihm am Kopf.

»Er ist jetzt da, Papa.«

Der Alte reagierte nicht. Das Doppelbett war zerwühlt, die Decken lagen halb auf dem Teppich. Die Türen eines großen Eichenschranks hingen schief in den Angeln, Kleidung war herausgerissen und überall im Zimmer verstreut worden. Eine Vase war vom Nachttisch gefallen, Bücher, Medikamentenschachteln und schmutziges Geschirr bedeckten den Boden.

Schröder ging zum Fenster, Scherben knirschten unter seinen Hausschuhen. Er legte seinem Vater die Hand auf die Schulter.

»Papa?«

Der Alte sah auf Schröder hinab, dann wandte er sich um. Sein Blick irrte durch das Zimmer, blieb an Zorn hängen. Die Augen, stumpf wie milchiges Glas, leuchteten plötzlich auf.

»Da bist du ja endlich!«

Er kam auf Zorn zugetippelt, tapsig, wie ein großer, unbeholfener Vogel. In den Händen hielt er ein kleines Plastikauto.

»Hier«, er reichte Zorn das Spielzeug. Ein Feuerwehrauto, die Leiter war abgebrochen.

»Danke«, sagte Zorn und fügte dann hinzu: »Papa.«

»Du solltest besser auf deine Sachen aufpassen, Rüdiger! Alles lässt du rumliegen!« Der Alte schwieg verwirrt. Vorn auf seinem Nachthemd hatte sich ein dunkler Fleck gebildet. »Warum kommst du erst jetzt? Wir haben die ganze Zeit mit dem Abendbrot gewartet!«

»Ich musste arbeiten.«

Plötzlich, wie aus dem Nichts, hob Schröders Vater die Hand und gab Zorn eine schallende Ohrfeige.

»Das ist keine Ausrede!«

Zorn taumelte zurück, sein Kopf dröhnte. Der Ehering hatte ihm die Oberlippe aufgerissen.

Der Alte wankte näher. Die knochigen Beine ragten aus dem Nachthemd hervor wie brüchige Äste. In Erwartung eines weiteren Schlages zuckte Zorn zusammen, stattdessen legte sich eine kühle Hand auf seine Wange.

»Du musst lernen, pünktlich zu sein, mein Sohn.«

Zorn nickte stumm und fuhr sich mit der Zunge über die Lippen.

»Wir müssen ihn verbinden«, sagte Schröder leise.

Die Glasscherben hatten die Füße des alten Mannes zerschnitten, der Teppich war mit blutigen Abdrücken übersät. Unter dem Fenster, da, wo er eine Weile gestanden hatte, glänzte eine dunkle Pfütze.

»Du musst dich ein bisschen ausruhen«, sagte Zorn. Er spürte, wie seine Oberlippe anschwoll.

»Ich bin aber nicht müde!«

»Das weiß ich.«

Widerstandslos ließ sich der Alte zum Bett führen und setzte sich auf die Kante. Er nahm ein Kissen, knetete es im Schoß und brabbelte leise vor sich hin. Zorns Knie knackte, als er vor dem Bett in die Hocke ging, er griff einen Fuß und hob ihn vorsichtig an. Der Uringestank nahm ihm den Atem, Blut floss über seine Finger, die Sohle war mit vielen kleinen Schnittwunden bedeckt.

Wortlos reichte ihm Schröder eine Mullbinde. Zorn umwickelte den Fuß, unbeholfen, es war lange her, dass er einen Erste-Hilfe-Kurs besucht hatte.

»Du bist da. Endlich.«

Knotige Finger fuhren durch sein Haar. Der Mann musste Schmerzen haben, es ging gar nicht anders. Doch er schien nichts zu spüren.

»Ja«, nickte Zorn und nahm den anderen Fuß. »Ich bin da.«

Ein Glassplitter hatte sich tief in das Fleisch gebohrt, Zorn biss die Zähne zusammen und zog ihn mit einem Ruck heraus.

Was mach ich hier?, überlegte er und streckte die Hand aus, um sich von Schröder eine zweite Binde reichen zu lassen. Ich knie vor einem wildfremden Verrückten, der mich für seinen Sohn hält, verbinde ihm die Füße und lasse mir zum Dank die Lippe blutig boxen. Aber ich bin es Schröder schuldig, nein, nicht nur ihm, auch seinen Eltern. Und mir selbst. Schließlich habe ich mich nie um meinen eigenen Vater gekümmert.

Er riss das letzte Stück der Binde auseinander und verknotete die Enden auf dem Fußrücken.

»Fertig.«

»Du bist ein guter Junge«, murmelte der Alte verträumt. Zorn ordnete das Bettlaken und drückte ihn sanft in die Kissen. Die Hände wanderten über die Decke, aufgescheuchte Spinnen, die etwas suchten, woran sie sich festhalten konnten.

»Du musst aufpassen, Rüdiger.«

Die Finger fanden Zorns Handgelenk.

»Das werde ich«, versprach Zorn.

»Nein, du verstehst nicht.« Der Alte richtete sich auf, seine Augen flackerten. »Steig nicht in das Boot, du wirst verdursten!«

»Okay.«

Zorn versuchte erst gar nicht, hinter den Sinn dieser Worte zu kommen.

»Es ist wichtig. Du bist ein guter Sohn, aber er«, ein knochiger Zeigefinger wies zitternd auf Schröder, der reglos neben der Tür stand, »hätte auf dich aufpassen müssen. Er ist schlecht!«

»Das ist er nicht«, widersprach Zorn leise und richtete sich auf.

»Doch!«

Zorn wurde am Hemd gepackt und hinabgezogen.

»Er hat dich im Stich gelassen, seinen eigenen Bruder«, keuchte der Alte aufgeregt. »Er ist schlecht!« Zorn spürte den sauren Atem des alten Mannes, wollte widersprechen, doch Schröder hinter ihm holte tief Luft. Eine Warnung.

Lass ihn reden, hieß das. Gib ihm Recht.

»Du glaubst mir nicht, stimmt's?« Schröders Vater legte den Kopf schief, sein Blick bekam etwas Verschlagenes. »Aber ich kann es beweisen. Er hat an sich rumgespielt, ich habe ihn dabei erwischt! Neulich, als er gerade aus der Schule gekommen war.«

Die Worte schwollen an, flogen Zorn entgegen, mischten sich mit dem Speichel des Alten. Der Adamsapfel hüpfte in dem faltigen Hals, die Augen wurden groß, leuchteten wie verschmutzte Scheinwerfer.

»Er hat onaniert!«

Der Alte schrie aus Leibeskräften.

ONANIEEEEEERT!!!!

Seine Finger pressten sich wie Schraubstöcke um Zorns Arme. »Steig nicht in das Boot! Versprich es mir! Das Wasser ist kalt!« Er heulte, bäumte sich auf, schlug gegen den Nachttisch, ein Wasserglas zerschellte am Boden. Zorn versuchte, ihn ins Bett zu drücken, der Alte warf sich hin und her, der letzte Rest Vernunft war aus seinem Körper gewichen, die Zähne schlugen mit einem lauten Klacken aufeinander, plötzlich brach er in ein irres, kehliges Lachen aus.

»*ER HAT ONANIHIHIHIHIHIERT!*«

»Still!«, rief Zorn.

Das Lachen verstummte. Als würde eine Tür ins Schloss fallen.

Neben dem Bett lag ein Taschentuch. Zorn putzte dem Alten die Nase, redete leise auf ihn ein. Was genau, wusste er nicht, es war auch egal. Verwundert stellte er fest, dass der Klang seiner Worte genügte.

Die Minuten vergingen, der Blick des alten Mannes wurde klarer, langsam, ganz langsam kam er wieder zurück.

»Was ist passiert?« Er verbarg das Gesicht hinter den Händen, wie ein Kind, das nicht gesehen werden will. »Mein Gott, ich verliere den Verstand.« Seine Stimme drang dumpf zwischen den Fingern hindurch, dann begann er, mit den Händen gegen die Schläfen zu schlagen. Er sah zu Zorn auf, seine Augen waren feucht. »Ich kann nichts dagegen tun, es ist, als hätte ich ein Loch im Kopf, ich merke ja, wie es schlimmer wird. Nicht nur für mich, auch für euch. Aber dann bin ich weg, und wenn ich zu mir komme, weiß ich nicht, was passiert ist. Ich will das nicht. Ich will das alles nicht!«

Zorn strich ihm das schweißnasse Haar aus der Stirn.

»Alles wird gut«, murmelte er.

»Du bist ein guter Junge, Rüdiger. Du musst nur lernen, pünktlich zu sein.« Der Alte lächelte vorwurfsvoll. »Komm her«, sagte er dann, an Schröder gewandt. Er hatte die Stimme gehoben, jetzt glaubte Zorn zu wissen, wie er früher geklungen hatte, damals, als er noch Herr seiner Sinne gewesen war.

Dann saßen sie auf der Bettkante, Zorn links, Schröder rechts. Der Alte lag zwischen ihnen, sein Blick wanderte von einem zum anderen.

»Ihr seid Brüder, ihr müsst auf euch aufpassen.«

Er nahm ihre Hände.

Zorn schluckte.

»Das werden wir.«

»Wir werden aufpassen«, wiederholte Schröder. »Wir versprechen es.«

»Gut«, nickte der Alte zufrieden. »Jetzt muss ich ein bisschen schlafen. Sagt eurer Mutter, dass ich heute später zur Arbeit gehe.«

Er schloss die Augen, noch immer hielt er ihre Hände fest umklammert.

Schweigend warteten sie, bis sein Atem tief und regelmäßig geworden war.

Dann gingen sie.

*

»Wie lange geht das schon so, Schröder?«

»Lange. Zu lange.«

Sie saßen im Auto. Zorn fuhr vorsichtig, wie ein Anfänger.

»Du könntest dich bedanken«, sagte er.

»Muss ich?«

»Blödsinn.«

Nein, Dank erwartete Zorn tatsächlich nicht, Schröder hätte dasselbe für ihn getan. Nein, viel, viel mehr als das. Es kostete nichts, ein paar Minuten am Bett eines alten kranken Mannes zu sitzen. Unabhängig davon war dies alles wie selbstverständlich geschehen, automatisch, ohne Nachdenken. Sicherlich, Claudius Zorn war ein Sturkopf, ein mürrischer Einzelgänger, ein fauler, egoistischer Sack. Doch etwas anderes schlummerte in seinem fast fünfzigjährigen Dickschädel: Mitgefühl. Empathie. Selbstlosigkeit.

Dies war die andere Seite des Claudius Zorn.

Er hatte leider nur selten Gelegenheit, sie zu zeigen. Und wenn, tat er es ungern.

»Denkst du, es geht ihm besser, wenn er aufwacht?«

»Nein«, sagte Schröder. »Er ist dement. Es wird schlimmer werden.«

»Was ist mit einem Pflegeheim?«

Schröder schüttelte den Kopf.

»Er ist mein Vater. Ich bin sein Sohn.«

Und mich, dachte Zorn, hält er ebenfalls dafür.

»Kann es sein«, fragte er, »dass du mir deshalb alles durchgehen lässt? Weil ich deinem Bruder so ähnlich sehe? Weil ich dich an ihn erinnere? Wir wissen beide, dass du der bessere Bulle bist. Wahrscheinlich auch der bessere Mensch.«

Schröder antwortete nicht.

Und das war gut so, denn Zorn wollte es auch nicht wissen.

*

Ein Klicken, die Münzen fielen in den Schacht. Czernyk wartete einen Moment, dann ertönte das Rufzeichen. Sie meldete sich nach dem ersten Klingeln.

»Ja?«

»Ich bin's.«

Er hörte, wie sie zischend die Luft einsog.

»Gott sei Dank, Jan! Ich war so bescheuert, ich hätte dich nicht wegschicken dürfen, es tut mir leid!« Die Worte sprudelten nur so aus ihr hervor, wurden schneller, überschlugen sich. »Mein Vater kennt den Chef der Augenklinik, wir können da jederzeit hingehen. Und wenn sie dir dort nicht helfen können, bin ich da, ich kümmere mich um dich, auch wenn du wirklich«, ihre Stimme zitterte, »blind wirst. Ich hab mich krankschreiben lassen, ich bin zu Hause, komm her, wir müssen reden Jan, unbedingt, oder sag mir, wo du bist, ich komme zu dir, ich …«

»Hör mir zu, Frieda.«

»Alle suchen nach dir, Jan! Sie denken, du hättest etwas mit diesen Morden und den Entführungen zu tun, und bei der Arbeit warst du auch nicht, die wollen nach dir …«

»Du sollst mir zuhören.«

Sie schluchzte.

»Sag mir, dass du das alles nicht getan hast!«

»Wir werden uns bald sehen«, sagte Czernyk, Wort für Wort betonend. »Aber ich muss noch was erledigen.«

»Was musst du erledigen? *Was?*«

»Das kann ich dir nicht sagen. Aber es ist bald vorbei.«

Schweigen.

»Bist du noch dran, Frieda?«

»Ja.« Sie begann zu weinen, bettelte wie ein Kind. »Du hast niemanden umgebracht, das darf einfach nicht sein!«

»Wer behauptet, dass ich jemanden getötet habe?«

Sie antwortete nicht. Er hörte, wie sie sich die Nase putzte.

»Es geht um Gerechtigkeit, Frieda. Ich weiß, dass das abgedroschen klingt, aber du kannst mir glauben, dass ich nicht anders kann. Irgendwann werde ich es dir erklären.«

»Wann?«

»Bald.«

»Bitte, Jan, Ich will dich sehen! Egal, was du vorhast, lass es sein!«

»Das geht nicht.«

»Verdammt nochmal«, schrie sie. »Warum rufst du mich dann an?«

»Weil ich dich liebe.«

Czernyk unterbrach das Gespräch.

*

Die Scheibenwischer fuhren quietschend über die Frontscheibe. Zorn blinkte und bog auf den Parkplatz vor dem Präsidium.

»Erzähl mir, was damals passiert ist«, sagte er und hielt neben der alten Kastanie. Die letzten Blätter waren zu Boden gefallen. Es dauerte eine Weile, bis Schröder antwortete, während der letzten Minuten hatte er still aus dem Fenster gesehen.

»Mit Rüdiger?«, fragte er.

»Dein Vater gibt dir die Schuld an seinem Tod, oder?«

Schröder löste den Sicherheitsgurt.

»Jetzt nicht. Später.«

»Wie du meinst.«

Zorn zog die Handbremse an, sie stiegen aus. Dünner Regen wehte wie ein Schleier über dem Parkplatz.

»Ich geh schon mal vor, du willst bestimmt noch rauchen.« Ohne auf eine Antwort zu warten, lief Schröder los. Dann wandte er sich noch einmal um.

»Was ist?«, fragte Zorn, die Zigarette bereits zwischen den Fingern.

»Danke.«

»Ich hab doch gesagt, du musst dich nicht …«

»Das weiß ich«, unterbrach Schröder. »Es ist gut, dass ich das nicht allein durchstehen musste.«

Dann war er zwischen den Streifenwagen verschwunden.

Guck mal einer an, dachte Zorn ein wenig irritiert.

Ein seltenes Hochgefühl stieg in ihm auf, eine Art Glück, es machte ihn froh.

Es tat ihm gut. Sehr gut sogar.

Das sollte sich schlagartig ändern, als eine Gestalt hinter dem Stamm der Kastanie hervortrat und langsam nähergeschlendert kam.

Zorn öffnete den Mund, doch mehr als ein erschrockenes Grunzen brachte er nicht zustande.

»Ich denke«, sagte Jan Czernyk, »wir haben einiges zu besprechen, oder?«

Dreiundzwanzig

»Ich bin hier, weil ich mit Ihnen reden will. Aber ich knüpfe dieses Gespräch an eine Bedingung.«

»Sie sind nicht in der Lage, Forderungen zu stellen, Czernyk.«

Sie saßen in einem der Verhörräume im Erdgeschoss. Die Wände waren in Senfgelb gestrichen, ein einfacher Holztisch mit zwei braunen Ledersesseln sollte den Anschein einer ungezwungenen Atmosphäre erwecken. Nur die fehlende Türklinke und die schmalen Fenster dicht unter der Decke deuteten darauf hin, dass erhöhte Sicherheitsvorschriften galten. Neben der Tür war ein breiter Spiegel in die Wand eingelassen, dahinter lag der Kontrollraum, eine stickige Kammer, von wo aus die Gespräche überwacht wurden.

»Ich möchte nicht, dass Frieda …« Czernyk stockte. »Frau Borck«, korrigierte er sich, »von dieser Unterhaltung erfährt. Vorerst jedenfalls.«

Auf dem Tisch stand das Mikrophon eines Aufnahmegerätes. Zorn schob es ein wenig zur Seite. »Die Staatsanwältin hat sich krank gemeldet. Sobald sie wieder zum Dienst erscheint, wird sie informiert.«

»Das genügt mir.«

Czernyk lehnte sich in seinem Sessel zurück.

»Also«, fragte Zorn, »warum sind Sie hier?«

»Weil ich mit Ihnen reden will.«

»Das habe ich mittlerweile verstanden.«

»Könnten Sie das Licht ein wenig dimmen?«, bat Czernyk müde und schloss einen Moment die Augen.

»Das könnte ich.« Zorn schüttelte den Kopf. »Aber ich werde es nicht tun. Sie wissen so gut wie ich, dass ich Ihr Gesicht sehen muss.«

»Natürlich.« Czernyk lächelte. »Sie treiben mich in die Enge, beobachten meine Reaktionen und nageln mich so lange fest, bis Sie mich überführt haben. Das A und O eines ordentlichen Verhörs.«

»Verarschen Sie mich nicht, Czernyk.«

»Ich bin nicht hier, um ein Geständnis abzulegen.«

»Warum dann?«

Czernyk reagierte mit einer Gegenfrage.

»Wo ist eigentlich Ihr Kollege?«

»Schröder? Der kümmert sich um den Haftbefehl. Wir wollen doch, dass alles mit rechten Dingen zugeht.«

»Ich bin sicher, dass Sie sich an die Vorschriften halten werden, Herr Hauptkommissar.«

»Natürlich.« Zorn stützte die Ellbogen auf den Tisch und verschränkte die Hände unter dem Kinn. »Wir werden ein wenig plaudern, und danach nehme ich Sie fest. Egal, was Sie mir zu erzählen haben.«

Czernyk beugte sich ebenfalls vor.

»Wenn Sie meinen«, sagte er leise.

Ihre Blicke trafen sich.

Zorn bemerkte die tiefen Falten um Czernyks Mundwinkel, die dunklen Augenringe, das nervöse Zwinkern, die starren, wie festgenagelten Pupillen. Vor ihm saß ein erschöpfter, ausgelaugter Mann, Czernyk wirkte wie ein vietnamesischer Flüchtling, nichts erinnerte an den eleganten Ermittler. Der Maßanzug schien ein paar Nummern zu groß, die teuren Schuhe waren zerschrammt und fleckig, die Fingernägel lang und schmutzig.

»Sie sehen beschissen aus. Und Sie brauchen eine Dusche.«

»Die letzten Tage waren ein wenig anstrengend.«

»Was hat Sie denn so mitgenommen? Die Entführungen? Die Morde?«

»Sie haben keine Ahnung.« Czernyk schwieg einen Moment. »Kann ich einen Kaffee bekommen?«

»Aber natürlich.« Zorn zog das Mikrophon dicht zu sich heran. »Der Verdächtige hätte gern einen Kaffee.«

»Schwarz, bitte.«

»Schwarz«, wiederholte Zorn. Dann wandte er sich wieder an Czernyk. »Darf's sonst noch was sein? Kuchen? Kekse? Pizza? Eisbergsalat? Es kann ein bisschen dauern, der Kellner ist nicht mehr der Jüngste.«

Czernyk verzog keine Miene.

»Ein Kaffee sollte genügen.«

»Gut.« Zorn trommelte mit den Fingern auf der Tischkante. »Und was machen wir so lange?«

»Ich könnte Ihnen sagen, warum ich hier bin.«

»Das wär toll. Ich bin nämlich sehr gespannt.«

»Zunächst werden wir ein bisschen plaudern.« Czernyk sah auf seine Uhr. Zorn entging nicht, dass er das Ziffernblatt dicht vor die Augen hielt. »Eine halbe Stunde sollte genügen.«

»Und dann?«

»Dann bin ich gespannt, was für ein Gesicht Sie machen werden.«

»Wenn Sie Ihr Geständnis unterschreiben?«

»Nein.« Czernyk nickte in Richtung Tür. »Wenn ich dort wieder hinausspaziere.«

Zorn lachte auf.

»Das glauben Sie wohl selbst nicht!«

Czernyk musterte ihn schweigend.

»Okay.« Zorn seufzte ein wenig übertrieben. »Da Sie offensichtlich nicht reden wollen, werde ich Ihnen jetzt erzählen, was genau in den letzten Wochen passiert ist.«

»Nur zu.«

»Sie haben gegen Elias de Koop ermittelt«, begann Zorn. »Als er freigesprochen wurde, haben sie beschlossen, die Sache selbst in die Hand zu nehmen. Zunächst haben Sie Meinolf Grünbein, einen Bankangestellten, unter Druck gesetzt. Warum?«

»Sagen Sie's mir.«

»Hatte er Beweise gegen de Koop in der Hand? Sie haben Grünbein erpresst und dann in den Selbstmord getrieben. Sie kennen sich mit diesen Psychospielchen aus, Sie wissen, wie man jemandem Furcht einjagt, Sie haben den Mann verfolgt, bedroht, nachts angerufen, wahrscheinlich haben Sie ihm Botschaften geschickt, bis er wahnsinnig vor Angst wurde. Sie waren sogar in seiner Wohnung, haben irgendwas gesucht.« Zorns Zeigefinger schoss nach vorn. »Ich weiß, dass Sie das waren, Czernyk. Sie haben natürlich keine Spuren hinterlassen, aber Sie konnten sich nicht verkneifen, den Schreibtisch aufzuräumen. Weil Sie einen Ordnungsfimmel haben.«

»Eine amüsante Geschichte.«

Czernyk lächelte nicht.

»Sie geht noch weiter. Danach haben Sie mit Jeremias Staal weitergemacht, sein Auto manipuliert, und als das nicht geklappt hat, haben Sie ihn erschlagen und wie ein Stück Dreck in einem Müllcontainer entsorgt. Er hat für de Koop gearbeitet, stimmt's? Sie konnten es nicht beweisen, also haben Sie ihn selbst bestraft.«

Czernyk blieb stumm, die Wangenmuskeln zuckten unter seiner Haut.

»Aus demselben Grund haben Sie de Koops Anwalt getötet«, fuhr Zorn fort. »Er hat für den Freispruch gesorgt, das hat Sie wütend gemacht. Ich glaube, Sie haben Geschmack dran gefunden, kann das sein?«

»Woran?«

»Menschen zu töten.«

Czernyk war Zorns Worten aufmerksam gefolgt, welche Wirkung sie auf ihn hatten, blieb verborgen. Sein Gesicht war das eines buddhistischen Mönches.

»Es ging Ihnen um Strafe. Jahrelang haben Sie die Schweine verfolgt, im Dreck gewühlt, mit dem Abschaum gelebt. Sie haben selbst gesagt, dass es einen irgendwann einholt.«

Das war vor ein paar Monaten gewesen, kurz, nachdem sie sich kennengelernt hatten. Czernyk hatte Videos ausgewertet, dutzende Filme, auf denen Kinder vergewaltigt und misshandelt wurden. Zorn war dazu nicht in der Lage gewesen, schon damals hatte er sich gefragt, wie Czernyk damit zurechtkommen konnte.

»Ich kann mich an dieses Gespräch erinnern«, nickte Czernyk. »Ich sagte Ihnen, dass man das alles verdrängen muss.«

»Aber es funktioniert nicht mehr! Das Fass ist übergelaufen, und der Tropfen heißt Elias de Koop!«

»Ich will Ihnen nicht zu nahe treten«, Czernyk lächelte kurz, »aber an Ihren Metaphern müssen Sie noch ein bisschen arbeiten.«

»Scheiß drauf.«

Sie schwiegen einen Moment. Die Klimaanlage sprang an, rauschend erwachten die Ventilatoren in der Decke zum Leben.

»Wir wissen, wie Sie die Leiche des Anwalts ins Präsidium gebracht haben«, sagte Zorn. »Sie wollten mir zeigen, wie cool Sie sind. Dass Sie mir überlegen sind, dem kleinen Provinzwürstchen.« Er hoffte, dass man ihm seine Wut nicht anmerkte. »Wenn Sie mir einen Schrecken einjagen wollten, ist Ihnen das gelungen. Ich habe mir fast in die Hosen gemacht.«

»Ich habe keine Ahnung, wovon Sie sprechen.«

»Was haben Sie mit dem Richter gemacht?«, fragte Zorn. »Ist er tot? Wo haben Sie ihn verbuddelt? Und warum haben Sie Schröder die Nachricht geschickt? Die SMS, dass alles zusammenhängt? War Ihnen langweilig?«

»Sind Sie fertig mit Ihrer«, Czernyk machte eine winzige Pause, »*Geschichte?*«

»Nicht ganz.« Zorn holte tief Luft. »Es passt alles zusammen. Sicherlich, Sie haben keine Spuren hinterlassen, dazu sind Sie zu clever. Aber wir werden was finden. Was ich nicht verstehe: Warum haben Sie die Menschen auf dem Polizeiball vergiftet?«

Czernyk zuckte die Achseln.

»Das frage ich mich auch. Warum sollte ich so etwas tun?«

»Sie waren dort.«

»Sie ebenfalls, Zorn. Und Hunderte andere auch.«

Die Tür öffnete sich lautlos, ein Beamter erschien und knallte einen Pappbecher vor Czernyk auf den Tisch. Die Hälfte des Kaffees schwappte über, im nächsten Moment war die Tür wieder zu.

Czernyk nahm den Becher zwischen Daumen und Zeigefinger und prostete Zorn zu. »Für einen Kellner hat er ziemlich schlechte Manieren.« Er trank einen Schluck und rümpfte die Nase. »Denken Sie, er hat reingespuckt?«

»Würde mich nicht wundern.«

»Ich könnte Ihnen auch eine Geschichte erzählen.« Czernyk stellte den Becher ab. »Über Elias de Koop zum Beispiel. Dass er einer der schlimmsten Verbrecher ist, die jemals ihren Fuß auf diese Erde gesetzt haben. Ein gieriger Soziopath, ohne Moral, ohne Mitgefühl. Ich könnte Ihnen sagen, dass ich monatelang Beweise gegen ihn gesammelt habe, dass ich genau weiß, wie er arbeitet, weil ich ihm gefolgt bin. Ich hatte Unterlagen, die nicht vor Gericht zugelassen wurden. Ein Video, auf dem zu sehen ist, was er in Wirklichkeit tut, es wird nicht einmal in den Akten erwähnt. Weil er den Prozess manipuliert hat, den Richter bestochen hat, wahrscheinlich auch die Staatsanwaltschaft.« Czernyks Finger wischte über den Kaffeefleck, malte einen Kreis. »Wie gesagt, das *könnte* ich. Aber ich werde es nicht tun. De Koop wurde freigesprochen, es ist eine Geschichte, mehr nicht.« Er sah auf. »Genau wie Ihre.«

»Und sie gefällt mir«, sagte Zorn. »Sie ist wirklich nett, Ihre kleine Geschichte. Sie liefert nämlich das Motiv für meine.« Er stand auf, stützte sich auf der Tischplatte ab und beugte sich zu Czernyk hinab. »Ich glaube Ihnen. Sagen Sie mir, was genau Sie gegen de Koop haben. Ich verspreche Ihnen, dass ich mich darum kümmern werde.«

Czernyk beugte sich vor und schob das Mikrophon ans andere Tischende.

»Ein nettes Angebot, danke.« Als er weitersprach, senkte er die Stimme zu einem Flüstern. »Das Problem ist, dass Sie dazu nicht in der Lage sind, Zorn. Sie sind einfach nicht gut genug. Sie schaffen es ja nicht mal, mir etwas nachzuweisen.«

Wieder trafen sich ihre Blicke.

»Das werde ich«, presste Zorn hervor. »Verlassen Sie sich drauf.«

Czernyk schüttelte lächelnd den Kopf. Ein trauriges, resigniertes Lächeln.

»Polizeiarbeit«, sagte er in lockerem Plauderton, »besteht im Zusammentragen von Fakten, Beweisen, stichhaltigen Belegen. Man kann eine Weile mit Vermutungen hantieren, aber irgendwann reicht das nicht mehr. Was mich betrifft, könnten Ihre Spekulationen durchaus wahr sein. *Könnten.* Momentan sind es Mutmaßungen, mehr nicht.«

»Warten wir's ab.«

Zorn nahm wieder Platz. Czernyk malte weiter auf dem Tisch.

Die Tür wurde geöffnet, Schröder erschien und nickte Zorn zu.

»Kommst du?«

Zorn stand auf. Sein Stuhl kippte um, er ließ ihn liegen.

»Sie entschuldigen mich einen Moment.«

»Natürlich«, erwiderte Czernyk, ohne aufzublicken. »Schön, Sie zu sehen, Kollege Schröder.«

Lautlos fiel die Tür ins Schloss.

Czernyk betrachtete das Bild auf der Tischplatte.

Ein Kreis, ein trauriges Gesicht, umgeben von einem Strahlenkranz.

Die weinende Sonne.

Er wischte es mit dem Ärmel weg.

*

»Ich knack den Typen nicht, Schröder.«

Sie standen im Kontrollraum, beide hatten die Arme vor der Brust verschränkt. Neben dem verspiegelten Fenster war ein Monitor an der Wand befestigt, das Aufnahmegerät lief, die Festplatte surrte leise. Sie beobachteten Czernyk, der hinter der Scheibe am Tisch saß und mit dem leeren Kaffeebecher spielte.

»Etwas anderes hätte mich auch gewundert, Chef.«

Auf der anderen Seite stand Czernyk auf und trat dicht an die Scheibe. Seine Haut glänzte wächsern, die mandelförmigen Augen wirkten stumpf, leblos, als gehörten sie zu einem toten Fisch. Er starrte Zorn direkt in die Augen, obwohl er nur sein eigenes Spiegelbild sehen konnte.

»Ich war vorhin vielleicht ein wenig zu direkt, Zorn.« Czernyks Stimme hallte blechern aus kleinen Lautsprechern, die dicht unter der niedrigen Decke hingen. »Sie sind kein schlechter Polizist. Die nötige Intelligenz haben Sie jedenfalls. Was Ihnen fehlt, ist vielleicht ein bisschen Abgeklärtheit. Sie sind zu impulsiv.«

»Arschloch«, knurrte Zorn. Automatisch senkte er die Stimme, als könne er durch die Scheibe gehört werden.

»Ich möchte Ihre Gastfreundschaft nicht länger als nötig beanspruchen«, sagte Czernyk. »Es war nett, mit Ihnen zu plaudern, aber ich habe zu tun. Ihr Kollege müsste schon mit Ihnen gesprochen haben.«

Zorn ballte die Fäuste.

»Ich lass dich schmoren, bis du weichgekocht bist.«

»Das«, murmelte Schröder neben ihm, »wird nicht so einfach.«

»Wie jetzt?«

»Wir bekommen keinen Haftbefehl.«

»Blödsinn!«

»Czernyk sagt, dass wir nichts gegen ihn in der Hand haben.« Schröder betrachtete seine Fingernägel. »Und er hat recht.«

»Er hat alles zugegeben!«

»Hat er das?«

»Er hat nichts bestritten!«

»War das ein Geständnis?«

Zorn stockte, ging in Gedanken das Gespräch noch einmal durch. Sah sein eigenes Spiegelbild, das mit Czernyks Gesicht zu einer grotesken Grimasse verschmolz, ein Bild, wie von Picasso gemalt. Vier Augen, zwei Nasen, zwei Münder.

Czernyk hatte eine Geschichte erzählt. Kein Geständnis abgelegt.

»Scheiße.«

»Es gibt nicht den Hauch eines Beweises, Chef.«

Czernyk, nicht mehr als einen halben Meter entfernt, nickte hinter der Scheibe. Als würde er ihnen zuhören.

»Warum bist du hier?« Zorn starrte Czernyk an. »Aus demselben

Grund, aus dem du die Leiche an meinen Schreibtisch gesetzt hast. Du willst mir zeigen, wie blöd ich bin. Du genießt es.«

Schröder tätschelte Zorn den Rücken, als wolle er ihn trösten.

»Ich lös dich ab.«

»Tu das. Ich würde dem sonst eine reinhauen.«

*

»Setzen Sie sich bitte.«

Schröder schloss die Tür hinter sich, trat näher und warf eine dünne Mappe auf den Tisch. Sie schlitterte über die polierte Platte und fiel auf der anderen Seite zu Boden. Er hob sie auf, wollte sich setzen und bemerkte, dass Zorns Stuhl umgekippt war. Kopfschüttelnd bückte er sich abermals, stellte den Stuhl wieder auf, zog den Bauch ein und zwängte sich umständlich auf seinen Platz. Dann schlug er die Akte auf und begann zu lesen, als wäre er allein im Raum.

Czernyk war jeder seiner Bewegungen aufmerksam gefolgt, er stand neben der Tür, sein Kopf ging ruckartig hin und her, misstrauisch wie ein großer, nervöser Vogel.

Eine Minute verging.

»Ersparen Sie uns diese Spielchen«, sagte Czernyk schließlich. »Bitte.«

Schröder sah auf, dann nickte er und wies stumm auf den Stuhl gegenüber. Czernyk setzte sich.

»Wie geht es Ihren Augen?«, begann Schröder.

Czernyk runzelte die Stirn.

»Wer hat Ihnen davon erzählt? Frieda?«

Schröder nickte.

»Das geht niemanden etwas an.«

»Sie wissen, dass Frau Borck krank ist?«

Jetzt war es an Czernyk zu nicken.

»Sie wissen auch, warum?«, fragte Schröder.

»Kommen Sie mir nicht mit diesem persönlichen Kram. Ich weiß, dass es ihr nicht gut geht, und ich weiß auch, dass es mit mir zu tun hat. Aber das ist allein ihre Sache. Und meine.«

»Natürlich.« Schröder schlug die Akte zu und schob sie beiseite. »Ich habe mich aus einem anderen Grund nach Ihren Augen erkundigt.«

»Der wäre?«

»Haifischknorpel.«

Czernyk lehnte sich zurück.

»Würden Sie mir das bitte erklären?«

»Aber gern.« Schröder legte die Fingerspitzen aneinander. »Spuren dieser Substanz befanden sich auf dem Schreibtisch von Meinolf Grünbein, später haben wir eine Dose mit dem gleichen Pulver bei Jeremias Staal gefunden. Das brachte uns natürlich auf den Gedanken, dass Staal es war, der in der Wohnung des Bankers gewesen ist.«

»Das leuchtet ein«, erwiderte Czernyk geduldig. »Was hat das mit meinen Augen zu tun?«

»Sie haben ein Glaukom?«

»Das geht Sie nichts an, verdammt!«

Es war das erste Mal, dass Czernyk die Stimme gehoben hatte. Sofort verschloss sich seine Miene wieder, versteinerte, als würde ein Vorhang sich senken.

Schröder musterte ihn einen Moment lang.

»Wir kriegen es sowieso raus«, sagte er leise.

»Bei mir wurde ein Glaukom diagnostiziert, das ist richtig.«

Czernyk klang wieder gelassen wie zuvor.

»Jeremias Staal war im Besitz dieses Pulvers, weil er dachte, dass er Krebs hat«, erklärte Schröder in munterem Plauderton. »Haifischknorpel sollen dagegen helfen, das ist natürlich Humbug, aber manche Menschen greifen in ihrer Not zu allen Mitteln. Tja, und wissen Sie, was ich vorhin gelesen habe? Dieses Medikament«, Schröder malte mit den Händen ein paar Anführungszeichen in die Luft, »wird auch als Wundermittel gegen eine andere Krankheit angepriesen.«

»Haarausfall?«

Schröder schob eine Haarsträhne hinters Ohr.

»Leider nein.«

»Sagen Sie's mir.«

»Grüner Star. Auch Glaukom genannt.«

Hinter der verspiegelten Scheibe war ein Poltern zu hören, jemand schlug mit der flachen Hand gegen das Glas.

Czernyk horchte auf.

»Das war Zorn, oder?«

»Die Putzfrau war's nicht.« Schröder hob die Stimme. »Ich hatte bisher keine Gelegenheit, Hauptkommissar Zorn davon zu unterrichten. Egal, die Frage ist eigentlich, was Sie von der Sache halten, Kollege Czernyk.«

»*Ich?*« Czernyk kratzte sich mit dem Zeigefinger an der Schläfe. »Ich habe noch nie von diesem Mittel gehört. Vielleicht sollte ich es probieren? Denken Sie, es würde mir helfen?«

»Ich denke, dass Sie es schon benutzt haben. Und dass die Spuren in Grünbeins Wohnung nicht von Jeremias Staal, sondern von Ihnen sind.«

Czernyk klatschte in die Hände.

»Das ist eine interessante Theorie, wirklich. Sie sind nicht nur witzig, sondern auch verdammt clever. Ich habe mich schon oft gefragt, wieso Sie für andere den Kofferträger spielen, wo Sie doch mit Abstand der Fähigste in diesem Laden sind.«

Der Spiegel bebte. Wieder wurde von der anderen Seite gegen die Scheibe geschlagen.

»Das ging jetzt nicht gegen Sie, Kollege Zorn!«, rief Czernyk über die Schulter. Dann wandte er sich wieder an Schröder. »Wie gesagt: Es ist nur eine Theorie, vielleicht ein Indiz. Es reicht nicht für einen Haftbefehl, das wissen Sie so gut wie ich.«

Schröder stützte den Kopf in die Hände und sah Czernyk an. Er wirkte ruhig, fast gleichgültig. In seinen Augen allerdings erschien ein leichtes Funkeln, wie bei einer schläfrigen Bulldogge, die einen fetten Knochen ins Visier nimmt.

»Sie sind seit einer Weile nicht bei der Arbeit gewesen«, sagte er. »Ihre Kollegen machen sich Sorgen.«

»Wirklich?«

»Wundert Sie das?«

»Ich bin krankgeschrieben«, seufzte Czernyk. »Ich dachte, das ist Ihnen bekannt.«

»Davon weiß niemand.«

»Nicht?« Czernyk hob die Augenbrauen. »Ich habe die Krankschreibung vor zwei Wochen abgeschickt. Das ist in der Tat merkwürdig, wahrscheinlich ist bei der Post etwas schiefgelaufen.«

»Jaja, die Post.« Schröder lächelte mitfühlend. »So ein blöder Zufall aber auch.«

Czernyk lehnte sich zurück und faltete die Hände im Schoß.

»Wir werden das prüfen«, sagte Schröder, noch immer lächelnd.

»Ich bitte darum.«

»Wo ist Ihre Dienstwaffe?«

»Zu Hause. Im Safe.«

»Wo übernachten Sie zur Zeit?«

»Im Sporthotel am Bahnhof. Ich habe dort ein Zimmer gebucht.«

»Auch das werden wir prüfen.«

»Auch darum bitte ich.«

Schröder stemmte sich aus seinem Stuhl hoch.

»Sie können gehen. Danke für Ihren Besuch.«

Czernyk stand ebenfalls auf. Schröder nahm die Akte, klemmte sie unter den Arm und ging zur Tür. Dann griff er sich an den Kopf, als habe er noch etwas vergessen. »Sie wissen, dass wir Sie auf Schritt und Tritt überwachen werden?«

»Natürlich.«

»Sie sind hier, um uns Ihre Überlegenheit zu demonstrieren, Herr Hauptkommissar. Im Moment ist Ihnen das gelungen, aber es war ein Fehler. Es geht Ihnen nicht nur um Gerechtigkeit, Sie wollen Ihre Eitelkeit befriedigen. Das macht mich ein wenig wütend. Sie hätten im Hintergrund bleiben sollen. Vielleicht können Sie andere für dumm verkaufen, aber bei mir«, Schröder öffnete die Tür, »sollten Sie vorsichtig sein.«

»Danke für den Tipp.«

»Bisher habe ich es nicht für möglich gehalten, dass Sie etwas mit diesen Morden zu tun haben. Ich fürchte, ich muss meine Meinung überdenken. Und ich werde Sie im Auge behalten, Kollege.«

»Sie machen mir Angst«, lächelte Czernyk.

Schröder zuckte mit keiner Wimper.

»Gut so.«

*

»Warum hast du mir nicht erzählt, dass er krank ist?«

Schweißtropfen glänzten auf Zorns Stirn, die Luft in dem kleinen Kontrollraum war drückend, es roch nach verbrannten Kabeln und ungewaschenen Füßen.

»Frieda Borck hat's mir gesagt.« Schröder drehte an einem Schalter neben der Tür, die Lüftung sprang an. »Sie wollte nicht, dass jemand davon erfährt.«

Nebenan, im Verhörraum, erschien eine Putzfrau. Zorn und Schröder beobachteten durch die Scheibe, wie sie die Stühle zurechtrückte und hastig den Tisch abwischte.

»Wir haben nichts gegen ihn in der Hand, kein verwertbares Indiz«, sagte Zorn. »Das hat er von Anfang an gewusst.«

»Bis auf das Haifischpulver.«

»Was ist mit den Obduktionen?«

»Den Bericht über Jeremias Staal bekommen wir frühestens morgen, bei dem Anwalt wird es noch länger dauern.«

»Die Augen«, sagte Zorn nachdenklich. »Czernyk hat ihm die Augen entfernt, weil er selbst blind wird. Der Anwalt sollte sein Schicksal teilen.«

»Das erscheint mir wenig sinnvoll, Chef. Der Anwalt war bereits tot, die Augen wurden ihm *post mortem* entfernt.«

»Czernyk hatte einfach Schiss. Er ist verrückt, aber nicht durchgeknallt genug, um jemandem ...«, Zorn schluckte, seine Nackenhaare richteten sich auf, »bei lebendigem Leib die Augen aus dem Gesicht zu schneiden. Deswegen hat er es nach seinem Tod getan. Er wollte ein Zeichen hinterlassen, ein Symbol, was weiß ich, was in so einer kranken Birne vorgeht.«

»Auf mich wirkt Czernyk nicht gerade wie ein Psychopath.«

»Ach, wie denn dann? Wie der nette Bulle von nebenan?«

»Ich weiß es nicht.« Schröder sah grübelnd zu Boden. »Wirklich nicht. Jedenfalls habe ich Czernyks Kaffeebecher ins Labor bringen lassen, den Stuhl, auf dem er vorhin gesessen hat, auch. Vielleicht finden wir Spuren, wo er sich bisher versteckt gehalten hat. Im Hotel war er garantiert nicht.«

»Aber er wird eins gebucht haben.«

»Das glaub ich auch, Chef. Sonst hätten wir ihn vielleicht festhalten können, ohne feste Adresse. Das mit der angeblichen Krankmeldung werden wir auch prüfen, aber ich denke, das wird stimmen. Einen solchen Fehler macht Czernyk nicht.«

»Wir müssen also abwarten.«

»Und Tee trinken.«

»Ich hasse Tee.«

Die Putzfrau wuselte geschäftig durch das Verhörzimmer. Schweigend sahen sie zu, wie die Frau den Papierkorb leerte. Schröder deutete auf einen Fleck in der Mitte der Scheibe, Zorns Hand hatte einen deutlich sichtbaren Abdruck hinterlassen.

»Du warst ganz schön sauer, oder?«

»Er wusste von vornherein, wie das alles ablaufen würde. Er meinte, dass er mein blödes Gesicht sehen wolle, wenn er fröhlich wieder hier rausspaziert.«

»Das hat er zum Glück nicht. Du warst ja nebenan.«

»Sehr witzig, Schröder.«

»Ich habe sechs Leute auf Czernyk angesetzt.«

»Er wird sie abhängen.«

»*Yes*«, nickte Schröder. »Aber das stört uns nicht.«

»Nein. Wir wissen beide, was er als Nächstes tun wird.«

»Weil wir gute Polizisten sind.«

»Hervorragende Polizisten sogar«, erwiderte Zorn. »Niemand verarscht uns.«

»Niemand, Chef.«

»Auch Czernyk nicht.«

Die Putzfrau sah sich prüfend um, dann schaltete sie das Licht aus und verließ den Raum. Das Verhörzimmer hinter der Scheibe war dunkel, die Spiegelbilder der beiden Hauptkommissare deutlich zu erkennen. Schröders Glatze glänzte im Neonlicht, als habe er eine löchrige, fleischfarbene Badekappe aufgesetzt, durch deren Ritzen die Flusen eines rostfarbenen, mottenzerfressenen Teppichs ragten. Zorn, unrasiert und ungekämmt, sah aus wie ein zerzauster Windhund.

Er lachte auf.

»Was ist?«, fragte Schröder.

»Wir sehen aus wie Dick und Doof.«

»Findest du?«

Sie betrachteten sich im Spiegel. Ein langer, dünner Kerl mit hängenden Schultern, daneben ein dicklicher Clown, dessen Brustkorb gerade so über die Unterkante des Spiegels ragte.

»Fragt sich nur, wer von uns beiden der Doofe ist«, sagte Zorn.

»Das liegt wohl auf der Hand.« Schröder streckte den Rücken, das karierte Hemd spannte sich wie das Umstandskleid einer Hochschwangeren. »Oder?«

Zorn seufzte.

»Wir sollten besser das Thema wechseln.«

»Du hast damit angefangen, Chef.«

»Jetzt hör ich wieder auf. Lass uns über was anderes reden.«

»Czernyk.«

»Dazu hab ich keine Lust mehr.«

»Ich auch nicht«, sagte Schröder. »Aber wir haben keine Wahl.«

*

Es sollte genau siebenundvierzig Minuten dauern, bis Jan Czernyk seine Verfolger abgeschüttelt hatte. Man hätte meinen können, dass ein Mann mit eingeschränktem Gesichtsfeld und auffälligen asiatischen Gesichtszügen in einer mitteldeutschen Stadt nicht so einfach verschwinden könnte, aber Czernyk wusste, wie seine Beschatter arbeiteten. Gemächlich schlenderte er durch die Stadt, schließlich betrat er das Kaufhaus am Markt. Als er es eine halbe Stunde später über die Lieferantenzufahrt verließ, saß er in einem weißen Kleintransporter, trug eine Schirmmütze und den blauen Arbeitsanzug einer Reinigungsfirma.

Der Mann, dem dieser Overall gehörte, sollte wenig später betäubt auf der Herrentoilette gefunden werden.

Jan Czernyk allerdings war verschwunden.

Vierundzwanzig

Sie waren sicher, alles richtig gemacht zu haben.

Punkt elf Uhr hielten drei Mannschaftswagen vor de Koops Villa. Fünfzehn Uniformierte in schwarzen Schutzanzügen sprangen heraus, die Wagen fuhren an und waren im nächsten Moment um die Ecke verschwunden, ebenso wie die Beamten des Sondereinsatzkommandos, die sich sofort in den Büschen verteilt hatten.

Eine Minute später war es in der schmalen Gasse so ruhig wie zuvor.

Auf der Uferpromenade näherte sich ein schwarzer Volvo und parkte zwischen den Bäumen unterhalb der Villa. Zorn und Schröder stiegen aus, die Türen schlossen sich mit einem leisen Knall.

»Er wird warten, bis es dunkel ist«, sagte Schröder.

»Das glaube ich nicht.« Zorn verschränkte die Arme vor der Brust und sah hinauf zur Villa. »Czernyk hat selbst gesagt, dass ihm nur noch wenig Zeit bleibt. Er will de Koop bestrafen. Egal, was er vorhat, er muss hier auftauchen. Und das wird bald sein.« Er kramte seine Zigaretten hervor. »Das Einsatzkommando kennt das Gelände?«

»Niemand nähert sich unbemerkt dem Haus, auch Czernyk nicht.«

Über ihnen knackte es im Gebüsch, Steine rollten den Abhang hinab. Eine plumpe Gestalt mit schwarzem Schutzhelm verschwand leichtfüßig hinter dem Stamm einer Kastanie.

»Wir warten drinnen«, entschied Zorn. Die Zigarette hing ihm im Mundwinkel und wippte beim Sprechen auf und ab. »Hier draußen ist es ganz schön ungemütlich, und de Koop macht prima Kaffee.«

Ohne eine Antwort abzuwarten, lief er los.

Schröder überlegte kurz. Dann folgte er Zorn.

*

Etwas weiter nördlich, höchstens zwei Kilometer entfernt, teilte sich der Fluss. Nach rechts zweigte ein künstlicher Schleusenkanal ab, einen knappen Kilometer weiter verband er sich wieder mit dem Hauptstrom. Die so entstandene flache Insel war nur über eine schmale Betonbrücke zugänglich und mit dichtem Auenwald bewachsen.

Der Mann, der sich der Brücke von der Uferpromenade her näherte, lief mit leichten, federnden Schritten über den Parkplatz. Er trug ein Shirt aus schwarzem Polyester, dazu eine enge, elastische Laufhose.

Die Brücke vibrierte unter seinem Gewicht, er erreichte das andere Ende und lief geradeaus in den Wald. Ein Trampelpfad führte im Kreis am Ufer entlang, hundertjährige Eichen und mit Efeu bewachsene Eschen säumten den Weg. Links lag das Wehr, der Fluss schoss in schmutzigen, schäumenden Wellen dahin, das Brausen des Wassers übertönte das rhythmische Stampfen der Laufschuhe auf dem weichen Sandboden.

Der Jogger setzte zu einem Sprint an. Leichtfüßig übersprang er den Stamm einer quer über dem Weg liegenden Pappel, dahinter wurde der Weg schmaler. Er beschleunigte weiter, zwängte sich durch brusthohe Brennnesseln, sein Atem ging schneller, der Pfad bog nach rechts ab, weiter vorn lichtete sich der Wald. Er winkelte die Arme an, rannte in vollem Tempo und erreichte die sandige Nordspitze.

Ein paar hundert Meter weiter südlich näherte sich ein weißer Kleintransporter der Insel. Kies knirschte unter den Reifen, als der Lieferwagen direkt an der Brücke parkte.

*

Sie stiegen die steile Betontreppe empor, Zorn mit langen, ungeduldigen Schritten, zwei Stufen auf einmal nehmend, Schröder lief hinterher, den Blick auf den weitläufigen Garten gerichtet. Das Einsatzkommando war in Deckung gegangen, nichts deutete darauf hin, dass fünfzehn Augenpaare unverwandt auf das Haus gerichtet waren.

»Dann wollen wir mal Guten Tag sagen.« Zorn drückte die Klingel.

Er war ein wenig außer Atem, lehnte sich neben der Tür an die holzverkleidete Wand und nahm die Brille ab. Schröder beugte sich über die Brüstung und sah hinab. De Koops goldgelber Geländewagen parkte unten in der Einfahrt, die Mülltonnen standen ordentlich aufgereiht am Straßenrand.

»Das gefällt mir nicht.« Schröder trat ein paar Schritte zurück und musterte die hohe Fassade. In den schmalen Fenstern spiegelten sich die Wolken.

»Mir auch nicht. Was macht der Kerl allein in diesem riesigen Kasten?« Zorn zuckte die Achseln. »Irgendwas muss er ja mit seinem Geld machen.«

»Offensichtlich. Aber ich meine etwas anderes.«

Schröder klingelte, dann pochte er mit der flachen Hand gegen die Tür.

Sie warteten schweigend.

Nichts.

»Der Typ ist nicht da«, knurrte Zorn. »Scheiße.«

»Besser hätte ich's nicht ausdrücken können, Chef.«

*

Elias de Koop lief die Strecke täglich, meist am späten Vormittag, die Insel lag nur wenige Minuten flussabwärts von seiner Villa entfernt.

Die Wolkendecke war aufgerissen, er schloss die Augen und hielt das Gesicht in die Herbstsonne. Eine knappe Minute stand er so da, dann begann er mit ein paar Dehnübungen. Elias de Koop war fast fünfzig, doch sein Körper wirkte elastisch wie der eines Teenagers. Er schüttelte die Arme aus, schnaufte kurz durch, dann lief er wieder los.

Der Rückweg führte am anderen Ufer der Insel entlang, locker trabte er auf der Kuppe eines grasbewachsenen Dammes. Links unter ihm floss der schlammige Kanal, dahinter, am anderen Ufer, erstreckte sich brachliegendes, wild überwuchertes Land. Niemand wusste bisher, dass de Koop diese Grundstücke schon vor Jahren über eine seiner Firmen gekauft hatte, irgendwann würden dort helle

Designervillen entsehen, mit großen Gärten, geteerter Zufahrt und eigenem Bootssteg.

Er passierte die rostigen Eisentore einer kaum benutzten Schleuse. Der Weg bog nach rechts ab, de Koop verschwand im Schatten der Bäume. Der Waldboden war mit abgestorbenen Ästen bedeckt, Efeu überwucherte den Pfad, modernde Baumstümpfe ragten aus dem Gras wie faulige Zähne. De Koop näherte sich jetzt wieder der Brücke, das Rauschen des Wehres wurde lauter, verstärkte sich zu einem Brüllen. Er stolperte über eine versteckte Wurzel und blieb stehen.

Plötzlich wurde er herumgerissen, taumelte zwei Schritte rückwärts.

Seine gesunde Hand griff nach der linken Schulter, staunend betrachtete er das Blut zwischen den Fingern, dann sank er auf die Knie. Ein Ast bohrte sich in seinen Unterschenkel, er spürte es nicht. Unterhalb des Schulterblatts bildete sich ein Fleck auf dem Laufshirt, ein dunkler Kreis, der schnell größer wurde.

Ein Reiher flatterte auf.

De Koop legte den Kopf in den Nacken und sah verwundert zu, wie der Vogel zwischen den Baumkronen verschwand. Dann begann er zu schielen, seine Augen wurden glasig, er sackte zur Seite, sein Kopf schlug auf den weichen Boden.

Er hatte keinen Laut von sich gegeben, selbst wenn, es hätte niemand gehört. Auch der Knall des Schusses, ein kurzes, metallisches Rülpsen, war im Brüllen des Wehres untergegangen.

*

Fluchend stampfte Zorn vor der Villa auf und ab. Schröder stand ein wenig abseits, kaute auf der Unterlippe und überlegte. Sie waren sicher gewesen, alles richtig gemacht zu haben. Czernyk würde de Koop aufsuchen, das war völlig klar gewesen. Falsch hatten sie damit nicht gelegen, doch eines hatten sie nicht bedacht: dass Elias de Koop nicht zu Hause sein könnte.

*

Er hatte nur für ein paar Sekunden die Besinnung verloren. Reglos lag er da, das feuchte Gras kitzelte an seiner Wange. Zwischen den Halmen erkannte er eine verschwommene Gestalt, Schritte näherten sich, stoppten direkt vor seinem Gesicht. De Koop sah die Hosenbeine eines Arbeitsoveralls, darunter teure Lederschuhe, mit Schlamm bedeckt, die Spitzen abgewetzt.

Er schloss die Augen in Erwartung eines Trittes. Stattdessen wurden ihm die Arme auf den Rücken gebogen, ein Reißen, Klebeband wand sich um seine Gelenke, zuerst an den Händen, dann an den Beinen. Dann wurde ihm schwindlig, er wurde emporgehoben wie eine Teppichrolle.

»Ein Wort«, sagte eine Stimme dicht an seinem Ohr, »und du bist tot.«

*

»Und jetzt?«

»Wir warten, Chef. Vielleicht kommt er noch.«

»Das glaubst du doch selbst nicht!« Noch immer lief Zorn hin und her, ruhelos, wie ein Tiger im Käfig. »Ich hab keinen Bock, den ganzen Tag hier rumzustehen wie die Kuh vorm Milchauto!«

»Dann«, sagte Schröder, »nenn mir bitte eine Alternative.«

Zorn deutete auf die Tür.

»Wir gehen da rein!«

»Wir haben keinen Durchsuchungsbeschluss.«

»Ich scheiß auf diesen Kack!«

»Wie poetisch.«

Zorn setzte zu einer weiteren Tirade an, doch Schröder unterbrach ihn: »Das Einsatzkommando bleibt vorerst in Deckung. In einer halben Stunde habe ich den Durchsuchungsbefehl, dann sehe ich mich in der Villa um.«

»Und ich? Ich grabe solange den Garten um, oder wie?«

»Darum kümmert sich de Koops Personal.« Schröder überlegte einen Moment, dann nickte er, als habe er einen Entschluss gefasst. »Du fährst zu Frieda Borck, redest mit ihr. Es könnte sein, dass er Kontakt mit ihr aufnimmt.«

Zorn zögerte. Das war einleuchtend, irgendwie.

»Okay. Du rufst mich an, wenn sich was ergibt.«

»Sehr wohl, Chef.«

Zorn lief die Treppen hinab.

»Sei nett zu ihr!«, rief Schröder ihm nach.

Zorn verfehlte eine Stufe, fast wäre er der Länge nach hingestürzt. Er klammerte sich an das polierte Eichengeländer. »Ich bin immer nett, verdammt!«

Dann hastete er weiter.

*

Die Seitentür des Lieferwagens wurde aufgeschoben. Ein Poltern, unsanft landete de Koop auf dem Bodenblech. Der Wagen schwankte, Jan Czernyk stieg ebenfalls ein und schloss die Tür. Er ging in die Hocke, seine Finger tasteten prüfend nach der Wunde an de Koops Schulter. De Koop sog die Luft ein.

»Nur ein Streifschuss«, murmelte Czernyk. »Gut so.«

De Koop schwieg.

»Du hattest Glück, ich hätte auch daneben schießen können«, sagte Czernyk. »Meine Augen werden schlechter. Ich wollte dich nicht töten. Noch nicht«, fügte er nach einer kleinen Pause hinzu. Er lehnte sich an die Bordwand, seine Hände baumelten zwischen den Knien. »Es hat schon aufgehört zu bluten. Ich hoffe trotzdem, dass es weh tut.«

Keine Antwort.

»Hast du was zu sagen?«

De Koops Augen waren unverwandt auf Czernyk gerichtet. Wenn er Schmerzen hatte, ließ er sich nichts anmerken.

»Du musst jetzt nicht reden. Dort, wohin ich dich bringe, wirst du sprechen.« Czernyk kramte in der Brusttasche des Overalls und hielt de Koop drei weiße Tabletten entgegen. »Iss. Du wirst ein wenig schlafen.«

De Koop presste die Lippen aufeinander.

»Nimm. Du weißt, dass ich andere Möglichkeiten habe.«

De Koop gehorchte.

Czernyk stand auf und öffnete die Tür. »Diesmal wird dir dein Geld nicht helfen.«

Die Tür schloss sich, wieder schwankte der Wagen, als Czernyk vorne einstieg.

Der Motor sprang an.

De Koop lag auf dem Rücken und starrte an die Decke.

Sein Gesicht verzog sich, er öffnete den Mund, seine Lippen bebten, als müsse er gegen aufkommende Tränen ankämpfen.

Mit Sicherheit allerdings ließ sich das nicht sagen.

Vielleicht lächelte er auch.

Fünfundzwanzig

»Sie?«

»Ich muss Sie sprechen, dringend.«

Frieda Borck musterte Zorn von Kopf bis Fuß. Obwohl es kurz vor Mittag war, trug sie einen weißen Bademantel. Sie schien geschlafen zu haben, ihre Augen waren verquollen, das Haar zerzaust.

»Machen Sie die Tür hinter sich zu.«

Sie ging voraus, ihre nackten Füße klatschten auf den Dielen. Im Wohnzimmer warf sie sich in einen Sessel, zog die Beine an und wickelte den Bademantel eng um den Körper.

»Erwarten Sie nicht, dass ich Ihnen etwas anbiete.«

»Das wird nicht nötig sein.«

Das Zimmer war seit Tagen weder aufgeräumt noch gelüftet worden, zwei schmutzige Kaffeetassen und ein Teller mit einem halben Brötchen standen auf dem Couchtisch. Daneben lag ein angebissener Apfel, die Ränder waren bereits braun. Der zweite Sessel war mit einem Haufen schmutziger Wäsche bedeckt, auf dem Sofa lag eine zusammengeknüllte Bettdecke. Zorn schob sie beiseite und setzte sich auf die Kante.

»Ich störe Sie ungern«, begann er unbeholfen.

»Das wär mir neu.«

Sie klang müde, das Kissen hatte deutliche Abdrücke auf ihrer Wange hinterlassen.

»Was ich Ihnen jetzt sage, wird Ihnen nicht gefallen«, fuhr Zorn nicht weniger unbeholfen fort.

»Auch das wäre neu.«

»Was?«

»Dass mir etwas an Ihnen gefallen würde.«

Sie kann mich nicht leiden, dachte Zorn, na und? Es gibt genug andere, die mich für ein Arschloch halten. Vielleicht bin ich das ja auch. Ich an ihrer Stelle würde genauso reagieren.

»Okay.« Er nickte langsam. »Ich weiß, was Ihnen Jan Czernyk bedeutet, aber wir müssen …«

»Einen Scheiß wissen Sie!« Frieda Borck schlug auf die Sessellehne. »Sagen Sie mir endlich, was Sie zu sagen haben, und hauen Sie gefälligst wieder ab!«

Er sah sie schweigend an.

Sie fuhr sich mit der Hand über die Augen. Ihre Finger flatterten.

»Tut mir leid.«

»Es ist okay.«

»Nichts ist okay. Haben Sie eine Zigarette?«

Er reichte ihr seine Schachtel.

»Seit wann rauchen Sie?«

»Seit eben.«

Zorn hielt ihr sein Feuerzeug entgegen. Sie beugte sich vor, der Bademantel öffnete sich. Er sah ihre Brüste, klein und fest. Dazwischen ein kleiner Leberfleck. Es interessierte ihn nicht, im Moment jedenfalls.

»Danke.«

Sie paffte den Rauch wieder aus.

»Besser?«

»Nee.«

Er stand auf und öffnete die Balkontür.

»Lassen Sie die zu.«

Fröstelnd hob sie ein Kissen vom Boden auf und hielt es sich vor die Brust. Zorn setzte sich wieder auf das Sofa.

»Wann haben Sie zuletzt mit ihm gesprochen?«, fragte er.
»Heute Morgen. Er hat angerufen, von einer Telefonzelle.«
»Was wollte er?«
»Reden.«
»Worüber?«
Sie nahm einen weiteren Zug, hielt die Zigarette seltsam affektiert und ungelenk zugleich zwischen den Fingern.
»Jan sagte, dass er noch etwas zu erledigen habe. Es geht um Gerechtigkeit.«
»Gerechtigkeit?«
»Ich habe keine Ahnung, was er damit meinte.«
Ich schon, dachte Zorn.
»Er war heute Morgen bei mir im Präsidium«, sagte er.
»Was?«
»Wir konnten ihn nicht festhalten. Das hat er gewusst, wahrscheinlich wollte er mir genau das zeigen. Wir denken, dass er hinter Elias de Koop her ist. Das ist es, was er mit Gerechtigkeit meint. Er glaubt, dass de Koop zu Unrecht freigesprochen wurde. Alle haben in seinen Augen versagt, die Polizei, die Justiz. Jetzt will er die Sache selbst in die Hand nehmen.« Zorn senkte die Stimme. »Jan Czernyk hat Menschen getötet, Frau Borck.«
»Das hat er nicht.«
»Einen davon hat er mir an den Schreibtisch gesetzt.«
Ein Zischen, sie drückte die Zigarette in den angebissenen Apfel. Sah eine Weile auf ihre Hände und dachte nach.
»Meine Keycard ist verschwunden«, sagte sie leise.
»Seit wann?«
»Keine Ahnung. Seit ein paar Tagen vielleicht.«
»Dann wissen wir jetzt, wie er ins Präsidium gelangt ist.« Zorn suchte nach den richtigen Worten, das, was er als Nächstes sagen würde, kam ihm albern und abgedroschen vor. »Wenn Sie irgendetwas wissen, müssen Sie mir das erzählen. Sie dürfen ihn nicht decken. Czernyk ist gefährlich, wir müssen ihn stoppen.«
Sie lachte auf. Es klang wie das Bellen eines Straßenköters.
»Was ist mit Ihnen los? Entwickeln Sie jetzt so was wie Ehrgeiz?«

»Das hoffe ich nicht.« Er nickte in Richtung Fenster. »Sehen Sie sich an, was der Ehrgeiz aus den Menschen da draußen macht. Egoistische Drecksäcke, die nichts anderes im Kopf haben als die nächst höhere Gehaltsstufe. Sie kriegen nie genug, der Neid frisst sie auf. Ich habe mich da immer rausgehalten. Nicht etwa, weil ich ein guter Mensch bin. Es ist mir einfach zu anstrengend, ich bin zu faul dazu.« Er überlegte, ob er sich eine Zigarette anzünden sollte, ließ es aber sein. »Es hat jedenfalls nichts mit Ehrgeiz zu tun. Ich will einfach verhindern, dass Schlimmeres passiert.«

Auch das klang abgedroschen. Und albern.

»Jan ist kein Mörder«, murmelte die Staatsanwältin.

»Wir müssen uns damit abfinden. Ich mag … nein«, verbesserte sich Zorn, »ich *mochte* ihn auch, und ich hätte ihm das alles nie zugetraut.«

Sein Handy klingelte.

»Es gibt Neuigkeiten«, sagte Schröder am anderen Ende.

*

»Sind Sie wach?«

Eine Hand fuhr über de Koops Gesicht. Knochige Finger tasteten über seine Wangen, das Kinn, den Hals. Er würgte, der Gestank nahm ihm den Atem. Schimmel, Verwesung, Fäulnis. Ausdünstungen des Todes.

»Hören Sie mich?«

Die Stimme. Brüchig, wie das Quietschen einer rostigen Tür.

De Koop öffnete die Augen. Die Taschenlampe tauchte die Zelle in ein flimmerndes, unwirkliches Licht. Er sah die rissige Decke, die alten Rohrleitungen, die abgeplatzte Farbe an den Wänden. Und er sah das Gespenst, das vor ihm kniete. Große, fiebrig leuchtende Augen, eiternde Geschwüre auf der Stirn, blutig aufgerissene Lippen, teigige, bläulich schimmernde Haut.

»Ich habe Sie gleich erkannt«, sagte das Gespenst.

De Koop lag auf dem Rücken, eine Decke war über seinen Körper gebreitet. Er richtete sich auf, ächzte, griff nach der verletzten Schulter.

»Haben Sie Schmerzen?«

»Es geht.«

De Koop sank zurück.

Das Gespenst strich die Decke glatt, zog sie bis unter de Koops Kinn.

»Sie wissen, wer ich bin?«

»Natürlich, Herr Richter.« De Koop klang verächtlich. »Wie lange sind Sie schon hier?«

»Ich weiß es nicht, ich habe jegliches Zeitgefühl verloren. Ich weiß auch nicht, wo wir hier sind.« Die Worte sprudelten hervor. »Ich bin so froh, dass ich nicht mehr allein bin, diese Ungewissheit ist das Schlimmste, man könnte verrückt werden in diesem Loch. Die haben nicht mit mir geredet, kein Wort, nur diese Zettel an der Wand, jedes Mal ein neuer, wenn ich aufgewacht bin. Haben Sie eine Ahnung, wer diese Leute sind?«

»Es ist nur einer.«

Die Augen des Richters weiteten sich.

»Was sollen wir tun?«

»Warten.«

Der Strahl der Taschenlampe richtete sich auf die Wand.

»Es wird nicht lange dauern«, flüsterte der Richter.

Neben dem Waschbecken hing ein neuer Zettel:

BALD.

*

»Wie geht es ihr?«, fragte Schröder am Telefon.

Frieda Borck hockte in ihrem Sessel und starrte an die Wand. Ihr Kopf war auf die Schulter gesunken, die Nase war gerötet, die Augen geschwollen. Sie sah matt aus, kraftlos, das sprichwörtliche Häufchen Elend, Lichtjahre entfernt von der hübschen, schlagfertigen Staatsanwältin, die Zorn so oft das Leben zur Hölle gemacht hatte.

Angesichts der Tatsache, dass der Mann, den sie liebte, polizeilich gesucht wurde, hielt sie sich trotzdem ganz ordentlich, fand Zorn.

»Ich habe sie nicht gefragt, aber sie sieht beschissen aus«, sagte er. »Und sie raucht.«

Frieda Borck gab ein resigniertes Husten von sich.

»Grüß sie von mir«, sagte Schröder. »Sie soll die Finger von deinen Zigaretten lassen.«

»Ich werd's ihr ausrichten. Und jetzt erzähl, was los ist.«

»Wir haben eine erste Analyse von Czernyks Kaffeebecher.«

»Jetzt schon?«

»Das Labor war schnell.«

»Offensichtlich.«

»Sie haben Lehmspuren gefunden, wahrscheinlich Bauschutt. Nicht nur auf dem Becher, sondern auch auf dem Stuhl, auf dem er gesessen hat. Und noch etwas anderes.«

»Ja?«

»Salz.«

»Salz? Hat er im Supermarkt ein Regal umgeschubst?«

»Kein Kochsalz, sondern Steinsalz. Der Rohstoff sozusagen. Czernyk könnte sich in der Nähe einer Lagerstätte verstecken.«

»Die ganze Stadt steht buchstäblich auf diesem Zeugs, Schröder.«

»Es könnte sich um eine Solquelle handeln. Und in Verbindung mit dem Bauschutt grenzt das die Suche ein. Dazu kommt, dass sich an anderer Stelle identische Spuren finden.«

»Wo?«

»An der Leiche des toten Anwalts.«

»Ach!«

Zorn war aufgesprungen, die Staatsanwältin sah erstaunt auf.

»Wo bist du?«

»In der Villa. Hier ist alles unverändert. Wie machen wir weiter?«

»Ich muss nachdenken«, sagte Zorn und legte auf.

*

»Geben Sie mir mal die Lampe.«

De Koop kniete vor der Tür. Sorgfältig untersuchte er die Scharniere, der Putz war abgebröckelt, doch sie saßen fest in der Wand. Seine Finger fuhren über den zerkratzten Stahl. Das Türblatt war verbeult, rostig, mit Schmierereien übersät, von der ursprünglichen

Farbe war nichts mehr zu erkennen. Neben der Klinke war etwas in das Metall geritzt:

ich blas dir die sorgen weg

Darunter eine unleserliche Telefonnummer.

»Hier kommen wir nicht raus.«

De Koop richtete sich auf, die Knie seiner Laufhose waren grau vom Dreck.

»Ich weiß.« Der Richter stand gebeugt vor der Badewanne, die Decke fest um die Schultern geschlungen. »Einmal hat er gegen die Tür geschlagen, es war fürchterlich laut. Ich dachte, dass er mich holen kommt.«

»Er wollte Ihnen Angst einjagen. Davon versteht er was.«

»Nebenan muss auch jemand sein, ich habe ihn gehört, er hat gegen die Rohre geklopft. Das ist schon eine Weile her, jetzt ist alles ruhig. Denken Sie, er ist tot?«

De Koop zuckte die Achseln.

»Der Mann, der uns entführt hat, ist zu allem fähig.«

»Sie kennen ihn?«

»Nicht nur ich. Sie kennen ihn auch.«

Der Richter wollte antworten, doch ein Hustenanfall nahm ihm den Atem. Er krümmte sich, würgte, ein trockenes Bellen erfüllte die Zelle. De Koop wartete geduldig neben der Tür.

»Sie wissen, wer es ist«, wiederholte er, als es wieder still war.

Der alte Richter atmete tief ein. Seine Lunge rasselte wie trockenes Papier.

»Jesus, Maria und Josef«, murmelte er.

»Keiner von denen wird uns helfen. Das müssen wir selbst tun.«

*

»Ich muss los.« Zorn verstaute sein Handy in der Jacke. »Und Sie haben wirklich keine Ahnung, wo er sein könnte?«

Frieda Borck schniefte, wischte sich mit dem Handrücken die Nase ab.

»Nein.«

»Irgendein Ort, den er mal erwähnt hat? Er könnte sich in der Nähe einer Salzlagerstätte aufhalten, einer Solquelle oder etwas Ähnlichem.«

Sie dachte nach, dann schüttelte sie stumm den Kopf.

»Bleiben Sie zu Hause.« Zorn zögerte, dann ging er zu ihr, hockte sich hin und legte ihr eine Hand auf die Schulter. »Ich bin kein guter Tröster«, sagte er leise. »Aber ich werde mein Bestes geben, um ihn zu finden.«

»Das klingt wie eine Drohung.«

»Da müssen Sie durch.«

Zorn stand auf, sie hielt ihn an der Jacke fest.

»Rufen Sie mich an, sobald sich was ergibt.«

Er nickte.

Frieda Borck sah zu ihm auf.

»Und lassen Sie mir Ihre Zigaretten da.«

»Sie sind zu jung für diesen Scheiß.«

»Ich bin fast dreißig.«

»Sag ich doch. Zu jung.«

Er ging.

*

»Sie und ich, wir haben ein Geschäft gemacht.« De Koop saß auf dem Wannenrand, die Arme vor der Brust verschränkt. »Ich habe Ihnen Geld gegeben, dafür haben Sie damals beim Prozess für meinen Freispruch gesorgt. Sie mussten nicht viel tun, Papiere verschwinden lassen und ein Video, das war alles. Kleinigkeiten, ein paar Beweismittel, die Sie nicht zugelassen haben.«

Der Richter saß neben der Tür auf dem Boden.

»Es war ein Fehler«, sagte er kopfschüttelnd. »Der größte meines Lebens.«

»Das sehe ich anders.« Als de Koop lächelte, blitzten seine Zähne im Licht. »Ohne Sie würde ich im Gefängnis vermodern. Sie haben mir das Leben gerettet. Das bedeutet nicht, dass ich Ihnen zu Dank verpflichtet bin, schließlich habe ich Sie bezahlt, sehr gut sogar. Freiheit für Geld, das hat es schon immer gegeben.«

»Ich hatte gehofft, Sie niemals wiederzusehen. Das haben Sie versprochen. Dass ich nie wieder von Ihnen hören würde.« Die Stimme des Richters wurde schrill. »Jetzt bin ich hier gefangen, ich weiß nicht, was alles passieren wird, aber ich glaube, dass er uns umbringen wird, mein Gott, hätte ich Sie doch niemals getroffen, ich …«

»Hören Sie auf zu jammern!«

»Ich bin ein ehrbarer Mann!«

»Früher vielleicht. Jetzt sind Sie ein Verbrecher.«

Der Richter vergrub das Gesicht in den Händen.

»Sie haben mich dazu gemacht.«

»Ich? Das war nicht *ich*«, erwiderte de Koop sanft. »Es war Ihre Gier. Ich kenne mich damit aus, das können Sie mir glauben. Gier ist das, was die Menschen antreibt. Die Unzufriedenheit, der Drang, immer mehr besitzen zu wollen. Es geht nicht darum, was die Leute haben. Sondern darum, was sie *nicht* haben. Ich wette, Sie hatten genügend Geld auf dem Konto, aber es hat Ihnen nicht gereicht, Herr Richter. Das wusste ich, Sie sind nicht anders als alle anderen. Das ist die Grundlage meiner Arbeit. Ich erkläre es Ihnen gern noch einmal: Es war ein Deal zwischen Ihnen und mir. Sie sind reich geworden. Und ich habe meine Freiheit behalten. Das Schöne ist, dass niemand dabei zu Schaden gekommen ist.«

»Doch.« Der Richter sah auf. Seine Augen tränten. »Das Recht.«

»Das hätten Sie sich vorher überlegen müssen.«

Erneut wurde der Richter von einem Hustenanfall geschüttelt. Sein magerer Körper verkrampfte sich, die Sekunden vergingen, unbewegt sah de Koop zu, wie der alte Mann nach Luft rang, dann zog er den Reißverschluss seines Shirts zu und ging vor dem Richter in die Hocke.

»Wollen Sie das hier überleben?«

Der Kopf des Richters sank gegen die Wand. Er schloss die Augen, Tränen rannen über die eingefallenen Wangen, hinterließen glänzende Spuren auf der faltigen Haut.

Er nickte.

»Gut.« De Koop nickte ebenfalls. »Ich weiß, wer mein Gegner ist. Ein Polizist, ein kleiner Beamter, der denkt, er wäre mir überlegen. Ich habe nicht vor, in diesem Loch zu verschimmeln.« Er fasste den

Richter an der Schulter und schüttelte ihn. »Reißen Sie sich zusammen, ich kann Ihr Geheule nicht ertragen. Ich werde keine Rücksicht auf Sie nehmen. Ist Ihnen das klar?«

»Ja.«

Angewidert wandte de Koop den Kopf ab, der Atem des Richters roch nach faulendem Fleisch und vergorenem Obst. Er griff neben sich, hielt dem Alten eine Büchse mit Eintopf entgegen.

»Essen Sie.«

Der Richter hob abwehrend die Hand.

»Da ist irgendwas drin, ich weiß nicht, was. Ein Schlafmittel, oder etwas Schlimmeres.«

»Jetzt nicht mehr. Er wird bald kommen, und er will, dass wir wach sind. Los, Sie brauchen Kraft.«

Die schmutzigen Finger des Alten wühlten in der Dose, gierig stopfte er Kartoffeln und Bohnen in den Mund. Das Licht der Taschenlampe flackerte und wurde dunkler.

»Sie wird bald ausgehen«, murmelte der Richter. Fleischreste glänzten auf seinem Kinn.

»Egal. Dann warten wir im Dunkeln.«

»Ich habe Angst.«

De Koop antwortete nicht.

Sechsundzwanzig

Zorn fuhr schnell. Schröder wartete bereits im Präsidium, sie mussten besprechen, wie sie weiter vorgehen sollten. Frieda Borck gegenüber hatte Zorn versucht, selbstsicher zu wirken, obwohl er im Moment keinen Schimmer hatte, was zu tun war. Je mehr Informationen sie sammelten, desto wirrer wurde alles, schien es ihm. Jetzt hatten sie die Salzspuren, die möglicherweise einen Hinweis auf Czernyks Aufenthaltsort liefern konnten. Doch Salz, das wusste Zorn, gab es überall in der Stadt. Immerhin, identische Spuren fanden sich an der Leiche des Anwalts. Ein weiteres Indiz für Czernyks Schuld.

Die Ampel hinter dem Varietéplatz war ausgefallen, an der Straßenbahnhaltestelle stockte der Verkehr. Zorn kam zum Stehen, trommelte ungeduldig auf das Lenkrad.

Czernyk war ihnen immer einen Schritt voraus. Sie waren so sicher gewesen, dass er bei de Koop auftauchen würde. Ein Fehler, er war nicht gekommen. Und würde es auch nicht tun.

Der Mann war wie vom Erdboden verschluckt.

Und er war nicht der Einzige, Elias de Koop war ebenfalls verschwunden. Sie hatten keine Ahnung, wo er war, sein Telefon war abgeschaltet.

Zorn knurrte eine Verwünschung. Machte das Radio an …

UND JETZT WIEDER DREI SUPERHITS AM STÜCK FÜR SACHSEN ANHALT, MIT DER BESTEN MISCHUNG

… und wieder aus.

Nervös rutschte er im Sessel hin und her. Die Straße führte steil bergauf, vor ihm bildeten die Bremslichter eine rot flackernde Kette, der Stau reichte mindestens bis zum Bahnhof.

Als sein Handy klingelte, ging er ran, ohne auf's Display zu sehen.

»Ich will mit dir reden«, sagte Malina.

Es war gut, dass Zorns Volvo stand, andernfalls wäre er mit Sicherheit vor Schreck gegen die nächste Bordsteinkante gerast. So begnügte er sich mit einem Schweißausbruch.

*

Frieda Borck lag auf dem Sofa. Eine Hand stützte den Kopf, die andere spielte mit dem zerknüllten Kissen auf ihrem Schoß. Die Luft im Zimmer war stickig, ihr Körper klebte von kaltem Schweiß. Sie fuhr mit der Zunge über die Zähne, spürte den ungewohnten, staubigen Nachgeschmack der Zigarette, hielt die Hand vor den Mund und schüttelte angeekelt den Kopf, als sie den eigenen Atem roch.

So ging es nicht weiter. Sie musste sich waschen, die Zähne putzen, vielleicht etwas essen. Dazu hätte sie aufstehen müssen, doch Frieda Borck war müde, unendlich müde. Es musste Tage her sein, dass sie richtig geschlafen hatte. Zur Trauerfeier in der Marktkirche hatte sie sich noch einmal aufraffen können, es schien ihre letzten Kraftreserven gekostet zu haben.

Sie kniff die Augen zusammen, Lichtpunkte tanzten hinter ihren geschlossenen Lidern.

Was hatte Zorn gesagt?

Dass sie nachdenken solle. Mithelfen, Jan zu finden.

Frieda Borck schluckte. Ihr Hals kratzte, sie bekam eine Erkältung.

Sie würden ihn erst finden, wenn er es wollte. Das lag auf der Hand, Jan Czernyk war selbst Kommissar, wusste, wie die Polizei arbeitete. Und er war ein Mensch, der alles bis ins kleinste Detail plante. Sie hatten ihn schon gehabt, er war im Präsidium gewesen. Zumindest Schröder hätte wissen müssen, dass Jan garantiert nicht tat, was man von ihm erwartete.

Aber *was* hatte er getan?

»Nein, er ist kein Verbrecher«, murmelte sie.

Trotzdem, sie mussten ihn finden.

Weit, ganz weit hinten tauchte eine Erinnerung in ihrem Kopf auf, etwas hatte er gesagt, sie wusste nicht mehr, wann. Erst recht nicht, was es gewesen war, aber sie spürte, dass es wichtig war. Sie waren spazieren gewesen, am Fluss. Oder am Zoo? Es war dunkel, sie hatte den Kragen des Mantels hochgeschlagen, Jan hatte den Arm um sie gelegt, sie erinnerte sich, dass sie gefroren hatte.

Was hatte er gesagt, verdammt?

Die Staatsanwältin wälzte sich auf die Seite, spürte das kühle Leder des Sofas.

Sie stopfte das Kissen unter die Wange.

Und schlief ein.

*

»Ich kann jetzt nicht reden, Malina.«

»Dann hör mir einfach nur zu.«

Zorn überlegte. Wann hatte er sie zuletzt gesehen? Vor vier Tagen? Fünf? Es kam ihm vor, als wären Monate vergangen. Ohne es zu merken, hatte er sich von ihr entfernt, seit Ewigkeiten, schien es, hatte er nicht mehr an sie gedacht.

»Liebst du mich?«, fragte sie.

Pause.

»Ja.«

Stimmte das? Wirklich?

Er versuchte, sich ihr Gesicht vorzustellen. Die hellen Augen, er hatte sich nie entscheiden können, welche Farbe sie hatten. Das schwarze, widerspenstige Haar. Den Fliederduft. Er hatte sich oft gefragt, woher er kam. Sie benutzte kein Parfum.

Es funktionierte nicht. Das Bild blieb verschwommen, begann bereits zu verblassen.

»Ich muss arbeiten, Malina. Lass uns später reden.«

»Ich fliege morgen nach Zagreb.«

»Kommt Hermann mit?«

Er biss sich auf die Zunge. Zu spät, es war heraus.

»Was hat das damit zu tun?«

»Sag du's mir.«

»Du bist ein Blödmann.«

In diesem Augenblick sah er sie vor sich, deutlich, als säße sie direkt neben ihm. Sie hatte den Telefonhörer zwischen Kopf und Schulter geklemmt, ihre linke Hand spielte mit einer Haarsträhne.

»Du hast mich nie nach ihm gefragt.«

Natürlich hatte er das. Oder? Egal, er hatte genug gesehen.

»Kapierst du eigentlich, worum es geht, Claudius? Du hast mir nicht vertraut. Ich habe ein paar Tage gewartet, weil ich dachte, du denkst ein bisschen nach, kommst von allein drauf. Du hast dich nicht gemeldet.«

»Ich musste arbeiten. Hier ist die Hölle los.«

»Ist das so wichtig?« Sie klang ruhig. Da war weder Wut noch Traurigkeit in ihrer Stimme. Etwas anderes schwang mit. Resignation vielleicht. »Ich laufe niemandem nach, auch dir nicht.«

Zorn wusste nicht, was er sagen sollte.

»Zwischen uns war etwas Besonderes«, sagte sie. »Irgendwas, das man nicht in Worte fassen kann. Ich finde es nicht mehr.« Ihre nächsten Worte gingen im Klingeln einer Straßenbahn unter. Zorn verstand nur, dass sie Hermanns Namen erwähnte.

»Was sagst du?«, fragte Zorn.

»Egal. Leb wohl, Claudius.«

Er starrte auf das Handy, bis das Display erlosch.

Hinter ihm hupte es. Der Stau hatte sich aufgelöst.

Zorn fuhr weiter.

*

Der Richter schnarchte.

Er lag in der Badewanne, die Hände auf der Brust gefaltet, als warte er auf seine eigene Beerdigung. De Koop lehnte zwei Meter entfernt an der Tür, die Stummel der verkrüppelten Hand spielten mit dem Reißverschluss seines Shirts. Der Blutfleck auf seiner Schulter war eingetrocknet, er wirkte entspannt, ab und zu bewegte er den Kopf hin und her, wie ein Schwimmer, der die Muskeln lockert.

Der Richter hustete im Schlaf, stammelte leise vor sich hin. Seine Augenlider zuckten, ein Kratzen, die unrasierten Wangen schabten über das gesplitterte Emaille des Wannenrands.

»Schlaf weiter«, murmelte de Koop.

Es klang tröstend, doch seine Augen waren kalt, unbeteiligt. Als betrachte er eine Wespe, die halbtot im Limonadenglas schwimmt.

Er verschränkte die Arme vor der Brust.

Und wartete.

*

Frieda Borck träumte von Jan Czernyk. Sie lächelte im Schlaf, es war ein guter Traum. Es gab keine Entführten, keine Toten, niemand war erschlagen oder vergiftet worden. Sie sah sich selbst auf dem Sofa liegen, ihr Mund stand halb offen, anstatt des alten Bademantels trug sie ein weißes, spitzenbesetztes Seidenkleid, ihr Haar war gekämmt, um den Hals schlang sich eine Kette aus schwarzen Perlen. Das Zimmer war aufgeräumt, das schmutzige Geschirr auf dem Couchtisch verschwunden, da, wo der Teller mit dem angebissenen Apfel gestanden hatte, war jetzt eine Vase mit einem riesigen Rosenstrauß.

Die Blumen stammten von Jan, er würde gleich kommen. Es ging ihm gut, seine Augen waren gesund, all das war nur ein dummes, sinnloses Missverständnis gewesen, eine Fehldiagnose, der Arzt, dieser Idiot, hatte sich geirrt.

Ja, bald würde er da sein. Er würde etwas zu Essen mitbringen, gegrilltes Mangohühnchen und Fladenbrot vom indischen Restaurant am Markt, das mochte er, wahrscheinlich auch eine Flasche Rotwein. Beim Essen würden sie Musik hören, danach würde er vielleicht noch einmal losgehen, ein wenig spazieren, er war gern allein, das wusste sie.

Aber später würde er wiederkommen.

Ja, das würde er. Alles war gut, sie musste sich keine Sorgen machen. All die Morde, die vielen Toten waren nicht real, in Wirklichkeit war Jan nie verschwunden.

Und so träumte Frieda Borck, dass alles nur ein böser Traum gewesen war.

*

»Wir müssen die Suche eingrenzen«, sagte Schröder.

Er hatte das Nigel-Kennedy-Plakat neben dem Waschbecken abgenommen, stattdessen hing nun eine große Karte an der Wand. Zorn lehnte am Schreibtisch, sein Blick war skeptisch.

»Wie sollen wir das anstellen?«

»Sämtliche Salzvorkommen sind grau eingezeichnet.« Schröder fuhr mit der Hand über die Karte. »Irgendwo da könnte er sich verstecken.«

Zorn nahm die Brille ab und trat näher. Betrachtete das Straßennetz, ein schwarzes, verwirrendes Gespinst. In der Mitte erkannte er die geschwungene Linie des Flusses, links oben den Stadtwald. Es gab noch weitere, grün markierte Stellen, den Zoo, die große Wiese am Fluss, den Botanischen Garten. Und große, graue Flecken. Es waren viele, fand Zorn. Sehr viele.

»Ich will dir jetzt nicht den Mut nehmen, aber meiner Meinung nach ist hier alles grau.«

»Nicht ganz.« Schröder deutete auf den linken Teil der Karte. »Die Neustadt fällt komplett raus. Eine Hälfte können wir vernachlässigen.«

»Und die andere? Wie viel Quadratkilometer sind das?«

»Ungefähr siebzig.«

»Toll. Das sollten wir spätestens in drei Jahren abgesucht haben.«

Schröder schüttelte den Kopf.

»Du bist nicht gerade konstruktiv, Chef.«

»Das bin ich nie.«

»Versuch es einfach.« Schröder drehte sich zur Wand. »Es gibt ein paar Punkte, an denen wir anfangen können. Hier«, sein kurzer Zeigefinger deutete in die Mitte der Karte, »haben wir die alte Schausiederei, dort«, er wies nach rechts, »sind das Salinebad und das Salzmuseum. Dann gibt es noch drei, vier Solquellen, und zwar da, dort«, er reckte sich, stellte sich auf die Zehenspitzen, um den nördlichen Teil der Stadt zu markieren, »und hier.« Sein Hemd rutschte nach oben, die Hose in die Gegenrichtung, dazwischen leuchtete der Bund einer weißgerippten Unterhose.

Zorn überlegte.

»De Koops Anwalt ist dort getötet worden, wo Czernyk sich versteckt hält, richtig?«

»*Yes.* Darauf deuten die Salzsspuren. Wahrscheinlich wurde er vorher dort gefangen gehalten.«

»Gehen wir mal davon aus, dass der Richter noch lebt. Wenn wir weiterhin annehmen, dass Czernyk ihn entführt hat, befindet er sich mit großer Wahrscheinlichkeit ebenfalls an diesem Ort.«

Schröder nickte stumm. Zorn lief im Büro auf und ab.

»Kommen wir zu de Koop«, sagte er.

»Ich habe ihn zur Fahndung ausschreiben lassen. Obwohl ich befürchte, dass Czernyk ihn schon in seiner Gewalt hat.«

»Kann sein, muss aber nicht. Egal, was Czernyk mit ihm vorhat, er muss ihn irgendwo hinbringen. Er braucht also einen sicheren Raum, einen, den er abschließen kann. Einen Keller oder eine Ruine.«

»Oder eine verlassene Baustelle.«

»*Yep*«, nickte Zorn. »Wir haben ja noch die Mörtelspuren.«

Schröder schürzte anerkennend die Lippen.

»Eine schlüssige Gedankenkette, Chef.«

»Und ich bin von ganz allein darauf gekommen.«

»Ich ebenfalls.«

»Ach!«

Schröder gestattete sich ein feines Lächeln.

»Allerdings vor zwei Stunden.«

Zorn baute sich vor Schröder auf, musterte ihn mit zusammengekniffenen Augen.

»Steck du erstmal dein Hemd in die Hose.«

Das tat Schröder. Dann wurde er wieder ernst.

»Ich habe eine Liste gemacht, insgesamt sind es zehn Orte, wir werden sie der Reihe nach überprüfen. Ein Team durchsucht gerade das Salinebad, ein anderes die alte Siederei, dort gibt es riesige Kellergewölbe. Vielleicht haben wir Glück. Danach nehmen wir uns das Salzmuseum vor.«

Warum, dachte Zorn resigniert, zerbreche ich mir eigentlich den Kopf, wenn Schröder sowieso schneller ist?

»Wir beschränken uns auf einen Umkreis von fünf Kilometern«, fuhr Schröder fort. »Czernyk sieht schlecht, sein Aktionsradius ist eingeschränkt.«

»Er fährt immer noch Auto«, erinnerte Zorn. »So hat er den toten Anwalt ins Präsidium gebracht.«

»Trotzdem. Er hat ein Glaukom, sein Gesichtsfeld wird immer enger. Die Sehnerven sterben ab, er sieht zwar etwas, doch nur ein schmales Feld in der Mitte. Er wird sich so wenig wie möglich bewegen wollen.«

»Was ist mit de Koops Villa?«, fragte Zorn.

»Die lassen wir weiterhin überwachen, sicher ist sicher. Das Haus wird gerade durchsucht, aber ich glaube nicht, dass wir etwas finden werden.«

Schröders Handy klingelte, er nahm ab.

»Ja?«

Ein paar Sekunden hörte er schweigend zu, dann nahm er seinen Mantel vom Haken.

»Ich muss los. Sofort.«

Er war blass geworden.

»Was ist los?«

»Mein Vater.«

*

KLACK

De Koop schaltet die Taschenlampe aus. Die Dunkelheit ist überwältigend, fällt über ihn her wie ein stummes schwarzes Monster. Er steht da, spürt die Kälte der feuchten Wand im Rücken. Lauscht, hört seinen eigenen Atem. Und den des Richters, ein kratziges, unregelmäßiges Fauchen.

KLACK

Das Licht geht an, ein bernsteinfarbener Schimmer, ein paar Zentimeter im Durchmesser, kaum wahrnehmbar. Die Batterie ist fast leer, bald wird die Lampe nutzlos sein.

Aber sie ist schwer. Er könnte sie als Waffe benutzen.

Der Daumen seiner gesunden Hand gleitet über das geriffelte Metall, findet den kleinen Schalter direkt hinter dem Reflektor.

KLACK

Finsternis.

KLACK

Ein Flackern.

KLACK

Dunkelheit.

KLACK

Nichts. De Koop wartet, zählt bis zehn, versucht es wieder.

KLACK KLACK

Die Lampe bleibt aus.

Es ist dunkel.

Endgültig.

Siebenundzwanzig

Zorn war ratlos. Es war zwanzig Minuten her, dass Schröder gegangen war, einfach so, er hatte jede Hilfe abgelehnt, obwohl Zorn ihm mehrfach angeboten hatte, mitzukommen. Auf die Frage, was genau passiert sei, hatte Schröder nicht geantwortet.

Nein, hatte er gesagt. Ich muss das allein klären.

Zunächst hatte Zorn nicht gewusst, ob er wütend oder einfach nur beleidigt sein sollte, schließlich war es ihm schon einmal gelungen, den alten Mann zu beruhigen. Nach einigem Nachdenken entschied er sich für keines von beidem und beschloss, einfach abzuwarten.

Er lehnte wieder am Schreibtisch und betrachtete die große Wandkarte. Die wichtigsten Stellen – das Salzmuseum, das Salinebad, die Schausiederei – hatte er mit roten Stecknadeln markiert. Zuerst war ihm das albern vorgekommen, es erinnerte ihn zu sehr an die Vorabendserien im Fernsehen, doch es half, die Übersicht zu behalten.

Nun ja, *Übersicht* war etwas zu viel gesagt. Es gab dutzende ähnliche Orte in der Stadt, seit dem Mittelalter wurde hier Salz abgebaut. Und wer konnte mit Sicherheit sagen, dass die Spuren an Czernyks Kaffeebecher tatsächlich einen Hinweis auf sein Versteck boten? Er konnte sonstwo gewesen sein, vielleicht hatte er einen Spaziergang unternommen, bevor er ins Präsidium gekommen war.

Aber irgendwo mussten sie schließlich anfangen. Schröder hatte alles in die Wege geleitet, Streifenwagen waren unterwegs, die roten Punkte auf der Karte wurden nach und nach unter die Lupe genommen.

Zorn sah auf die Uhr, es war kurz vor Mittag.

Was sollte er jetzt tun? Die Streifenwagen anrufen? Das war Quatsch, sie würden sich sofort melden, wenn es etwas Neues gab. Zu de Koops Villa fahren? Nein, dort würde er nur stören, sinnlose Fragen stellen und den Kollegen vor den Füßen herumtreten.

Was dann?

Essen? Er hatte keinen Hunger.

Nach kurzem Zögern verließ Claudius Zorn das Büro, um das zu tun, was er in solchen Fällen immer tat.

Rauchen.

*

Eins. Zwei. Drei.

Jan Czernyk ging quer durch die Eingangshalle des Badehauses. Vorsichtig, tastend, die Arme weit vom Körper weggestreckt. Die Augen hatte er fest zugekniffen, seine Lippen bewegten sich lautlos, er zählte die Schritte.

Vier. Fünf.

Der achteckige Raum mochte ungefähr zwölf Meter im Durchmesser haben, vielleicht etwas weniger. Langsam schob er den Fuß vor. Wunderte sich, wie schwierig es war, das Gleichgewicht zu halten. Bereits nach wenigen Metern hatte er die Orientierung verloren, ein dunkles Tuch schien über ihn gebreitet, die kleinste Bewegung verursachte Angst. Er hielt die Hände schützend vor das Gesicht, obwohl er wusste, dass da nichts sein konnte, kämpfte gegen den unbändigen Drang an, die Augen zu öffnen.

Sein Atem ging schneller.

So, genau so würde es sein, wenn er endgültig blind war.

Sechs.

Plötzlich Widerstand. Eine Holzlatte vielleicht. Vorsichtig ging er weiter, ein paar Zentimeter nur, die Sohlen schlurften über den verdreckten Beton.

Sieben. Acht. Neun.

Sein linkes Knie stieß gegen eine Kante. Es tat nicht weh, er richtete sich auf, die Lider noch immer fest geschlossen. Der Brunnen. Jetzt war es besser, er wusste, dass er sich genau in der Mitte befinden musste. Irgendwo links von ihm war das Brett, das ihm als Schreibtisch diente.

Zehn. Elf.

Gebeugt ging er um den Brunnen herum, seine Fingerspitzen tasteten über die Fliesen. Er wusste, dass sie türkisfarben waren, die meisten gesplittert, mit alter Farbe und Vogelkot beschmiert. Sie waren kalt und feucht, doch die Berührung hatte etwas Tröstliches.

Zwölf. Dreizehn. Vierzehn.

Jetzt hatte er den Brunnen umrundet, lief geradeaus weiter. Seine Schritte wurden größer, er reckte den Kopf vor, die Nasenflügel blähten sich, als könne Riechen ihm die Orientierung erleichtern. Er zählte jetzt laut mit, der Klang der eigenen Stimme verringerte die Furcht.

Fünfzehn! Sechzehn! SIEBZEHN! ACHT..

Czernyk blieb stehen, er hätte längst an der gegenüberliegenden Wand sein müssen. Zitternd tasteten seine Hände durch die Luft, fanden nirgendwo Halt. Ein kalter Luftzug wehte ihm entgegen.

Ein Schritt nach links, dann nach rechts. Nichts.

»Ich schaff das nicht.«

Er öffnete die Augen.

*

Zorn ging mit großen Schritten durch die Eingangshalle. Schon von weitem erkannte er Bert, den Beamten mit dem länglichen Gesicht in seiner Pförtnerloge, er zögerte und blieb stehen. Seit seinem Zusammenbruch waren sie sich nicht mehr begegnet, Zorn war, ehrlich gesagt, auch nicht sonderlich scharf darauf. Er hatte keine Erinnerung an das, was er dem Pförtner erzählt hatte, nachdem er die Leiche in seinem Büro gefunden hatte. Aber er ahnte, dass sein Auftritt mehr als peinlich gewesen war. Ein unangenehmes Kribbeln machte sich in seiner Magengegend breit, einem ersten Impuls folgend, wollte er umkehren, doch die Gier nach der Zigarette war stärker. Zügig ging er in Richtung Ausgang, Bert, der Pförtner, sprang auf und klopfte gegen die Scheibe.

»Ich wollte Sie gerade anrufen, Kollege.«

Wie zur Bestätigung hielt er den Telefonhörer in die Höhe.

Zorn sah sich um, in der Hoffnung, dass jemand anderes gemeint sein könne. Was natürlich nicht der Fall war. Nur eine ältere Dame in einem braunen Wintermantel stand neben dem Eingang und sah sich unschlüssig um.

Angriff ist die beste Verteidigung, dachte Zorn und näherte sich der Pförtnerloge.

»Das ist aber lieb«, sagte er. »Sie wollen sicher wissen, wie's mir geht. Leider habe ich keine Zeit zum Plaudern, aber Sie können beruhigt sein, ich fühle mich prima.« Zur Bestätigung zog er die Mundwinkel nach oben und hoffte, dass es wie ein unbefangenes Lächeln wirkte. »Sie können also weitermachen mit Ihrer«, er wedelte mit der Hand durch die Luft, »Arbeit. Was auch immer Sie den ganzen Tag machen.«

Die alte Frau kam näher. Sie trug ein Kopftuch, das ihr bis tief in die Stirn reichte.

»Ich suche meinen Hund«, wandte sie sich an Zorn. »Er ist entlaufen.«

»Huch! Das ist ja furchtbar!«

Bert, der Pförtner sah Zorn misstrauisch an. Wie eine Briefbombe, die jeden Moment hochgehen kann.

»Sonst noch was?«, blaffte Zorn ihn an.

»Ja«, erwiderte die Alte. »Es ist ein Mops. Das ist doch wichtig, oder?

»Sicher.« Zorn deutete auf den Pförtner. »Der Kollege hilft Ihnen gerne weiter. Er ist Profi.«

»Danke, junger Mann.« Sie wandte sich an den Pförtner. »Er ist schwarz, mit einem weißen Fleck am Hals. Und er heißt Bodo, falls Sie das wissen müssen.«

Die Antwort des Pförtners wurde durch die Scheibe gedämpft.

»Wie bitte?«, rief die alte Frau.

»Ich habe Ihren Personalausweis gefunden!«, wiederholte der Pförtner mit erhobener Stimme, den Blick auf Zorn gerichtet. Die Alte blinzelte verwirrt.

»Meinen?«

»Nein, seinen«, sagte der Pförtner.

»Und was ist jetzt mit Bodo?«

»Er lag neben dem Getränkeautomaten.«

»Bodo?«

»Nein, der Ausweis«, erklärte ihr der Pförtner geduldig.

Zorn, der in den letzten Sekunden ein paar Zentimeter geschrumpft war, kam kleinlaut näher. Bert, der Pförtner, schob den Ausweis durch den Dokumentenschlitz.

»Passen Sie beim nächsten Mal besser auf, Kollege.«

»Danke«, murmelte Zorn.

Er wartete auf ein hämisches Grinsen, eine anzügliche Bemerkung über den dämlichen Hauptkommissar, der neulich nicht nur die Nerven verloren hatte, sondern auch noch zu blöd war, auf seinen Ausweis aufzupassen. Doch das Gesicht des Pförtners blieb unbewegt.

»Sie nehmen jetzt erst mal Platz«, sagte er zu der alten Dame. »Ich rufe einen Kollegen.«

Zorn schlenderte in Richtung Ausgang.

Die Türen glitten auf.

»Sie dürfen Bodo nicht füttern!«, rief ihm die Alte nach. »Er hat Verdauungsprobleme!«

*

Czernyk schwankte wie ein betrunkener Seemann. Tageslicht blitzte durch die Oberlichter der vernagelten Fenster. Er stand direkt vor der Tür zum Westflügel, dahinter erkannte er den leicht gebogenen, dämmrigen Flur, die Badezellen reihten sich aneinander. Als er sich umsah, bemerkte er, dass er im Halbkreis gelaufen war. Er ging in die Mitte der Halle, setzte sich auf den Brunnenrand. Sein Blick wanderte durch den Raum, hinauf zu den gemauerten Bögen der Kuppel, streifte über die Fenster, den provisorischen Schreibtisch, verharrte auf einem Farbeimer neben der großen Eingangstür. Die Aufschrift konnte er deutlich erkennen, helle Buchstaben auf einem blauen Balken:

POLARWEISS

Angetrocknete Farbe klebte am Deckel, selbst das, was in kleiner Schrift neben einem blauen Umweltlogo stand *(hoch deckende Dispersionsfarbe),* sah er, etwas undeutlich zwar, aber lesbar. Doch alles, was sich mehr als einen Meter entfernt neben dem Eimer befand, wurde von einem Schleier verdeckt, als habe er ein Stück durchsichtiges, verdrecktes Plastik vor dem Kopf, mit kleinen ausgeschnittenen Löchern für die Augen.

Czernyk bewegte den Kopf ein wenig nach links, jetzt sah er die Türschwelle, sofort verschwand der Eimer. Noch ein paar Zentimeter nach links, dort lag seine Brille, das Gestell war verbogen, das Glas gesplittert.

Die Türschwelle war weg, der Eimer auch.

War es schlimmer geworden? Innerhalb so kurzer Zeit?

Ja, das war es. Und es würde erst aufhören, wenn er endgültig blind war.

Czernyk begann zu wimmern.

Ein klagendes Stöhnen, voller Angst, leise erst, dann langsam anschwellend, Wut ließ seine Stimme zittern, schließlich brüllte er aus voller Kraft, lauter, immer lauter, er hielt sich die Ohren zu, legte all seine Verzweiflung, den Hass und die Qual in diesen Schrei und als er schließlich verstummte, hing das Echo noch lange unter der hohen Kuppel.

Eine Weile hockte er still auf dem Brunnenrand, das Gesicht in den Händen vergraben. Dann gab er sich einen Ruck und stand auf.

Etwas musste er noch erledigen. Er hatte ein paar Stunden Zeit, musste warten, bis es dunkel wurde.

Irgendwann würde es keinen Unterschied mehr für ihn machen.

Aber noch sah er etwas, wenn er die Augen aufmachte.

Noch.

*

Zorn stapfte eilig über den Parkplatz. Im Laufen zündete er sich eine Zigarette an, dabei überlegte er, ob er zu seinem Stammplatz hinter der Hecke gehen sollte, entschied sich dann aber dagegen. Sein Magen rumorte, kein Wunder, das Wiedersehen mit Bert, dem Pförtner, hatte keine guten Erinnerungen geweckt. Zorn, der Verdränger, begründete dieses Grummeln im Bauch allerdings mit der Tatsache, dass er den ganzen Tag noch nichts gegessen hatte und beschloss, beim Bäcker um die Ecke etwas zu holen. Was, wusste er nicht, er verspürte nicht den geringsten Appetit.

Er ging über die Hauptstraße, in der Mitte blieb er zwischen den Straßenbahnschienen stehen, der Verkehr war dicht, er musste auf eine Lücke warten. Fünfzig Meter weiter war eine Ampel, doch er hatte keine Lust, einen Bogen zu laufen. Ein Lkw brauste vorbei (*KOMPETENZ IN SCHROTT,* las Zorn auf der Plane), er schnippte die Zigarette fort und sprintete über die Fahrbahn. In Gedanken war er noch immer mit Bert, dem Pförtner, beschäftigt.

Ich sollte ab und zu mal den Mund halten, überlegte er ein wenig außer Atem und öffnete die kleine Ladentür der Bäckerei. Oder wenigstens nachdenken, bevor ich die Klappe aufmache.

Ein guter Vorsatz. Der sich allerdings in Luft auflöste, denn in der Tür prallte er mit einem jungen Mann zusammen, dessen Anblick Zorns ohnehin schon wallendes Blut zum Kochen brachte.

Vor ihm stand Hermann, der Vegetarier.

*

Elias de Koop hatte sich aufgerichtet und lauschte in die Dunkelheit hinein. Im ersten Moment hatte er nicht verstanden, was er da hörte, es klang wie das Brüllen eines verwundeten Tieres. Die Mauern waren dick, hatten kaum etwas hindurchdringen lassen, doch er ahnte, wer diesen Schrei ausgestoßen hatte. Er hatte die Verzweiflung gespürt. Und die Angst.

De Koop tastete nach der Wand, setzte sich wieder auf den Boden. Sein Puls ging ruhig, Furcht war etwas, das er nicht kannte. Er legte den Kopf schief und horchte, jetzt war alles still. Der Richter gab keinen Laut von sich, er schlief fest.

Vielleicht war er auch tot.

Doch das war Elias de Koop egal.

*

Sie starrten sich schweigend an. Hermann stand noch im Laden, in der Hand hielt er eine durchsichtige Plastiktüte. Zorn durchbohrte ihn mit einem Blick, der verächtlich und gleichzeitig gelassen wirken sollte. Was sich als äußerst schwierig gestaltete, da Hermann eine Stufe höher stand. Zorn musste den Kopf in den Nacken legen, um den Blickkontakt nicht zu verlieren.

Jetzt überlegte er angestrengt, was er tun sollte. Beiseite treten? Nee, dachte er und kniff die Augen leicht zusammen, um noch ein wenig bedrohlicher zu erscheinen. Das käme einer Kapitulation gleich. Vorbeidrängeln? Auch nicht. Ignorieren? Zu spät.

Hermann sah nicht gut aus, Zorns Schlag hatte unübersehbare Spuren hinterlassen. Der Nasenrücken war mit Pflastern verklebt, um die Augen hatten sich bläuliche Blutergüsse gebildet. Sein Gesicht erinnerte Zorn an einen dieser putzigen Bären mit den riesigen Augen, er kam nicht darauf, wie die Tiere hießen. Pandas? Waren das nicht auch Vegetarier?

Nicht blinzeln, dachte Zorn. Bloß nicht blinzeln!

Schließlich war es Hermann, der dieses stumme Duell beendete.

»Ich darf doch«, sagte er und trat einen Schritt vor.

Zorn blieb nichts anders übrig, er zog den Bauch ein und ließ ihn vorbei. Ihre Jacken berührten sich kurz, dann war Hermann um die Ecke verschwunden. Einen Moment stand Zorn perplex in der Tür, es roch nach Hefe und frischen Brötchen, das mochte er eigentlich, doch nun war ihm das egal, er musste diesem Kerl, diesem pseudointellektuellen Müslikocher, die Meinung geigen. Und zwar jetzt.

Er sprang auf den Bürgersteig.

»Blödes Arschloch!«

Hermann war zehn Meter entfernt, er blieb stehen, drehte sich um und kam langsam zurück. Die Absätze seiner Stiefel klapperten auf dem Pflaster.

»Meinst du mich?«

Seine Stimme klang nasal, das Pflaster behinderte ihn beim Sprechen. Angst schien er nicht zu haben, er baute sich vor Zorn auf und schob den Hut nach hinten. Das Haar fiel ihm in die Stirn, die Ähnlichkeit mit einem jungen Pandabären wurde größer.

Zorns Wut ebenfalls. Sie raubte ihm buchstäblich den Atem und, schlimmer noch, die Worte. Gedankenfetzen rasten durch seinen Kopf, gepaart mit Beleidigungen, wirren Beschimpfungen, die absurderweise alle mit Backwaren zu tun hatten.

Du bist Schuld, dass Malina weg ist, du Quarktasche! Was findet sie an dir? Was kann so toll daran sein, einen Blödmann wie dich zu vögeln? Ich fass es nicht, sie hat mich verlassen, wegen dir, einem hohlköpfigen Hefezopf, und jetzt stehst du da und grinst mich an wie eine Marzipankartoffel, sie war glücklich mit mir! Mit MIR! Und nicht mit dir, du Nussecke!

Nichts davon sprach er aus, seine Zunge klebte am Gaumen, stumm funkelte er Hermann an, ballte die Fäuste und spürte, wie ihm der Schweiß an den Achseln hinabrann.

»Was ist?«, fragte Hermann. »Willst du mir noch eine reinhauen?«

»Arschloch.«

»Was Besseres fällt dir nicht ein?«

STREUSELSCHNECKE!

Das war alles. Nicht sehr originell.

Zorn kam auch nicht dazu, es auszusprechen. Er hörte einen lauten Ausruf, auf der anderen Straßenseite stand eine massige Gestalt und winkte aufgeregt zu ihm hinüber.

»Mein Freund!«, rief der Lampenmann, fasste seinen Rucksack und rannte, ohne nach links oder rechts zu sehen, über die Fahrbahn. Die Plüschtiere tanzten an seinem Gürtel, schweratmend blieb er vor Zorn stehen.

»Guck, sie brennt immer noch!«, keuchte er und wies stolz auf die Lampe auf seinem Kopf. Seine Wangen waren gerötet, glühten förmlich unter dem schwarzen Bart.

»Was soll die Scheiße?«, blaffte Zorn. Hermann gegenüber war er sprachlos gewesen, jetzt fand er die Worte wieder. Nett waren sie nicht. »Rennst du mir nach, oder wie?«

»Ja. Du bist mein Freund, ich hab dich gesehen. Dann bin ich zu dir gelaufen.«

»Ich bin nicht dein Freund, verflucht nochmal!«

»Doch!« Der Lampenmann nickte eifrig. »Das bist du!«

Er stand zwischen den beiden wie ein Ringrichter beim Boxkampf. Hermann war einen Schritt zurückgetreten. Der Lampenmann warf ihm einen misstrauischen Blick zu.

»Aber er ist nicht dein Freund, oder?«

»Nein, verdammt, das ist er nicht!«

Zorn stieß eine Verwünschung aus. Es klang wie *Salzbrezel.*

»Ist er dein Feind? Hat er dich geärgert?«, fragte der Lampenmann ernst.

»Ja!«

»Was hat er gemacht?«

»Das geht dich nichts an! Und jetzt lass mich gefälligst in Ruhe!«

Der Lampenmann schien unschlüssig, dann nickte er.

»Dann gehe ich jetzt.«

Er rückte den Gürtel zurecht und trabte schwerfällig davon.

Zorn, der knallrot im Gesicht war, wandte sich an Hermann.

»Werd glücklich mit ihr, Arschloch.«

Er drehte sich um und wollte gehen.

»Hör mir zu, Claudius.«

»Leck mich.«

»Das wär keine gute Idee. Ich sagte, du sollst mir zuhören.«

Zorn verschränkte die Arme vor der Brust und schob das Kinn vor.

»Ich kenne Malina, seit sie damals aus Kroatien gekommen ist«, sagte Hermann ruhig. »Es gibt nicht viele Menschen, die mir wichtig sind, aber sie gehört dazu.«

»Ich will mit dir nicht über Malina reden.«

»Du sollst nicht reden, sondern die Ohren aufsperren, ich sag's dir nämlich nur einmal. Ich habe Malina nie angefasst. Wir sind Freunde, mehr nicht. Du wirst es nicht glauben, aber es gibt tatsächlich Wichtigeres, als miteinander zu vögeln.«

»Ich lach mich tot.«

»Ich interessiere mich nicht für Frauen.«

»Das ist mir so was von scheißegal! Ich …« Zorn stutzte. »Was hast du gesagt?«

»Du hast mich schon verstanden.«

Langsam, ganz langsam dämmerte Zorn, was Hermann meinte. Er nahm die Brille ab, kniff die Augen zusammen und musterte ihn von Kopf bis Fuß, die Lederstiefel mit den Metallspitzen, die engen Röhrenjeans, den schwarzen, um den Hals geschlungenen Schal. Unwillkürlich wich er einen Schritt zurück.

»Keine Angst«, lächelte Hermann, »alte Säcke wie du interessieren mich ebenfalls nicht.«

Er gab dem verdatterten Hauptkommissar einen Klaps auf die Schulter und ging davon. Es dauerte ein paar Sekunden, bis Zorn sich halbwegs wieder gefangen hatte.

»Wenn du denkst, dass ich mich wegen deiner Nase entschuldige«, rief er ihm nach, »hast du dich gewaltig geschnitten!«

Hermann lief weiter. Er drehte sich auch nicht um, aber sein Mittelfinger schnellte kurz in die Höhe. Die Tüte schlug gegen seinen Oberschenkel, Zorn erkannte drei Mehrkornbrötchen und etwas helleres, wahrscheinlich eine Laugensemmel oder ein Baguette.

Laugensemmel, dachte Zorn.

Auch ein gutes Schimpfwort.

*

»Ich bin da, Papa.«

Der Alte lag auf der Seite, er wandte Schröder den Rücken zu. Das Zimmer war aufgeräumt worden, eines der Fenster gekippt. Desinfektionsmittel überdeckte den Geruch nach Kot und Urin. Das Bett war frisch bezogen, daneben stand ein Stativ mit einem Tropf, eine dünne Leitung führte zum Handgelenk des alten Mannes.

»Hörst du mich?«

»Natürlich. Ich bin senil, aber nicht schwerhörig.«

Schröders Vater starrte weiter in Richtung Fenster. Er sprach leise, doch seine Stimme war klar. Schröder sah, wie seine Kieferknochen arbeiteten.

»Warum hast du das getan, Papa?«

»Was?«

»Du hast Fensterputzmittel getrunken, fast eine halbe Flasche.«

»Ja, das habe ich.«

»Warum?«, wiederholte Schröder leise. Er saß auf der Bettkante, seine kurzen Beine schwebten über dem Teppich, die Hände hatte er im Schoß verschränkt.

»Sie haben mir den Magen ausgepumpt«, sagte der Alte. »Vorher mussten sie mich fesseln, ich habe gebrüllt, die halbe Küche zu Kleinholz geschlagen. Der Notarzt hat ein blaues Auge.« Er drehte sich auf den Rücken, sah Schröder an. Seine Wange hinterließ einen feuchten Abdruck im Kissen, er hatte geweint. Jetzt waren seine Augen trocken. »Ich kann mich natürlich an nichts davon erinnern, deine Mutter hat es mir erzählt. Nachdem sie mir den Hintern abgewischt hat. Ich hatte mir in die Hosen gemacht, sie hat mich gesäubert. So, wie ich es früher bei dir gemacht habe.«

Ein Windstoß fegte gegen das kleine Haus, das Fenster klappte zu.

»Das Leben geht schnell vorbei, mein Sohn. Viel zu schnell, man merkt es aber erst zum Schluss. Irgendwann stellst du fest, dass du als achtzehnjähriger junger Mann ins Bett gegangen bist, plötzlich klingelt der Wecker und du erwachst als sabbernder, seniler Greis. Die Zeit dazwischen zählt nicht mehr. Und die Zeit, die noch kommt, ist eine Qual.«

Schröder nahm ein Taschentuch und tupfte seinem Vater die Stirn ab.

»Ich habe dich zu einem guten Menschen erzogen«, murmelte der Alte, als spräche er mit sich selbst. »Manchmal war ich vielleicht zu streng, aber ich dachte damals, dass ich das Richtige mache. Du bist ein guter Mensch, obwohl ich fürchte, dass ich in letzter Zeit andere Dinge zu dir gesagt habe, schlimme, unverzeihliche Sachen. Aber das war nicht ich.« Er klopfte mit dem Knöchel des Zeigefingers gegen die Schläfe. »Das war der Irre hier drin. Er wird stärker. Ich weiß, wie es weitergehen wird, bald wird nichts mehr von mir übrig sein.«

Schröder schüttelte den Kopf.

»Dazu muss es nicht kommen.«

»Ich habe den Notarzt verprügelt. Irgendwann werde ich deine Mutter schlagen, wer weiß, was ich noch alles tun werde, ich kann es nicht beeinflussen.« Knotige, mit Altersflecken bedeckte Finger tasteten über die Bettdecke, fanden Schröders Hand. »Hör mir genau zu, mein Sohn. Das könnte jetzt mein letzter klarer Moment sein, und ich will, dass du mir sehr genau zuhörst, wirst du das tun?«

»Ja, Papa.«

Der Alte stützte sich auf den Ellbogen.

»Ich will nicht mehr leben.«

Der Tropf wackelte in seinem Gestell, in der Infusionsflasche stiegen Blasen auf.

»Hilf mir, dass ich sterben kann.«

Schröder sah seinen Vater an.

»Du weißt, dass ich das nicht tun werde.«

Der Alte hatte mit tiefer, klarer Stimme gesprochen. Jetzt schien ihn die Kraft zu verlassen, er sank zurück in die Kissen.

»Dann muss ich es allein weiter versuchen.«

»Du darfst Mama nicht im Stich lassen. Und mich auch nicht.«

»Sieh mich an, ich bin eine Witzfigur.«

»Du bist mein Vater.«

»Ich habe einen wildfremden Mann für meinen Sohn gehalten.«

»Wer hat dir das erzählt? Mama?«

Der alte Mann nickte erschöpft, dann schloss er die Augen. Einen Moment schien es, als wäre er eingedöst. »Obwohl«, murmelte er dann, »er sieht Rüdiger wirklich sehr ähnlich, dein Kollege.«

»Das stimmt.«

Schröder wartete, bis sein Vater eingeschlafen war. Lange saß er da, hielt seine Hand, betrachtete das faltige, eingefallene Gesicht. Dann gab er ihm einen Kuss auf die Stirn.

»Das darfst du nicht von mir verlangen, Papa«, flüsterte er. »Ich kann es nicht noch einmal tun. Es reicht, dass ich meinen Bruder auf dem Gewissen habe.«

Achtundzwanzig

Zwanzig Jahre zuvor.

Rüdigers Ähnlichkeit mit Claudius Zorn ist wirklich verblüffend, nur die Nase ist größer, die Augen stehen ein wenig enger zusammen. Sie sind vom Salzwasser gerötet, das lange Haar ist nass, von Sonne und Meer ausgebleicht, es klebt ihm am Kopf wie ein dunkler Helm. Seine Hände sind aufgeweicht, umklammern das Holz eines Paddels. Sein Bruder, ein drahtiger Bursche mit feuerrotem Haarschopf und hellblauen Augen, hält sich am anderen Ende fest.

Das Paddel. Es ist alles, was von ihrem Boot übrig ist.

Ein Einmaster, ein altes Segelboot, drei Monate haben sie gebraucht, bis sie es wieder seetauglich hatten. Jetzt liegt es irgendwo tief unter ihnen auf dem Meeresgrund, zusammen mit dem Funkgerät, den Signalraketen, den Schwimmwesten. Und den Trinkwasserkanistern.

Es war Nacht, als das Schiff kenterte. Es gab eine Explosion, wahrscheinlich ist der Benzintank hochgegangen. Sie wissen beide nicht, was genau geschehen ist, das ist jetzt auch egal.

Die Dünung rollt majestätisch Richtung Westen, ab und zu verschwinden ihre Köpfe in den Wellentälern, werden emporgehoben, tauchen wieder ab. Der Atlantik ist ruhig. Das wird auch so bleiben, solange sie im Wasser treiben, vierhundert Kilometer westlich vom afrikanischen Festland.

Es war ihr erster gemeinsamer Urlaub. Sie hatten keinen Plan, wollten ein paar Wochen zwischen den Kanarischen Inseln kreuzen, dann würden sie weitersehen. Das Boot wieder verkaufen, das Geld würde für einen Flug zurück nach Deutschland reichen.

»Du musst wach bleiben, Kleiner!«, ruft Rüdiger.

Sein Bruder schreckt hoch. Irgendwann wird man ihn nur noch den Dicken Schröder *nennen, kaum jemand kennt dann seinen Vornamen. Bis dahin werden noch ein paar Jahre vergehen, jetzt ist er ein dünner junger Mann Anfang zwanzig, halb ohnmächtig, kurz vor dem Verdursten. Jegliches Zeitgefühl ist ihm abhandengekommen, Minuten, Stunden, Tage, das ist jetzt nebensächlich, es geht nur darum, den Kopf über Wasser zu halten, mit den Beinen zu strampeln, immer und immer wieder, hin und her, die Muskeln sind steif, wie eingefroren, jede Bewegung schmerzt.*

»Ich kann nicht mehr.«

Er treibt auf dem Rücken, Salzflecken haben sich auf seinem Gesicht gebildet, er zittert, seine Lippen sind blau. Das Wasser ist kalt, fünfzehn Grad vielleicht, beide sind unterkühlt. Sie klammern sich an das Paddel, strampeln, kreisen langsam umeinander.

»Doch, du kannst.«

Es ist hell, die Sonne scheint. Der Atlantik funkelt im Licht, Flugzeuge kreuzen über ihnen am Himmel, Heerscharen von Touristen sitzen darin, satt, zufrieden, in einer guten Stunde werden sie in ihren Hotelburgen auf Teneriffa ankommen. Niemand sieht, wie die beiden Brüder immer weiter hinaus auf den Ozean treiben. Hier draußen gibt es keine Brecher, gleichmäßig, fast einschläfernd werden sie von den Wellen auf und ab gewiegt.

»Ich habe solchen Durst, Rüdiger.«

Es ist verrückt, sie sind umgeben von Milliarden Litern Wasser, es ist klar, sauber, doch sie dürfen es nicht trinken, es würde sie noch mehr austrocknen. Das Salz entzieht ihren Körpern die Feuchtigkeit.

»Und ich bin müde.«

Der rote Haarschopf verschwindet unter der Wasseroberfläche, Luftblasen steigen auf. Rüdiger greift nach unten, zieht seinen Bruder zurück an die Oberfläche. Schlägt ihm ins Gesicht.

»Bleib wach!«

Er ist wütend. Eigentlich sieht es immer so aus, als habe er schlechte Laune, aber das kommt von den buschigen Augenbrauen, sie lassen ihn mürrisch und verschlossen wirken. Die Leute machen Witze, weil sie sich so gar nicht ähnlich sehen. Rüdiger ist groß, mindestens einen Kopf größer als sein jüngerer Bruder, der jetzt wieder das Bewusstsein verliert. Er hat aufgehört, die Arme zu bewegen, seine Augen drehen sich nach innen, nur noch das Weiß ist zu sehen. Wieder gerät sein Kopf unter Wasser.

Rüdiger zerrt ihn nach oben. Er nimmt das Paddel, schiebt es ihm unter die Achseln, so, dass es quer vor der Brust schwimmt, ein Stück unterhalb des Kinns. Dann löst er seinen Gürtel, legt ihn über das Holz und schnallt ihn auf dem Rücken seines Bruders zusammen. Es dauert eine Weile, seine Finger sind aufgeweicht, steif vor Kälte.

»Rüdiger? Was machst du?«

»Ich rette dich vor dem Ersaufen, Kumpel.«

Rüdiger zerrt prüfend an dem Riemen, das Paddel sitzt fest.

»Dreh dich auf den Rücken«, befielt er.

Das tut sein Bruder. Er hat immer getan, was Rüdiger sagt. Das Paddel liegt vor seiner Brust, die Arme hängen darüber. Das Holz verhindert, dass er untergeht, der Kopf bleibt über Wasser, auch wenn er sich nicht bewegt. Selbst wenn er wollte, er könnte sich nicht befreien, er kann die Gürtelschnalle auf dem Rücken nicht erreichen.

Rüdiger nickt zufrieden. Er wird emporgehoben, eine Welle erfasst ihn, sofort ist er drei, vier Meter entfernt. Er rudert mit den Beinen, kämpft sich wieder heran.

»Atme langsam und gleichmäßig«, sagt er keuchend.

»Was soll das?«

»Du bist leichter als ich.« Rüdiger grinst schief. »Noch. Du weißt doch, was ich gesagt habe.«

Das war zu Beginn ihres Urlaubs gewesen. Sie hatten das Boot gerade zu Wasser gelassen, es war ihre erste Nacht auf dem Schiff. Die Sterne waren überwältigend, sie saßen im Heck, tranken Rotwein aus einem Pappkarton.

»Du musst aufpassen, dass du nicht dick wirst«, hatte Rüdiger gesagt. Er hielt das Steuer in der einen Hand, mit der anderen fuhr er seinem Bruder über den Kopf. »Irgendwann fallen dir die Haare aus, und du endest als kleiner, kahlköpfiger Gartenzwerg, den niemand ernst nimmt.«

Sie hatten beide gelacht.

Das ist lange her. Die Welt hat sich gedreht.

Rüdiger legt den Kopf in den Nacken, sinkt bis zur Nase unter Wasser, kommt wieder hoch. Er verschluckt sich, hustet, ringt nach Luft.

»Wir werden das schaffen«, keucht er.

Das ist eine Lüge. Das Paddel ist dünn, es bietet nur Auftrieb für einen.

Das weiß Rüdiger, aber er sagt es nicht. Das Sprechen bereitet ihm Mühe, sein Haar hängt ihm wie ein dunkler Vorhang bis über das Kinn. Er schiebt es nicht aus dem Gesicht.

Menschen, die kurz vor dem Ertrinken sind, tun so etwas nicht.

Sein Bruder treibt halb ohnmächtig auf dem Wasser, er bemerkt nicht, dass Rüdiger von einer Welle emporgehoben wird, die Strömung erfasst ihn, er entfernt sich wieder, drei Meter, fünf Meter, dann zehn. Rüdiger hustet, strampelt, kommt wieder ein Stück näher. Seine Arme sind schwer, so schwer.

Eine neue, größere Welle.

Zwanzig Meter.

Früher oder später kommt der Zeitpunkt, an dem ein Ertrinkender in Panik gerät. Er verliert die Kontrolle, schlägt um sich, hält sich an allem fest, was er erreichen kann und zieht es in die Tiefe.

Auch das weiß Rüdiger.

»Mach's gut, kleiner Bruder.«

Er schließt die Augen.

Dann ist er verschwunden.

Zwei Tage später wird in den Zeitungen stehen, dass vierzig Kilometer südwestlich von El Hierro ein portugiesischer Tanker einen halbtoten Deutschen aus dem Atlantik gefischt hat.

Der andere wird nie gefunden.

Neunundzwanzig

»Ich könnte kotzen!«

Zorns Handy landete auf dem Schreibtisch, ein Plastikbecher mit Büroklammern kippte um. Fünfmal hatte er versucht, Malina zu erreichen. Ihr Telefon war ausgeschaltet, die Mailbox sprang sofort an.

Eigentlich hätte er erleichtert sein müssen, jetzt, nachdem er mit Hermann gesprochen hatte. Doch Zorn war wütend, ärgerte sich über seine eigene Dummheit. Die sexuellen Vorlieben anderer kümmerten ihn nicht, zumindest in dieser Beziehung war er absolut vorurteilsfrei. Wie, wo, und vor allem mit wem sich andere Menschen vergnügten, war ihm herzlich egal, solange es in gegenseitigem Einverständnis geschah. Er selbst war eher konservativ gestrickt, die Vorstellung, einen *Mann* attraktiv zu finden, war in seinen Augen absurd. Frauen waren wunderschöne Geschöpfe, doch Männer? Die, so fand er, durften sich glücklich schätzen, dass Frauen sie überhaupt wahrnahmen oder gar *schön* finden konnten mit ihren harten, kantigen Gesichtern, den Haaren auf der Brust, den faltigen Hintern, den krummen Beinen und dem albern herumbammelnden Gekröse zwischen den Beinen.

Egal, sein Problem war ein anderes.

Er hatte geglaubt, nein, er war sicher gewesen, absolut sicher, dass Malina und Hermann etwas *miteinander gehabt* hatten (ein bescheuerter Begriff, fand Zorn, aber etwas Besseres fiel ihm nicht ein). Hermann war fast zwanzig Jahre jünger als er, außerdem sah er gut aus (nun ja, das war relativ, in Zorns Augen war der Kerl – schwul oder nicht – noch immer ein blasierter, aufgetakelter Aufschneider). Zwischen den beiden war etwas gewesen, eine Vertrautheit, die ihn wütend gemacht hatte, er hatte sich ausgeschlossen gefühlt, die Eifersucht hatte ihn geblendet. Es gab keine Freundschaft zwischen Männern und Frauen, entweder man mochte sich oder nicht. Wenn ja, landete man irgendwann zusammen im Bett, das war Zorns feste Überzeugung. Auch jetzt noch.

In diesem Fall allerdings hatte er sich geirrt. Und er hatte sich wie ein Volltrottel verhalten. Diese Einsicht hatte zu einer weiteren geführt, dazu, dass er sich bei Malina entschuldigen musste. Das hatte eine Weile gedauert und war nun gar nicht nach dem Geschmack des Claudius Zorn, trotzdem beschloss er, die Sache so schnell wie möglich hinter sich zu bringen. Wenn er sie nicht anrufen konnte, dann eben anders, kurz und schmerzlos, per SMS.

Er schob ein paar Büroklammern beiseite und nahm das Handy. Fuhr mit der Zunge über die Oberlippe, dann tippte er, es dauerte lange, bis er die richtigen Buchstaben fand.

Es tut mir leid, ich war bekloppt!

Nee. Er löschte das letzte Wort.

Es tut mir leid, ich war bescheuert!

War das besser? Auch nicht, jetzt änderte er das vorletzte Wort.

Es tut mir leid, ich bin bescheuert!

Oder doch bekloppt?

»Das ist doch bescheuert!«, fluchte Zorn und warf das Telefon wieder auf den Schreibtisch. Malina würde den Braten sowieso riechen, sie kannte ihn, wusste, dass er meistens den Weg des geringsten Widerstands ging.

Wie stellst du dir das vor, Claudius?, würde sie sagen. Du schickst mir eine SMS, und dann ist alles wieder gut?

Was sollte er tun? Tat es ihm überhaupt leid?

Ja, das tat es. Morgen flog sie nach Zagreb, er hatte keine Ahnung, wann sie zurückkommen würde.

Er nahm seine Jacke, öffnete die Tür.

Ich kann jetzt sowieso nichts tun, dachte er. Die Streifenwagen sind unterwegs, wenn was ist, werden sie mich auf dem Handy anrufen. Ich fahre zu Malina. Wenn ich vor ihr stehe, werden mir schon die richtigen Worte einfallen. Hoffentlich.

Er runzelte die Stirn, stutzte. Dann schlug er sich mit der Hand an die Stirn.

»Ich bin so was von bekloppt!«

Das stimmte.

Malina hatte ihre Sachen aus seiner Wohnung geholt.

Er hatte keine Ahnung, wo sie jetzt war.

*

»Er schläft jetzt.«

Schröder kam in die Küche, vorsichtig zog er die Tür hinter sich ins Schloss und setzte sich zu seiner Mutter an den Tisch. Vor ihr stand eine Tasse Kaffee, auf dem Herd brodelte ein Topf mit Wasser. Er nahm ihre Hand und drückte sie sanft.

»Mama?«

Sie sah auf.

»Ach, entschuldige, ich habe dich nicht gehört. Möchtest du Kaffee?«

»Nein, danke.«

Ein Zischen, das Wasser im Topf kochte über. Schröder sprang auf und drehte das Gas ab. Sie richtete sich auf.

»Herrje, die Suppe! Die hatte ich ganz vergessen, du musst doch Hunger haben!«

»Das ist egal.«

Er hatte sich wieder zu ihr gesetzt.

»Du siehst schlecht aus, Junge.« Schröder war blass, der Scheitel hatte sich gelöst, die rostroten Strähnen hingen über die linke Schulter. »Und du musst dringend zum Friseur.« Sorgfältig strich sie ihm das Haar hinter die Ohren. Er ließ es schweigend geschehen. »Wie geht's Papa?«, fragte sie dann.

»Er schläft«, wiederholte er, nachdem er sich vergewissert hatte, dass sie seine Lippen sehen konnte.

»Das ist gut. In letzter Zeit schläft er immer weniger.«

Sie nahm die Brille ab, klappte sie sorgfältig zusammen und legte sie vor sich auf den Tisch. Schröder bemerkte, dass einer der rosafarbenen Bügel fehlte.

»Was ist passiert?«

»Sie ist runtergefallen. Es ist nicht schlimm, morgen bring ich sie zum Optiker.«

»Er hat dich geschlagen, stimmt's?«

»So etwas würde dein Vater nie tun!« Die alte Frau schüttelte heftig den Kopf. »Er liebt mich seit über fünfzig Jahren. Das weiß ich so sicher wie …«, sie überlegte. »Ach egal, ich weiß es eben. Wir wussten es beide, vom ersten Moment an. Nein, das war nicht *er.* Dein Vater ist nur ein wenig verwirrt.«

»Und das?« Er deutete auf einen Bluterguss auf ihrer Wange. »War er das auch?«

»Ein kleiner Kratzer. Papa wollte Putzmittel trinken, ich habe es ihm weggenommen. Wahrscheinlich hat er nur die Flaschen verwechselt. Er wird sich wieder erholen.«

Schröder wandte den Kopf ab.

»Ich wünschte, ich könnte das glauben«, murmelte er. »Bei Gott, das wünschte ich.«

Seine Mutter sah lächelnd auf ihre Finger. Sie hatte kein Wort verstanden.

»Er war wirklich fürchterlich durcheinander. Ich habe gleich den Notarzt geholt, in der Aufregung habe ich die Nummern verwechselt und zuerst die Polizei angerufen. Es ist gut, dass er jetzt schläft. Was hat er zu dir gesagt?«

»Dass es ihm leid tut. Und wir haben über Rüdiger gesprochen.«

»Hör mir zu.« Sie griff über den Tisch, nahm seine Hände. »Papa gibt dir die Schuld an seinem Tod, aber das stimmt nicht! Rüdiger kam nach deinem Vater, er war ein schöner Mann, er sah aus wie ein amerikanischer Filmstar. Das wusste er, und er hat immer bekommen, was er wollte.«

»Mama, ich ...«

»Oh, du bist auch ein schöner Mann. Auf deine Art.« Ihr Finger strich sacht über seinen Unterarm. »Rüdiger war ein Draufgänger. Er war der Ältere, du hast immer getan, was er sagte. Ihr hättet nie in dieses Boot steigen dürfen. Es war ein fürchterlicher Unfall.«

»Es *war* meine Schuld.« Schröder sprach laut und deutlich, jedes Wort betonend. »Ich bin gerettet worden, Rüdiger nicht.«

»Ich werde dir das nie ausreden können, oder?«

Schröder schwieg.

»Du musst das irgendwann einsehen!« Sie stützte sich mit den Händen auf der Tischplatte ab und stand schwerfällig auf. »Dein Vater hat das alles nie verkraftet, er wusste einfach nicht, wohin mit seinem Schmerz. Aber du? Du warst schon immer der Klügste in unserer Familie.«

Sie stand vor ihm, er vergrub das Gesicht in ihrem Schoß.

»Hör auf, dir Vorwürfe zu machen«, murmelte sie. Dann gab sie ihm einen Klaps auf den Rücken. »Jetzt mach ich uns was zu Essen. Dein Vater wird Hunger haben, wenn er aufwacht.«

»Ich bleibe noch ein bisschen hier.«

Schröders Stimme wurde durch die Schürze seiner Mutter gedämpft. Er schlang die Arme um ihre knochigen Hüften, sie wiegte ihn sanft hin und her. Dann vibrierte sein Handy. Er machte sich los.

»Das ist Zorn«, sagte er. »Entschuldige, da muss ich rangehen.«

*

»Wie geht's deinem Vater?«

»Schlecht.«

»Kann ich irgendwas tun?«

»Nein.«

»Du willst nicht drüber reden, stimmt's?«

»Stimmt. Gibt's was Neues?«

»Nee.«

»Warum rufst du dann an?«

»Hast du eine Ahnung, wo ich Malina finde?«

»Kannst du dir das nicht denken?«

»Bei Hermann?«

»Natürlich. Sie wird ja kaum auf der Straße schlafen.«

»Weißt du, wo er wohnt?«

»Du bist Polizist, Chef.« Schröder klang ein wenig ungeduldig. »Auf deinem Schreibtisch steht ein Computer. Muss ich dir wirklich erklären, was du zu tun hast?«

*

Das musste Schröder dann doch nicht. Zwanzig Minuten später hatte Zorn die Adresse herausgefunden und war unterwegs in Richtung Innenstadt. Er verspürte nicht die geringste Lust auf ein weiteres Zusammentreffen mit Hermann, vermeiden ließ sich das allerdings nicht, wenn er Malina sehen wollte. Er würde ihn einfach ignorieren, Scheiße, er würde sich sogar entschuldigen, schließlich hatte er wirklich nicht den geringsten Grund gehabt, dem armen Kerl die Nase zu brechen. Wichtig war nur, dass er Malina alles erklären konnte. Das würde er schon irgendwie schaffen.

Oder?

Er erreichte den Kreisverkehr am Bahnhof. Links war das Hochhaus, in dem er lebte, rechts, auf der anderen Seite, wohnte irgendwo Hermann. Zorn blinkte, dann wechselte er abrupt die Spur und fuhr geradeaus weiter auf die Hochstraße.

Na ja, dachte er. Ich kann ja vorher noch kurz bei de Koops Villa vorbeifahren und sehen, ob alles in Ordnung ist.

Mit Pflichtbewusstsein hatte das nichts zu tun. Ja, er würde Malina aufsuchen, das hatte er sich fest vorgenommen. Aber Claudius Zorn war ein Zauderer, er nutzte jede Gelegenheit, unangenehme Aufgaben zu verschieben, auch wenn er dabei nur zwanzig Minuten herausschlagen konnte.

Als er wenig später die Uferpromenade erreichte, hatte die Dämmerung eingesetzt. Er parkte unterhalb der Villa, stieg aus und sah sich um. Das große Haus thronte still und verlassen auf dem Hügel, halb verdeckt hinter den hohen Eichen. Irgendwo zwischen den kahlen Bäumen versteckten sich die Männer des Sondereinsatzkommandos, sie waren gut, dachte Zorn, nichts deutete auf ihre Anwesenheit hin. Mindestens fünf Augenpaare mussten jetzt auf ihn gerichtet sein, er hob die Hand, grüßte kurz und stieg wieder in den Volvo. Ein weißer Lieferwagen näherte sich langsam von hinten. Zorn wartete, bis er vorbei war und fuhr dann ebenfalls los.

Auf der anderen Seite des Flusses färbte sich der Horizont. Im Westen standen die Wolken am Himmel wie Rauch über verlöschender Glut.

Die Sonne ging unter.

*

Vor dem Haus bellte ein Hund.

Schröders Vater öffnete die Augen. Das Fenster war noch immer gekippt, die Gardine bewegte sich sacht.

Er wälzte sich auf den Rücken, seine Hüfte schmerzte vom langen Liegen. Die Federn quietschten, das Bett war alt, sehr alt, ein hölzernes Doppelbett mit gedrechselten Füßen. Hier, auf dieser Federkernmatratze, hatte er vor Jahrzehnten seine Söhne gezeugt und so, wie es aussah, würde er auch hier sterben. Bald.

Eigentlich ist das nicht schlimm, dachte der alte Mann. Ich habe mein Leben gelebt. Nie bin ich jemandem zur Last gefallen, nie. Ich habe dieses Haus gebaut, es ist klein, aber ich war es, der alle Entscheidungen getroffen hat. Für mich, meine Frau und meine Söhne. Und ich will selbst bestimmen, wie ich sterbe.

Das Bellen wurde lauter, ein Ruf, das Tier verstummte. Es war der Nachbarshund, ein Cockerspaniel. Schröders Vater hasste diesen nervösen kleinen Kläffer, seit Jahren zertrampelte er das Gemüse, verteilte stinkende Häufchen auf dem Rasen und bellte alles an, was ihm über den Weg lief.

»Dieser verdammte Köter gehört an die Leine«, murmelte der Alte.

Jetzt war sein Kopf klar, die Gedanken geordnet, nichts zu spüren von diesem Nebel, der ihn so wütend machte.

Angefangen hatte es eher harmlos. Er hatte Kleinigkeiten vergessen, Sachen verschwanden, tauchten wieder auf, später konnte er sich nicht erinnern, dass er sie dort hingetan hatte: die Fernbedienung im Kühlschrank. Die Hausschuhe in der Spüle. Die Manschettenknöpfe im Mülleimer.

Dann folgten die Löcher. Immer wieder kam er zu sich, an den verschiedensten Orten, er hatte keine Ahnung, wie er dort hingekommen war, geschweige denn, was er *getan* hatte. Seine Frau wollte es ihm nicht sagen. Aber er bemerkte es in ihren Augen. Und er sah die zertrümmerten Teller. Die abgerissene Türklinke. Die umgefallene Vase. Roch den Urin, spürte die Nässe im Schritt.

Aus der Küche drang Gemurmel herüber, die Wände waren dünn. Sie hatten sparen müssen, als sie das Haus gebaut hatten. Der einzige Luxus war die kleine Sauna im Keller, seine Frau hatte sie sich damals gewünscht. Benutzt hatte sie das Ding seit Jahren nicht mehr, jetzt stapelten sich dort die Kartons mit Rüdigers Sachen.

Er kniff die Augen zusammen. Wenn er bei sich war, übte er. Trainierte seinen Kopf, löste Aufgaben, konzentrierte sich.

Drei mal vier ist zwölf. Die Wurzel aus vier ist zwei. Sechs durch zwei ist drei. Sieben minus zwei ergibt fünf.

Das war einfach, Kinderkram. Im Moment jedenfalls. Jetzt ging es ihm gut, aber wie lange würde das so bleiben? Ein paar Stunden? Minuten? Und dann?

Er musste Schluss machen, solange es noch ging.

Es würde nicht besser werden. Sein Hirn löste sich auf. Ein löchriger Schwamm, der sich selbst auffraß. Manchmal glaubte er, ein Knistern in seinem Kopf zu hören, das waren die Zellen, die eine nach der anderen abstarben, er konnte es regelrecht *riechen,* ein übler Gestank nach verbranntem Gummi.

Es war unumkehrbar. *Irreversibel,* hatte der Arzt erklärt. Eine Tatsache, in Fels gemeißelt wie das Einmaleins, ein Fakt, genauso sicher, wie drei mal vier elf ergab, er konnte …

Schröders Vater stöhnte leise.

Drei mal vier ergab doch elf, oder?

Er wusste es nicht mehr. Die Leere kam auf ihn zugerast, eine schwarze, riesige Dampflok, er biss die Zähne aufeinander, kämpfte mit aller Kraft, doch sein Verstand löste sich auf, schrumpfte zusammen wie Schnee auf einer warmen Kühlerhaube.

Dann lag er da, und als er die Augen schloss, befand sich dahinter nur noch ein dumpf pulsierendes Nichts. Etwas hatte sich dort festgehakt, ein letzter, klarer Gedanke, nicht viel mehr als ein winziges Flackern in einer dunklen Galaxie.

Der alte Mann schlief ein.

Sein Entschluss war gefasst.

*

Claudius Zorn stand in einer Seitenstraße hinter dem Bahnhof und übte seine Rede. Hermann wohnte um die Ecke, Zorn brauchte noch ein paar Minuten, um sich vorzubereiten. Es ging nicht anders, er musste sich die Worte zurechtlegen, ansonsten würde er nachher stumm vor Malina stehen, unfähig, auch nur einen halbwegs verständlichen Satz herauszubringen.

Es wurde wieder kälter, Zorn schüttelte sich und knöpfte die Jacke bis zum Hals zu. In den schmuddeligen Fenstern der Mietskasernen gingen Lichter an, Zorn wirkte verloren, ein einsamer Mann, halblaut vor sich hin murmelnd, allein in einer dunklen Gasse.

»Lass uns das alles vergessen, Malina.«

Er vergrub die Hände unter den Achseln und lief auf und ab, den Blick stur auf seine Füße gerichtet. Der Bürgersteig war mit schiefen, gesprungenen Betonplatten gepflastert, automatisch vermied er es, auf die Risse zu treten. Das tat er schon seit seiner Kindheit, warum, war ihm nie bewusst geworden.

»Ich wusste nicht, dass Hermann …«

Ja was? Schwul ist? Das war einfach zu albern, als ob das wichtig wäre!

Ein Güterzug donnerte über die Brücke am Bahnhof, Bremsen quietschten, fast hätte Zorn sich die Ohren zugehalten. Über ihm wurde ein Fenster zugeknallt.

»Es wird nicht wieder vorkommen. Scheiße, das ist auch Mist.«

Er machte auf dem Absatz kehrt, blieb erschrocken stehen. Vor ihm stand ein kleiner Junge, höchstens zehn Jahre alt. Er trug eine Pudelmütze, unter dem Arm klemmte ein zerschrammter Fußball. Ein dünner Rotzstreifen lief ihm aus der Nase. Ernst, mit großen Augen sah er zu Zorn auf.

»Was machst du da?«

»Ich übe.«

»Und was?«

Zorn sah sich um. Sie waren allein auf der Straße.

»Das geht dich nichts an.«

Der Kleine taxierte ihn prüfend.

»Du hast eine Macke, stimmt's?«

»Ja«, nickte Zorn ernst. »Eine richtige.«

»Dann musst du zum Arzt gehen«, erklärte der Junge wichtig. »Zum *Süchator.*«

Er leckte den Rotz von der Oberlippe und tippelte los. Vor dem nächsten Eingang blieb er stehen und stemmte das Tor mit der Schulter auf. Ein Knall, die Tür fiel ins Schloss, der Junge war verschwunden.

»Das heißt Psychiater, du kleine Nuss«, knurrte Zorn.

Im Erdgeschoss polterte es, Stimmen wurden laut.

Wahrscheinlich, dachte Zorn, kriegt der arme Kerl eine Abreibung, weil er zu spät zum Abendbrot gekommen ist. Und ich sollte mich jetzt auch auf den Weg machen. Ich denke zu viel, ich werde sie einfach in den Arm nehmen.

Aber vorher rauch ich noch eine.

Zorn wühlte in der Jackentasche nach seinen Zigaretten.

Blumen, überlegte er, ich hätte Blumen besorgen sollen, die schenk ich ihr fast nie, dann weiß sie, dass ich es wirklich ernst meine.

Das war im Prinzip keine schlechte Idee. Eigentlich war er viel zu faul, um jetzt noch einmal zum Blumenladen am Bahnhof zu laufen, Hermanns Wohnung lag in der anderen Richtung.

Zorn war unschlüssig, doch die Entscheidung wurde ihm abgenommen.

Sein Schädel explodierte. Finsternis senkte sich über seine Augen, als würde das Licht in seinem Kopf ausgeknipst.

Dann ging er zu Boden.

TEIL VIER

Dreißig

20 Uhr.

Schröder saß mit seiner Mutter in der Küche. Die Wanduhr tickte, sie redeten nicht viel. Draußen fuhr ein Lkw vorbei. Im Geschirrschrank klapperten die Gläser. Sie hatten Spiegeleier gegessen, Schröder hatte kaum etwas angerührt.

Die alte Frau starrte auf ihren Teller, schob mit der Gabel ein Stück Brot hin und her.

»Wir dürfen nicht zulassen, dass er in ein Heim kommt.«

»Das wird nicht passieren, Mama.«

Sie sah ihn an, ihre Augen wirkten riesig hinter den dicken Brillengläsern.

»Versprichst du's?«

»Ja.«

»Gut.«

Sie gähnte.

»Geh schlafen«, sagte Schröder. »Es war ein anstrengender Tag.«

»Und du?«

»Ich bleib noch ein bisschen hier sitzen.«

»Ach, ich bin wirklich müde.« Sie stand auf und schob die Teller übereinander. Eine Gabel fiel zu Boden, sie bückte sich, Schröder hielt sie zurück.

»Ich mach das schon, Mama.«

»Das ist lieb. Mein Rücken ist auch nicht mehr der jüngste.« Sie band die Schürze ab und hängte sie an einen Garderobenhaken neben der Tür. »Bekommst du jetzt Ärger bei der Arbeit? Du warst fast den ganzen Tag hier.«

»Das ist kein Problem, ich habe jede Menge Überstunden. Die kann ich jetzt endlich mal abbummeln.«

Sie ging zu ihm, gab ihm einen Kuss auf die Stirn.

»Schlaf gut, mein Sohn.«

»Du auch, Mama.«

»Alles wird gut.«

»Natürlich.«

Die Tür schloss sich leise, kurz darauf wurde im Badezimmer das Wasser angestellt. Schröder saß noch eine Weile am Tisch. Dann bückte er sich und hob die Gabel auf.

»Nichts ist gut«, murmelte er. »Überhaupt nichts.«

*

Es war komisch.

Egal, ob er die Augen öffnete oder schloss, es blieb dunkel. Das fiel ihm als Erstes auf, als er zu sich kam. Zorn war nicht sicher, ob er wirklich wach war, und so probierte er es denn weiter.

Auf. Zu. Auf. Zu. Zwinkern, noch einmal. Auf. Zu. Auf. Zu.

Nicht die geringste Veränderung. Einfach nur Schwärze. Er spürte sie auf der Haut, diese Dunkelheit, wie kratzende Wolle, nein, irgendwie *wattig*, sie schien zu pulsieren, klebte zwischen seinen Fingern, drang durch jede Pore, füllte die Lungen, das Atmen fiel ihm schwer.

Zorn bewegte sich nicht. Sein Hinterkopf schmerzte, als hätten sich tausend wütende Zwerge zusammengerottet, die mit winzigen Vorschlaghämmern von innen gegen seinen Schädel pochten. Ihm war schwindlig, ein wenig übel, als würde er schweben. Das war natürlich nicht so, er spürte die Kälte des Bodens, die Nässe in seinem Rücken.

Manchmal, in wirklich außergewöhnlichen Situationen, betete Claudius Zorn. Er war kein gläubiger Mensch, aber es hatte etwas Tröstliches, jemandem seine Gedanken mitteilen zu können, egal, ob dieser Jemand nun existierte oder nicht. Und *außergewöhnlich* war seine Lage allemal, wenn nicht sogar ausweglos.

Lieber Gott, dachte Zorn, ich bin in Not. Jemand hat mich niedergeschlagen, einfach so. Ich kann nicht denken, ich weiß nicht, was hier passiert ist. Hilf mir, denn ich habe keine Ahnung, wo ich bin und auch nicht, was er vorhat, geschweige denn, warum er mich überhaupt hierhergeschleppt hat. Ich habe Angst, so große Angst, wie noch nie in meinem Leben. Und ich habe Kopfschmerzen, aber es reicht nicht, wenn du mir nur Aspirin schickst. Mach bitte was, irgendwas, damit ich hier wegkomme, ja?

Zorn wartete geduldig.

Los! Mach was!

Nichts passierte, natürlich nicht. Kein Laut war zu hören, bis auf das Pochen in seinem Schädel, die Zwerge in seinem Hinterkopf schienen die Hämmer beiseite gelegt und zu Spitzäxten gegriffen zu haben.

Vorsichtig tastete Zorn über seinen Körper. Seine Jacke raschelte, er durchsuchte die Taschen. Sie waren leer, der Schlüssel, die Brieftasche, alles war weg. Aber das war nicht schlimm. Schlimm war nur, dass sein Handy fehlte.

Und die Zigaretten. Das war noch schlimmer.

Auf der Brust spürte er eine kleine Ausbuchtung. Er öffnete den Reißverschluss, griff in die Innentasche und ertastete einen kleinen, knubbeligen Gegenstand, wahrscheinlich aus Plastik.

Es dauerte, bis er begriff, dass er eine Spielzeugfigur zwischen den Fingern hielt.

Er hatte sie geschenkt bekommen, achtlos in die Tasche gesteckt und im selben Moment wieder vergessen. Wann war das gewesen? Vorgestern Abend? Oder in einem anderen Leben?

Sehr witzig, lieber Gott, brummte Zorn. Ich brauche Hilfe, und was machst du?

Du schickst mir eine verschissene Star-Wars-Figur!

*

Insgesamt sechsunddreißig Badezellen reihten sich im Westflügel des Solbades aneinander. Claudius Zorn lag in der sechsten, von der Eingangshalle aus betrachtet. Vier Räume neben ihm, höchstens zehn Meter entfernt, lehnte Elias de Koop neben der Tür und lauschte den flachen Atemzügen des schlafenden Richters. Im Gegensatz zu Zorn hatte er keine Angst vor der Dunkelheit.

Elias de Koop war ein Nachtmensch. Die Finsternis störte ihn nicht, im Gegenteil, er fühlte sich im Dunkeln wohl. Wenn morgens die Sonne aufging, hatte er einen Großteil seiner Arbeit bereits erledigt. Kaum jemand wusste, worin genau diese *Arbeit* bestand, und de Koop hatte immer darauf geachtet, dass dies so blieb.

Er hatte die Augen geschlossen, atmete langsam und gleichmäßig durch die Nase. Sein Mund war halb geöffnet, das Kinn nach vorn gereckt, so stand er da, die Nasenflügel gebläht, wie ein Tier, das Witterung aufnimmt.

Nachtmenschen sind Jäger. Sie brauchen eine Waffe. Auch dafür hatte de Koop gesorgt, als er noch dazu in der Lage gewesen war. Zuerst hatte er sich für die Taschenlampe entschieden, sie war schwer, lag gut in der Hand wie ein Totschläger. Kurz, bevor das Licht endgültig verloschen war, hatte er die leere Wodkaflasche entdeckt, sie lag unter dem Waschbecken, verborgen unter einem Schutthaufen. Er hatte sich die Stelle gemerkt, jetzt hielt er die Flasche in der gesunden Hand, das Glas schlug leicht gegen seinen Oberschenkel.

Ansonsten bewegte sich Elias de Koop nicht.

Nachtmenschen sind geduldig.

*

Claudius Zorn lag in der Dunkelheit, die linke Hand stützte den schmerzenden Kopf, in der rechten hielt er, wie er sie selbst bezeichnet hatte, eine *verschissene Star-Wars-Figur.*

Er war wütend, verwirrt, verängstigt. Die Furcht überwog, die Orientierungslosigkeit machte alles noch schlimmer. Lange konnte er nicht hier sein. Sein Kopf dröhnte zwar noch immer, doch es wurde langsam besser. Der Schlag war nicht sonderlich hart gewesen, aber offensichtlich sehr gut gezielt.

Seine Finger betasteten die Figur. Arme und Beine waren beweglich, er konnte das Lichtschwert fühlen, nicht viel länger als ein Streichholz.

Er wird auf dich aufpassen, hatte der Lampenmann gesagt. *Er heißt Darth Vader, alle denken, er ist böse, aber das ist er nicht.*

Was hatte er dann erzählt? Genau, dass die Figur ein Geschenk von Gott sei.

»Pff!«, machte Zorn trotzig.

Ich weiß ja nicht, lieber Gott. Für Moses hast du das Mittelmeer geteilt, du hast Feuer vom Himmel regnen lassen und was weiß ich noch alles. Okay, ich bin nicht Moses, aber ein bisschen anstrengen könntest du dich schon, Freundchen!

Er stutzte.

Freundchen hatte er den lieben Gott noch nie genannt. Sicherlich, Claudius Zorn war ein Zweifler, trotzdem brachte er seinem Schöpfer eine Art widerwilligen Respekt entgegen. Nicht etwa, weil er bedingungslos an ihn glaubte, nein, er war sich einfach nicht sicher. Eines allerdings war klar: *Wenn* Gott existierte, durfte man sich nicht mit ihm anlegen. Und frech kommen sollte man ihm schon gar nicht. Aus Sicherheitsgründen, schließlich, so hieß es jedenfalls, konnte der alte Herr ziemlich nachtragend sein.

So ruderte Zorn denn in Gedanken zurück. Ein wenig jedenfalls.

Während er betete, drehte er die Figur in den Händen wie einen Rosenkranz.

Das war jetzt ein bisschen flapsig, aber entschuldigen werde ich mich nicht. Ich brauche hier Hilfe, und du könntest ruhig …

KLACK

Zorn stutzte.

Seine Hand erglühte in einem zarten, rötlichen Licht. Ein irisierender, fast überirdischer Schimmer, ungläubig hob Zorn den Kopf, dann begriff er.

Das Schwert. Es leuchtete.

Die ganze Zeit hatte er Darth Vader in den Händen bewegt, dabei musste er an das Schwert gekommen sein. Es ließ sich drehen, ein kleiner Schalter war im Knauf verborgen.

Halleluja!

Zorn konnte etwas sehen. Jetzt hatte er Licht. Das war nicht viel, aber in seiner Situation war das wirklich ein Geschenk Gottes.

Darth Vader, ich liebe dich. Und dich, meinen Schöpfer, liebe ich auch. Deine Wege sind unergründlich, und ich habe nie an dir gezweifelt. Ein klitzekleines bisschen vielleicht, aber das nehm ich zurück.

Jetzt musst du mir nur noch sagen, wie ich hier rauskomme.

*

De Koop schlug die Flasche leicht gegen die Wand. Ein hohler, misstönender Ton erklang, wie das letzte Schwingen einer verstimmten Kirchenglocke. Ein weiterer Schlag, etwas kräftiger jetzt. De Koop presste die Lippen aufeinander, er hatte nur einen Versuch, das Glas musste an der richtigen Stelle brechen.

Noch einmal. Ein Splittern.

Kleider raschelten in der Dunkelheit, ein Poltern, Schuhe schlugen dumpf gegen das Fußende der Wanne.

»Was ist passiert?«, fragte der Richter müde.

»Nichts.«

De Koop umklammerte den Flaschenhals, das untere Ende war abgebrochen. Er tastete nach unten, fühlte die lange, gezackte Spitze, scharf wie eine Messerklinge.

»Nichts ist passiert«, wiederholte er. »Schlafen Sie weiter.«

Er lächelte zufrieden.

Jetzt war er bewaffnet. Mit einem gläsernen Dolch.

*

Darth Vader war klein. Wenn es hochkam, maß er vielleicht zehn Zentimeter von der Spitze des schwarzen Helmes bis zu den Stiefelsohlen. Der Umhang war aus dickem Stoff gefertigt, die Maske, die in den Filmen immer bedrohlich wirkte, sah aus wie eine putzige Skibrille. Eine winzige, behandschuhte Faust umklammerte das Lichtschwert, bei näherem Hinsehen entpuppte es sich als dünner, purpurn fluoreszierender Plastikschlauch.

Zorn richtete sich ein wenig auf und legte die Puppe auf dem Oberschenkel ab.

»Und? Was machen wir jetzt?«

Darth Vader schwieg.

Toll, dachte Zorn. Erst rede ich mit Gott, dann mit einer Spielzeugfigur.

»Ich würde sagen, wir sehen uns ein wenig um. Du leuchtest, ich gucke, okay?«

Stöhnend stand er auf, fasste die Puppe an den Beinen und hielt sie in die Höhe, dabei kam er sich vor wie Indiana Jones bei der Erkundung eines verborgenen Tempels. Zunächst konnte er nichts erkennen, erst, als er den Arm ein wenig hin und her bewegte, sah er etwas.

Ausgebeulte, fleckige Wände, stellenweise grob ausgebessert. Eine dicke Staubschicht auf dem Betonboden, überall schwarz glänzende Ölflecken. Die Umrisse einer großen, stabilen Tür. Gegenüber eine geflieste, völlig verdreckte Badewanne, bis zum Rand mit Unrat gefüllt. Leere Zementsäcke, Plastikplanen, Mörtelreste, geborstene Mauersteine.

Zorn erkundete die Zelle, dabei schirmte er das kleine Lichtschwert mit der Hand ab, wie eine Kerze, die jeden Moment erlöschen kann. Das war natürlich albern, doch dieses schwache rötliche Glimmen war sein einziger Trost, und der Gedanke, dass es verlöschen könnte, ließ seine Hände zittern.

Schließlich stellte er die Figur auf den Rand der Wanne, trat einen Schritt zurück und überlegte. Er hatte nicht den blassesten Schimmer, wo er war. Langsam bekam er Durst, bald würde der Hunger folgen, was dann?

Er musste hier raus.

Darth Vader stand auf dem Wannenrand, die Beine gespreizt, das winzige Schwert in die Höhe gereckt, das Leuchten erinnerte an ein Grablicht.

Nein, dachte Zorn. Ich kann nicht rumstehen und warten, bis ich in diesem Drecksloch krepiere. Etwas muss ich tun. Aber was, verflucht nochmal?

Was?

*

Warmes, fast surreales Licht flimmerte in der Eingangshalle des Badehauses. Kerzen flackerten in den Fensterbrettern, auf dem Rand des achteckigen Brunnens, in den Wandnischen. Die Oberlichter waren mit fleckigen Stoffresten verhängt, der Schutt auf dem Boden beiseite geräumt. Es roch nach Wachs, Ruß stieg auf und verlor sich unter der kuppelförmigen Decke.

Auf dem provisorischen Tisch lag ein zugeklappter Aktenordner. Auch hier standen Kerzen, daneben waren Werkzeuge aufgereiht, säuberlich angeordnet wie auf einem Seziertisch.

Ein halbes Dutzend Gasfeuerzeuge. Ein batteriebetriebener Lötkolben. Drei Streichholzschachteln. Ein Bunsenbrenner. Eine Schachtel Kohleanzünder. Eine Spiritusflasche.

Die Halle funkelte wie eine verwunschene Kapelle. Es war warm, fast schwül, das Kerzenlicht spiegelte sich auf dem Metall der Instrumente, auf den uralten Fliesen, in den gesplitterten Scheiben der hohen Fenster.

Jan Czernyk war nicht zu sehen.

Doch er hatte alles vorbereitet.

*

Die Tür. Das war seine einzige Chance.

Zorn hockte vor dem Schlüsselloch und versuchte hindurchzusehen. Die Klinke stieß an seine Stirn, er legte den Kopf schief, kniff ein Auge zusammen. Spürte die kühle Luft im Gesicht, erkennen konnte er nichts.

Er drückte die Klinke nach unten, die Tür blieb zu. Natürlich, etwas anderes hatte er nicht erwartet. Das Schloss war alt, der Beschlag rostig, an den Rändern verbogen, aber fest mit dem Türblatt verschraubt. Der Schlüssel musste groß gewesen sein, mit gezacktem, altmodischem Bart.

Darth Vader stand neben der Tür auf dem Boden. Zorn hob ihn auf, nahm den Umhang ab. Winzige Buchstaben waren auf den Rücken eingraviert, er musste die Figur dicht vor das Gesicht halten, um etwas erkennen zu können.

»Deine Filme sind Scheiße, George«, murmelte Zorn. »Aber ich werde jeden einzelnen davon angucken, alle hintereinander, ohne Pause, und ich schwöre hiermit feierlich, dass ich dabei nicht einschlafen werde, wenn du mir hilfst, hier rauszukommen.«

Nachdenklich drehte er Darth Vader in den Händen, betrachtete die Stiefel, dann wieder das Schlüsselloch. Er spreizte die Beine der Figur, jetzt sah es aus, als würde Darth Vader Spagat üben. Zorns Finger schlossen sich um das rechte Bein, das andere ragte empor, die Stiefelspitze rechtwinklig abgebogen wie … ein Schlüssel?

»Einen Versuch ist es wert.«

Behutsam schob Zorn den linken Fuß der Figur in das Schlüsselloch, drehte das Bein um die eigene Achse, die Stiefelspitze stieß auf Widerstand.

Zorns Atem ging stoßweise, seine Finger waren schweißnass. Geräuschvoll stieß er die Luft aus und wischte die Handflächen an der Jeans ab.

Also das, dachte er, macht mir so schnell keiner nach. Ich versuche, mit dem Stiefel von Darth Vader ein Türschloss zu öffnen. Wie hieß der Typ aus dieser uralten Fernsehserie? Der Schönling mit dem fürchterlichen Haarschnitt, der sich ständig irgendwo befreien musste und aus einer Büroklammer und einem Streifen Tesafilm ein Atomkraftwerk bauen konnte?

Darth Vader hing waagerecht im Schlüsselloch, das Lichtschwert kampfbereit erhoben.

Zorn drehte weiter.

Genau, MacGyver. Der Kerl ist ein armes Würstchen gegen mich.

Einen fürchterlichen Moment dachte er, das Bein würde abbrechen.

Dann ein metallisches Klacken.

Die Verriegelung schnappte zurück. Langsam schwang die Tür nach außen.

Zorn biss sich auf die Unterlippe, sonst wäre er in ein hysterisches Kichern ausgebrochen.

Ich bin frei! Ich hab's tatsächlich geschafft, ich jauchze, ich jubiliere! Ich lobpreise dich, o Herr, ich falle vor dir auf die Knie, ich …

Ein gleißendes, überirdisches Licht flammte auf. Zorn schloss geblendet die Augen, fast wäre er vor Schreck tatsächlich auf die Knie gesunken.

Doch dieses Licht war nicht göttlich.

Es stammte vom Strahl einer starken Taschenlampe, er war direkt auf Zorns Gesicht gerichtet.

»Nicht schlecht«, sagte Jan Czernyk. »Das hätte ich Ihnen nicht zugetraut, Kollege.«

Einunddreißig

das muss ein traum sein, natürlich, diesen ort hat sie noch nie zuvor gesehen, den berg, sie steht ganz oben, auf einer flachen kuppe, unter ihr nichts als geröll und brauner sand, dazwischen große lavabrocken auf totem, staubigem land, eine mondlandschaft, es ist heiß, die luft flimmert, keine wolke, kein vogel am stahlblauen himmel, nur die sonne, direkt über ihr, ein weißglühender, pulsierender ball.

es ist stürmisch hier oben, ein harter wüstenwind bläst ihr das haar aus der stirn, der stoff ihres mantels umweht sie, knattert im wind wie eine fahne, sie schaut nach unten, bemerkt, dass sie ihre wintersachen anhat, doch sie ist barfuß, ihre nackten füße schweben ein paar zentimeter über dem steinigen boden, jetzt ist sie sicher, dass dies ein traum ist.

sie hört das pfeifen des windes und etwas anderes, meeresrauschen vielleicht, sie sieht sich um, in der ferne weitere berge, vulkankegel, sie werfen tiefschwarze, scharf umrissene Schatten, sie wirken wie löcher im boden, der horizont scheint hier näher, eine wand aus schlierigem licht, er ist seltsam gebogen, verjüngt sich nach oben, als stünde sie unter einer gläsernen kuppel.

rechts von ihr erheben sich die rötlichen mauern einer ruine aus dem sand, einen, vielleicht zwei kilometer weiter weg, die entfernung ist schwer zu schätzen, das gebäude sieht aus wie ein hufeisen, ein hoher mittelbau mit schmalen fenstern, zwei schornsteine flimmern wie eine fata morgana, links und rechts flache anbauten, kleiner als in der realität, die perspektiven sind leicht verschoben, kein wunder, dies ist ein traum, so sieht das alte solbad in ihrer erinnerung aus.

zwischen den schornsteinen steht der mond, nein, es sind zwei, daneben ist noch einer, er ist ein wenig kleiner, eine grünliche sichel, die farbe erinnert an schimmligen käse, sterne funkeln, tausende, millionen, sie spürt die wärme der sonne im nacken, es ist nacht und gleichzeitig tag.

jemand ruft ihren namen, sie dreht sich um.

jan steht direkt hinter ihr, auf den ersten blick hat er sich kaum verändert, der dunkle mantel ist geöffnet, sie sieht das streng gescheitelte, glänzend schwarze haar, den schlips, das frisch gebügelte hemd, auch er scheint zu schweben, er wirkt seltsam flach, transparent, wie eine projektion, ein hologramm, eine erscheinung innerhalb eines traumes.

»gut, dass du da bist«, sagt sie, »ich muss mich an etwas erinnern, aber es fällt mir nicht ein, sosehr ich mir auch den kopf zerbreche.«

er lächelt, ein trauriges, müdes lächeln.

»denk nach, frieda.«

sie sieht, wie sein mund sich bewegt, aber seine stimme kommt aus einer anderen richtung, irgendwo schräg hinter ihr, sie klingt blechern, wie aus einem alten grammophon.

»kannst du mir nicht helfen, jan?«

»es ist dein traum, nicht meiner.«

steine rollen den abhang hinunter, etwas nähert sich, ein tier, sie hört ein knurren, dann ein tiefes, kehliges bellen, ein hund erscheint hinter einem lavabrocken, sieht zu ihr hinauf, er ist riesig, sein fell ist schmutzig, geifer läuft aus dem geöffneten maul, die zunge hängt zwischen gelben, spitzen zähnen, er kommt direkt auf sie zu, sein schatten jagt neben ihm über das geröll, er setzt zum sprung an, sie will schreien, jan lächelt …

»keine angst, frieda.«

… gleich wird sich der hund, es ist eine dogge, in ihren eingeweiden verbeißen, doch sie spürt nur ein leichtes kribbeln im bauch, das tier

fliegt direkt durch sie hindurch, landet hinter ihr im staub, verschwindet hinter der kuppe, jetzt hört sie schritte, ein mann im grünen trainingsanzug hastet auf sie zu, er ist dem hund gefolgt, die sonne, nein, der mond spiegelt sich auf seiner glatze, sein gesicht ist gerötet, schweiß glänzt auf der stirn, sie sieht jeden einzelnen tropfen, er blickt sich um, ohne von ihr notiz zu nehmen, sie scheint unsichtbar für ihn zu sein, er öffnet den mund, sie weiß, was er gleich rufen wird, sie hat es schon einmal gehört …

»du sollst endlich kacken, rocco!«

… steine knirschen unter seinen turnschuhen, dann verschwindet auch er.

sie kennt diesen mann, sie war mit jan am fluss spazieren, da haben sie ihn gesehen, es war dunkel, auch, dass sie angst hatte, weiß sie noch, aber sie weiß nicht, warum sie diese bilder sieht, das solbad, den mann, den hund.

»ich verstehe nicht«, sagt sie zu jan.

er kommt näher, aber seine beine bewegen sich nicht, es sieht ein bisschen albern aus, als rolle er auf schienen, er schließt die augen, als er sie wieder öffnet, strahlen seine pupillen in leuchtendem grün.

»vielleicht ist es besser so, frieda.«

blitze zucken über den himmel, der wind wird stärker, ihr mantel flattert, jan allerdings steht unbewegt, komisch denkt sie, der sturm durchpfeift ihn wie ein küchensieb, er ist nicht real, aber das bin ich auch nicht, ich bin hier, weil ich mich erinnern muss.

»hast du hunger?«, fragt er, seine armbanduhr blitzt auf, er streckt ihr ein kleines paket aus weißem styropor entgegen.

»was ist das?«

»hühnchen mit mango.«

»du willst mich ablenken«, sagt sie, »du willst nicht, dass ich dich finde.«

jan kommt noch ein stück näher, ein flackern, er verschwindet für den bruchteil einer sekunde, dann ist er wieder da, als hätte man im fernsehen den sender gewechselt, jetzt trägt er keinen mantel mehr, sein hemd leuchtet weiß, sie bemerkt einen winzigen fleck auf dem kragen.

»es ist besser, wenn du mich nicht findest, frieda.«

seine augen haben die farbe gewechselt, ein glühendes rot, jetzt fürchtet sie sich, aber nur ein wenig, denn es ist jan, er liebt sie, niemals würde er ihr etwas tun.

»das werde ich aber.«

der fleck auf seinem kragen wird größer, breitet sich aus, über die brust, die arme, die farbe ist schwer zu erkennen, es könnte tinte sein, vielleicht auch blut, jan scheint keine notiz davon zu nehmen, sie wundert sich, weil er doch sonst so sorgfältig auf sein äußeres achtet.

»ich muss mich nur erinnern, was du gesagt hast, wir waren spazieren, du und ich, dann hast du etwas erzählt, ich komm einfach nicht drauf, was es war.«

seine antwort geht in einem donnergrollen unter, ein weiterer blitz, dann noch einer, der boden bebt, ein tiefer, gezackter riss tut sich auf, die erde bricht auseinander wie schmelzende eisschollen, jan verschwindet, sie hört seine stimme …

»ich sehe nichts mehr.«

… dann ist er wieder da, seine augen, weiß wie tischtennisbälle, keine pupillen mehr, er ruft, schreit, dass sie sich von ihm fernhalten soll, weit hinter ihm beben die mauern des solbades, die schornsteine schwanken, stürzen zu boden, rauch steigt auf, das gebäude fällt in sich zusammen wie ein kartenhaus, es sieht aus wie eine verlassene raumstation in einem fantasyfilm, oder eine mittelalterliche burg, nein, jetzt erinnert sie sich, was er gesagt hat, es sieht aus wie ein …

Zweiunddreißig

»… Gefängnis«, murmelte Frieda Borck. »Es sieht aus wie ein Gefängnis.«

Sie richtete sich auf, die Decke fiel neben dem Sofa zu Boden. Wie lange sie geschlafen hatte, wusste sie nicht, es musste Stunden her sein, dass Zorn gegangen war, draußen war es bereits dunkel. Die Straßenlaternen leuchteten, die Bäume vor dem Fenster warfen lange Schatten ins Zimmer.

Sie kniff die Augen zusammen, riss sie anschließend weit auf, um die letzten Reste des Traumes abzuschütteln. Die Bilder verblassten bereits, aber etwas hatte sich in ihrem Kopf verhakt.

Sie waren am Fluss spazierengegangen. Dort hatte sie Jan zu verstehen gegeben, dass sie mit ihm zusammenziehen wolle, etwas, das sie noch nie zuvor zu einem Mann gesagt hatte. Jan war ihr ausgewichen, sie war ein wenig wütend gewesen, schließlich war ihr Angebot einem Heiratsantrag gleichgekommen.

Dann waren sie weitergelaufen.

Wenn Sie irgendetwas wissen, müssen Sie mir das erzählen, hatte Zorn am Mittag zu ihr gesagt, *Czernyk könnte sich in der Nähe einer Salzlagerstätte aufhalten, einer Solquelle oder etwas Ähnlichem.*

Sie suchten nach Jan. Und Frieda Borck ahnte nun, wo er war.

Das alte Solbad. Plötzlich hatten sie wie zufällig davor gestanden, jetzt, im Nachhinein, glaubte sie, dass er sie dorthin *geführt* hatte. Vielleicht, weil er ihr diesen Ort zeigen wollte, möglich war aber auch, dass er etwas kontrollieren musste. Sein Blick war anders gewesen, prüfend, so kam es ihr jetzt jedenfalls vor. Dies alles ließ sich nicht mehr mit Sicherheit sagen, aber seine Worte hatten sie stutzig gemacht. Dass das Bad an ein Gefängnis erinnere.

Das war ihr schon damals komisch vorgekommen, nichts, aber auch gar nichts deutete darauf hin, dass in dem verfallenen Bau jemand festgehalten wurde.

Die Wohnzimmertür war angelehnt, ein schmaler Lichtstreifen fiel schräg ins Zimmer, wahrscheinlich brannte die Lampe im Flur seit gestern Abend. Sie sah die Umrisse des Fernsehers, davor stand der Wecker, die Digitalanzeige leuchtete.

20:52

Die Punkte in der Mitte blinkten im Sekundentakt. Seit mindestens neun Stunden wurde nach Jan gefahndet, gefunden hatten sie ihn noch nicht, sonst wäre sie sofort informiert worden. Aber es konnte nicht mehr lange dauern.

Frieda Borck nagte an ihrer Unterlippe.

Und jetzt?

Sie musste jemanden anrufen.
Aber wen?

*

»Kommen Sie zwei Schritte nach vorn, dann einen nach rechts.«
Die Taschenlampe war direkt auf Zorns Gesicht gerichtet, er stolperte vor.
»Weiter.«
»Ich sehe nichts, verdammt!«
»Das müssen Sie auch nicht. Los, vorwärts.«
Zorn gehorchte, hilflos die Hände vor das Gesicht haltend.
»Stop. Nach rechts drehen.«
Auch das tat er. Czernyk stand jetzt hinter ihm, Zorn lief durch einen Flur, sein Schatten, grotesk verzerrt, tänzelte über den Boden. Rechts von ihm die Konturen von Türen, zwei waren angelehnt, die dritte geschlossen. Dann, direkt vor ihm, noch eine, sie war wesentlich größer, die beiden Flügel standen offen. Dahinter warmes, unstetes Licht.
Zorn betrat die Eingangshalle, sah die hohen, verhängten Fenster, die gewölbte Decke, die flackernden Kerzen.
»Was wird das hier? Eine verschissene Weihnachtsfeier?«

*

Frieda Borck stand auf, fluchte leise, als sie mit dem nackten Fuß auf einen Kaffeelöffel trat. Ihr Handy lag auf dem Fensterbrett, sie nahm es, knipste die Stehlampe an und ging zurück zum Sofa.
Denk nach, Frieda. Konzentrier dich.
Eigentlich war die Sache klar. Sie war Staatsanwältin, sie hatte einen Hinweis zum Verbleib eines Verdächtigen, es war ihre Pflicht, diese Informationen weiterzugeben, egal, ob sie sich irrte oder nicht.
Aber wenn sie jetzt im Präsidium anrief, würden sie sofort ein Einsatzkommando schicken, das Gelände absperren, sie würden schießen, wenn es darauf ankam, wie bei jedem anderen Schwerverbrecher auch.
Doch es ging nicht um *jeden anderen.* Es ging um Jan. Er ver-

schleppte keine Menschen, töten würde er erst recht niemanden, und die Vorstellung, dass er eine Leiche ins Präsidium geschmuggelt haben sollte, war einfach lächerlich. Andererseits…

Die Staatsanwältin stand auf, lief im Zimmer auf und ab.

Ihre Keycard war verschwunden, Jan hatte jede Gelegenheit gehabt, das Ding aus ihrer Handtasche zu nehmen. Irgendetwas stimmte nicht, aber was?

»Mist!«

Wieder war sie auf den Kaffeelöffel getreten, sie kickte ihn unter das Sofa, ging ins Bad und stellte die Dusche an.

Sie würde mit Jan reden. Nein, sie würde ihn *überreden,* er musste sich stellen, dann waren seine Chancen besser, egal, was er nun wirklich getan hatte. Darüber konnte sie sich später den Kopf zerbrechen.

Das Wasser strömte eiskalt über ihre Arme, sie hielt den Atem an und stellte sich unter die Brause. Sofort war sie hellwach, zählte bis zehn, prustete und griff nach einem Handtuch.

Nein, sie musste das allein klären. Es zumindest versuchen, vorausgesetzt natürlich, er hielt sich wirklich im alten Solbad versteckt. Das würde sie nur herausfinden, indem sie dort nachsah.

Sie schlang das Handtuch um den Kopf, griff ein anderes, trockenes.

Es gab noch eine dritte Möglichkeit. Sie konnte vorher jemanden anrufen, dem sie vertraute.

Zorn?

Wütend rubbelte sie sich die Beine trocken.

Nein. Zorn war ein antriebsloser, fauler Kerl, er würde ihr nur erklären, dass er Feierabend habe, dass sie bis morgen warten solle, wahrscheinlich schlief er sowieso schon längst, und sein Handy lag ausgeschaltet neben einem überquellenden Aschenbecher.

Hastig lief sie ins Schlafzimmer, riss den Kleiderschrank auf und wühlte fröstelnd in ihren Sachen.

Zorn war der Letzte, auf den sie sich verlassen konnte.

Das würde sie auch nicht.

Es gab ja noch Schröder.

*

Ein leises Klatschen, ein Bündel Kabelbinder landete neben Zorn auf dem Boden.

»Aufheben.«

»Ich denk ja gar nicht dran.«

Zorn drehte sich um. Czernyk stand zwei Meter entfernt, irgendwo, vielleicht an einer Tankstelle, musste er geduscht und frische Sachen angezogen haben. Er sah wie früher aus, wie aus dem Ei gepellt. Das Haar war gewaschen, streng nach hinten gekämmt, der Anzug schien direkt aus der Reinigung zu kommen. Zorn sah die geputzten Schuhe, den akkurat gebundenen Schlips. Und die Waffe. Sie war direkt auf Zorns Brust gerichtet.

»Sie wissen, dass ich damit umgehen kann«, sagte Czernyk. »Und sie wissen auch, dass ich es tun werde.«

Ja, das wusste Zorn. Trotzdem, der Ärger überdeckte die Angst, gerade eben noch hatte er sich in einer filmreifen Aktion aus seinem Gefängnis befreit, jetzt starrte er in die Mündung einer kleinkalibrigen Sig Sauer.

»Ich weiß, wo wir sind«, sagte er und wunderte sich selbst, wie gelassen er klang. »Als Kind war ich oft zum Inhalieren hier. Sie haben Spuren hinterlassen, Czernyk, als Sie mich freundlicherweise im Präsidium besucht haben. Salzspuren. Wir wussten nicht genau, woher sie stammen, aber drei Teams sind unterwegs und suchen alle Orte ab, die in Frage kommen. Es kann nicht mehr lange dauern, bis sie auch hier auftauchen.«

Czernyk deutete mit dem Lauf der Pistole auf den Boden.

»Ich sagte, Sie sollen das aufheben.«

Zorn bückte sich, die Kabelbinder baumelten zwischen seinen Fingern wie steifgefrorene Regenwürmer.

»Und jetzt?«

Der Pistolenlauf wies zur Wand, neben Holzlatten und gesplitterten Schalbrettern lehnte ein großer gusseiserner Fensterrahmen. Zorn ahnte, was von ihm erwartet wurde, er trat näher. Der Rahmen war etwas größer als er und etwa doppelt so breit, das Glas war längst entfernt worden.

»Festbinden, Zorn. Oben, am Querstreben.«

»Welche Hand?«

»Das dürfen Sie selbst entscheiden.«

»Sehr gnädig.«

Zorn schlang einen der Kabelbinder um das Metall, wand ihn um sein linkes Handgelenk und zog zu. Die Fessel befand sich ungefähr in Höhe seiner Augen, er musste den Arm rechtwinklig nach oben biegen. Czernyk legte die Pistole auf den Rand des Brunnens, kam heran und prüfte den Kabelbinder. Ein Ruck, das Plastik zog sich enger zusammen.

»Scheiße Mann, wollen Sie mir den Arm abschnüren?«

»Seien Sie keine Memme.«

Zorn bewegte das Handgelenk, die Fessel grub sich ins Fleisch.

Er war gefangen. Und er war wütend, sehr sogar.

»Ich werde Ihnen nichts tun«, erklärte Czernyk ruhig. »Jedenfalls nicht, wenn Sie sich an die Regeln halten.«

»Welche verdammten Regeln?«

»Sie sind hier, weil ich einen Zeugen brauche. Sie werden genau aufpassen, und wenn das alles vorbei ist, werden Sie erzählen, was passiert ist.«

Zorn lachte auf.

»Sie glauben doch nicht im Ernst, dass ich bei Ihrem kleinen privaten Rachefeldzug mitmache?«

»Freiwillig wären Sie nicht mitgekommen, deshalb musste ich Sie niederschlagen. Sie sollen die Wahrheit bezeugen.«

»Klar. Sie sind ein Killer, Czernyk.«

»Das bin ich nicht.«

»Ach, was denn dann?« Zorn zerrte an seiner Fessel, der schwere Fensterrahmen bewegte sich. »Ein *Rächer*? Der einsame, unverstandene Held, der im Alleingang Verbrecher bestraft? Sie haben Menschen getötet, und nicht nur das, Sie haben mir eine verdammte Leiche hinter meinen Schreibtisch gesetzt!«

Czernyk nahm die Pistole und setzte sich auf den Brunnenrand.

»Vorsicht«, knurrte Zorn. »Sie versauen sich noch den Anzug.«

»Erinnern Sie sich, was Sie mir auf dem Polizeiball erzählt haben?«, fragte Czernyk.

Zorn schwieg. Seine Kiefer mahlten.

»Es gab einen toten Banker und einen Unfall auf der Hochstraße«, sagte Czernyk. »Sie wussten nicht, ob und wie das alles zusammenhängt. Sie fragten, ob ich Ihnen helfen könne.«

»Sie haben abgelehnt.«

»Weil Sie mir nicht geglaubt hätten. Niemand hätte das. Ich wollte, dass Sie es selbst rausfinden.« Czernyk drehte die Pistole in den Händen, das Licht der Kerzen funkelte auf dem Lauf. »Sie sind ein schwerfälliger Mensch, Zorn«, sagte er müde, fast gelangweilt. »Ich habe beobachtet, wie Sie lustlos durch die Ermittlungen gestolpert sind, deshalb musste ich Sie ein wenig aufrütteln. Ich gebe zu, das mit de Koops Anwalt in Ihrem Büro war vielleicht ein wenig theatralisch.«

Theatralisch?, dachte Zorn. Ich hab mir fast in die Hose gemacht, du Arsch!

»Ich werde dieses bekloppte Spielchen nicht mitmachen«, sagte er. »Machen Sie mich los. Wenn Sie sich stellen, lege ich vielleicht ein gutes Wort für Sie ein.«

»Sie werden gleich erfahren, was passiert ist.«

»Wo ist de Koop?«

»Auch das erfahren Sie gleich.«

Czernyk stand auf. Er taumelte, als habe er Schwierigkeiten, die Balance zu halten. Einen Moment hielt er sich am Brunnenrand fest, dann ging er auf Zorn zu. Seine Hüfte stieß gegen den improvisierten Tisch, die Werkzeuge klapperten, der Bunsenbrenner kippte um, ein Feuerzeug fiel zu Boden. Zorn bemerkte die Instrumente erst jetzt.

»Was haben Sie vor, Czernyk?«, fragte er heiser.

»Wir werden den Prozess neu aufrollen. Diesmal werden keine Beweise verschwinden, und es wird einen Schuldspruch geben, ein Urteil. Es wird vollstreckt werden.«

»Erzählen Sie nicht so eine pathetische Gülle!«

»In einer halben Stunde denken Sie vielleicht anders.« Langsam ging Czernyk zur Tür, die Waffe schlug gegen seinen Oberschenkel. »Es sei denn, Ihre Kollegen tauchen vorher hier auf. Aber ehrlich gesagt, glaube ich nicht so recht daran.«

»Sie sind verrückt«, murmelte Zorn.

»Nicht mehr als Sie. Ich muss jetzt ein paar Minuten weg.«

»Wo wollen Sie hin?«

»Ich hole die Angeklagten.«

Die Angeklagten?, überlegte Zorn. Was bedeutet das?

Czernyk nickte ihm zu.

»Laufen Sie nicht weg, Kollege.«

»Sehr witzig«, knurrte Zorn.

Dann war er allein.

Dreiunddreißig

»Sind Sie sicher, dass er dort ist, Frau Borck?«

»Natürlich nicht, aber ich vermute es.«

»Warum?«

»Es dauert zu lange, Ihnen das zu erklären, Kollege Schröder.«

»Wo sind Sie jetzt?«

»Zu Hause. Und Sie?«

»Ebenfalls, in der Küche meiner Eltern, um genau zu sein. Ich werde ein Einsatzkommando zum alten Solbad schicken.«

»Tun Sie das nicht. Wenn ich das wollte, hätte ich im Präsidium angerufen und nicht bei Ihnen.«

»Was sollen wir Ihrer Meinung nach tun?«

»Ich muss mit ihm reden.«

»Das werden Sie auch, Frau Borck. Wenn Jan Czernyk in Gewahrsam ist.«

»Nein. Vorher.«

»Auf keinen Fall. Sie werden dort nicht allein hingehen.«

»Deswegen rufe ich Sie an. Ich wollte Sie bitten, mich zu begleiten.«

»Es tut mir leid, aber ich kann hier im Moment nicht weg.«

»Hören Sie, Herr Schröder. Alles, was ich brauche, ist ein wenig Zeit. Ein paar Minuten nur, damit ich mit ihm reden kann. Sie wissen selbst, was bei einem Sondereinsatz alles passieren kann. Ich habe Angst, dass alles aus dem Ruder läuft.«

»Jan Czernyk ist gefährlich.«
»Mir tut er nichts.«
»Das können Sie nicht mit Sicherheit wissen.«
»Bitte.«
»Es ist gegen die Vorschriften.«
»Fünf Minuten. Ich rede mit Jan, Sie warten in der Nähe. Wenn ich ihn dann nicht überzeugt habe, rufen Sie das Einsatzkommando.«
»Das gefällt mir nicht.«
»Sie sind der Einzige, dem ich vertraue, Kollege Schröder.«
»Verbindlichsten Dank. Aber das ändert nichts an den Tatsachen.«
»Ein paar Minuten, mehr will ich nicht.«
»Ich muss nachdenken.«
»Dazu ist jetzt keine Zeit!«
»Gut. Wir treffen uns dort.«
»Ich danke Ihnen.«
»Sie sind ein starrköpfiger Mensch, Frau Staatsanwältin.«
»Das war ich schon immer.«

*

Vorsichtig bewegte Zorn das Handgelenk, der Kabelbinder saß fest. Er zog stärker, der schwere Fensterrahmen bewegte sich, schabte über die Wand, etwas Putz rieselte herab, ansonsten passierte nichts. Das Blut kribbelte unangenehm in den Adern, doch die Schmerzen hielten sich in Grenzen. Mit der freien Hand versuchte er den Rahmen anzuheben, gab es aber sofort wieder auf. Das Ding schien Tonnen zu wiegen.

So stand er denn da, den linken Arm nach oben angewinkelt, die gefesselte Hand in Kopfhöhe wie zum Gruß zur Faust geballt, er kam sich albern vor, wie ein Arbeiterführer in den dreißiger Jahren.

Sein Geruchssinn war nach all den Jahren des exzessiven Rauchens nicht mehr der beste, trotzdem glaubte er, unter dem Gestank von feuchter Erde und brennendem Kerzenwachs das würzige Aroma der Sole wahrzunehmen, selbst den Geschmack von Chlor und Salz spürte er im Mund.

Er hatte zu Czernyk gesagt, dass er wisse, wo er sei, und das stimmte auch. Es war fast vierzig Jahre her, und doch hatte er das alte Solbad sofort erkannt. Damals war er noch ein Kind gewesen, nicht älter als sieben, vielleicht auch acht, er hatte eine Erkältung gehabt, seine übervorsichtige Mutter war sofort mit ihm zum Arzt gegangen. Der hatte eine leichte *rezidivierende Sinusitis* festgestellt, es war komisch, Zorn konnte sich noch genau an diesen Begriff erinnern, es hatte bedrohlich geklungen, fast tödlich, obwohl es sich um nicht mehr als einen Schnupfen gehandelt hatte. Aber der kleine Claudius war stolz gewesen.

»Ich komme morgen nicht in die Schule«, hatte er Nicole Schlottig aus der 2b erklärt und dann mit bedeutungsvollem Schniefen hinzugefügt: »Vielleicht sogar nie mehr. Ich habe eine rezidivierende Sinusitis.«

Wie oft er hier gewesen war, wusste er nicht mehr, doch die Bilder hatte er noch deutlich im Kopf. Die Patienten waren in Gruppen in die Halle geführt worden, alles war voller Nebel, die Sole waberte in dichten Schwaden durch den Raum. Sie hatten Plastikumhänge mit großen Druckknöpfen getragen, die Kapuze hatte ihm tief in die Stirn geragt, langsam war er mit den anderen um den Brunnen gegangen, den Mund fest geschlossen, brav hatte er, wie seine Mutter ihm befohlen hatte, die salzigen Dämpfe durch die Nase inhaliert. Er erinnerte sich, dass er sich ein wenig gegruselt hatte, die anderen sahen aus wie Gespenster, der Fußboden war feucht gewesen, mit kleinen Schritten hatte er seine Runden gedreht, vorsichtig, um auf den nassen Fliesen nicht auszurutschen.

Schon damals war das Gebäude alt gewesen, die Farbe an den geschwungenen Fenstern war abgeplatzt, Risse hatten sich durch die gemauerten Bögen gezogen. Wenig später war das Bad geschlossen worden, danach hatte der endgültige Verfall eingesetzt, unterstützt von emsigen Handwerkern, die nach und nach alles, was ihnen brauchbar erschien, aus dem ehrwürdigen Gebäude trugen, angefangen bei den Möbeln, den kunstvoll verzierten Wasserhähnen und den geschnitzten Kleiderhaken über die gusseisernen Waschbecken, die Jugendstilfenster und die Heizkörper. Selbst die Fliesen waren teilweise aus dem Boden gebrochen und in den Bädern der umliegenden Häuser verbaut worden. Dann hatte man die Fenster zugemauert, einen Zaun um das Gelände errichtet und diesen Ort aus dem Gedächtnis der Menschen gestrichen.

Auch Claudius Zorn hatte das alte Solbad längst vergessen gehabt.

Jetzt war er wieder hier.

Czernyk hatte ihn niedergeschlagen und in eine Badezelle gesperrt. Ja, Zorn hatte sich sogar befreien können, hatte es geschafft, die Tür mit dem Fuß eines Plastikspielzeugs zu öffnen, aber was hatte das gebracht? Jetzt stand er hier wie ein Idiot, an einen alten Fensterrahmen gefesselt, ohne die geringste Möglichkeit, etwas zu tun.

»Scheiße!«

Er trat gegen den Rahmen.

Das Metall bewegte sich nicht.

Aber sein Fuß tat weh, immerhin.

*

Schröder stand in der Diele und knöpfte den Mantel zu. Er nahm einen karierten Schal vom Haken, ging zum Garderobenspiegel und wand ihn sorgfältig um den Hals.

»Es ist ein Fehler«, murmelte er seinem Spiegelbild zu. »Du darfst sie nicht allein lassen.«

Leise ging er noch einmal in die Wohnung seiner Eltern, öffnete die Schlafzimmertür einen Spalt und sah hinein. Die beiden schliefen, er sah ihre Umrisse unter den Decken, sein Vater schnarchte.

Eine Weile stand Schröder lauschend da, dann schloss er vorsichtig die Tür und verließ das Haus. Im Vorgarten blieb er noch einmal stehen und sah sich um. Die Fenster waren dunkel, die kleine Blautanne neben dem Eingang bewegte sich im Wind, Rauch stieg aus dem Schornstein und verlor sich schräg nach oben in der Nacht.

Alles war wie immer. Spießig, friedlich, ein wenig verträumt.

Noch.

*

Zorn verlagerte das Gewicht von einem Bein aufs andere. Sein Schultergelenk zwickte, es war wirklich unbequem, die ganze Zeit mit erhobenem Arm herumzustehen. Ja, *unbequem* war wohl das passende Wort. Er hatte keine Schmerzen, jedenfalls keine schlimmen, der Kopf tat kaum noch weh. Langsam bekam er Durst, ein wenig kalt war ihm auch, obwohl er seine Jacke anhatte. Das allerdings ließ sich aushalten. Schlimmer war das Warten, Czernyk war erst vor ein paar Minuten gegangen, doch die Ungewissheit und das Gefühl, diesem Mann ausgeliefert zu sein, machten Zorn zu schaffen.

Er warf einen Blick auf den Tisch, sein Unbehagen verstärkte sich. Die Werkzeuge sahen bedrohlich aus, neben dem Bunsenbrenner und der Lötlampe lagen andere, kleinere Gegenstände, Skalpelle oder Pinzetten vielleicht, er konnte es nicht genau erkennen. Das Kerzenlicht wurde von geschliffenen Oberflächen reflektiert, scharfe, matt glänzende Metallspitzen verhießen nichts Gutes.

Plötzlich ein Geräusch.

Ein loser Fensterladen, der gegen das morsche Gestein schlug?

Nein, das klang anders. Ein Schleifen, als würde Holz über Kies schaben.

Zorn versteifte sich.

Czernyk kam zurück.

*

Der alte Mann war wach.

Es war kühl im Schlafzimmer von Schröders Eltern, die Heizung war abgedreht. Früher hatten sie bei offenem Fenster geschlafen, doch das taten sie seit einer Weile nicht mehr, in den letzten Jahren war es lauter geworden in der kleinen Seitenstraße.

Jetzt war es ruhig.

Im Keller sprang die Heiztherme an, der Wasserhahn in der Küche tropfte leise. Das Bellen des Nachbarhundes drang gedämpft ins Zimmer, Schröders Vater bemerkte es nicht.

Die Frau neben ihm bewegte sich, murmelte im Schlaf. Was sie sagte, verstand er nicht, es war auch egal. Denn er hatte keine Ahnung, wer dieser Mensch war.

Schröders Vater hob die Hand, hielt sie dicht vor die Augen.

Er wusste auch nicht, wem diese alten, sklerotischen Finger gehörten.

Es war so weit.

Er wusste nichts mehr.

*

Nein. Das war nicht Czernyk.

Er war im Westflügel verschwunden, das Geräusch kam aus einer anderen Richtung. Drei Türen gingen von der Badehalle ab, zwei lagen einander gegenüber. Die dritte, größte, war geschlossen. Ein halbrundes Oberlicht thronte über wuchtigen Flügeln, der Rahmen, früher reich mit Schnitzereien verziert, war gesplittert, von der ursprünglichen Farbe war nichts mehr zu erkennen. Dies war der Eingang, von dort kam das Schaben.

Es folgten Schritte, ein unterdrücktes Schnaufen, unter dem Türspalt waren Bewegungen zu erkennen, Licht huschte hindurch. Ein Klappern, Metall auf Leder. Jemand stand im Eingang.

Jetzt, dachte Zorn und die Erleichterung stieg in ihm auf wie ein herzförmiger roter Luftballon, haben sie mich gefunden, endlich! Das Einsatzkommando, sie haben den Laden umstellt, jetzt kann er einpacken, der feine Herr Czernyk!

Ich bin hier, wollte er rufen, los, Jungs, kommt rein! Doch er presste die Lippen aufeinander, jeder Laut konnte Czernyk warnen. Zorn hatte keine Ahnung, wo Czernyk war, vielleicht hatte er sich zurückgeschlichen, stand im Eingang des Westflügels und lauerte in der Dunkelheit?

Zorn hielt den Atem an und lauschte.

Es war wieder still.

Sicher war er nicht, das Herz klopfte ihm buchstäblich bis zum Hals, doch es schien, als habe er sich getäuscht. Nein, der Schatten unter dem Türspalt, er war vorher nicht da gewesen. Das waren Füße in derben Stiefeln, die Männer der Einsatzkommandos trugen solche Schuhe. Dort stand jemand und wartete.

Los! Beeilt euch!

Es war, als hätte man Zorns stummen Befehl gehört. Ein Scharnier quietschte, der rechte Türflügel öffnete sich knarrend, eine Holzlatte wurde beiseite geschoben, der runde Lichtstrahl einer starken Taschenlampe zuckte über die Wände, streifte den Brunnen, huschte über Zorns Gesicht und wurde dann auf den Boden gerichtet.

Zorn erkannte die Umrisse einer schwerfälligen Gestalt.

Komisch, dachte er, der Kerl trägt gar keinen Helm, und die Haare könnte er sich auch mal schneiden, eine Waffe hat er auch nicht und überhaupt, wieso hält er die Taschenlampe über den Kopf?

Dann wurde ihm klar, wer da in der Tür stand. Zorns Beine wurden weich, doch die Fessel um das Handgelenk verhinderte, dass er komplett in die Knie ging.

»Mein Freund!«, sagte eine Stimme.

Im Eingang stand der Lampenmann.

Dreiunddreißig

»Was machst du denn hier?«

Das war das erste, was dem verblüfften Zorn einfiel.

Der Lampenmann stand breitbeinig in der Tür, sein Atem ging schwer, als wäre er gerannt. Die dicke Armeejacke und der Rucksack ließen seine kräftige Gestalt plump erscheinen, trotzdem wirkte er seltsam verloren unter den hohen Flügeln der Eingangstür. Er blies sich in die Hände wie ein Bergsteiger, der Schutz in einer einsamen Hütte sucht, dann schloss er die Tür hinter sich, die Kerzen flackerten im Luftzug, er kam näher und blieb neben dem Brunnen stehen.

»Gott hat mich hergerufen.« Er sah sich um. Die Kopflampe folgte jeder seiner Bewegungen. »Es ist schön hier. Ich mag Kerzen.«

»Du musst mich losbinden!«, sagte Zorn.

»Warum?«

»Weil ich gefesselt bin!«

»Wer hat das gemacht?«

»Das ist jetzt nicht wichtig.« Zorn wurde unruhig. »Mach mich einfach los, ja?«

Der Lampenmann dachte nach. Es bereitete ihm Mühe, das war ihm deutlich anzusehen, fast meinte Zorn, die Zahnräder in seinem Kopf zu hören, ein rostiges, schwerfälliges Uhrwerk, selbst mit den kleinsten Aufgaben überfordert.

»Wenn du gefesselt bist, kannst du hier gar nicht weg!«

»Das stimmt. Ich schaff das nicht allein.«

»Hat dich dein Feind da angebunden?«

»Wen meinst du?«

»Der Mann mit dem Hut und der kaputten Nase. Du hast gesagt, dass er dein Feind ist.«

Hermann? Scheiße, was sollte das jetzt bedeuten?

Der Lampenmann kratzte sich am Kopf.

»Nein, der kann das gar nicht gemacht haben.«

»Ich erklär dir das später, ja?« Zorn zwang sich zur Ruhe, sprach langsam, jedes einzelne Wort betonend. »Wir müssen hier weg, und zwar schnell, verstehst du? Er kommt bald zurück!«

»Wer?«

Lieber Gott, stöhnte Zorn in Gedanken, habe ich heute nicht genug durchgemacht? Erst verfrachtest du mich in diese verfluchte Ruine und jetzt, verdammt nochmal, schickst du mir diesen Kerl mit dem IQ eines Kachelofens? Hast du mich nicht schon genug gestraft?

*

Elias de Koop spürte, dass jemand kam. Ein paar Sekunden, bevor sich der Schlüssel im Schloss drehte, wusste er es. Intuition vielleicht. Oder Instinkt. Er richtete sich auf und trat einen Schritt zurück. Sein Atem ging ruhig.

Die Tür öffnete sich einen Spalt, eine Taschenlampe blitzte auf.

De Koop stand einen Meter entfernt, den Flaschenhals hinter dem Rücken verborgen. Er hatte die Augen fest geschlossen, Licht brauchte er nicht, es würde ihn nur blenden. Hinter ihm lag der Richter schlafend in der Wanne.

Die Tür wurde aufgestoßen und schlug mit einem Knall gegen die Wand.

BAMM!!

Der Richter schrie auf, gleichzeitig glitt de Koop einen Schritt zur Seite. Einen Moment sah es so aus, als wolle er vorwärtsstürmen, doch er blieb stehen.

Wieder schrie der Richter.

»Still«, knurrte de Koop und öffnete die Augen.

Czernyk lehnte im Flur an der gegenüberliegenden Wand, die Pistole wie beiläufig zwischen de Koops Augen gerichtet. »Hast du tatsächlich geglaubt, du könntest mich überwältigen?«

»Fast hätte ich's versucht.«

»Ich habe schon einmal auf dich geschossen. Soll ich es wieder tun?«

Ein Winseln ertönte. Es war der Richter, er hockte in der Wanne, die Decke hatte er über den Kopf gezogen. Er weinte wie ein Kind.

»Beruhige ihn«, sagte Czernyk zu de Koop. »Danach gehen wir. Wenn du mir näher als einen Meter kommst, bist du tot.«

De Koop antwortete nicht. Die Stummel seiner verkrüppelten Hand tasteten über die verletzte Schulter, die andere hielt er noch immer hinter den Rücken. Das, was er darin verbarg, hatte Czernyk nicht gesehen.

Der Flaschenhals verschwand im Ärmel des Laufshirts.

*

»Ich kann hier nicht weg«, wiederholte Zorn geduldig. »Du musst mir helfen.«

Der Lampenmann runzelte die Stirn.

»Und was muss ich machen?«

»Scheiße nochmal, bind mich los, du Vogel!«

Zorns Stimme hallte von den Wänden wider. Das Echo flatterte unter der Kuppel wie ein aufgeschreckter Wellensittich.

VOGEL Vogel vogel vogel …

»Pst!« Vorwurfsvoll legte der Lampenmann den Zeigefinger an die Lippen. »Du musst leise sein!«

Scheiße, das stimmt, dachte Zorn, woher weiß er das?

Weiter kam er mit diesem Gedanken nicht, denn in diesem Moment knallte links von ihm, im Westflügel, eine Tür.

Czernyk kam zurück.

»Pass auf«, Zorn senkte die Stimme zu einem Flüstern. »Wir müssen uns beeilen!«

Der Lampenmann stand verträumt neben dem Brunnen. Aus dem Westflügel hallte ein Schrei herüber, er schien es nicht zu hören.

»Meine Hand ist festgebunden.« Zorn rüttelte an der Fessel. »Hier! Siehst du?«

Ein weiterer Schrei, der Lampenmann horchte auf.

»Ich habe ein Messer«, sagte er stolz. »Ich kann dich losschneiden!«

»Gut, dann mach! Du bist doch mein Freund.«

»Ach!« Die Augen des Lampenmanns verengten sich. »Aber vorhin hast du was anderes gesagt!«

»Was?« Zorn schüttelte verwirrt den Kopf. »Wann?«

»Auf der Straße, als ihr gesprochen habt, du und der Mann mit dem Hut. Du hast mir gesagt, dass er dein Feind ist. Und du hast gesagt, dass ich nicht dein Freund bin. Dann hast du mich weggeschickt.«

Schritte. Jetzt waren im Westflügel Schritte zu hören.

Ich dreh durch, dachte Zorn. Gleich dreh ich durch!

»Ich hab das nicht so gemeint.«

»Das hat mich traurig gemacht.«

»Es tut mir leid!«

Die Schritte näherten sich. Eine halbe Minute noch, höchstens.

»Bitte«, stöhnte Zorn.

Es waren mehrere Personen, die sich der Badehalle näherten, zwei, vielleicht auch drei. In ein paar Sekunden würden sie hier sein. Der Lampenmann horchte auf.

»Da kommt jemand!«

Blitzmerker, dachte Zorn resigniert.

»Ich versteck mich!«, flüsterte der Lampenmann aufgeregt und ging hinter dem Brunnen in die Hocke. Sein Kopf tauchte wieder auf, er rannte zum Eingang, zögerte und wandte sich nach rechts. Er drehte sich um die eigene Achse auf der Suche nach einem Versteck, die Puppen an seinem Gürtel kreisten wie der Bastrock einer karibischen Hula-Tänzerin. Schließlich lief er in Richtung Ostflügel, öffnete die Tür, sein Rucksack verhakte sich an der Klinke, hastig machte er sich los.

Zorn sah ihm ausdruckslos zu. Jetzt war alles egal.

»Das ist ein tolles Spiel!«

Der Lampenmann lachte leise und verschwand in der Dunkelheit des Ostflügels. Seine Schritte entfernten sich, dann ging gegenüber die Tür auf.

»Ja«, knurrte Zorn. »Ein unglaublich tolles Spiel.«

Er kam sich vor wie in einem albernen Fernsehschwank.

Ständig gehen Türen auf, dachte er, knallen wieder zu, Schauspieler flitzen durch die Kulissen, erzählen blödes Zeug und verschwinden durch die nächste Tür. Der Einzige, der die ganze Zeit auf der Bühne bleibt, bin ich. Der Trottel vom Dienst, sozusagen.

Immerhin, Zorn schien nicht der einzige Trottel in diesem Stück zu sein. Die beiden, die jetzt eintraten, waren an den Händen aneinandergefesselt. Rechts stand Elias de Koop, zu Zorns Verwunderung trug er Trainingssachen, als käme er gerade vom Joggen. Den alten, offensichtlich verwirrten Mann neben ihm hatte Zorn noch nie gesehen.

Hinter ihnen erschien eine schlanke Gestalt.

»Jetzt«, sagte Jan Czernyk, »sind wir vollzählig. Wir können beginnen.«

*

Die folgende halbe Stunde sollte die längste im Leben von Hauptkommissar Zorn werden. Das, was er erfuhr, was er sah, es würde ihn nicht wieder loslassen. All das Blut, die Schmerzen, die Menschen einander zufügen können, sosehr er sich auch mühte, er würde es nicht vergessen. Nie mehr.

Vierunddreißig

»Dies ist eine Verhandlung, sie wird mit einem Urteil enden. Alles wird nach genauen Regeln ablaufen. Ich habe diese Regeln aufgestellt, und jeder wird sich daran halten. Wer es nicht tut, wird erschossen.«

Czernyk saß hinter dem provisorischen Tisch mit den Werkzeugen. Direkt davor hatte er zwei einfache Holzstühle gestellt, de Koop und der Richter hockten nebeneinander wie Schüler vor dem Lehrertisch, mit dem Unterschied, dass ihre Handgelenke aneinander gefesselt waren. Und noch etwas war anders: Die Pistole in Czernyks rechter Hand. Der Schalldämpfer ließ die Waffe noch bedrohlicher erscheinen.

Zorn stand drei Meter schräg hinter ihnen, unfähig, sich von der Stelle zu rühren. Er sah nur die Hinterköpfe der beiden, das graue, verfilzte Haar des Richters, de Koops dunkle, etwas zu lange Locken.

»Es handelt sich hier nicht um Selbstjustiz«, fuhr Czernyk fort. »Es ist die Fortführung eines manipulierten Prozesses, einer Verhandlung, die durch Bestechung und Korruption gesteuert wurde. Beweise wurden vernichtet. Unter Berücksichtigung dieser Tatsachen werde ich ein neues Urteil fällen.«

Czernyk schien diese Rede im Kopf schon mehrfach durchgegangen zu sein, er sprach langsam, emotionslos, als säßen sie tatsächlich in einem Gerichtssaal und nicht im Kerzenschein einer verfallenen Ruine. Zorn fiel auf, dass er ständig zwinkerte. Ein milchiger Schleier lag über seinen Pupillen.

»Sie«, Czernyk warf dem Richter einen kurzen Blick zu, »haben sich korrumpieren lassen. Ich entziehe Ihnen die Leitung dieser Verhandlung und klage Sie an wegen Bestechlichkeit im Amt. Ich klage Sie an der Vorteilsnahme und Vorteilsgewährung sowie der Verletzung Ihrer richterlichen Pflichten. Sie werden Gelegenheit zur Rechtfertigung bekommen. Ich werde diesen Prozess an Ihrer Stelle leiten.«

»Was für ein gottverdammter Humbug!«, rief Zorn von hinten. Er konnte nicht anders.

Czernyk sah auf.

»Regel Nummer eins: Sie reden nur, wenn ich Ihnen das Wort erteile. Im Übrigen bin ich legitimiert durch das, was ich weiß. Durch die Wahrheit.«

Der Richter hockte zusammengesunken neben de Koop. Zorn konnte ihre Gesichter nicht erkennen. De Koop hielt sich gerade, er hatte die Schultern nach hinten durchgedrückt, Angst schien er nicht zu haben. Im Gegensatz zum Richter, der unruhig auf seinem Stuhl herumrutschte. Sein linkes Bein zappelte, er zitterte am ganzen Körper.

»Haben Sie etwas zu sagen?«, fragte ihn Czernyk.

»Ich habe keine Ahnung, wo ich hier bin, auch nicht, was genau das alles bedeutet.« Der Richter gab ein Geräusch von sich, eine Art Kieksen, es klang wie eine klemmende Schublade. »Aber ich gebe alles zu. Alles, was Sie wollen.«

Czernyk nickte stumm, als habe er nichts anderes erwartet.

»Tun Sie mir nichts«, schluchzte der Richter. »Bitte.«

»Warum sollte ich?«

»Ich gestehe alles, aber tun Sie mir nicht weh.«

Czernyks Miene veränderte sich, etwas wie Verachtung huschte über sein stoisches Gesicht. »Das wird nicht nötig sein, schließlich haben Sie Ihr Geständnis abgelegt. Zu diesen Geräten«, er deutete auf die Instrumente, die säuberlich vor ihm aufgereiht auf dem Tisch lagen, »kommen wir später.«

Was, verdammt nochmal, hat er vor?, dachte Zorn. Seine Schulter schmerzte, der Rücken zwickte, die ungewohnte Körperhaltung machte ihm zu schaffen. Da, wo er stand, hatte er die Tür zum Ostflügel gut im Blick, immer wieder sah er hinüber in der Erwartung, den Lampenmann auftauchen zu sehen. Was allerdings nicht geschah.

Czernyk wandte sich an de Koop.

»Dies«, er hob ein eng bedrucktes DIN-A4-Blatt in die Höhe, »ist Ihr Geständnis, Elias de Koop. Ich werde es jetzt verlesen, denn gleichzeitig ist es meine Anklageschrift gegen Sie. Es geht nicht um

Steuerhinterziehung oder organisierte Kriminalität, das war in Ihrem Falle nie wichtig.«

Bisher hatte Czernyk de Koop geduzt, jetzt wechselte er zum förmlichen *Sie.* Zorn konnte nicht erkennen, ob de Koop irgendeine Reaktion zeigte, aber es sah nicht so aus.

»Ich, Elias de Koop, bekenne mich schuldig der Bestechung einer Amtsperson aus niedrigen Beweggründen.« Nach dem ersten Satz legte Czernyk das Papier beiseite und fuhr aus dem Gedächtnis fort, ohne de Koop auch nur eine Sekunde aus den Augen zu lassen. Das Zwinkern hatte aufgehört. »Ich bekenne mich schuldig der Manipulation von Beweismitteln. Ferner bekenne ich mich schuldig der schweren Körperverletzung, der Anstiftung zum Mord, des versuchten Mordes und des vollendeten Mordes an mindestens einer Person.«

»Was?«, rief Zorn dazwischen.

»Ich warne Sie, Herr Hauptkommissar«, sagte Czernyk leise. »Ich dachte, ich hätte die Regeln erklärt. Sie gelten auch für Sie.«

Ach, willst du mich auch abknallen?, wollte Zorn rufen, doch er biss sich auf die Unterlippe und schwieg.

»Sie haben das Wort, de Koop.« Czernyk beugte sich über den Tisch. »Was haben Sie zu sagen?«

»Was ich zu sagen habe?« De Koop klang erheitert. »Nichts natürlich, was dachten Sie?«

»Wie Sie wollen«, nickte Czernyk. Er nahm den Zettel zwischen Daumen und Zeigefinger, hielt ihn ein Stück die Höhe. »Sie werden das unterschreiben. Mehr noch: Sie werden betteln, unterschreiben zu dürfen.«

Wie zufällig stieß Czernyk mit dem Ellbogen gegen die Lötlampe. Sie war nicht viel größer als die Waffe in seiner rechten Hand, sie sah auch aus wie eine Pistole, der rote, zylindrische Gasbehälter unter dem Lauf fasste höchstens einen halben Liter.

Czernyk drehte an einem Rädchen, zischend strömte das Gas aus. Ein Feuerzeug klickte, das Gas entzündete sich. Eine bläuliche Flamme schoss aus dem Lauf, der Richter zuckte auf seinem Stuhl zusammen, auch de Koop schien sich unmerklich zu versteifen.

»Was glauben Sie«, fragte Czernyk nachdenklich, »wie heiß das wird? Ich habe gelesen, dass es über tausend Grad werden können, man kann Metall damit schmelzen.« Sein Zeigefinger fuhr durch die Flamme, einmal, zweimal. »Komisch, es tut gar nicht weh. Das liegt natürlich daran, dass ich meine Hand wegziehen kann, bevor ich etwas spüre. Wäre ich gefesselt, würde es anders aussehen, mein Fleisch würde zuerst verkohlen, dann schmelzen wie Wachs, bis auf die Knochen. Am schlimmsten sind die Schmerzen im Gesicht, nicht wahr? Dabei kommt es natürlich auf die Entfernung an. Und darauf, wie lange man das Feuer auf eine Stelle richtet. Man kann sich stundenlang damit beschäftigen.« Czernyk drehte die Flamme herunter, dann sah er de Koop an. »Aber ich will Sie nicht langweilen. Damit kennen Sie sich besser aus als ich.«

De Koop murmelte eine halblaute Erwiderung, was genau er sagte, konnte Zorn nicht verstehen.

PLING!

Zorn sah nicht, wie Czernyk abdrückte, doch er bemerkte die Staubwolke auf dem Boden, genau zwischen de Koops Beinen. Sie wirkte unscheinbar, fast lächerlich, ebenso wie das Geräusch des Schusses, der Schalldämpfer neutralisierte den Knall zu einer harmlosen Verpuffung.

»Regel Nummer eins«, sagte Czernyk beiläufig. »Sie reden, wenn ich Sie frage. Der nächste Schuss geht in Ihre Kniescheibe.«

Der Richter war halb aufgesprungen, jetzt sackte er wieder in sich zusammen.

Czernyk überlegte einen Moment, dann griff er einen Stapel Papiere.

»Ich habe aufgeschrieben, wie alles zusammenhängt, ich werde es jetzt verlesen. Wir haben nicht viel Zeit.«

Die Kerzen im Raum waren zu drei Vierteln heruntergebrannt, Wachs tropfte über den Tisch, vom Rand des Brunnens, von den Fensterbrettern. Es roch nach Propangas, der scharfe Korditgeruch des Schusses hing in der Luft.

Jan Czernyk begann zu lesen.

»Ich versichere, dass ich in vollem Besitz meiner geistigen Kräfte bin.« Wieder legte er die Papiere beiseite und sprach aus dem Gedächtnis weiter, die Waffe und den Blick starr auf Elias de Koop gerichtet.

»Das, was ich hier niederschreibe ...«

Fünfunddreißig

... ist die volle Wahrheit. Ich werde nichts davon beschwören, denn Schwüre sind da, um gebrochen zu werden. Dies alles habe ich selbst erlebt, das muss genügen.

Fast zwanzig Jahre bin ich Polizist gewesen, ich habe das Verbrechen in allen Facetten erlebt, habe gegen Serienmörder ermittelt, gegen Vergewaltiger, Erpresser, Kinderschänder. Der Sinn meiner Arbeit bestand darin, diese Menschen dingfest zu machen, manchmal ist mir das gelungen, oft, viel zu oft, auch nicht. Von all den Kreaturen, mit denen ich zu tun hatte, ist niemand auch nur annähernd mit Elias de Koop vergleichbar. Niemand.

Ich bin diesem Mann lange gefolgt, sehr lange. Zunächst schien es nur Routine zu sein, es ging um Steuerhinterziehung und Urkundenfälschung. Nichts davon ließ sich eindeutig beweisen. Selbst jetzt bin ich nicht sicher, ob man Elias de Koop in dieser Beziehung jemals etwas hätte nachweisen können. Das ist auch nicht mehr wichtig, denn das, was er getan hat, ist wesentlich schlimmer.

Elias de Koop hat Frauen gekauft.

Sicherlich, das tun viele Männer. Und nach Auffassung der Allgemeinheit ist dies nicht verwerflich, es ist nicht einmal strafbar, seit Jahrtausenden bezahlen Männer Frauen für Sex. Man kann es widerlich und abstoßend finden, ändern kann man es nicht. Es ist ein einfaches, uraltes Prinzip: Ich gebe dir Geld. Du kümmerst dich um meine Triebe.

Elias de Koops Triebe allerdings sind anders. Sie sind dunkel. Niemand würde sie freiwillig befriedigen, denn es geht ihm nicht um Sex.

Er kauft Frauen, um sie zu foltern. Danach tötet er sie.

Ich weiß nicht, seit wann er das tut. Ich weiß auch nicht, wie viele

Frauen durch ihn gestorben sind, er hat nie Spuren hinterlassen. Ich selbst bin nur durch Zufall darauf gestoßen.

Ich war in seiner Villa. Nein, es gab keinen Durchsuchungsbeschluss, dies war lange, bevor offiziell Anklage erhoben wurde. Ich wollte mich dort umsehen, bevor er gewarnt wurde. Es war ein Gefühl, mehr nicht, aber ich ahnte, dass mit diesem Mann etwas nicht stimmte. De Koop ist ein kühl kalkulierender Mensch, alles, was er tut, plant er haargenau, bis ins kleinste, nebensächliche Detail. Dies betrifft nicht nur seine Geschäfte, sondern auch sein Privatleben. Und seine Verbrechen.

Er hatte die Filme gut versteckt. Altmodische, durchnummerierte Hi8-Kassetten, es waren über zwanzig. Eine davon habe ich mitgenommen, ohne zu ahnen, was ich darauf finden würde. Ich bin auf Videoauswertungen spezialisiert, jahrelang habe ich den schlimmsten Dreck analysiert, ich dachte, ich hätte alles gesehen, was Menschen einander antun können. Ich habe mich geirrt.

Elias de Koop hat seine Morde gefilmt. »Mord« ist ein unpassendes Wort, aber ich weiß nicht, wie man solche Monstrositäten besser beschreiben soll. Das Band ist eine Stunde lang, doch dies alles muss sich über Tage hingezogen haben.

Er wusste, dass es ein Fehler war, seine Taten zu filmen. Da bin ich sicher. Aber dies war ein Punkt, den er nicht kontrollieren konnte. Die Filme waren sein Fetisch, er musste sie aufheben, immer wieder ansehen, alles noch einmal erleben. Es gibt keine digitalen Kopien, diese Kassetten waren das Einzige, was er aufbewahrte. Erst als offiziell gegen ihn ermittelt wurde, hat er die Filme in Sicherheit gebracht, ich denke, er hat sie vernichtet. Wann er bemerkt hat, dass einer fehlte, weiß ich nicht.

Zunächst habe ich nach den Hintermännern gesucht. Die Spur verliert sich irgendwo in Weißrussland, dort hat de Koop für die Frauen bezahlt, es müssen Millionen gewesen sein. Mehr habe ich nicht herausgefunden, aber ich weiß, wer das Geld übergeben hat: Jeremias Staal, ein vorgeblicher Autohändler, der seit Jahren als Geldwäscher tätig ist.

Ich habe diesen Mann unter Druck gesetzt. Er sollte als Zeuge aussagen, und ich bin sicher, dass ich ihn irgendwann dazu gebracht hätte.

Aber de Koop war schneller. Zunächst ließ er sein Auto manipulieren. Als Staal überlebte, hat er ihn ermorden lassen.

Vor Beginn des Prozesses habe ich mich direkt an den Richter gewandt. Ich habe ihm den Film übergeben, denn de Koop hat Verbindungen nach ganz oben, ich wollte verhindern, dass er diese Beziehungen nutzt. Woher sollte ich damals wissen, dass dieser Richter bereits bestochen war? Dem Prozess habe ich beigewohnt, ich habe andere Beweise zusammengetragen, unter anderem ging es um Waffenhandel, sie waren alle nicht stichhaltig. Das war mir nicht wichtig. Wichtig allein war dieser Film, der beweist, dass de Koop ein Monster ist.

Der Richter hat diesen Film nicht als Beweismittel zugelassen. Nicht nur das, er hat ihn verschwinden lassen. Zuerst dachte ich, er hätte ihn in de Koops Auftrag vernichtet, doch er hat etwas anderes getan. Wahrscheinlich hat er bemerkt, dass er einen Pakt mit dem Teufel eingegangen ist, sicherlich, da war es zu spät, doch irgendwann muss er auf den Gedanken gekommen sein, dass dieser Film so etwas wie eine Garantie für ihn darstellt. Dieser Richter hat nicht bemerkt, dass ich ihm auf den Fersen war. Dass ich ihm bis zu Meinolf Grünbein gefolgt bin, einem harmlosen Banker, den er lange kannte und dem er vertraute. Diesem Mann hat er die Kassette übergeben, er sollte den Film für ihn aufbewahren. Wahrscheinlich wusste Grünbein nicht einmal, was genau darauf zu sehen war, er dachte, er tue einem alten Freund einen Gefallen.

Auch Grünbein habe ich unter Druck gesetzt. Das musste ich, denn mit dem Film war mein einziger handfester Beweis verschwunden. Eine Kopie hatte ich nicht angefertigt, warum auch? Schließlich hatte ich damals noch Vertrauen in die Justiz. Ich wollte den Film zurück. Und ich habe alles getan, um dieses Ziel zu erreichen. Den Selbstmord dieses Mannes bedauere ich aus tiefem Herzen, denn mittlerweile glaube ich, dass er nicht einmal wusste, was ich von ihm wollte.

Ich habe diesen Richter entführt. Und ich habe später auch de Koops Anwalt in meine Gewalt gebracht, ich vermute, dass dieser Mann es war, der die Kontakte zu den Menschenhändlern unterhielt, er war es, der de Koop die Frauen zuspielte. Dafür gibt es nur ein paar Indizien, doch auch ihn hat de Koop töten lassen, das ist Beweis genug.

Ja, ich habe Gesetze gebrochen. Ich habe Menschen verfolgt und ver-

schleppt. Ich habe ihnen Gewalt angedroht, Botschaften verschickt, die ihnen das Gefühl gaben, von einem Psychopathen beschattet zu werden. Dies ließ sich nicht umgehen, ich musste diesen Druck ausüben, um die Wahrheit zu erfahren. Niemanden habe ich dabei jedoch ernstlich physisch verletzt.

Es geht mir nicht um Rache. Dies ist kein Amoklauf, ich bin geistig völlig gesund. Doch Elias de Koop ist eine Bestie, und ich sehe keinen anderen Weg, ihn zur Strecke zu bringen. Man kann Unrecht auf verschiedene Arten bekämpfen. Manchmal geht es nur mit Unrecht. Das habe ich getan, ich habe mich strafbar gemacht, deshalb sind meine Tage als Polizist gezählt. Ich nehme es in Kauf, denn auch die Tage des Elias de Koop sollen nun endlich gezählt sein.

Dies alles ist die Wahrheit, ich werde nichts davon beschwören.

Schwüre sind dazu da, um …

Sechsunddreißig

»… gebrochen zu werden, das wissen wir jetzt!«

Es war Zorn, der Czernyk lautstark ins Wort gefallen war.

Einen Moment war es still in der Badehalle. Weder der Richter noch de Koop hatten sich während Czernyks Vortrag auch nur einen Millimeter bewegt, Czernyk selbst hatte leise gesprochen, mit versteinertem Gesicht, keine Sekunde hatte er die beiden Männer vor sich aus den Augen gelassen. Das tat er auch nicht, als er Zorn antwortete.

»Ich kann mich nicht erinnern, Ihnen das Wort erteilt zu haben, Zorn.«

»Es wäre nett, wenn Sie's tun würden! Was muss ich dafür machen? Auf die Knie fallen?« Zorn rüttelte an der Fessel, der Fensterrahmen klapperte. »Das macht sich momentan allerdings schlecht!«

Czernyk sah zu Zorn hinüber.

»Gut. Dann reden Sie.«

Zorn überlegte. Dutzende Fragen schossen ihm gleichzeitig durch den Kopf. Was er über de Koop gehört hatte, war ungeheuerlich, er würde eine Weile brauchen, bis er das alles verdaut hatte. Vorausgesetzt es stimmte, was Czernyk behauptete. Überhaupt wurde die ganze Situation immer absurder. Er stand in einer verlassenen Badehalle, Kerzen leuchteten wie bei einer Schwarzen Messe, surrreales Licht flackerte über türkisfarbene Fliesen, vor ihm saßen zwei aneinandergefesselte Männer, der eine in schlammverkrusteten Sportsachen, der andere in einem völlig verdreckten Anzug, eine löchrige Decke über den Schultern. Czernyk schien dies alles völlig normal zu finden, er saß hinter dem Tisch, in der einen Hand die Waffe, die andere spielte mit der Lötlampe. Eine kleine, bläuliche Flamme stand senkrecht in der Mündung. Manchmal, wenn Czernyk sprach, bewegte sie sich leicht.

»Ich glaube Ihnen nicht«, sagte Zorn schließlich. »Ihre Geschichte ist nicht stimmig. Nehmen wir zum Beispiel de Koops Anwalt: Sie haben diesen Mann verschleppt, später haben Sie seine Leiche in mein Büro verfrachtet. Und dann behaupten Sie allen Ernstes, dass Sie mit seinem Tod nichts zu tun haben?«

»So ist es.«

»Wer dann?«

Czernyk deutete auf de Koop.

»Fragen Sie ihn.«

»Ich frage *Sie,* Czernyk!«

»Der Anwalt befand sich in einer der Badezellen, direkt neben der des Richters. Ich habe ihn dort festgesetzt, weil er heute dabei sein sollte, er sollte aussagen, genau wie die anderen beiden. Ich war unterwegs, die Tür war verschlossen. Als ich zurückkam, war das Schloss aufgebrochen, der Mann war tot.«

»Das ist lächerlich!«

»Nein. Es ist traurig.«

Draußen heulte ein Motor auf, ein Laster holperte über das Kopfsteinpflaster. Der Boden vibierte, Putz rieselte von der Decke, ein feiner Strahl landete auf Czernyks Schulter. Er wischte ihn fort.

»Was war mit den Toten auf dem Polizeiball?«, fragte Zorn, der die kleine Pause zum Nachdenken genutzt hatte.

»Ich habe keine Ahnung, was dort geschehen ist.«

»Sie ziehen hier eine Schmierenkomödie ab, Czernyk. Die ganze Zeit reden Sie von irgendwelchen Beweisen, doch Sie haben absolut nichts!«

»Ich habe das Geständnis dieses Richters. Sie haben es gehört.«

Zorn lachte auf.

»Ich sehe hier keinen *Richter.* Ich sehe einen alten, verwirrten Mann, der keine Ahnung hat, was vor sich geht. Er plappert nach, was Sie von ihm verlangen.«

Als der Richter hörte, dass vom ihm gesprochen wurde, wandte er sich langsam zu Zorn um. Er blinzelte verwirrt, dann schüttelte er den Kopf.

»Wer sind Sie?«, fragte er müde.

»Drehen Sie sich um!«

Ein Krachen, Czernyk hieb mit dem Pistolenknauf auf den Tisch. Eine Kerze fiel um, Wachs verteilte sich zwischen den Werkzeugen. Der Richter fuhr erschrocken zusammen und wandte sich wieder nach vorn.

Wieder rieselte etwas Putz von der Kuppel. Diesmal traf es Zorn.

»De Koop hat Ihnen aufgetragen, den Film zu vernichten«, wandte sich Czernyk an den Richter. »Er hatte Ihnen Geld gegeben, aber Sie haben Angst bekommen. Deshalb wollten Sie den Film aufbewahren, und um sicherzugehen, haben Sie ihn bei einem alten Freund deponiert, bei Meinolf Grünbein. Sie wollten etwas gegen de Koop in der Hand behalten, einen Trumpf.«

Das waren keine Fragen, sondern Feststellungen.

»Habe ich recht?«

Der Richter schwieg.

»Antworten Sie!«

Ein Nicken. So jedenfalls deutete es Zorn aus dem Hintergrund.

»Wussten Sie, was auf dem Band zu sehen ist?«, fragte Czernyk scharf.

»Nein«, murmelte der Richter. »Ich habe mich nicht getraut, es anzusehen.«

»Gut.« Czernyk schien zufrieden. »Sie werden nachher Ihr Geständnis unterschreiben.«

»Nichts ist gut!«, rief Zorn. »Ihre sogenannten *Geständnisse* sind einen Dreck wert! Sie wurden unter Androhung von Folter gemacht! Das wissen Sie so gut wie ich!«

Czernyk lehnte sich zurück und zog den Schlips gerade.

»Sie werden es später bezeugen.«

»Ich? Einen Scheiß werde ich! Sie sind ein …«

»Es reicht«, unterbrach Czernyk. »Sie haben genug geredet.«

Zorn schäumte, aber er hielt den Mund.

»Kommen wir zu Ihnen«, wandte sich Czernyk nun an de Koop.

Während der letzten Minuten hatte de Koop kein einziges Wort gesprochen. Auch jetzt schwieg er, neigte nur den Kopf ein wenig, als könne er so besser zuhören.

»Sie haben gehört, was ich Ihnen vorwerfe. Was haben Sie dazu zu sagen?«

Keine Antwort.

Czernyk schien damit gerechnet zu haben.

»Ich sagte vorhin, dass ich bisher keine physische Gewalt eingesetzt habe. Es ließ sich natürlich nicht völlig umgehen. Sie, de Koop, habe ich angeschossen und Sie«, er nickte Zorn zu, »musste ich niederschlagen. Aber das alles waren Kleinigkeiten, auch wenn Sie natürlich etwas anderes behaupten werden.«

Allerdings, du Arsch, dachte Zorn.

»Ab jetzt«, Czernyk drehte an der Lötlampe, die Flamme vergrößerte sich zu einem zischenden Strahl, »wird sich das ändern.«

Langsam bewegte er die Lampe, die Flamme, eine weißglühende, innen blau schimmernde Zunge, richtete sich auf de Koop. Dieser war mindestens drei Meter entfernt, doch die Hitze musste er spüren, selbst Zorn fühlte die Wärme im Gesicht.

Der Richter stieß ein klägliches Wimmern aus, de Koop blieb ruhig, beugte sich aber auf seinem Stuhl ein wenig zur Seite, um der Hitze auszuweichen.

Czernyk schüttelte den Kopf.

»Ich dachte, Sie mögen das, de Koop? Mit einem solchen Ding haben Sie doch auch Ihre Opfer gefoltert. Oder war es ein anderes Modell?« Er nahm ein Skalpell, hielt es in die Flamme. Nach wenigen

Sekunden verfärbte sich das Metall, glühte auf. »Feuer in allen Variationen, das ist es, was Sie anmacht, oder? Woran liegt das, am Geruch? Oder am Schreien Ihrer Opfer? Glühendes Eisen schneidet in zuckendes Fleisch, Feuer frisst sich durch menschliche Haut, Knochen verkohlen, Finger stehen in Flammen, erst einer, dann zwei, dann die ganze Hand, der Unterarm. Sie haben das tagelang gemacht, zwischendurch haben Sie Pausen eingelegt, damit Sie es besser genießen können.«

Czernyks Tonfall blieb gleichmütig, noch immer zeigte er keinerlei Gefühlsregung. Keinen Hass, keinen Ekel, keine Wut. Nüchtern und emotionslos sprach er all diese Dinge aus.

»Aber all das reicht Ihnen nicht, stimmts? Foltern macht hungrig.«

Die Lötlampe spuckte, fauchte wie ein wütender Miniaturdrache. Der Gasgeruch wurde stärker, Zorn roch das heiße Eisen des Skalpells, spürte, wie sein Magen rebellierte.

»Aber Sie hatten genug Fleisch, es lag ja direkt vor Ihnen, gefesselt an einen Stuhl.«

Czernyk sah Zorn direkt in die Augen.

»Er zerlegt seine Opfer nach und nach, müssen Sie wissen. Dabei lässt er sich Zeit, sehr viel Zeit. Und er fängt mit den Körperteilen an, die nicht lebenswichtig sind.«

Das Messer drehte sich in der Flamme.

»Elias de Koop ist ein Feingeist. Er isst seine Opfer nicht roh. Er brät sie.«

Ein Zischen, die heiße Klinge fuhr in die Tischplatte.

»Und sie müssen ihm dabei zusehen.«

*

»Sie werden da nicht hineingehen, Frau Borck.«

»Dann gehen wir zusammen.«

Schröder schüttelte den Kopf. Der Kragen seines Mantels reichte ihm bis knapp unter die Ohren, die Knöpfe spannten über dem Bauch. Frieda Borck ging ungeduldig auf und ab, die Arme vor der Brust verschränkt.

»Wie, verdammt nochmal, soll es denn Ihrer Meinung nach sonst ablaufen?«

Sie waren allein in der kleinen Seitenstraße, trotzdem flüsterten sie. Die Mauern des Solbades ragten dunkel hinter dem Bauzaun auf.

»Sie warten«, sagte Schröder einfach.

»Aber Sie haben versprochen, dass ich mit ihm reden kann! Ein paar Minuten nur, dann können Sie das Einsatzkommando rufen.«

»Das wird nicht nötig sein.«

»Warum?«

»Weil es schon hier ist. Zwei Straßen weiter.«

»Das«, zischte Frieda Borck wütend, »ist gegen die Abmachung!«

»Eine Abmachung gibt es nicht.« Sie setzte zu einer heftigen Erwiderung an, doch Schröder brachte sie mit einer Handbewegung zum Schweigen. »Ich werde nicht zulassen, dass Sie eine Dummheit begehen. Vielleicht würde er ja tatsächlich auf Sie hören, aber genauso gut könnte er Sie als Geisel nehmen. Ich werde mich kurz umschauen, allein. Wir wissen ja immer noch nicht, ob er überhaupt da drin ist. Dann sehen wir weiter.«

Schröder hob den Bauzaun an und schob ihn ein kleines Stück zur Seite, zog den Bauch ein und wollte durch die Lücke schlüpfen. Frieda Borck fasste ihn am Ärmel.

»Sie haben mich angelogen!«

»*Si, señora.* Aber wie heißt es so schön? Lügen haben kurze Beine.« Schröder deutete nach unten. »In meinem Falle trifft das offensichtlich zu.«

Er grinste kurz, dann verschwand er im Gebüsch.

*

Es roch verbrannt in der alten Badehalle. Von den Kerzen waren nur noch Stummel übrig, der Boden, der Brunnen und auch Czernyks Tisch waren mit glänzenden, winzigen Seen aus flüssigem Wachs bedeckt.

Czernyks letzte Worte waren längst verklungen, trotzdem schwebten sie im Raum wie der Nachhall einer Grubenexplosion. Zorn stand da wie betäubt, er verstand noch immer nicht ganz, was das alles zu bedeuten hatte. Wollte es nicht verstehen.

Niemand sagte ein Wort.

Der Richter saß auf der äußersten Kante seines Stuhls, er war, so weit es die Handfessel zuließ, von de Koop weggerückt, als fürchte er, jeden Moment gebissen zu werden.

Die Tür zum Ostflügel bewegte sich leicht, Zorn glaubte, ein Geräusch zu hören und sah hinüber. Die Verglasung war gesplittert und zum größten Teil herausgebrochen, dahinter gähnte der dunkle Flur. Ein Lichtpunkt huschte vorbei, ein orangefarbener, leuchtender Ball. Zorn erinnerte sich an seine Kindheit, genauso hatte es ausgesehen, wenn sie sich gegenseitig erschrecken wollten und sich eine brennende Taschenlampe in den Mund gesteckt hatten.

Der Lichtball verschwand, das musste der Lampenmann sein, wahrscheinlich hatte er die Kopflampe mit der Hand bedeckt und saß jetzt in einer der Zellen, brabbelte vor sich hin und spielte mit seinen Puppen.

Dies alles bekam Zorn nur am Rande mit, er war, schlicht gesagt, überfordert. Der Schock über das Gehörte lähmte ihn, er hatte Zweifel, ob Czernyk überhaupt die Wahrheit gesagt hatte, dazu gesellte sich die Angst vor dem, was als Nächstes folgen würde. Czernyk wollte ein Geständnis, und es schien, als würde er es mit allen Mitteln erzwingen.

Die Lötlampe brannte auf höchster Stufe, doch Zorn hatte eine Gänsehaut.

Dann sagte de Koop etwas.

Vier Worte nur, trotzdem glaubte Zorn, sich verhört zu haben.

Czernyk schien es ähnlich zu gehen.

»Wiederholen Sie das«, sagte er und drehte die Lötlampe herunter.

Das tat de Koop. Laut und unmissverständlich.

»Ich gebe alles zu.«

Siebenunddreißig

Die Nacht ist nun vollständig hereingebrochen.

Hoch oben steht der Mond über dem Kurpark, er scheint hell, wir sehen die Risse im Mauerwerk des Badehauses, das Unkraut in den geborstenen Regenrinnen, das Regenwasser hat schwarze, bemooste Streifen auf der Fassade hinterlassen, selbst die Schwalbennester in den ovalen, zugemauerten Fensteröffnungen erkennen wir, den Vogelkot, die Schmierereien neben der Eingangstür.

Es scheint, als wäre dies wirklich ein magischer Ort. Efeu raschelt leise im Wind, große schwarze Vögel, Krähen vielleicht, haben sich in den Ästen der alten Bäume verteilt. Von einem Gespenst allerdings ist nirgendwo etwas zu entdecken, kein Geist, kein Golem schleicht da durch das Unterholz, es ist ein kleiner, dicker Mann in einem großen Mantel, er nähert sich dem Badehaus, hält sich im Schatten, vorsichtig schiebt er die Brennnesseln beiseite, immer wieder bleibt er stehen, schaut sich um.

Nein, *magisch* ist dieser Ort nicht, *magnetisch* vielleicht, denn der kleine Mann ist nicht der einzige Gast zu dieser späten Zeit. Es scheint, als würden die Menschen vom Kurpark angezogen werden, draußen, vor dem Bauzaun, läuft eine junge Frau auf und ab, leise klappern ihre Schuhe über das Pflaster. Hundert Meter von ihr entfernt, auf einem Parkplatz, stehen zwei Mannschaftswagen der Polizei, die Scheinwerfer sind ausgeschaltet, im Inneren sitzen Männer in schwarzen Schutzanzügen, großkalibrige Waffen zwischen den Beinen, die Helme haben sie aus der Stirn geschoben, sie trinken Kaffee, unterhalten sich leise.

Im Badehaus selbst ist es still. Kein Lichtschein dringt nach außen, nichts deutet auf das, was sich im Inneren abspielt, erst recht nicht darauf, was bald folgen wird. Vier Menschen haben sich hier versammelt, ein fünfter hält sich im Ostflügel versteckt. Einer von ihnen will Gerechtigkeit, doch im Moment geht es nur um die Frage, wer überleben wird.

Ein unhörbares Knistern liegt in der Luft, es scheint, als schwebe eine dunkle Glocke zwischen den schiefen Schornsteinen, eine sacht schwingende, nicht greifbare Mischung aus Angst und drohendem Unheil, unterlegt mit dem metallischen Geruch geronnenen Blutes.

Nein, dies ist kein guter Ort.

Zur gleichen Zeit steht in einem kleinen Reihenhaus, nur ein paar Kilometer entfernt, ein alter Mann am Fenster seines Schlafzimmers und sieht hinaus in die Nacht. Sein Blick ist leer, seine Augen glitzern, funkeln wie gefrorene Pfützen nach einem Schneesturm. Er weiß nicht, wo er ist, er weiß auch nicht, wer die schlafende Frau hinter ihm in dem großen Doppelbett ist. Erst recht weiß er nicht, was er als Nächstes tun wird.

Aber es ist nichts Gutes.

*

»Alles, was Sie gesagt haben, ist richtig, Czernyk. Ich habe diesen Richter bestochen, er hat für meinen Freispruch gesorgt und sollte das Video vernichten. Dass er das nicht getan hat, macht mich ein wenig wütend, aber es lässt sich nicht mehr ändern. Die Sache hätte wesentlich einfacher ablaufen können.«

De Koop sprach im lockeren Plauderton, als säßen sie bei einem Meeting im Konferenzzimmer einer Großbank.

»Sie bestreiten es nicht?«

Die Verblüffung war Czernyk nicht anzusehen, doch etwas davon schwang in seiner Frage mit.

»Warum sollte ich?«, sagte de Koop. »Sie haben sich das Video angeschaut, wir wissen beide, was darauf zu sehen ist. Ich werde mich für nichts entschuldigen, das wäre Heuchelei. Ebenso erwarte ich nicht, dass jemand auch nur in Ansätzen versteht, weshalb ich das tue. Ich betrachte mich nicht als gestört, ich bin einfach nur«, er zuckte die Achseln, »anders. Es ist eine Frage der Betrachtungsweise. Andere Menschen würden niemals den Mut haben, sich ihren Trieben zu stellen, ich dagegen genieße es, ich lebe es aus. Ein-, höchstens zweimal im Jahr fliege ich ein paar tausend Kilometer weit und mache ein paar Tage, nennen wir es Urlaub. Diese Frauen dienen meiner Entspannung, niemand wird sie je vermissen, es sind Prostituierte, sie haben keine Verwandten, keine Freunde. Sie sind Ventile, mehr nicht.«

»Es sind Menschen.«

»Ach kommen Sie, Czernyk! Wie viele *Menschen* sterben täglich auf der Welt? In Krankenhäusern, bei Unfällen, in Afghanistan, was weiß ich, wo? Es sind Hunderttausende, und Sie wollen mir sagen, dass es auf eine kleine russische Nutte mehr oder weniger ankommt?«

De Koop lachte auf. Der Richter hatte ihm den Kopf zugewandt. Zorn sah sein Profil, der Mund stand halb offen, er schien kein Wort zu verstehen.

»Sie müssen mich nicht foltern.« Der Stuhl scharrte über den Beton, de Koop schlug die Beine übereinander. »Das sollte auch in Ihrem Interesse sein, ich habe nämlich den Eindruck, dass Sie es äußerst ungern tun würden. Im Gegensatz zu mir«, fügte er hinzu und jetzt hörte Zorn deutlich, dass er offensichtlich Spaß hatte.

Irgendetwas stimmt hier nicht, dachte Zorn. Dieser plötzliche Redefluss, das passt nicht zu ihm. Kein Mensch auf der Welt würde so etwas zugeben, erst recht nicht de Koop, auch wenn er Angst davor hätte, dass Czernyk seine Drohung wahrmacht. Er hat etwas vor, er will Zeit gewinnen. Er wartet auf etwas. Aber worauf?

»Geben Sie mir das Geständnis«, sagte de Koop. »Ich unterschreibe. Das ist es doch, was Sie wollen, oder? Und dann werden wir beide einen Deal abschließen, Czernyk. Ein Geschäft. Sie werden sich eine Summe ausdenken, eine unfassbar hohe Summe. Diese Zahl in Ihrem Kopf werden Sie verdoppeln, innerhalb von achtundvierzig Stunden halten Sie das Geld in den Händen.«

Czernyk schwieg.

»Sie werden nach Manila fliegen, einen Teil des Geldes verwenden Sie für eine Augenoperation. Sie werden es nicht schaffen, den Rest auszugeben, auch in hundert Jahren nicht.«

»Woher wissen Sie von meinen Augen?«, fragte Czernyk ruhig.

»Ich habe meine Verbindungen.«

»Allerdings. Die haben Sie.«

»Sie haben Prinzipien, Czernyk, das gefällt mir. Alle, die von meinem …«, de Koop zögerte einen Moment, »… kleinen *Hobby* wussten, sind entweder tot oder in diesem Raum. Ich habe dafür gesorgt, dass weder mein Anwalt noch Jeremias Staal jemals darüber reden werden, ich hätte auch Sie beseitigen lassen können, aber ich respektiere Sie.«

Er wird ihm diesen Mist doch nicht abnehmen?, schoss es Zorn durch den Kopf. Er spürte ein Ziehen im Magen, es war die Ahnung, dass de Koop etwas plante, etwas, mit dem außer ihm niemand rechnete. Diese Selbstsicherheit, sie war nicht gespielt, sie war echt.

»Ich biete Ihnen eine Zukunft«, sagte de Koop. »Und ich biete Ihnen Ihr Augenlicht. Sie bekommen Ihr Geständnis, das können Sie sich einrahmen und ansehen, wenn Sie keine Lust mehr haben, am Pool zu liegen. Im Gegenzug erwarte ich, dass Sie mich gehen lassen. Keine Zeugen. Er hier«, de Koop hob den gefesselten Arm, die Hand des Richters erhob sich ebenfalls, »wird sterben. Ebenso wie Ihr Kollege hinter uns. Aber darum werde ich mich kümmern.«

»Du hast sie doch nicht mehr alle!«, rief Zorn.

Czernyk nahm eines der Feuerzeuge vom Tisch, ließ es ein paarmal aufflammen.

»Das klingt alles sehr verlockend«, sagte er nachdenklich. »Eine Kleinigkeit allerdings stört mich. Egal, wo ich irgendwann sein werde: Der Gedanke, dass Sie auf freiem Fuß durch die Gegend laufen, würde mir das Leben zur Hölle machen.«

Der Richter stieß geräuschvoll die Luft aus.

»Sie machen einen Fehler«, sagte de Koop.

Czernyk legte das Feuerzeug beiseite und zog die Ärmel seines Jackets glatt, die Manschettenknöpfe blitzten auf.

»Was bezwecken Sie, de Koop? Sie wussten von Anfang an, dass ich niemals auf Ihr *Angebot* eingehen würde. Ich glaube, Sie …«

Er wurde von einem jubelnden, triumphierenden Schrei unterbrochen, die Tür des Ostflügels flog auf.

»IHR HABT MICH NICHT GEFUNDEN! IHR HABT MICH NICHT GEFUNDEN!«

Der Lampenmann stürmte in die Badehalle.

*

Er stand in der Küche, ohne die geringste Ahnung, wie er dort hingekommen war. Das war nicht weiter verwunderlich, Schröders Vater wusste nicht einmal, auf welchem Planeten er sich befand, sein Verstand hatte sämtliche Verbindungen zur Außenwelt gekappt. Ein wenig schwankend stand er neben dem Esstisch, er blickte sich um, mit den Fingerspitzen fuhr er über die Spüle, die karierte Tischdecke, die gedrechselte Lehne der Eckbank, Dinge, die er tausendfach in seinem Leben berührt hatte und jetzt zum ersten Mal sah.

Ja, er war jetzt endgültig auf der anderen Seite, der dunklen, doch das war nicht schlimm, hier war es warm, gemütlich, das Vergessen umgab ihn wie eine weiche, schützende Decke. Etwas jedoch, eine Kleinigkeit, pulsierte zwischen den Trümmern seines Denkvermögens wie eine sterbende Sonne, kein Gedanke, eher der Hauch einer Erinnerung, ein Entschluss, den er in einem seiner letzten klaren Momente gefasst hatte:

Er musste seinem Leben ein Ende setzen.

*

Die Tür zum Ostflügel prallte gegen die Mauer, schlagartig wurde es dunkler, der Luftzug löschte fast die Hälfte der Kerzen. Czernyk war schnell, er glitt hinter dem Tisch hervor, die Waffe mit beiden Händen im Anschlag.

»Nicht schießen!«, schrie Zorn. »Der ist harmlos!«

»Ich hab gewonnen!«, strahlte der Lampenmann. Er tanzte um den Brunnen, drehte sich, wild mit den Armen fuchtelnd, um sich selbst.

»Hände über den Kopf!«, bellte Czernyk und trat vor. Sein Kopf bewegte sich ruckartig hin und her, er versuchte, gleichzeitig Zorn, den Lampenmann und die beiden Gefesselten im Blick zu haben.

»Zeigt her eure Füße!« Singend hüpfte der Lampenmann auf und ab. *»Zeigt her eure Schuh! Und sehet den fleißigen Hahandwerkern zu!«*

Czernyk hob die Waffe.

»Nicht!«, rief Zorn. »Er ist zurückgeblieben. Er denkt, dass ist ein Spiel!«

»Bringen Sie ihn zur Ruhe. Sofort!«

»Bleib stehen!«, schrie Zorn.

Der Lampenmann gehorchte. Seine breite Brust hob und senkte sich, er lachte Zorn an, von Czernyk nahm er keine Notiz. De Koop und der Richter hatten sich auf ihren Stühlen umgedreht, sie sahen über die Schulter wie Theaterbesucher, die von einem Tumult auf den hinteren Reihen gestört werden.

»Ich hab gewonnen, stimmt's?« Der Lampenmann hatte ausschließlich Augen für Zorn. Dann fiel ihm etwas ein, er runzelte die Stirn, kaute auf seinem Bart. »Ihr habt mich gar nicht gesucht!«

»Doch, das haben wir.« Zorn senkte die Stimme. »Und du bist der Sieger.«

»Ehrlich?«

»Nimm erstmal die Hände hoch. Wir spielen jetzt ein anderes Spiel.«

»Welches?«

»Das erkläre ich dir später.«

»Na gut.«

Der Lampenmann hob die Hände. Dabei fiel sein Blick auf de Koop, seine Augen weiteten sich, er wollte auf ihn zugehen, doch de Koop schüttelte unmerklich den Kopf. So kam es Zorn jedenfalls vor, oder irrte er sich?

Czernyk stand schräg hinter dem Tisch, die Beine leicht gespreizt. Die Pistole hielt er in der rechten Hand, mit der anderen fuhr er sich kurz über die Augen.

»Wer ist der Mann?«

»Ich hab doch gesagt, er ist harmlos«, wiederholte Zorn. »Ich kenne ihn, er ist geistig unterbelichtet, aber er tut niemandem was. Wahrscheinlich ist er mir hierher gefolgt.«

»Er kann Ihnen nicht gefolgt sein.«

»Natürlich, er ...«

Zorn stutzte. Czernyk hatte recht.

»Ich habe Sie in der Nähe des Bahnhofs niedergeschlagen«, erklärte Czernyk, den Blick unverwandt auf den Lampenmann gerichtet. »Das ist fast am anderen Ende der Stadt. Ich habe Sie in einem

Lieferwagen hergebracht, und ich habe darauf geachtet, dass mir niemand folgt. Also, wie ist er hergekommen?«

Der Lampenmann lächelte Czernyk mit großen, leeren Augen an.

»Gott hat mich hergerufen.«

Was soll dieses ständige Gerede von Gott?, dachte Zorn.

Weit, weit hinten in seinem Schädel formte sich so etwas wie eine Antwort, er spürte, dass der Lampenmann nicht wegen ihm hier war, nein, es gab einen anderen Grund, er, Zorn, hatte sich die ganze Zeit geirrt, dies alles war kein Zufall, die Lösung lag woanders, sie war da, zum Greifen nah, ein geradezu körperlich spürbares Jucken machte sich unter seiner Kopfhaut breit, etwas hatte der Lampenmann gesagt, es war bei ihrem ersten Treffen gewesen, vielleicht auch beim zweiten, und jetzt, da Zorn glaubte, die Antwort zu kennen, hob Elias de Koop die Hand.

»Nun«, sagte er, »spielen wir nach meinen Regeln.«

Glas blitzte auf.

Aus dem Augenwinkel sah Zorn den glänzenden Flaschenhals, er schwebte einen Moment in der Luft, dann fuhr er senkrecht nach unten.

Der Richter brüllte auf.

Das Glas bohrte sich in seinen rechten Oberschenkel.

*

Schröders Vater durchwühlte den Küchenschrank, er zog die Schubladen auf, eine nach der anderen. Was genau er suchte, wusste er nicht, es würde sich zeigen, wenn er das Richtige in der Hand hielt. Im Besteckfach fand er einen Korkenzieher, sah ihn kurz an, warf ihn achtlos zu Boden.

Er brauchte etwas anderes. Etwas Spitzes. Mit zitternden Fingern wühlte er weiter, förderte zwischen Löffeln, Flaschenöffnern und Käsereiben eine Salatgabel zu Tage, nein, das war alles nichts, er brummte missmutig, zog an der Schublade, krachend landete der Inhalt auf dem Linoleum.

Verwirrt zuckte er zusammen und sah sich um. Ein großes Fragezeichen bildete sich in seinem Kopf, es war, als wäre er von einem dunklen Raum in den nächsten gestolpert.

Dann fiel sein Blick auf das Bild seines toten Sohnes. Es lag zwischen dem Besteck auf dem Boden, direkt neben dem Obstmesser. Das Messer interessierte Schröders Vater nicht mehr, er hob das Foto auf, der Rahmen war an einer Ecke gebrochen, das Glas gesplittert, doch das Gesicht dahinter war deutlich zu erkennen.

Der Verstand des alten Mannes bäumte sich ein letztes Mal auf, wie ein Ertrinkender, der einen kurzen, tiefen Atemzug nimmt, bevor er endgültig unter der Oberfläche versinkt.

»Rüdiger«, murmelte Schröders Vater und begann zu weinen.

Zwei Sekunden später wusste er nicht mehr, warum.

*

Während der nächsten Sekunden geschahen mehrere Dinge gleichzeitig, trotzdem würde sich Zorn später an jede Einzelheit erinnern. De Koop war aufgesprungen, der Richter hing an seinem Handgelenk wie eine Marionette, er schrie, halb ragte der Flaschenhals aus seinem Oberschenkel, Blut schoss hervor wie aus einem geöffneten Wasserhahn. Czernyk machte einen Sprung auf den Richter zu, blieb stehen, richtete die Waffe auf de Koop, dann auf Zorn, schließlich auf den Lampenmann, dieser stand neben dem Brunnen, blickte jetzt zu de Koop wie ein Hund, der auf das nächste Kommando seines Herrn wartet.

»Was, verdammt nochmal, geht hier vor?«, schrie Czernyk.

»Hol ihn dir!« De Koop hob den verkrüppelten Arm. »Aber jetzt noch nicht!«

Plötzlich verstand Zorn. Die Erkenntnis traf ihn wie ein Tritt in den Unterleib.

Es war bei ihrer zweiten Begegnung gewesen, auf dem Parkplatz des Autohauses.

Gott hat nur einen Arm, hatte der Lampenmann gesagt.

Natürlich, Zorn hatte nicht weiter darauf geachtet, auch nicht auf das, was der Lampenmann später hinzugefügt hatte.

Er fährt in einem goldenen Auto.

Jetzt erinnerte sich Zorn an den goldgelben Geländewagen in de Koops Einfahrt.

Der Lampenmann hatte von de Koop gesprochen. Dem einarmigen Gott mit dem goldenen Auto. Die beiden kannten sich. Wahrscheinlich schon sehr lange.

Seit de Koops Angriff auf den Richter waren kaum ein paar Augenblicke vergangen, eine Sekunde lang schien Czernyk unschlüssig, was er tun sollte.

Das reichte aus.

»Jetzt«, sagte de Koop.

Der Lampenmann schoss nach vorn.

*

Der alte Mann hockte im Schneidersitz auf dem Küchenboden, auf dem Schoß lag das gerahmte Bild seines toten Sohnes. Behutsam strich er mit den Fingern über das gesprungene Glas, betrachtete die Augen dieses wildfremden, jungen Mannes. Leise, mit zitternder Greisenstimme, sang er vor sich hin.

Trink, trink, Brüderlein, trink! Lass doch die Sorgen zu Haus!

Ein letzter, zerstreuter Blick auf das Bild.

Meide den Kummer und meide den Schmerz!

Vorsichtig legte er das Foto zur Seite.

Dann ist das Leben ein Scherz!

Ächzend richtete er sich auf, sein Rücken knackte, er stützte sich am Herd ab, kniff die Augen zusammen, überlegte. Etwas hatte er vorgehabt, nur was?

Trink, trink, Brüderlein, trink!

Er räusperte sich, seine Kehle war trocken.

Genau, er hatte Durst.

Am liebsten trank er Tee. Was brauchte er dazu?

Der Alte runzelte die Stirn.

Einen Teebeutel. Eine Tasse. Einen Löffel. Und Wasser.

Er ging zur Spüle, öffnete den Hahn. Sah zu, wie das Wasser gurgelnd im Ausguss verschwand, dann fiel ihm etwas ein.

»Das Wasser muss heiß sein«, murmelte er und lief steifbeinig zurück zum Herd. Seine Füße fegten das Besteck beiseite. »Ich muss es kochen.«

Er drehte das Gas auf.

*

Der Lampenmann nahm Anlauf, dann flog er regelrecht durch die Luft, ein neunzig Kilo schweres Geschoss. Die Arme hatte er vor der Brust verschränkt wie ein Rugbyspieler, mit der Schulter prallte er gegen Czernyk, die Pistole flog durch die Luft, schlitterte über den Boden und landete zwei Meter von Zorn entfernt neben einem leeren Zementsack. Czernyk taumelte nach hinten, im Fallen riss er den Tisch um, die Hartfaserplatte geriet ins Rutschen und blieb schräg an die hölzernen Böcke gelehnt stehen. Der Bunsenbrenner, die Messer, die Feuerzeuge verteilten sich auf dem Boden, Czernyk landete hinter der Tischplatte auf dem Rücken, der Lampenmann hockte nun rittlings auf seiner Brust, mit den Knien presste er Czernyks Arme zu Boden, dieser strampelte wild mit den Beinen, doch er war gefangen.

»Halt ihn fest«, sagte de Koop.

Er bückte sich, hob ein Skalpell auf und schnitt die Fessel an seinem Handgelenk durch. Der Richter klatschte zu Boden, seine Schreie hallten durch den Raum wie das Brüllen eines angeschossenen Elefanten. Der Flaschenhals schien eine Arterie getroffen zu haben, das Blut schoss rhythmisch aus dem Bein, ein dünner, pulsierender Strahl. Plötzlich, Zorn hatte keine Ahnung warum, musste er an den Zimmerspringbrunnen im Wohnzimmer seiner Eltern denken, ein hässliches Ding aus grünem Rauchglas, jeden Sonntag hatte sein Vater den Brunnen angestellt, und so, genau so wie jetzt das Blut aus der Wunde rann, war das Wasser aus der Düse geplätschert, ein stetiger, scheinbar nie versiegender Strom.

»Er verblutet!«, rief Zorn.

»Nun«, de Koop lächelte, »das wollen wir doch hoffen.«

*

Die Streichholzschachtel lag rechts, in einer kleinen Ablage neben dem Geschirrspülmittel. Funken sprühten, das erste Streichholz zerbrach, Schröders Vater fischte das nächste heraus, es fiel zu Boden. Er bückte sich, hielt mitten in der Bewegung inne, horchte auf.

Die Standuhr im Wohnzimmer schlug, es war halb zehn. Das wurde dem alten Mann nicht bewusst, doch diesen Ton, einen tiefen, angenehmen Gongschlag, kannte er irgendwoher. Die Küchentür stand offen, er wollte loslaufen, nachsehen, woher dieses Geräusch kam, doch es war wieder still, nur der Wasserhahn lief. Das, sagte ihm eine Stimme aus längst vergangenen Zeiten, war Verschwendung, er tippelte zurück, stellte das Wasser ab. Die Streichhölzer entglitten seinen Händen, fielen in die Spüle, grübelnd betrachtete er die rote Pappschachtel. *SPIEGEL-LESER WISSEN MEHR* stand auf der Packung, er sah die Buchstaben, was sie bedeuteten, verstand er nicht.

Gähnend kratzte er sich am Hals, ging zum Esstisch und setzte sich auf die Bank. Etwas war da noch, es störte ihn, aber er konnte nicht sagen, was es war, vielleicht dieses Zischen, es kam vom Herd, doch jetzt war er müde, ach ja, Durst hatte er auch, aber er würde später etwas trinken.

Er legte den Kopf auf die Arme und schlief ein.

*

Das Blut bildete eine dunkle Lache auf dem Boden, auch de Koops Laufhose glänzte feucht. Wieder bückte de Koop sich, ein Ruck, er zog den Flaschenhals aus der Wunde.

Der Richter krümmte sich.

»*O MEIN GOTT! MEIN GOTT!*«

Unwillkürlich fragte sich Zorn, woher dieser magere alte Mann die Kraft zum Schreien nahm.

»Und jetzt«, nachdenklich betrachtete de Koop den blutigen Flaschenhals, dann warf er ihn achtlos fort, »wollen wir sehen, wie wir weitermachen.«

Klirrend schlitterte das Glas über den Boden, prallte gegen den Brunnen. De Koop wischte sich die Hände an der Laufhose ab, sah sich um, nickte zufrieden. Zorn war so weit wie möglich nach vorn getreten, den gefesselten Arm hatte er nach hinten ausgestreckt, der Kabelbinder schnitt tief in sein Handgelenk. Czernyks Beine ragten hinter der senkrecht stehenden Tischplatte hervor, vom Lampenmann war nichts zu sehen, er war durch die Hartfaserplatte verdeckt, Zorn hörte seinen gepressten Atem. Der Richter lag einen Meter vor der Platte, laut schluchzend hielt er den verletzten Oberschenkel umklammert.

»Psst!« De Koop legte den Finger auf die Lippen. »Ich muss mich konzentrieren.«

Er versetzte dem Richter einen leichten, fast spielerischen Tritt in die Seite, dieser verschluckte sich, hustete, verstummte. Seine Augen verdrehten sich, er wurde ohnmächtig.

»Er wird sterben«, sagte Zorn.

»Natürlich wird er das, was dachten Sie denn?« De Koop schüttelte den Kopf. »Sie werden ebenfalls nicht überleben, Herr Kommissar. Und dieser Mann«, er nickte in Czernyks Richtung, der hinter der Tischplatte unter dem Lampenmann auf dem Boden lag, »stirbt natürlich auch. Ich weiß nur noch nicht, auf welche Art. Hältst du ihn gut fest?«

Das war an den Lampenmann gerichtet.

»Ja! Ich halte ihn fest, ganz fest!«

De Koop zwinkerte Zorn zu.

»Er sieht nicht nur aus wie ein Bär, er ist auch genauso stark. Und er hat den Verstand eines Vierjährigen, eine sonderbare Mischung, oder?«

Tausend Fragen schossen Zorn durch den Kopf, doch er schwieg. Vor Czernyk hatte er sich kaum gefürchtet, aber vor Elias de Koop hatte er Angst. Große Angst.

»Es muss alles zusammenpassen«, überlegte de Koop laut. »Wir brauchen eine nette Geschichte, die wir Ihren Kollegen vorlegen können.« Leichtfüßig lief er durch die Badehalle, dabei kratzte er sich mit dem Daumen der verkrüppelten Hand an der Schläfe. Er setzte sich auf den Brunnenrand, sah sich um, wie ein Theaterregisseur, der den letzten Akt seines Stückes plant. Und so war es ja auch.

»Ihre Kollegen sind bald hier, habe ich recht?«

»Jeden Moment«, bestätigte Zorn. Es klang ein wenig hilflos.

»Nun, ein bisschen Zeit haben wir.« De Koop legte den Kopf schief und dachte nach.

Zorn war nicht in der Lage, einen klaren Gedanken zu fassen. Czernyks Pistole war halb unter den Zementsack gerutscht, nur der Schalldämpfer lugte ein Stück hervor. Vorsichtig schob Zorn den Fuß vor, schätzte die Entfernung ab. Sinnlos, die Waffe war mindestens einen Meter zu weit weg.

»Ich weiß, wie wir's machen!« De Koop sprang auf. »Czernyk hat den Richter in seiner Gewalt, er will ein Geständnis. Er foltert ihn, doch der Richter weigert sich, also lässt Czernyk ihn verbluten. Sie, Herr Kommissar, kommen dazu, es gibt einen Kampf.« Wild gestikulierend lief de Koop auf und ab. »Czernyk überwältigt und fesselt Sie, dann tötet er Sie ebenfalls. Aber wie?« De Koop blieb grübelnd vor Zorn stehen, knetete die Unterlippe zwischen Daumen und Zeigefinger. »Erschießt er Sie? Oder sollte er Sie lieber erstechen? Oder besser erwürgen?«

Zorn wich zurück, er spürte das kühle Metall des Fensterrahmens im Rücken.

»Nun sagen Sie schon!«, murrte de Koop ungeduldig. »Muss ich denn alles allein entscheiden?«

Das macht ihm Spaß, dachte Zorn. Er spielt hier den Verrückten, aber er ist völlig klar im Kopf.

»Ich denke, Czernyk sollte Sie erschießen, Herr Kommissar«, beschloss de Koop. »Aber vorher kämpfen Sie um die Waffe, es gibt ja nur eine. Sie würgen Czernyk, im letzten Moment kann er sich befreien und drückt ab. Danach erschießt er sich selbst, weil er mit der Schuld nicht leben kann.« De Koop nickte zufrieden. »Ja, das klingt logisch. Ich selbst war natürlich niemals hier, ach ja, ich sollte den Laden hier in Brand setzen, um die Spuren ein bisschen zu verwischen. Ich liebe Feuer, es hat etwas Reinigendes. Was denken Sie, komme ich damit durch?«

Zorn schwieg verbissen.

De Koop lächelte, es schien, als habe er ein paar Zähne zu viel im Mund.

»Ich sollte es zumindest versuchen, oder?«

»Leck mich«, knurrte Zorn.

»Oh, da erschieße ich Sie lieber«, lachte de Koop. Dann wurde er wieder ernst. »Ja, ich denke, das ist ein guter Plan. Er ist konsequent. Niemand außer uns weiß von dem Video. Czernyk tötet zuerst den Richter, dann Sie, zuletzt sich selbst. Sicherlich, es gibt ein paar Lücken, aber niemand wird es bemerken in all dem Chaos.«

»Sie werden damit nicht durchkommen.«

De Koop sah Zorn geradezu mitleidig an.

»Aber natürlich. Ich komme immer durch. Weil ich das Gegenteil von dem tue, was man von mir erwartet. Und ich benutze die richtigen Menschen. Ich bezahle sie, und wenn ich sie nicht mehr brauche, sterben sie.« Er sah über die Schulter. »Hältst du ihn auch gut fest?«, rief er dem Lampenmann erneut zu.

»Ja, aber das Spiel gefällt mir nicht! Es ist langweilig!«

»Wir spielen gleich was anderes.« Mit dem Fuß schob de Koop den Zementsack zur Seite und hob die Pistole auf, dann trat er dicht an Zorn heran. »Er versteht kein Wort von dem, was wir hier sagen. Aber er tut alles für mich. Und damit meine ich wirklich *alles.*«

»Warum?«

Nein, das interessierte Zorn nicht wirklich, doch solange de Koop redete, blieb er, Zorn, am Leben. Weiter konnte er im Moment nicht denken.

»Ich will Sie in den letzten Minuten Ihres Lebens nicht mit Nebensächlichkeiten langweilen. Für ihn bin ich ein Gott, und damit hat er nicht ganz unrecht. Wenn man bedenkt, dass ich ihn buchstäblich *nach meinem Willen geformt* habe. Er hat keinerlei Unrechtsempfinden, genau wie ich. Aber das«, de Koops dunkle Augen funkelten vergnügt, »ist wirklich alles, was wir gemeinsam haben.«

Er wandte sich um, richtete die Waffe nun in die Mitte des Raumes.

»Bring ihn her!«, befahl er.

Der Kopf des Lampenmanns erschien über der Tischplatte. Zuerst sah er Zorn, sein Gesicht hellte sich auf, dann fiel sein Blick auf den Richter. Dieser lag reglos auf dem Boden, die Wunde blutete noch immer, eine schwarze Pfütze hatte sich um seine Beine gebildet.

»Was ist mit dem Mann?«

»Er schläft«, sagte de Koop.

»Ist er müde?«

»Ja. Und jetzt bring den anderen Mann her.« De Koop zwinkerte Zorn zu. »Wir müssen uns beeilen.«

*

Schröders Vater schlief fest. Sein Kopf ruhte auf dem linken Unterarm, er träumte, die Augen bewegten sich hinter den geschlossenen Lidern, ab und zu zuckten seine Finger. Speichel glänzte auf seiner Unterlippe und verteilte sich auf der karierten Tischdecke.

Im Wohnzimmer klingelte das Telefon, der Alte hörte es nicht. Auch das Zischen des ausströmenden Gases bemerkte er nicht, ebensowenig wie den fauligen Geruch, eine übelriechende, nach Verwesung stinkende Wolke hatte sich in der Küche ausgebreitet.

Das Telefon verstummte.

Der Kühlschrank erwachte mit einem Brummen zum Leben.

Schröders Vater drehte den Kopf auf die andere Seite und schlief weiter.

Achtunddreißig

Schröder verstaute das Handy in der Innentasche seines Mantels. Warum er zu Hause angerufen hatte, war ihm selbst nicht recht klar, seine Mutter war fast taub, sein Vater, so hoffte er zumindest, schlief, keiner von beiden sollte das Klingeln gehört haben. Trotzdem, er hatte das Haus seiner Eltern bereits mit einem unguten Gefühl verlassen, und im Laufe der letzten halben Stunde hatten sich seine Befürchtungen zu einer nagenden, unheilvollen Vorahnung verstärkt.

Er lehnte am Stamm einer Platane, rechts von ihm ragte das Dach des Musikpavillons aus dem Unkraut, links erhob sich das Badehaus. Das Gelände wirkte verlassen, es schien, als habe seit Jahren niemand einen Fuß in diese Einöde gesetzt. Aus der Ferne drang das Rauschen des abendlichen Verkehrs heran.

Schröder überlegte. Er war hier, weil er Frieda Borck einen Gefallen tun wollte, im Normalfall hätte das Einsatzkommando den Kurpark schon längst bis auf den letzten Quadratzentimeter unter die Lupe genommen. So recht wollte er ihre Geschichte nicht glauben, andererseits passte dieser Ort genau in das Muster, es konnte also nicht schaden, sich ein wenig umzuschauen. Nur kurz, dann würde er nach Hause fahren und nach seinem Vater sehen.

Er spielte mit dem Gedanken, noch einmal bei seinen Eltern anzurufen, ließ es dann aber bleiben und lief den Hauptweg entlang, vorbei an schiefen, rostigen Gaslaternen, Stapeln mit altem Bauholz und überwucherten Blumenbeeten. Er hielt sich im Schatten der Platanen, wich einem verbeulten Fahrradrahmen aus, schließlich erreichte er die Abzweigung zum Badehaus, einen schmalen, zugewachsenen Pfad.

Er zögerte. Blieb stehen, bemerkte die zerdrückten Bierbüchsen, die leeren Weinflaschen, dazwischen eine ausgebleichte Zigarettenschachtel. Das alles lag schon seit geraumer Zeit zwischen den Brennnesseln, doch das Gras war erst vor kurzem niedergetreten worden.

Jemand war hier gewesen, vor nicht allzu langer Zeit.

Schröder bog auf den Pfad ab. Nach wenigen Metern stand er vor dem Eingangsportal zur Badehalle, auch hier bemerkte er die frischen Fußspuren. Die hohe Tür war angelehnt, er sah auf, und jetzt, mit einem Schlag, hatte er Gewissheit.

Das halbrunde Jugendstil-Oberlicht hatte der Zeit wenig entgegenzusetzen gehabt, im Laufe der Jahre hatten Frost und Sonne die Farben ausgebleicht. Ein kleinerer Halbkreis thronte auf der unteren Querstrebe, von dort verliefen geflammte Strahlen aus gedrechselter Eiche nach außen. Das Bild ergab eine stilisierte, untergehende Sonne, doch das war es nicht, was Schröder stutzen ließ. Irgendein Witzbold hatte sich mit einer Sprühflasche auf dem geriffelten Glas verewigt und ein Gesicht auf den kleineren Halbkreis gesprüht, zwei Punkte für die Augen und eine nach unten gebogene Linie.

Das Bild kannte Hauptkommissar Schröder, er hatte es in der Tasche des toten Jeremias Staal gefunden.

Die weinende Sonne.

*

Es war nun sehr dunkel in der Badehalle. Drei einsame Kerzen brannten noch, eine auf dem Brunnenrand, zwei schmelzende Stummel flackerten müde in den Fensterbrettern. Der Richter lag auf dem Rücken, er gab kein Lebenszeichen mehr von sich. Zwei Meter entfernt stand Czernyk neben Claudius Zorn am Fensterrahmen, die Finger des Lampenmanns lagen um seinen Hals.

»Dann wollen wir mal.« De Koop stieß sich vom Brunnenrand ab und kam mit federnden Schritten näher, die Gummisohlen seiner Laufschuhe quietschten auf dem Beton. Schräg hinter dem Lampenmann blieb er stehen, der Pistolenlauf deutete auf eine Stelle zwischen Zorn und Czernyk.

»Sie werden damit nicht durchkommen«, sagte Zorn.

»Nicht reden«, murmelte Czernyk. »Es bringt nichts.«

Er sah stur geradeaus, den Blick über die Schulter des Lampenmanns auf die gegenüberliegende Wand gerichtet. Sein Anzug war über und über mit Staub bedeckt, er war blass, die olivfarbene Haut seines Gesichts schimmerte käsig, trotzdem wirkte er gefasst, ruhig, es schien, als habe er sein Todesurteil mit der stoischen Gelassenheit eines Samurai aufgenommen.

Zorn spürte so etwas wie Bewunderung für Czernyk in sich aufsteigen. Ich werde versuchen, ebenso tapfer zu sein wie er, überlegte er weiter und ärgerte sich im nächsten Moment, denn *tapfer* war ein Wort, mit dem Mütter ihre erkälteten Kleinkinder trösteten, melodramatischer, alberner Blödsinn, doch etwas anderes fiel ihm im Moment nicht ein.

»Will denn keiner von euch um sein Leben betteln?«, fragte de Koop. »Ein bisschen wenigstens?« Die Stummel seiner verkrüppelten Hand wanderten über den Schalldämpfer.

Niemand sagte ein Wort.

»Ich mag das nicht.« Der Lampenmann schüttelte verwirrt den Kopf, noch immer hielt er Czernyks Gurgel umfasst. Der Strahl seiner Lampe flackerte über die Wand, fiel auf Zorns Gesicht, dieser wandte den Kopf ab.

»Er ist mein Freund«, murmelte der Lampenmann, »er hat Angst!«

»Mach einfach, was ich sage.«

Wieder zwinkerte de Koop Zorn zu.

Du bist später dran, hieß das. *Um dich kümmere ich mich selbst.*

Der Lampenmann schien unsicher, de Koop legte ihm den Arm um die Schulter. »Du weißt doch, dass du immer tun musst, was ich will?«

»Natürlich.« Der Lampenmann nickte heftig, die Puppen an seinem Gürtel wackelten, als wollten sie seine Worte bestätigen. »Man muss genau das machen, was Gott einem befiehlt.«

»Du bist ein guter Junge.«

Der Lampenmann lächelte glücklich, de Koop tätschelte ihm kurz die Wange, dann wandte er sich wieder an Zorn. »Er ist wie ein Kind. Man muss geduldig mit ihm sein. Und man muss ihm ganz genau erklären, was er tun soll. Mit einfachen Worten, sonst versteht er es nicht.«

Panik überfiel Zorn. Er wehrte sich verzweifelt, doch er konnte das Zucken in seinen Oberschenkeln nicht niederkämpfen. Sein Arm, mittlerweile völlig taub, zitterte unkontrolliert in der Handfessel.

Czernyk schloss die Augen.

»Und jetzt«, sagte de Koop, »drück zu.«

Das tat der Lampenmann.

*

Nein, das alles gefällt ihm nicht.

Begründen kann der Lampenmann es nicht, er weiß nicht, was genau er da eigentlich tut. Er kennt nicht die Konsequenzen seines Handelns, kennt weder Recht noch Unrecht, die Bedeutung dieser Worte ist ihm fremd, ebenso wie die Tatsache, dass er im Begriff ist, einen Menschen zu töten. Er ist unschuldig, ja, das trifft es wohl am besten, unschuldig wie ein zweijähriges Kind, das einen Marienkäfer auf dem Fensterbrett zerquetscht, nicht, weil es böse ist, sondern weil es nicht weiß, was der Tod bedeutet.

Er hat eine Aufgabe zu erfüllen, Gott hat ihm einen Befehl erteilt, er soll die Finger um den Hals des Mannes legen und fest zudrücken. Bald, wenn er seinen Auftrag erfüllt hat, wird Gott ihn dafür loben, und, besser noch, er wird ihm eine Belohnung geben.

Es ist ein Monster, das er anbetet, aber auch das kann der Lampenmann nicht wissen. Sein einarmiger Gott ist ein Menschenfänger, es war einfach, dieses große Kind zu manipulieren, er war der Einzige, der nett zu ihm war, er gab ihm Süßigkeiten, warme Sachen, manchmal sogar einen Platz zum Schlafen.

Er hat sich Zeit gelassen, ein paar Jahre, dann hat er dem Lampenmann seinen ersten Auftrag erteilt, es war Jeremias Staal, dem er mit einer Eisenstange das Rückgrat brechen musste. Nein, auch das hatte dem Lampenmann nicht gefallen, aber er tat es, ebenso, wie er wenig später die Tür der Badezelle aufbrach, dem Anwalt die Kehle durchtrennte und ihm die Augen aus dem Kopf schnitt. Doch ist er tatsächlich ein Mörder?

Kann jemand ein Mörder sein, wenn er nicht weiß, was er tut?

*

Jan Czernyk stand auf Zehenspitzen, mit dem Rücken gegen den Fensterrahmen gepresst. Er war blass, mit beiden Händen umklammerte er den Unterarm des Lampenmanns, Schweiß glänzte auf seinem Gesicht, lief an seinen Schläfen hinab.

»Fester«, befahl de Koop.

Die Finger gruben sich tiefer in Czernyks Gurgel. Der Lampenmann hatte sich vorgebeugt und das Gewicht auf den linken Fuß verlagert, ernst, konzentriert starrte er Czernyk an. Czernyk erwiderte diesen Blick, stumm, mit einer fast beängstigenden Ruhe.

»Das mit den Augen will ich nicht noch mal machen«, sagte er. Sein Atem ging ruhig, er musste über unglaubliche Kräfte zu verfügen. »Das war eklig, als ich die bei dem anderen Mann rausschneiden musste.«

Czernyks Knie schoss nach oben, ein verzweifelter Versuch, seinen Gegner in den Unterleib zu treten. Es hatte keinen Sinn, er war chancenlos, wie eine Stoffpuppe in den Händen eines Preisboxers. Fast beiläufig wich der Lampenmann zur Seite aus, sein Griff wurde fester.

Czernyks Füße trommelten gegen den Rahmen. Seine Augen traten aus den Höhlen, er röchelte, Speichel floss aus seinem Mund.

»Noch fester«, sagte de Koop. Seine Augen glitzerten.

Die Knöchel des Lampenmanns wurden weiß, Czernyk verkrampfte sich, er schlug um sich. Sein Gesicht war blau angelaufen, er zappelte, ein grausiger, epileptischer Tanz, der Fensterrahmen vibrierte, krachte immer wieder gegen die Wand, schlug gegen Zorns Hinterkopf.

»Er macht das gut, oder?« De Koop hob die Pistole und stieß Zorn leicht in die Rippen. »Ich sagte ja, er ist stark wie ein Bär. Ab und zu muss man ihn belohnen. Er mag Lakritze.«

»Lakritze«, wiederholte der Lampenmann verträumt.

*

Jan Czernyk stirbt.

Das Leben verlässt seinen Körper wie Luft einen zerstochenen Fahrradschlauch. Er hat nicht um sein Leben gebettelt, denn er weiß, dass er keine Chance gegen die beiden Männer hat. Der eine ist stark wie ein Stier, der andere hält die Waffe auf ihn gerichtet. Sicherlich, er könnte alles abkürzen, wenn er kämpft, würde de Koop ihn erschießen, doch er tut es nicht. Es ist dieser letzte Triumph, den er Elias de Koop nicht gönnen will.

Alles war lange geplant, doch er hat sich verrechnet. Er hat de Koop mit seinen eigenen Waffen schlagen wollen, mit Gewalt, mit Erpressung, selbst mit Folter hat er gedroht, obwohl er keine Sekunde daran dachte, dies in die Tat umzusetzen.

Es tut weh, fürchterlich weh.

Czernyks Hirn schreit nach Sauerstoff, seine Finger vergraben sich in den Unterarmen des Lampenmanns, es ist, als würde er einen Stahlträger packen. Seine Hände flattern nach oben, versuchen nach dem

Gesicht des Lampenmanns zu greifen, den Augen, der Nase, es ist zwecklos.

Czernyks Augen sind weit aufgerissen, er sieht das konzentrierte, kindliche Gesicht des Lampenmanns, nur wenige Zentimeter entfernt, die Kopflampe ist ein wenig zur Seite gerutscht und leuchtet de Koop an, sein Mund ist halb geöffnet, er fährt sich mit der Zungenspitze über die feuchten Lippen, gierig, als wolle er jedes kleinste Detail in sich aufsaugen. De Koop, der Nachtmensch, hat keine Angst vor der Dunkelheit, er fürchtet sich nicht vor bösen Geistern. Er ist selbst einer.

Plötzlich wird alles klar, der trübe Schleier vor Czernyks Augen verschwindet, komisch, er hatte solche Angst vor der Blindheit, jetzt, da er stirbt, lichtet sich der Nebel. Nein, da ist kein gleißendes Licht am Ende eines Tunnels, auch sein Leben zieht nicht an ihm vorbei, Jan Czernyk sieht etwas anderes.

Das Video. Es ist verschwunden, der einzige Beweis, den er jemals gegen de Koop hatte. Seine größte Angst war, dass ihn die Bilder verfolgen würden, dann, wenn er endgültig nichts mehr sehen würde. Jetzt tauchen sie auf, ausgerechnet jetzt, er kann sich nicht dagegen wehren, das Letzte, was er in seinem Leben sehen soll, ist brennendes Fleisch, er hört das Wimmern der gefolterten Frau, de Koops leises Lachen, ja, denkt Czernyk, es ist gut, dass ich sterbe, niemand kann so etwas aushalten.

Jan Czernyk verlässt seinen Körper, der Schmerz verebbt.

*

»Er erstickt!«, schrie Zorn. Sein eigenes Schicksal war ihm plötzlich egal, nichts konnte schlimmer sein, als hilflos neben einem Sterbenden zu stehen.

Der Lampenmann erwiderte nichts, nur sein Atem ging schneller.

Auch Elias de Koop schwieg.

Und lächelte.

*

Czernyk sieht seinen eigenen Körper schlaff an den ausgestreckten Armen des Lampenmanns hängen. Offensichtlich ist er tot, doch könnte er sich dann selbst beobachten? Die Bilder sind klar, scharf umrissen, Czernyk erkennt jedes Detail, die Flecken auf seinem Anzug, eine kleine kahle Stelle am Hinterkopf des Lampenmanns.

De Koop sagt etwas. Der Lampenmann lässt los, Czernyk sieht sich selbst reglos zu Boden sinken. Dann tritt de Koop vor, hebt die Pistole, die Mündung presst sich an die Schläfe von Claudius Zorn.

*

»Gute Reise, Herr Hauptkommissar.«

Die Waffe drückte hart gegen Zorns Kopf, das Metall war kühler, als er erwartet hatte.

Eine erstaunliche Ruhe überkam ihn, er wusste selbst nicht, woher diese Gleichgültigkeit plötzlich kam. Irgendwo hatte er mal ein Fremdwort für diesen Zustand der Resignation gehört, es hatte klug geklungen, ein wenig hochtrabend, Schröder hätte es wahrscheinlich sofort gewusst.

Dann krachte der Schuss.

Zorn wurde zur Seite geschleudert, ein weiterer Knall, noch einer. Seine Beine knickten weg, er wartete auf den Schmerz, urplötzlich fiel ihm ein, dass die Waffe einen Schalldämpfer hatte, nein, das waren keine Schüsse, es kam von den Türen, sie wurden aufgerissen, schlugen gegen die Wände.

Plötzlich überall Nebel. Schwere Stiefel knirschten über splitterndem Glas, Scheinwerfer flackerten auf, Kommandos wurden gebrüllt, Zorn schrie ebenfalls, sah, wie de Koop die Waffe herumriss, ein Schatten sprang vor, de Koop wurde zu Boden gerissen, ein weiterer Schatten, im nächsten Moment lag der Lampenmann neben de Koop wie ein gefällter Baum.

Zorn zerrte an seiner Fessel.

»Holt einen Arzt!«, schrie er. »Scheiße!«

*

Der Rauch der Nebelgranaten hängt in dicken Schwaden unter der Kuppel. Ein Sanitäter beugt sich über Czernyk, richtet sich kopfschüttelnd wieder auf. Vor dem Hauptportal entsteht Tumult, eine Frau kommt hereingestürmt, ein Polizist will sie zurückhalten, sie stößt ihn zur Seite, kniet sich neben den reglosen Körper.

Jan Czernyk ist müde. Er hat genug gesehen, es reicht, jetzt will er seine Ruhe. Es ist gut, das alles hinter sich zu lassen, egal, was kommt, es kann nur besser werden.

Keine Schmerzen mehr. Nichts denken. Nichts fühlen.

*

Zorn taumelte durch den Nebel, die Arme hatte er schützend über den Kopf gelegt. Er hatte keinerlei Orientierung, seine Augen tränten, er prallte gegen einen dick vermummten Polizisten, dann wurde er am Arm gepackt, er schrie, frische Luft strömte ihm entgegen, plötzlich stand er draußen, schwankte und sank auf einen Mauersims neben dem Eingangsportal.

Schröder kam, fragte, ob alles in Ordnung sei. Nein, rief Zorn und bekam einen Hustenanfall, nichts ist okay, wir haben Mist gebaut, wir hätten das alles verhindern können, Czernyk hat uns die ganze Zeit über Hinweise gegeben, wir waren blind, haben nicht darauf geachtet! Grünbein war der Schlüssel, er hatte den Beweis, es ist ein Video, Czernyk hat danach gesucht, dann hat er sie alle entführt und hierhergebracht, den Richter, den Anwalt, de Koop und später auch mich. Aber er hat niemanden ermordet, das war de Koop, er wollte alle Zeugen beseitigen, auch Jeremias Staal hat er getötet, nein, nicht er, sondern der Lampenmann ist der Mörder, aber es läuft auf dasselbe hinaus!

Zorn konnte nicht aufhören zu reden, die Worte strömten unaufhörlich aus ihm hervor. Dann, ganz plötzlich, als würde der Hahn zugedreht, versiegten sie. Zorn schwieg einen Moment.

»Ein Glück, dass du hier bist, Schröder«, sagte er dann.

*

Es ist warm. Das wundert Jan Czernyk, sein Körper liegt auf dem kalten Boden, eigentlich müsste er frieren. Es riecht auch anders, er kennt den Geruch, es ist ein Parfum, es gehört der Frau, die er liebt. Doch daran will er nicht denken, er will nur vergessen. Jemand ruft seinen Namen, jetzt, denkt Czernyk, holen sie mich, es stimmt also, was man immer hört, dann sieht er auch das Licht, will sich darauf zubewegen, er wird zurückgehalten, Hände schlagen ihm ins Gesicht, trommeln gegen seine Brust, die Schmerzen kommen zurück, sein Hinterkopf schlägt gegen etwas Hartes, er wird geschüttelt, jemand brüllt weinend seinen Namen, er hört ein dumpfes Pochen, es ist sein Herz, das wieder zu schlagen beginnt, etwas kitzelt in seiner Nase, lass mich, denkt er, doch wieder wird er gerufen …

*

»Jan!«, schreit sie. »Wach auf, verdammt!«

Er hört ein hohes, dissonantes Geräusch, es klingt, als würde ein defekter Dudelsack von einer Straßenbahn überfahren. Es ist seine Lunge, sie füllt sich wieder mit Luft. Ein Band aus brennendem Stahl liegt um seine Kehle, mehr noch, sein ganzer Körper steht in Flammen.

Nein, denkt Jan Czernyk, es reicht. Ich will nicht hier sein.

»Jan!«

Wieder dieses Kitzeln. Sie kniet neben ihm, ihr Haar fällt auf sein Gesicht.

»Atme!«

Sie weint, aber sie lässt nicht locker. Schlägt ihm mit der Faust auf die Brust, er bäumt sich auf. Widerwillig öffnet er die Augen, dann ist er wieder da.

Frieda Borck ist eine sturköpfige Frau.

Neununddreißig

»Du hast mir den Arsch gerettet, Schröder.«

»Bedank dich bei Frieda Borck.«

Zorn hatte eine Decke um die Schultern geschlungen, in der Hand hielt er einen Pappbecher mit Kaffee. Der Kaffee war gut, die Decke fand er albern, doch der Arzt hatte darauf bestanden. Er hatte Zorn ein Beruhigungsmittel gegeben, jetzt fühlte er sich besser. Nur sein Hintern wurde langsam kalt, er saß jetzt seit einer ganzen Weile auf der niedrigen Mauer.

»Ich fass es nicht.« Zorn schüttelte den Kopf. »Ein paar Sekunden später, und dieser Arsch hätte mir das Hirn aus der Rübe geblasen.«

Schröder nickte zerstreut und sah auf seine Uhr.

»Ich muss jetzt los.«

»Wieso?« Zorn klang gekränkt. »Ich wäre eben fast draufgegangen! Du könntest ruhig noch ein bisschen hierbleiben.« Er blies in seinen Kaffee. Seine Finger zitterten ein wenig. »Ich bin bestimmt traumatisiert«, fügte er etwas weinerlich hinzu.

Das Eingangsportal wurde aufgestoßen, sechs Männer in schwarzen Schutzanzügen strömten heraus. Eine Nebelwolke umhüllte sie, Zorn fühlte sich an eine Raumpatrouille bei einer Mondlandung erinnert. Einer von ihnen, offensichtlich der Vorgesetzte, klappte das Visier seines Helms hoch und kam näher.

»Wir sind dann weg«, sagte er zu Schröder.

»Gut.«

»Haben Sie eine Zigarette?«, fragte Zorn.

Der Mann klopfte sich mit den Handschuhen gegen die dick gepolsterte Brust.

»Sehe ich so aus, als ob ich rauchen würde?«

»Keine Ahnung.« Zorn zuckte die Achseln. »Sehe ich so aus, als ob ich das wüsste?«

Wortlos stapfte der vermummte Beamte davon.

»Du könntest dich ruhig bei ihm bedanken«, sagte Schröder.

»Dafür, dass er keine Zigaretten hat?«

»Dafür, dass er dir das Leben gerettet hat.«

Zorn überlegte, dann nickte er.

»Danke!«, rief er dem Vermummten nach.

»Bedanken Sie sich beim Kollegen Schröder«, erwiderte der Mann, im Laufen nahm er den Helm ab. »Er hat den Einsatz geleitet.«

»Bei wem soll ich mich denn noch bedanken?«, fragte Zorn trotzig.

Zwischen den Bäumen flackerte Blaulicht auf, Sirenen jaulten. Motoren heulten, zwei Krankenwagen rasten in vollem Tempo davon, ein dritter folgte in kurzem Abstand.

»Es scheint«, sagte Schröder, »dass alle durchkommen werden. Der Richter hat eine Menge Blut verloren, Jan Czernyk wäre fast erstickt. Aber sie werden es schaffen.«

»Was ist mit den anderen beiden?«

Zorn wollte die Namen nicht aussprechen.

»Es ging schnell. Bevor sie merkten, was los ist, waren sie schon überwältigt.«

Sie schwiegen ein paar Sekunden. Zorn wärmte die Finger an seinem Kaffeebecher.

»Ich würde dieses Schwein gern für den Rest seines Lebens festnageln«, sagte er dann. Wieder vermied er den Namen, doch sie wussten beide, vom wem die Rede war. »Aber dazu brauchen wir dieses Video.«

»Vielleicht geht es auch anders.« Wieder sah Schröder auf die Uhr. »Ich muss jetzt wirklich los.«

»Wohin?«

»Nach Hause.«

Zorn schlang die Decke enger um die Schultern und sah zu, wie Schröder in seinem typischen, ein wenig schaukelnden Gang davontippelte.

»Schröder?«, rief er ihm hinterher.

»Ja?«

»Danke.«

Vierzig

Am nächsten Morgen saß Claudius Zorn in seinem Büro. Er hatte die Beine auf den Tisch gelegt, die Arme hinter dem Kopf verschränkt und wartete auf Schröder. Alles hier sah aus wie immer. Nur die kleine Darth-Vader-Figur zwischen den Blumentöpfen war neu. Zorn war am Abend noch einmal in das Badehaus gegangen, das Spielzeug hatte im Schutt neben der Zellentür gelegen. Warum er es mitgenommen hatte, wusste er nicht. Als Glücksbringer? Vielleicht.

Wenn ich gestern gestorben wäre, dachte er und sah sich um, würde es hier jetzt genauso aussehen. Schröders Begonien, die Kaffeemaschine, dieser hässliche Aktenschrank, all dieser Kram würde unverändert hier rumstehen, während ich selbst säuberlich verpackt in der Rechtsmedizin läge. Wahrscheinlich, überlegte er weiter und rümpfte die Nase, würde ich jetzt langsam anfangen zu stinken.

Er rieb den schmerzenden Nacken, sein linker Arm war völlig verspannt. Um sein Handgelenk wand sich ein dunkler, blutunterlaufener Striemen, Zorn zog den Ärmel seines Hemds nach unten und versuchte, an etwas anderes zu denken.

Um sich abzulenken, schaltete er die Kaffeemaschine ein. Während das Wasser durch den Filter brodelte, ertappte er sich erneut beim Gedanken an den eigenen Tod, an die Sinnlosigkeit seines Daseins und die Spuren, die er nach seinem Ableben auf dieser Welt hinterlassen würde.

Gab es überhaupt welche?

Nein, da war nichts. Außer seiner Plattensammlung, einer unaufgeräumten Zweiraumwohnung und einem halben Dutzend dreckiger Schlüpfer.

Ich habe nichts in meinem Leben zustande gebracht, dachte Zorn und wurde ein wenig wehmütig. Kein Wunder, die meiste Zeit habe ich rumgesessen, geraucht und eine Wand angestarrt. Na ja, tröstete er sich dann, wenigstens hab ich keinen großen Schaden angerichtet. Ich habe niemanden ermordet, keinen Krieg angezettelt und kleine Kinder verprügelt hab ich auch nicht.

Trotzdem. Niemand würde mich vermissen.

Außer Malina vielleicht.

Wieder rieb er den Nacken, zuckte zusammen, als seine Finger die Beule am Hinterkopf berührten. Er nahm sein Handy, und als er ihre Nummer wählte, fiel ihm noch etwas ein.

Wo blieb eigentlich Schröder?

*

Auf den ersten Blick sah das Krankenzimmer aus wie jedes andere auch. Das große Bett, die in die Wand eingelassenen weißen Schränke, das Metallgestell mit den Monitoren, das leise Piepsen, die flimmernden Lichtpunkte auf den Bildschirmen. Nur der uniformierte Beamte draußen vor der Tür war ungewöhnlich.

Jan Czernyk wirkte verloren zwischen den Kissen. Sein Hals wurde von einer grauen Manschette stabilisiert, das Gesicht war geschwollen, die Augen rot und blutunterlaufen, mit geplatzten Äderchen übersät.

Sie hatten ihm ein starkes Schlafmittel gegeben. Noch war er wach, doch langsam driftete er weg. Er roch das Desinfektionsmittel, darüber hing ein kaum wahrnehmbarer Duft nach frischen Veilchen und Zimt, er stammte von Frieda Borck, sie hatte das Zimmer vor wenigen Augenblicken verlassen.

Alles wird gut, hatte sie gesagt.

Er hatte versucht zu lächeln, mehr als eine verzerrte Grimasse war nicht zustande gekommen. Dann hatte er genickt. Nicht, weil er daran glaubte, sondern, weil sie es von ihm erwartet hatte.

Nichts war gut.

Er müsse Geduld haben, hatte Frieda gesagt. Das, was jetzt komme, würde schwer werden. Er, Czernyk, würde verurteilt werden, keine Frage, aber irgendwann würde er entlassen werden. Dann hatte sie ihn geküsst, noch immer spürte er ihre Lippen auf seiner Wange.

Er sah zur Decke, das Neonlicht flackerte. Noch konnte er alles deutlich erkennen, in der Mitte jedenfalls. Der schmutzige Schleier an den Rändern seines Blickfelds schien unverändert, doch es würde nicht so bleiben.

Sie würde auf ihn warten, hatte Frieda gesagt.

Auf ihn? Einen vorbestraften, blinden Expolizisten?

Er hatte das Recht durchsetzen wollen, dabei hatte er gegen die Gesetze verstoßen, jetzt würde er nach eben diesen Gesetzen verurteilt werden. Das hatte er vorher gewusst, er würde ins Gefängnis gehen, es war okay. Aber wofür das alles?

De Koop. Er würde davonkommen.

Czernyks Hände verkrampften sich in den Laken.

In genau einem Monat würde er noch einmal an den Augen operiert werden, danach sollte es ein wenig besser werden. Das konnte er in diesem Moment noch nicht wissen, und das war gut so, denn wenige Wochen danach würde er sein Augenlicht endgültig verlieren.

Jan Czernyk schlief ein.

Ihm blieben noch genau dreiundsiebzig Tage, dann würde er allein sein mit all den grausamen Bildern, die er in seinem Leben gesehen hatte. Sie sollten ihn für den Rest seines Lebens begleiten.

Und die Dunkelheit.

Kein Licht mehr.

*

Sie meldete sich nach dem zweiten Klingeln.

»Claudius?«

»Ja. Siehst du meine Nummer?«

»Nein, ich wusste, dass du anrufst.«

»Wo bist du?«

»Im Hotel. Ich bin vor drei Stunden gelandet.«

»Wann bist du zurück?«

»Übermorgen. Rufst du deswegen an? Um zu wissen, wann ich wiederkomme?«

»Ich rufe an, weil ich dir etwas sagen will, Malina. Aber ich finde die Worte nicht.«

»Wir waren beide bescheuert, Claudius.«

»Ja, das waren wir.«

»Komm einfach her, hier scheint die Sonne.«

»Und dann? Soll ich dir meine Entschuldigung vortanzen?«

»Du bist ein mieser Tänzer.«

Sie lachte leise.

Er nahm den Hörer in die andere Hand.

»Du fehlst mir, Malina. Ich vermisse dich, wie ich noch nie einen Menschen vermisst habe.«

»Das weiß ich. Aber du musst es mir ab und zu sagen.«

»Ich kann sowas nicht besonders gut.«

»Dann lerne es.«

»Ich werde es dir jeden Abend ins Ohr flüstern, für den Rest unseres gemeinsamen Lebens. Das schwöre ich hiermit, aus der tiefsten Tiefe meines Herzens.«

»Schleimer.«

»Ich liebe dich auch, Malina.«

Zorn redete, ohne nachzudenken. Verwundert lauschte er seinen eigenen Worten, als würde sie jemand anders aussprechen. Wie konnte ich nur so dumm sein?, dachte er. Es ist so einfach. Man muss nur ab und zu den Mund aufmachen, mehr nicht.

»Ich muss mich bei Hermann entschuldigen«, sagte er.

»Das solltest du, Claudius. Du wirst ihn suchen müssen, ich habe ihn seit gestern nicht gesehen. Er wollte mich zum Flughafen bringen, aber er ist verschwunden.«

»Komisch«, murmelte Zorn. Etwas machte ihn stutzig, er konnte nicht sagen, was es war. »Na ja«, sagte er dann, »er wird schon wieder auftauchen.«

Das würde Hermann.

Im wahrsten Sinne des Wortes.

*

Der Raum war nicht groß, er bot gerade einmal Platz für die Pritsche, die Toilette und einen winzigen, auf den Boden geschraubten Tisch. Der Lampenmann hockte auf dem Rand des schmalen Betts, er hatte die Ellbogen auf die Knie gestützt und starrte zu Boden. Das lange Haar hing ihm in fettigen Strähnen über die Augen, leise murmelte er vor sich hin, unzusammenhängende, scheinbar sinnlose Worte.

Er war traurig.

Sie hatten ihm alles weggenommen, seine Puppen, den Gürtel, den Rucksack, auch die Kopflampe. Er hatte sich gewehrt, einem von ihnen hatte er sogar die Uniformmütze heruntergerissen, aber sie waren zu dritt gewesen, irgendwann hatten sie ihn überwältigt. Dann hatten sie Fragen gestellt, viele Fragen. Er hatte versucht, es ihnen zu erklären, es war einfach, er hatte nur getan, was Gott ihm auftrug, aber sie hatten ihm nicht zugehört, weitere Fragen gestellt, keine davon hatte er verstanden.

Dann war noch ein Mann gekommen, ein Doktor. Er war viel netter gewesen, und er hatte auch verstanden, was ihm der Lampenmann erzählte. Zum Schluss hatte er ihm ein paar rote Pillen gegeben, sie hatten nicht so gut geschmeckt wie Lakritze, aber der Doktor hatte gesagt, dass sie sich jetzt öfter sehen würden und versprochen, dass er etwas Süßes mitbringen würde.

Dann waren die anderen wiedergekommen. Sie hatten ihn in diese Zelle gebracht.

Nein, er war nicht gern hier. Es war dunkel und eng, die Luft roch schlecht.

»Er kommt nicht«, murmelte der Lampenmann und schüttelte den Kopf. Das Haar schwang vor seinem Gesicht wie eine schwarze Gardine. Jetzt wartete er schon so lange, er war sicher gewesen, dass Gott ihn bald abholen würde.

»Er hat mich vergessen.«

Das machte ihn noch trauriger.

Er schniefte, wischte sich mit dem Handrücken über die Augen und sah zur Tür. Sie war verschlossen, er hatte schon ein paarmal versucht, sie zu öffnen, es gab nicht einmal eine Klinke.

»Ich will hier nicht sein.«

Diese Männer hatten ihn hier eingesperrt, sie waren böse. Sie hatten gesagt, dass sie Polizisten seien, er hatte nicht recht verstanden, was das bedeutete.

Poh-lie-zist.

Plötzlich hellte sich sein Gesicht auf.

Sein Freund. Er war auch Polizist.

Ja, dachte der Lampenmann und sprang auf. Er wird mich holen, es dauert bestimmt nicht mehr lange! Er war ja festgebunden, aber er ist klug, er muss sich erst losmachen, dann kommt er und hilft mir!

Jetzt wurde der Lampenmann ein wenig wütend, er schlug sich mit der flachen Hand ins Gesicht. Wie hatte er das nur vergessen können?

Er setzte sich wieder auf die Pritsche. Seine Wangen brannten, er sah auf seine Hände. Die Fingernägel waren schmutzig, er hätte sie jetzt gern saubergemacht, aber die bösen Männer hatten sein Messer.

Egal. Bald würde sein Freund kommen. Er würde ihm das Messer wiedergeben.

Der Lampenmann lächelte glücklich.

»Er wird kommen.«

Das musste er, schließlich war er sein Freund. Er würde ihm helfen, schließlich hatte er, der Lampenmann, seinem Freund auch einen Gefallen getan.

Das war gestern gewesen, unendlich lange her, aber der Lampenmann konnte sich genau daran erinnern. Sie hatten auf der Straße gestanden, sein Freund und der Mann mit dem Hut. Sie hatten gestritten, das hatte er sofort gesehen. Und dass sein Freund wütend war auf den Mann mit dem Hut und der kaputten Nase.

Er ist mein Feind, hatte sein Freund gesagt.

Der Lampenmann wusste, was das bedeutete.

Feinde waren böse, sehr böse.

Dann hatte sein Freund ihn weggeschickt, er hatte ihn sogar angebrüllt. Das hatte den Lampenmann traurig gemacht, aber nur kurz, sein Freund hatte das ja nur getan, weil der Mann mit dem Hut ihn so geärgert hatte.

»Ich bin nämlich nicht dumm«, sagte der Lampenmann laut.

Nein, das war er nicht. Er hatte genau verstanden, was sein Freund meinte. Ja, er war weggegangen, aber nur ein Stück, dann hatte er sich in einem Hauseingang versteckt und gewartet.

Als der Mann mit dem Hut kam, war er ihm nachgelaufen. Er hatte ihn bis zum Fluss verfolgt und dort, im Schatten der großen Brücke, hatte er es schließlich getan.

Nein, es hatte ihm keinen Spaß gemacht.

Aber er hatte seinem Freund einen Gefallen getan.

*

Es war bereits später Nachmittag, als Schröder endlich im Büro erschien. Selbst Zorn bemerkte sofort, dass etwas nicht stimmte, Schröder sah blass aus, übernächtigt, grußlos kam er herein, knöpfte den Mantel auf, ließ ihn aber an. In der linken Hand hielt er einen Umschlag aus brauner Pappe.

»Ich muss gleich wieder weg.«

Zorn stand auf.

»Was ist los?«

Schröder schwieg.

»Ist was mit deinem Vater?«

»Ja.«

»Willst du drüber reden?«

»Du weißt, dass ich das nicht will.« Schröder holte tief Luft. »Er liegt auf der Intensivstation.«

Zorn kannte Schröder gut. Mehr würde er jetzt nicht erzählen.

»Fahr zu ihm«, sagte Zorn.

»Gleich.« Schröder legte den Umschlag auf den Tisch. »Das wollte ich dir noch geben. Du wirst dich allein darum kümmern müssen.«

»Was ist das?«

»Du hattest gestern Abend von dem Video erzählt, davon, dass es der einzige Weg wäre, de Koop eindeutig zu überführen. Das hat mir keine Ruhe gelassen, deshalb bin ich noch einmal in Grünbeins Wohnung, bevor ich nach Hause gefahren bin.« Schröder sprach langsam, jedes Wort war genau bedacht. »Beim ersten Mal war ich wohl etwas unkonzentriert, ich habe nicht genau nachgesehen. Der Film war im Schreibtisch versteckt, eine der Schubladen hatte einen doppelten Boden.«

Zorn öffnete den Umschlag, eine schwarze Hi8-Kassette rutschte heraus.

»Weißt du, was das bedeutet?«, fragte er.

Schröder nickte wortlos.

Zorn nahm die Kassette zwischen Daumen und Zeigefinger, vorsichtig, als könne sie jeden Moment explodieren.

»Jetzt haben wir ihn«, sagte er leise. »Damit wandert er für den Rest seines Lebens ein.«

»Wahrscheinlich steckt de Koop auch hinter dem Anschlag auf dem Polizeiball. Er wollte Chaos schaffen, die Ermittlungen in eine andere Richtung lenken. Du solltest ihn noch einmal vernehmen, vielleicht gibt er alles zu. Jetzt, wo er nichts mehr zu verlieren hat.«

Ich soll ihn vernehmen?, dachte Zorn. Wieso sagt er nicht *wir?*«

»Wir kümmern uns nächste Woche darum«, antwortete er. »Du nimmst erst mal ein paar Tage frei.«

Schröder schüttelte vorsichtig den Kopf.

»Ich fürchte, das wird nicht reichen, Chef.«

»Dann mach Urlaub.«

Schröder erwiderte nichts. Zorn starrte ihn mit offenem Mund an. Es dauerte ein paar Sekunden, dann wurde ihm die Bedeutung dieses Schweigens bewusst, er schluckte, wehrte sich nach Kräften, konnte nicht wahrhaben, was er gerade hörte. Wollte es nicht, um keinen Preis auf der Welt.

»Das ist nicht dein Ernst, Schröder.«

Ihre Blicke trafen sich. Schröder sah ernst zu Zorn auf, seine Augen schimmerten wie blaue Neonröhren. Zorn hatte einen Kloß im Hals. Nein, kein Kloß, ein scharfkantiger Betonklotz hatte sich in seiner Kehle verhakt.

»Du darfst mich in diesem Sauladen nicht allein lassen.«

»Es tut mir leid.«

»Überleg dir das noch mal.«

»Das habe ich, Chef.«

Natürlich hatte er das. Alles, was Schröder tat, war genau durchdacht. Jetzt hatte dieser pummelige Mann eine Entscheidung getroffen. Nichts würde ihn davon abhalten.

»Bitte, Schröder.«

Auch kein Betteln.

Dieser Gartenzwerg verlässt mich, dachte Zorn. Für immer.

»Letzte Nacht wäre mein Vater fast gestorben«, sagte Schröder leise. »Ich hätte bei ihm sein müssen, aber ich war unterwegs. Ich habe diesen Einsatz geleitet, danach war ich in Grünbeins Wohnung, obwohl ich wusste, dass man meinen Vater nicht allein lassen darf. Als ich nach Hause kam, hatte er das Gas aufgedreht, er war kurz davor, zu ersticken. Ein paar Minuten später wäre das Haus in die Luft geflogen, dann wäre jetzt auch meine Mutter tot.« Schröder deutete auf seinen penibel aufgeräumten Schreibtisch. »Ich liebe meine Arbeit, das weißt du. Bisher war das mein Leben, aber meine Familie ist wichtiger. Ich werde meinen Vater nicht ins Heim geben. Und weil ich das nicht tun werde, kann ich diesen Job nicht mehr machen. Ich würde es nur mit halber Kraft tun, aber für so etwas bin ich nicht geschaffen. Das weißt du. Entweder mache ich etwas richtig oder gar nicht.«

Zorn lehnte am Fensterbrett, die Sonne schien schräg ins Zimmer. Er spürte die Wärme im Rücken, sah seinen eigenen, seltsam verzerrten Schatten auf dem Boden.

»Es gibt nichts, das dich umstimmen würde, oder?«

Schröder lächelte.

»*Nothing,* Chef.«

»Kommst du irgendwann wieder?«

»Vielleicht.«

Zorn räusperte sich.

»Ich bin froh, dass ich dich kenne.«

»Bitte, Chef«, erklärte Schröder sanft. »Kein melodramatischer Scheiß zum Abschied.«

Melodramatischer Scheiß, das waren Zorns eigene Worte. Es war seltsam, sie aus Schröders Mund zu hören.

»Ich krieg das allein nicht hin, Schröder.«

»Das wirst du. Man wächst mit seinen Aufgaben.«

»Blödmann.«

Schröder knöpfte seinen Mantel zu.

»Vergiss nicht, die Blumen zu gießen.«
Dann war er weg.

*

Eine halbe Stunde später saß Claudius Zorn noch immer da und starrte auf die Tür. Leise klapperte sie gegen den Rahmen, Schröder hatte die Klinke nicht richtig zugedrückt. Ein unangenehmes Geräusch, doch Zorn hatte einfach keine Kraft, aufzustehen und die Tür zu schließen.

Er dachte an das, was jetzt kommen würde. Da war zunächst einmal Arbeit, er würde jetzt alles allein erledigen müssen. Berichte schreiben, Akten sortieren, den Überlick behalten. Ja, er verabscheute diesen bürokratischen Kleinkram, doch das, stellte Zorn ein wenig verblüfft fest, war im Moment gar nicht so wichtig.

Er vermisste Schröder.

Dieser kleine, kluge Kerl mit dem schrägen Geschmack, dieser *Mensch* fehlte ihm. Jetzt schon, obwohl es gerade einmal ein paar Minuten her war, dass er gegangen war. Für immer.

Die Sonne stand tief, nur wenige Zentimeter über dem Fensterbrett. Zorn dachte an Malina, in Zagreb war es warm, hatte sie gesagt, er musste nur in den Flieger steigen, in ein paar Stunden würde er bei ihr sein.

Ein verlockender Gedanke, sicherlich. Aber er konnte hier nicht weg, er, Hauptkommissar Claudius Zorn, leitete die Ermittlungen. Er musste diesen Fall zu Ende bringen, jetzt, wo Schröder nicht mehr da war. Übermorgen würde sie ja zurück sein.

Zorn seufzte leise.

Ist das der Preis? Ich bekomme Malina wieder, dafür verlässt mich Schröder? Was für ein blöder Tausch! Und überhaupt, wer passt jetzt auf mich auf? Wer nimmt mich in Schutz, wenn ich Mist baue, wäscht mir den Kopf, wenn ich mal wieder meine vorlaute Klappe nicht halten kann?

Das Sonnenlicht spiegelte sich auf der Tischplatte. Zorn kniff die Augen zusammen und sah zum Fenster. Darth Vader stand neben der

Kaffeemaschine, das Schwert in die Luft gereckt, ein winziger, stummer Wachposten.

Tja, murmelte Zorn, dann bist du jetzt wohl mein neuer Partner. Willkommen im Team, Kollege Vader. Fang schon mal an, die Berichte zu schreiben.

Die Tür klapperte. Lauter jetzt.

Zorn erhob sich halb aus dem Sessel, sank resigniert wieder zurück.

Ach, er hatte einfach keine Lust.

Morgen, dachte er, morgen fange ich an. Ich werde früh auf Arbeit kommen und mich um alles kümmern, ich werde Überstunden machen, ein pflichtbewusster Beamter sein und Formulare ausfüllen, bis mir die Finger bluten.

Zorn nickte zufrieden, genauso würde er es machen.

Das waren gute Vorsätze, und er würde sie sogar in die Tat umsetzen. Teilweise jedenfalls, denn *blutig* würde er sich die Finger am nächsten Tag nicht schreiben, nein, er sollte gerade mal eine Stunde im Büro verbringen. Das konnte Zorn im Moment noch nicht wissen, denn die Leiche des erdrosselten jungen Mannes mit der gebrochenen Nase würde erst in ein paar Stunden entdeckt werden, kurioserweise genau an der Stelle im Fluss, an der man vor knapp zwei Wochen einen toten Bankangestellten namens Meinolf Grünbein gefunden hatte.

Ja, eine Menge Arbeit wartete auf Claudius Zorn. Hätte er das geahnt, wäre er wahrscheinlich umgehend in das nächste Flugzeug nach Zagreb gestiegen.

So aber blieb er noch eine Weile sitzen, lauschte dem Klappern der Tür und überlegte, ob er einfach nur zu feige war, sein Leben zu ändern. Selbst Schröder hatte von einem Tag auf den anderen alles hingeworfen.

Zorn schloss die Augen und hielt das Gesicht in die Sonne. Bald war November, die Tage wurden kürzer.

Er atmete tief durch und stemmte sich aus seinem Sessel.

Vielleicht werde ich ja Florist?

Keine schlechte Idee, dachte Zorn und begann die Begonien zu gießen.

Dank

Dies ist eine Geschichte. Vierhundert Seiten reine Fiktion, die nichts *(nothing!)* mit der Realität zu tun haben. Manches musste der Wirklichkeit angepasst werden: Die Schlagzeile »War Hitler Epileptiker?« hat es nie gegeben (bisher jedenfalls), *Laugensemmel* ist kein Schimpfwort und niemand, der auch nur bei halbwegs klarem Verstand ist, würde versuchen, mit dem Stiefel einer Darth-Vader-Figur eine verschlossene Tür zu öffnen. Abgesehen davon, dass es wohl nie funktionieren würde.

Aber es hat Spaß gemacht, sich das alles auszudenken. Es gibt Einige, die dabei geholfen haben. Ihnen soll hier gedankt werden:

Janis Kapetsis (für 400 Quadratmeter und Ruhe zum Nachdenken)
RA Thomas Radach (für nette Antworten auf dumme Fragen)
Dr. Claudia Heß (für die medizinische Beratung)
Iris Kirschenhofer (fürs geduldige Lektorieren)
Herrn Haubold (für den Gag auf Seite 38)
Mark Schlichter und Jens Körner (für das, was bald kommen wird)
Petra Hermanns (für das, was schon passiert ist)
meinen Kindern (für eure Liebe)
Claudia (für alles)

PS: Zorn kommt wieder.
PPS: Schröder auch. Versprochen.

Sindelfingen, Anfang Mai 2013

Stephan Ludwig

Zorn – Tod und Regen

Thriller

Band 19305

»Es dauerte drei Stunden, bis sie den Verstand verlor, und weitere zwei, bis sie endlich sterben durfte.«

Zwei Morde – blutig, brutal, unerklärlich. Warum gibt ein Killer seinem Opfer Schmerzmittel, bevor er es quält? Hauptkommissar Claudius Zorn soll die Ermittlungen leiten: Er hat Kopfschmerzen, er hat keine Lust, er hat keine heiße Spur. Als er dann noch merkt, dass ihn bei den Ermittlungen irgendjemand austricksen will, bekommt Zorn richtig schlechte Laune. Und der Mörder hat noch nicht genug …

Der packende Auftakt zur neuen Reihe mit Hauptkommissar Claudius Zorn und seinem kauzigen Assistenten Schröder

Fischer Taschenbuch Verlag

Stephan Ludwig

Zorn – Vom Lieben und Sterben

Thriller

Band 19507

»Claudius Zorn und sein Kompagnon
haben das Zeug dazu, Kultstatus zu erreichen.«
krimi-couch.de

Die Hauptkommissare Zorn und Schröder ermitteln unter Hochdruck: zwei Morde in einer Woche, beides Jugendliche, kaltblütig getötet, förmlich hingerichtet. Schnell ist klar, dass hier jemand gezielt mordet, seine Opfer ganz genau auswählt, sie vielleicht sogar kennt. Als die beiden Kommissare endlich eine Spur haben, ist die Zeit bis zum nächsten Mord bereits abgelaufen. Und die Jagd nach dem Täter bringt nicht nur Schröder an seine persönlichen Grenzen.

Der zweite Fall für Hauptkommissar Claudius Zorn und den dicken Schröder

Fischer Taschenbuch Verlag

fi 19507 / 1

Wiley Cash

Fürchtet euch

Roman

Band 19443

Ein kleiner Ort in den Bergen North Carolinas. Der dreizehnjährige Christopher hat noch nie ein Wort gesprochen. Deshalb soll er an einem heißen Sonntag Anfang September während des Gottesdienstes geheilt werden. Doch Christopher überlebt die Zeremonie in der Kirche nicht. Und niemand aus der Gemeinde will sich zum Tod des Jungen äußern. Bis Jess, Christophers jüngerer Bruder, das Schweigen bricht, und damit alle, die ihm nahestehen, ins Verderben schickt.

»Ein Roman von geradezu hypnotischer Stärke – zutiefst erschütternd und großartig erzählt.«

The New York Times

fi 19443 / 1

S. J. Watson

Ich. Darf. Nicht. Schlafen.

Thriller

Band 19146

Ohne Erinnerung sind wir nichts. Stell dir vor, du verlierst sie immer wieder, sobald du einschläfst. Dein Name, deine Identität, die Menschen, die du liebst – alles über Nacht ausradiert. Es gibt nur eine Person, der du vertraust. Aber erzählt sie dir die ganze Wahrheit?

»Der Mann hat es wirklich gefunden,
das Rezept für den perfekten Thriller.«
taz

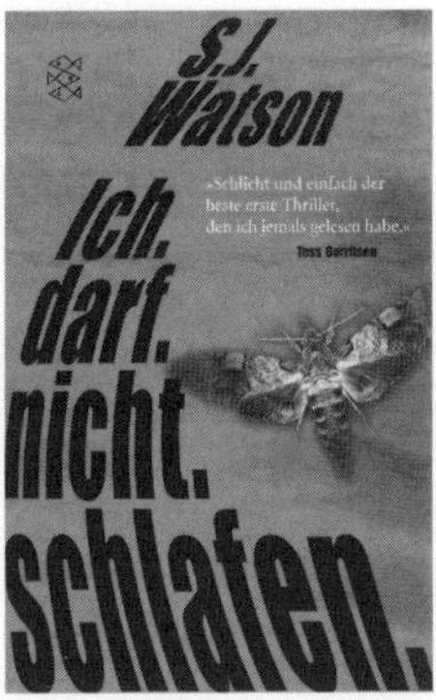

Fischer Taschenbuch Verlag

fi 19146 / 1

Koethi Zan

Danach

Thriller

Aus dem Amerikanischen von Verena Kilchling

448 Seiten. Klappenbroschur

Sarah Farber hat überlebt. Drei lange, grausame Jahre in einem Kellerverlies. Zehn Jahre ist das her, aber Sarah kann nicht vergessen – die Dunkelheit, die Kälte, die Verzweiflung, die Panik. Und sie weiß noch immer nicht, was damals mit ihrer besten Freundin Jennifer geschehen ist. Jetzt kann sie nicht länger vor ihrer Vergangenheit davonlaufen und muss sich dem Schlimmsten stellen, das sie sich vorstellen kann: der Wahrheit.

»Koethi Zan hat einen unglaublich fesselnden Thriller gelandet. Die psychologischen Feinheiten sind raffiniert und überzeugend dargelegt.«

Bookreporter

fi 4-00045 / 1

10 FRAGEN AN STEPHAN LUDWIG

(die jedem Leser unter den Nägeln brennen müssten und die der Autor hier endlich mal beantwortet)

1. Ist Zorn eigentlich Ihr Alter Ego, Herr Ludwig?

Nein.

2. Das heißt, Sie haben nicht ständig schlechte Laune, mögen Sushi und sind kein Iggy-Pop-Fan? Dass Sie gerne rauchen, wissen wir!

Es gibt natürlich Parallelen. Ich mag Iggy Pop und hasse Fisch, vor allem, wenn er kalt ist. Und ich rauche, das stimmt.

3. Wie sieht's mit Schröder aus, sind Sie so organisiert, akkurat und beflissen wie er?

Schröder ist ein guter Mensch. Warmherzig, humorvoll, sehr intelligent. Er hat vieles, was ich gern hätte (nun ja, abgesehen von seinem Äußeren). Aber er existiert ja nur in unseren Köpfen. Leider.

4. Mal was ganz anderes: Warum schreiben Sie eigentlich?

Weil da etwas ist, das in mir steckt, schon seit meiner Kindheit. Geschichten, die erzählt werden wollen, die aus mir raus müssen. Es ist eine Obsession, ein Drang, gegen den ich nicht ankomme. Ich möchte der Menschheit etwas mitgeben.

5. Das meinen Sie jetzt wirklich ernst?

Nächste Frage.

6. Und wann haben Sie zuletzt gelogen?

Bei der Antwort auf Frage 4.

7. Aha, interessant. Also noch eine Ähnlichkeit mit Zorn, der lügt ja auch gern mal. Was uns noch interessieren würde: Stimmt es, dass Zorn und Schröder bald Filmstars werden? Wir haben da so ein Gerücht gehört ...

Das stimmt. Einzelheiten sollten demnächst in jeder Fernsehzeitung zu lesen sein.

8. Und wie finden die beiden das? (Dass Sie das toll finden, können wir uns denken.)

Ich glaube, Zorn freut sich. Zugeben würde er's natürlich nie. Schröder hingegen ist das herzlich egal. Er hat ja nicht mal einen Fernseher.

9. Vor lauter Starruhm wird Zorn jetzt aber bitte nicht auf die Idee kommen, dass er gar nicht mehr arbeiten muss, oder?

Gegenfrage: Hat er denn jemals gearbeitet? Also richtig?

10. Stimmt natürlich auch wieder. Das heißt aber schon, dass wir pünktlich mit einem neuen Fall rechnen können?

Das müssen wir sogar. Das Verbrechen schläft bekanntlich nie, da kommt noch eine Menge auf Zorn und Schröder zu.

Wir danken für die offenen Antworten, Herr Ludwig, und nehmen Sie beim Wort.